Verlossing

Van dezelfde auteur

Straf

Bezoek onze internetsite www.awbruna.nl
voor informatie over al onze boeken en dvd's.

Birger Baug

Verlossing

A.W. Bruna Uitgevers B.V., Utrecht

Oorspronkelijke titel
Paradis tapt
© 2009 H. Aschehoug & Co. (W. Nygaard) AS, Oslo, Norway
Vertaling
Geri de Boer
Omslagbeeld
Plainpicture
Omslagontwerp
Mariska Cock
© 2011 A.W. Bruna Uitgevers B.V., Utrecht

ISBN 978 94 005 0101 0
NUR 305

Dit boek is gedrukt op papier dat het keurmerk van de Forest Stewardship Council (FSC) mag dragen. Bij dit papier is het zeker dat de productie niet tot bosvernietiging heeft geleid. Een flink deel van de grondstof is afkomstig uit bossen en plantages die worden beheerd volgens de regels van FSC. Van het andere deel van de grondstof is vastgesteld dat hiervoor geen houtkap in de laatste resten waardevol bos heeft plaatsgevonden. Daarom mag dit papier het FSC Mixed Sources label dragen. Voor dit boek is het FSC-gecertificeerde Munkenprint gebruikt. Dit papier is 100% chloor- en zwavelvrij gebleekt en wordt geleverd door Arctic Paper Munkedals AB, Zweden.

'Ik hou zo van heroïne dat het me boven alles gaat – boven mijn zoon, mijn vriendin, alles. En ik haat het net zo – omdát het me boven alles gaat.'

Informant in het rapport van Mette Snertingdal voor het Noorse Nationale Centrum voor Drugsonderzoek

18 februari

het zand. Hij stond met beide handen omhoog, klaar om te gooien. Zijn haar schitterde in de stralen van de zon, die hoog aan de Deense hemel stond. Het was duidelijk dat hij het naar zijn zin had. Hij voelde dat hij me nu te pakken had. De bubbels in zijn keel drongen naar buiten en hij gooide zijn hoofd achterover in een schaterende lach. Ik kon uit zijn lichaamstaal afleiden wanneer hij zijn armen naar voren zou slingeren om zijn projectielen los te laten en ik gooide me met alle kracht precies op het goede moment opzij.

Te laat begreep ik wat het betekende dat ik opzij was gegaan. We hoorden allebei de zachte plons achter mijn rug. Even kruisten onze blikken elkaar. Toen draaide hij zich snel om en kwam ik in vaderlijk tempo overeind.

'Wat krijgen we nou verd...' hoorden we achter ons, maar de rest ging verloren in haar tegenzin om te vloeken en in het geluid van ons eigen gehijg en van de golven die tegen het strand sloegen.

We dachten hetzelfde, wij tweeën. Allebei begrepen we onmiddellijk wat onze redding was. Hij was het snelst en sprong als een langbenig veulen over de dikke laag oorkwallen die het strand van de zee scheidde. Ik kwam vlak achter hem aan en greep hem om zijn middel toen hij in het water zijn evenwicht niet meer kon bewaren omdat zijn benen te kort werden. Terwijl ik hem in mijn armen hield, bracht ik ons samen nog een paar meter verder naar het diepe water. Pas toen draaiden we ons om en kregen we de bevestiging dat het maar goed was dat we waren gevlucht, ook al waren wij doodsvijanden daardoor gedwongen tot een tijdelijke alliantie.

Als een reïncarnatie van Medusa in harnas stond Marianne brullend aan de andere kant van de kwallen. Haar borsten sprongen op en neer op de maat van haar maaiende armen; ik kon een natte plek zien op haar ene, zondroge bovenbeen en ik begreep waar Jakob haar met de kwal had geraakt. Het verbaasde me dat haar doorgaans kortstondige maar hevige woede haar niet allang over de kwallenzone had gebracht.

Daarentegen begreep ik wel dat ze niet blij was met de manier waarop we 'm waren gesmeerd. Langzaam draaide ze ons de rug toe – wat een rug, wat een billen! – en marcheerde tien meter naar achteren. Toen draaide ze zich weer om en ik voelde Jakobs lichaam tegen het mijne trillen. Hij had zijn oogleden net ver genoeg open om zijn moeder te kunnen waarnemen in het wazige gebied tussen zijn wimpers. Daar kwam ze! Met geweldige passen zette ze zich in gang om ons de straf te geven die we

Ik ben nu al weken op zoek, maar ik heb van mijn oude dagboeken alleen dit ene losgescheurde velletje, gestoken in een van de delen van de verzamelde werken van Bjørnson, terug kunnen vinden. Ik herinner me nog wel het kwallengevecht tussen Jakob en mij, maar ik weet niet meer of Marianne ons te pakken heeft gekregen of niet. Ik zou heel graag de rest van mijn dagboeken hebben teruggevonden. Nu ik weer ben begonnen met schrijven zal ik heel goed op dit dagboek passen.

1

Vega/Oslo, donderdag 30 juli – vrijdag 31 juli 2009

'De botten waren helemaal afgekloven, dus het duurde uren voordat we hier bij de districtspolitie zeker wisten dat het een man was. We vinden in deze uithoek nou niet bepaald elke dag een lijk. Je kunt het aan de heupen zien, zei de gerechtsarts. Hoe lang hij daar al lag, wisten we toen nog geen van allen...'

Kåre Olsen nam een ferme slok Nils Oscar Good Lager, bier dat hij een week daarvoor tijdens een reisje naar Zweden op de kop had getikt.

'... en weten we eigenlijk nog steeds niet echt. Zelfs na uitgebreid onderzoek kon niemand ons iets exacters geven dan een jaartal. Ergens in 2002 of begin 2003.'

Het was stil op de steiger; alleen de gloeiende kooltjes op de barbecue, een paar meter verderop, knapperden nu en dan. De zon, die door de horizon sneed en de wereld goudgeel kleurde, weerkaatste zo krachtig op het water dat ze allebei een zonnebril ophadden, ook al was het al na middernacht.

Halvor Heming begon plotseling te grijnzen. Nu werd het leuk. 'Echt waar? Moest de gerechtsarts jullie vertellen wát het geslacht was?'

'Ja, hallo, zeg! Stomme Østlander...' Kåre gaf zijn vriend met een slap handje een klap op zijn hoofd – gelukkig de hand zonder fles. 'Er wonen 1.298 mensen in deze gemeente. Of misschien 1.299. Ik weet niet of Anders Hansen van de kroeg zijn verhuizing hierheen al heeft gemeld. Hoeveel geraamtes denk je dat we krijgen om te oefenen?'

Het werd stil. De barbecue knapperde drie keer voordat Kåre zijn mond weer opendeed. 'Vorig jaar was onze ernstigste zaak een knul hier uit de buurt die op een brommer met valse kentekenplaten reed. Hij had ze van een oude tractor in de schuur van zijn opa gehaald. Ik moest hem ter plekke in beslag nemen.'

'De opa?'

Halvor grijnsde opnieuw, maar kreeg niet de kans iets te zeggen, want Kåre vervolgde: 'Nu ik erover nadenk: we hadden ook een autobrand. En iets wat waarschijnlijk het ongeoorloofd dumpen van haring in de Vegsteinbaai was… we zijn er nooit achter gekomen wie dat heeft gedaan.'

Nu grijnsde Kåre ook. Opeens brulden ze van het lachen, zo hard dat de geluidsgolven tegen de rimpelloze zee sloegen. Zelfs de schapen aan de andere kant van de zee-engte spitsten hun oren en draaiden zich om, zodat hun bellen rinkelden.

Klop, klop. De beide mannen werden weer stil. Halvor draaide zich om naar het halfopen raam van het vissershuisje, terwijl hij het water uit zijn ogen probeerde te knipperen. De gordijnen wapperden een beetje. Door het spleetje klonk een gedempt maar duidelijk: 'Sst! De kinderen slapen!'

Ze keken elkaar aan en lachten inwendig. Kåre boog zich voorover, pakte nog een bruin flesje, zette het op zijn linkerbovenbeen en krikte de dop eraf met de handboeien die hij altijd aan zijn riem had hangen, of hij nu aan het werk was of niet. Halvor wist dat hij ze eigenlijk alleen gebruikte om de hond aan vast te maken wanneer hij die aan de lijn moest houden. En als flesopener.

Halvor kreeg een Nils Oscar in zijn hand gedrukt en Kåre maakte er nog een open.

'Dankjewel. Was jij niet iets aan het vertellen? Over een lijk?'

'Jazeker. Zoals ik al zei: het was alleen nog maar een geraamte. Hij lag op zijn rug op een rotsige helling en zijn ogen waren twee gaten die naar de lucht staarden. Toen ze de resten weghaalden, konden zelfs wij dorpelingen zien dat hij een groot gat in zijn achterhoofd had. Een deel van de schedel was gewoon ingeslagen. Overal aan de binnenkant, waar ooit de hersenen hadden gezeten, zaten kleine stukjes bot.'

'Hij was dus op zijn achterhoofd op de stenen gevallen. Wat is daar zo vreemd aan? Klinkt voor mij als een ongeluk.'

'Dat dachten wij – en de recherche – ook lang. Alleen, we hebben dagen gezocht naar de steen die bij de schade aan zijn hoofd paste.'

Kåre stond op en wankelde onvast naar de barbecue. Hij pakte de laatste twee worstjes uit het pakje voor de kinderen en legde ze op het rooster. 'Au! Verdomme!' Hij stopte een vinger in zijn mond.

'En?'

'Niksj. Absjoluut niksj. We hebben verdomme het hele klere-eilandsj afgesjocht...' Zijn uitspraak werd met een vinger in de mond zo mogelijk nog slechter. '... in de verondersjtelling dat hij ergensj andersj wasj gevallen en op de een of andere wonderbaarlijke manier naar die sjteenhoop wasj gelopen waar we hem hebben gevonden.'

Kåre haalde zijn vinger uit zijn mond. 'De enige conclusie die we uiteindelijk konden trekken, was dat iemand het moordwapen had verwijderd.'

'Het móórdwapen?'

'Ja. Toen we niets konden vinden wat de dood had veroorzaakt, hebben we het natuurlijk als moord bestempeld.'

'Hoe kan iemand daar zo lang liggen zonder ontdekt te worden?'

'Dat is niet zo gek. De laatste bewoners hebben Kavlingen al meer dan dertig jaar geleden verlaten. Niemand zag er brood in om daar een zomerhuis aan te houden, omdat het eiland te ver in de open zee ligt voor het gewone bootjesvolk. En vanwege de vele onderwaterklippen gaan de vissers meestal liever ergens anders heen. Als Willy die diesellekkage niet had gehad, had het geraamte daar nog steeds gelegen.'

'Maar wat deed dat lijk daar in vredesnaam?'

'Het woonde daar.'

'Woonde daar?'

'Ja. Toen we het laatste huis doorzochten, ontdekten we dat er niet veel jaren daarvoor iemand moest hebben gewoond, ook al was het haast ingestort. We vonden stapels geopende en ongeopende blikjes en een stuk of twintig vuilniszakken tegen de achterwand.'

Halvor wilde net iets terugzeggen toen het gerinkel van een telefoon de stilte doorbrak. Hij had totaal niet in de gaten dat het hem aanging. Pas toen Kåre op de telefoon wees en naar hem keek vanaf de andere kant van de tafel, leek zijn brein te reageren.

Langzaam en methodisch manoeuvreerde Halvor zichzelf rechtop in zijn stoel, hij stak zijn hand uit en greep de telefoon vlak voordat die over de rand van de ruwhouten tafel trilde. Hij had de afgelopen dagen al ontelbare vluchtende zee-egeltjes gevangen, dus zelfs de dichte alcoholmist kon niet voorkomen dat hij zijn hand precies op de goede plek hield.

Dat hij de naam van commissaris Fridtjof Andersen op het display zag oplichten, ontnuchterde inspecteur Heming een klein beetje. Maar dan ook maar een heel klein beetje.

'Heming.'

'Hallo. Met Andersen. Wat ben je aan het doen?'

Een geprikkeld geborrel drong van diep uit zijn buik zijn mond binnen. Halvor probeerde het gevoel te onderdrukken, maar het geborrel kwam ergens op zijn stembanden terecht. Daardoor trilde zijn stem een beetje toen hij antwoordde: 'Ik zit hier met een pilsje op de steiger uit te kijken over een rimpelloze, goudgele zee, terwijl de schapenbellen in de verte rinkelen. Zou je ook eens moeten doen, Andersen.'

'In een ander leven. Het spijt me dat ik je stoor in je vakantie, maar je weet dat ik niet zou bellen als het niet belangrijk was, Halvor.'

Het gebruik van zijn voornaam ontging Halvor niet. Dat beloofde niet veel goeds.

'En dat is?'

'Het ziet ernaar uit dat we onze derde grote zaak in één week tijd te pakken hebben. En omdat de halve afdeling op vakantie is, kunnen we nog niet de helft doen van de dingen die we zouden moeten doen. Je moet over vier dagen weer terug zijn, Halvor, maar zou je misschien morgen al kunnen komen? Ik weet toevallig dat er om tien voor halfdrie een vliegtuig uit Brønnøysund vertrekt. Zelfs met een tussenlanding in Trondheim zou je hier tegen zevenen kunnen zijn.'

Weer zag Halvor het gordijn wapperen in de kamer waar Birgitte en hun drie kinderen zich bevonden. Maar deze keer hoorde hij geen stem.

'Het spijt me. Geen sprake van. Ik heb maar twee weken achter elkaar vakantie met mijn gezin, en die ben ik niet van plan te verpesten. We gaan zondag naar huis en ik ben maandagochtend op mijn werk. Punt uit.'

'Halvor, je weet dat ik dit niet had gevraagd als ik andere mogelijkheden had gehad. Ik had alleen jou en Kristine nog op mijn lijstje staan, en ik probeer haar al de hele avond te bereiken. Ze neemt domweg niet op.'

Wat een uitstekende strategie van Kristine. Halvor merkte dat hij weer wat respect kreeg voor de onofficiële plaatsvervanger van zijn rechercheteam. Maar Kristine was single. Voor haar zou het toch makkelijker moeten zijn dan voor hem.

'Sorry, Andersen. Het antwoord is nee.' Hij drukte op het rode knopje. Zoals verwacht ging de telefoon een paar seconden later weer. Een geweldige woede maakte zich meester van Halvor, en de waarschuwingsader in zijn slaap trilde. Hij rukte de telefoon naar zich toe, drukte op het knopje en brulde, zonder de moeite te nemen het apparaat tegen zijn oor te houden: 'NEE, VERDOM-ME!'

Toen ging hij op zijn wankele benen staan, zwaaide de arm met zijn mobiele telefoon naar achteren en gooide. Het plopje in het water deed denken aan een springend stekelbaarsje van vijftig gram. Halvor hoopte dat Andersen het geluid kon horen.

Hij liet zich terugvallen in de gammele houten stoel die de sporen droeg van vele jaren strijd tegen de onbedwingbare elementen van de zee en draaide zich om naar zijn vriend. Het was gedaan met de goede stemming. Kåre Olsen merkte het ook. Hij maakte het laatste flesje leeg, stond op en wankelde om het vissershuisje heen naar zijn fiets, die tegen de achtermuur stond. Halvor liep met hem mee.

'Zorg dat je niet wordt gepakt voor fietsen onder invloed.'

'Dat zou dan de grootste zaak hier op Vega zijn,' zei Kåre.

Ze lachten geen van beiden. Het lekkere gevoel van beneveling en nauwe vriendschap was er niet meer. Halvor wenste zijn maat welterusten en besloot pas de volgende dag weer te denken aan zijn weggegooide mobieltje.

★

Brigadier Kristine Holm begreep maar niet dat het eind juli zo donker kon zijn, slechts een maand nadat ze de langste dag van het jaar hadden gevierd. Maar de combinatie van middernacht, regenzwangere onweerswolken, dampend bos en reusachtige sparren maakte het Sognsvann – of dat waarvan ze in elk geval hoopte dat het nog steeds dat meer was – tot een duister inferno.

Ze struikelde verder over de enorme boomwortels die overigens duidelijk zichtbaar waren en probeerde het klotsende water links van zich te houden. Dat was haar enige referentiepunt. Als ze steeds ongeveer dezelfde afstand tot het water hield, zou ze vroeg of laat bij de steiger moeten komen. Daar zou ze de weg wel weer weten.

Het was al een tijdje geleden dat ze hen had gehoord. Toch durfde ze haar kleine Maglite-zaklamp niet aan te doen. In deze duisternis zou zelfs een opgloeiende sigaret van verre te zien zijn.

De boomstam was glibberig van ouderdom en te veel vocht. Kristine ging er toch op zitten en probeerde op adem te komen. Haar linnen schoenen waren kletsnat, en ze had het gevoel dat de doorweekte huid van haar voeten twee keer zoveel plaats in beslag nam als in de schoenwinkel.

Ze luisterde. Geen geluid, behalve het geklots van het water en een of andere uil in de verte. Ze pakte haar Maglite, maar zorgde ervoor dat ze hem op de grond richtte toen ze hem aandeed, en ze gebruikte haar andere hand om de dunne lichtstraal af te schermen.

Haar rechterenkel zag er niet fraai uit. De wond liep van vlak onder de bult waarvan ze na vele uren bij de gerechtsarts wist dat die 'het voetwortelbeentje' heette tot bijna aan de voetzool. De vlijmscherpe tak had een stuk huid losgescheurd. Het bloed was bijna helemaal rondom de voet in de witte stof van de schoen gedrongen en het leek nu wel of ze één vuilgrijze en één rode schoen aanhad.

Ze trok haar lichte zomerjack uit en wurmde zich uit het topje dat ze daaronder droeg. Ze scheurde het door tot aan de zomen en bond het zo goed mogelijk om haar voet, aan de buitenkant van de schoen. Ze had geen idee of het iets zou helpen. Voor het eerst werd ze bang dat ze door de pijn niet helemaal om het meer heen in de bewoonde wereld zou kunnen komen.

Toch was dat haar beste kans. Het alternatief was dat ze rustig bleef zitten wachten tot het lichter werd. Bij slechts 10 tot 12 graden vond ze dat geen prettig vooruitzicht.

Dus ze besloot te geloven dat haar achtervolgers het hadden opgegeven en ging weer op haar trillende benen staan. Ze zette het ene been voor het andere en strompelde langzaam verder. Een wortel die wat opstak uit de grond zou haar weer kunnen laten struikelen. Ze wist niet hoe vaak ze nog de kracht zou hebben om weer op te staan.

Hoe was ze hier eigenlijk terechtgekomen, in dit bos dat het begin van Nordmarka was, het uitgestrekte natuurgebied ten noorden van Oslo? Het was allemaal idioot begonnen. Ze schaamde zich diep en intens, zozeer zelfs dat ze even had overwogen om geen aangifte te doen wanneer ze terug was op het politiebureau. Als ze daar überhaupt ooit terugkwam. De kantoorkolos in het centrum van Oslo leek zo mogelijk nog verder weg dan haar mobiele telefoon in haar Corsa op de parkeerplaats.

Ze had die gedachte natuurlijk van zich afgezet. Haar eergevoel moest wijken voor de mogelijkheid om die drie idioten een lesje te leren. Maar ze verheugde zich niet op het afleggen van een verklaring.

Toen ze het geluid hoorde van iets wat vlak bij haar bewoog, bleef ze abrupt staan. Meteen gleed er iets met een vacht voorbij, zo dicht langs haar heen dat ze de haren tegen haar huid voelde. Was het een vos? Een das? Ze had gehoord dat dassen weleens mensen aanvielen en ze draaide zich snel om naar de richting waarin het dier was verdwenen. Ze deed voorzichtig een stapje naar achteren terwijl ze vertwijfeld probeerde iets te onderscheiden in het stikdonker.

Het gat in de grond was een complete verrassing. Het was niet diep, maar toch wel zo diep dat de uitgeputte Kristine achteroverviel. Laat het geen afgrond zijn, dacht ze. Maar in plaats van een lange val in het niets, landde ze boven op iets groots en zachts. Ze draaide zich om en merkte dat er iets bewoog onder haar arm.

2

Vega/Oslo, vrijdag 31 juli 2009

Halvor en Ole hadden allebei hoge verwachtingen van het Holmvatn. Dat zijn zoon vrijwillig om halfzes opstond om acht kilometer naar een meer te fietsen om daar op forel te vissen, vervulde Halvor met trots.

Hij was trouwens ook heel trots op zichzelf. Vooral omdat Birgitte hem de avond ervoor vierkant had uitgelachen toen hij verklaarde dat hij én Kåre op bezoek kon hebben én de volgende ochtend in alle vroegte kon gaan vissen. Dat hij nog leefde nadat hij zich vier uur eerder in zijn bed had laten vallen was al een prestatie op zich, ook al betekende het dat hij nu achter Ole aan wapperde. Hoe hij het ook probeerde, hij kon de jongen onmogelijk inhalen. Hij hoopte dat zijn lichaam zich tegen de tijd dat ze er waren, zou herinneren hoe het geacht werd te functioneren.

Ondanks zijn zelfverwijt merkte Halvor dat het hem goeddeed dat hij de strijdlustige rug van zijn zoon voor zich zag. Hij gaf zijn pogingen om hem in te halen op en genoot in plaats daarvan van het mooie landschap van de Vega-archipel in een van de noordelijkste provincies van Noorwegen. Een stukje rechts van hen lag de donkerblauwe zee met daarin licht glooiende eilandjes als groene vlekken. Links lagen met heide en moerasbessen begroeide hellingen, met hier en daar een berk of den. En verder daarachter: de Vegabergen, die met hun hoogte van ongeveer zevenhonderd meter generaties lang een baken en wegwijzer voor vissers waren geweest. In Noorwegen was het bijna niet mogelijk verder van Oslo weg te gaan en nog steeds mensen om je heen te hebben.

En die ervaring wilde de baas van de afdeling Geweldsdelicten hem dus ontnemen. Hij voelde een vleugje van de irritatie van de avond ervoor, een gevoel dat hij besloot nog even vast te houden. Het kon toch onmogelijk levensbedreigend zijn een dag of twee zonder mobiele telefoon te zitten.

★

Twee forellen van een half pond in drie uur tijd was nou niet direct waar ze van hadden gedroomd in een meer waar een forel naar men zei gemiddeld een kilo woog. Het was even over negenen en de zon stond al hoog aan de hemel boven het Holmvatn, maar afgezien van zwermen knutjes en af en toe een vlucht ganzen waren de eenzaamheid en de stilte totaal.

Ole had gezegd dat hij wilde overgaan op wormen en dat hij een eigen stek wilde zoeken. De waarschuwing van zijn vader dat de klassieke, rood-witte polystyreen dobber de grote forellen zou afschrikken, was volledig op hem afgeketst. Halvor besloot zijn zoon zijn eigen ervaring te laten opdoen en zwaaide hem alleen maar uit toen de jongen naar een rots een paar honderd meter verderop wees. Onder de rots was een kleine inham met een richel van een meter breed, een paar centimeter boven het water, een perfecte plek om te zitten en een grote vangst aan land te trekken.

Zelf had Halvor een korte pauze genomen. Hij zat onderuitgezakt in de verbazend droge hei, met zijn rugzak als ruggensteun. De grootste uitdaging was nu zijn thermosmok naar zijn mond te brengen zonder te knoeien. Toen hij hem leeg had, ging hij rechtop zitten. Hij besloot het wormvissen van Ole eens aan een onderzoek te onderwerpen en slenterde langzaam naar de rots. Hij genoot van de aanblik van weer een zwerm ganzen die aan de andere kant van het meer opvloog, en bedacht dat de jagers van Vega genoeg hadden om zich op te verheugen voor over een paar weken.

Nu was hij zo dicht bij de rots dat hij het begin van de richel onder zich kon zien en een hengel die half boven het water hing. Een paar meter verderop lag een dobber, die kleine rimpelingen verspreidde. Hij keek op de richel onder zich. Hij zag een voet in vrij hoog tempo op en neer gaan, alsof Ole naar zijn iPod luisterde. Halvor deed nog een stap naar voren en begreep opeens wat het was: de jongen had zijn broek laten zakken en op zijn linkerbovenbeen was de schaduw te zien van iets wat snel en gelijkmatig bewoog. Het leek wel een… hand.

Halvor trok zich gauw een paar meter terug. Hij wist niet of hij moest lachen of huilen. Zijn zoon, nog geen 12 jaar oud! Wanneer was hij zelf…? Allemachtig! Zijn glimlach verdween toen hij hevig geschraap hoorde. Ongeveer zoals wanneer een hengel over een bergrichel wordt getrokken.

Als in trance keek Halvor omlaag naar de dobber. Die was er niet meer. Verdomme! Hij deed weer twee stappen naar voren, net op tijd om hengel en spoel in het water te zien verdwijnen. Daarnaast ging Oles voet sneller op en neer, en Halvor begreep dat hij niet kon ingrijpen in wat er op de richel gebeurde.

★

Het was halftien en brigadier Kristine Holm zat op het kantoor van commissaris, tevens hoofd van de afdeling Geweldsdelicten Fridtjof Andersen te wachten. Ze had anderhalf uur lang een ver- klaring afgegeven en verlangde wanhopig naar slaap. Ze had niet meer dan twee uur op de oude bank gelegen die Halvor op myste- rieuze wijze in zijn krappe kantoortje had weten te stampen. Ze vreesde dat Andersen haar ook niet meteen naar huis en naar bed zou laten gaan.

In gedachten nam ze de gebeurtenissen van de nacht nog eens door. Dat ze boven op een mierenhoop was gevallen had één posi- tief neveneffect gehad. De omhoog kriebelende mieren en de adre- nalineschok hielpen haar de pijn in haar been te negeren, zodat ze de paar honderd meter kon afleggen die haar nog van de steiger scheidden. En daarvandaan was ze tussen de bomen door geslopen tot ze heel zeker wist dat de auto met de drie mannen weg was. Merkwaardig genoeg hadden ze haar Corsa niet beschadigd en haar mobiele telefoon lag nog onder de rechter voorstoel. Dat ze later een – gelukkig dode – mier in haar slipje had gevonden was al met al een kleine prijs om de diertjes te betalen die haar in vei- ligheid hadden gebracht.

Vanwege het donker, de stilte en het algehele gevoel van onveilig- heid was ze eerst naar het pompstation van Shell bij het Ullevål- stadion gereden voordat ze belde. Vanaf dat moment was de poli- tiemachinerie op gang gekomen en de auto van het drietal werd nu al uren gezocht. Tot dusverre zonder succes, voor zover ze wist. Zelf was ze, op eigen kracht, naar de Eerste Hulp gegaan, waar ze vier hechtingen in haar voet had gekregen.

Ze verheugde zich niet op de komst van Andersen. Hij had een uitdraai van haar rapport in zijn hand toen hij haar vroeg of ze vijf minuten voor hem had, en ze ging ervan uit dat hij dat ergens zat te lezen. Haar mogelijke toekomst als leider van een rechercheteam kon dus op ditzelfde moment in duigen vallen. Wat zou de commissaris ervan vinden dat een van de kandidaten een zodanig gebrek aan zelfbeheersing aan de dag had gelegd dat ze haar middelvinger niet één, maar zelfs twee keer had opgestoken naar drie jonge mannen in een auto? Dichter bij een klassieke provocatie kon je haast niet komen. Het maakte niet uit dat ze zelf eerst was geprovoceerd. Strafrechtelijk gezien zouden die drie ter verantwoording worden geroepen, maar dat was hier niet het punt. Een brigadier moest veel zelfbeheersing tonen, had ze ooit op de politieacademie geleerd.

Kristine had nog steeds een geërgerde trek op haar gezicht toen ze een duidelijke klik hoorde. De deurklink ging omlaag en Andersen beende met grote passen naar binnen. Je zou niet denken dat hij al over twee maanden met pensioen ging. Hij had haar vijf velletjes nog steeds in zijn hand, maar vreemd genoeg glimlachte hij vriendelijk toen hij in zijn versleten leren stoel ging zitten.

'Je hebt een lange nacht achter de rug, Kristine; je hebt slaap nodig. Ik zal je niet lang ophouden.'

Zijn woorden hadden een merkwaardig opwekkend effect op Kristine, ongeveer zoals een kop gloeiend hete koffie. Hij vervolgde, terwijl hij gewoontegetrouw weer op haar achternaam overging: 'Je kunt misschien niet even groots zijn op alles wat je in dit rapport hebt geschreven, maar op de tweede helft mag je best trots zijn, Holm. En over die helft wil ik het nu even hebben. Over de andere helft praten we volgende week wel een keer. Maar voor die tijd moet je even in het fotoarchief kijken en aangifte doen van wat je is overkomen.'

Kristine liet zijn woorden even bezinken, blij dat ze zich op dit moment niet hoefde te verantwoorden voor haar domheden. De aangifte zou alleen een principekwestie zijn, had ze geconcludeerd. Als ze de drie mannen ooit zouden vinden, zou het – ondanks haar politiestatus – drie tegen één zijn. Maar van het fotoarchief verwachtte ze niets, want ze had niet veel meer dan de ogen van de daders gezien.

Andersen zei een poosje niets en Kristine vroeg zich af wat hij eigenlijk wilde. Toen begon het haar te dagen. Wat had hij gezegd? Dat ze volgende week wel over 'dat andere' konden praten... Maar dan had ze toch nog vakantie? Ze wilde net haar mond opendoen, toen Andersen haar voor was.

'Je bent al een paar weken weg, Holm, dus je weet het misschien niet. Maar het is een feit dat het hier een verschrikkelijke heisa is. Midden in de zomerbezetting hebben we...' – hij begon op zijn vingers te tellen – '... de Vinderen-moord, twee grove geweldsdelicten en een onopgehelderde verdrinkingszaak bij Katten. Bovendien, en dat is het ergste, heeft Narcotica ons een ellendige zaak op de hals geschoven; een zaak waarvan we de omvang nog maar nauwelijks kunnen overzien. Voorlopig heb ik niemand om daarnaar te kijken, Kristine.'

'Ik ga met mijn moeder naar Florence. Het vliegtuig gaat zondag.' Ze zei het zachter dan ze had bedoeld.

'Als jullie die trip afzeggen, beloof ik je een nieuwe reis op onze kosten, een andere week vakantie en bovendien nog een weekje extra in de herfst. Wat zeg je ervan, Kristine?'

★

Zijn instinct zei hem dat hij moest handelen. Halvor rukte zijn jack uit en begon terug te rennen naar de rots die twee meter boven het wateroppervlak uitstak. Terwijl hij zich afzette, zag hij nog net de hengel de diepte in verdwijnen. Hij kon ook nog net denken dat Ole zou schrikken van de plons die onvermijdelijk zou komen. Maar nu was het te laat.

Hij kwam hard neer en het water was ijskoud. Halvor hoopte dat hij de sprong redelijk recht boven de hengel had uitgemikt en dat de drukgolven de hengel niet te ver weg zouden duwen. Hij maaide met zijn armen. Hij kon niets zien; alles om hem heen was zwart. Hij dook onder en zwom omlaag. Daar! Hij voelde iets. Dat moest de hengel zijn. Hij zocht op de tast naar het handvat, draaide zich om en zette koers naar het licht boven zich.

Allemachtig! De vis zat er nog aan. Hij rukte als een bezetene, en Halvor vroeg zich even af wie van hen het sterkst zou zijn in wat nou niet direct zíjn element was. Toen het hem voor zijn ogen begon te duizelen, merkte hij dat er achter hem iets meegaf. Maar het was zo zwaar dat Halvor betwijfelde of hij met hengel en al boven water zou kunnen komen voordat zijn lucht op was.

Nu kon hij echter dat wat Ole moest zijn recht boven zich onderscheiden. De jongen leek zijn broek aan te hebben en stond gebogen in het water te turen. Halvor gebruikte zijn laatste krachten om de hengel zo ver mogelijk omhoog te duwen. Zijn zoon pakte hem met beide handen aan. Halvor had wanhopig behoefte aan lucht toen hij boven water kwam, maar hij wist toch uit te brengen: 'Trek de top omhoog!' Toen namen zijn longen de controle volledig over en ging zijn borst als een blaasbalg op en neer.

Halvor hing aan de rand van de richel, terwijl Ole de vis ophaalde. Pas toen het goed tot Halvor doordrong hoe koud het was, deed hij zijn best uit het water te klimmen. Het kostte hem een paar minuten om zijn rechterbeen over de rand te wurmen. Ole was volledig geconcentreerd op het afwisselend laten vieren en intrekken van het snoer en lette totaal niet op wat er naast hem gebeurde. Ten slotte wist Halvor de rest van zijn lichaam achter zijn been aan te krijgen. Hij kromp rillend in elkaar in het kleine plekje zon helemaal aan het uiteinde van de richel en genoot van het kijken naar zijn zoon. Hij kon de dobber nu in het water zien. Die bewoog van links naar rechts, maar niet meer zo snel. Halvor haalde het schepnet uit Oles viskoffer en boog zich over de rand. Al gauw werd hij een enorme, uitgeputte forel gewaar. Het schepnet ronddraaien was verrassend gemakkelijk, het weer aan land trekken aanzienlijk zwaarder.

Ole gebruikte zijn eigen mes om de forel af te maken. De jongen kon zijn ogen niet van zijn bijna drie kilo puur geluk afhouden. Halvor had op zijn beurt helemaal geen kater meer.

Zijn zoon zei stralend: 'En dat met die dobber, papa!'

Op de weg terug was Halvor blij met elk hellinkje, hoe klein ook, waarvoor hij kracht nodig had. Uiteindelijk werd hij door en door warm, en hij merkte dat zijn kleren langzaam maar zeker opdroogden. Ole had echter geen oog voor de toestand waarin zijn vader zich bevond. Hij floot zo melodieus dat hij de finale van de talentenjacht van TV2 had kunnen halen. Wellicht had de reuzenforel een latent muzikaal talent losgemaakt, dat de jongen dan van moederskant moest hebben. Maar hij zou, voordat ze bij het grindpad voor het vissershuisje waren, wel op een minder opvallend deuntje moeten overgaan dan *We are the champions*, anders was het geen verrassing meer.

'Papa?'

'Ja?'

'Hoe groot kunnen forellen eigenlijk worden?'

'Ik denk dat je de grens vandaag wel hebt bereikt, in elk geval voor zoet water in Noorwegen.'

Hij grijnsde. Zo'n klein beetje overdrijving kon niet veel kwaad. Er gebeurde op dit moment toch al zoveel in Oles hoofd. Halvor had al een paar keer geprobeerd met hem te praten zonder dat Ole naar hem luisterde. En het zou natuurlijk nog veel erger worden. Hij wist nog heel goed hoe hij zelf de weg kwijt was geraakt toen hij eenmaal serieus kennis had gemaakt met forellen en meisjes.

Birgitte stond op het erf achter het vissershuisje toen ze op hun fietsen aan kwamen hobbelen. Haar vakantieglimlach in de felle zonneschijn gaf Halvor het hevige geluksgevoel terug dat hij even eerder had gehad. Misschien is ze ouder geworden, maar dat kan ík niet zien, dacht hij.

'Wat heb je in die zak?' vroeg Birgitte ernstig aan de jongen, die al van zijn fiets was gesprongen voordat die stilstond.

'Kijk zelf maar,' antwoordde Ole gemaakt onverschillig.

Terwijl zijn vrouw en zijn oudste zoon zich uitputten in respectievelijk bewonderende uitroepen en gedetailleerde visbeschrijvingen, draaide Halvor zich om naar de steiger. Hij verwachtte elk moment snel getrappel te horen op de vlonder die aan de kant van het meer tegen het huis aan lag. En inderdaad: de bijna zes jaar oude Hans en de negenjarige Hanne waren erin geslaagd tijdelijk afscheid te nemen van vijftien tot twintig krabjes, drie zee-egels, diverse schelpen en een koolvis van vijftien centimeter in een bak. Ze bleven maar amper op de been toen ze de hoek om kwamen om Halvor om de hals te vliegen.

'Gaan we nou?' vroeg Hanne.

'Ja, hoor,' zei Halvor glimlachend. 'Geef me even vijf minuten om de spullen van de fiets te halen.'

Het plan voor de rest van de dag stond allang vast. Als ze thuis-kwamen met vis, zouden Ole en Birgitte de forel klaarmaken voor een late lunch, terwijl Halvor, Hanne en Hans met de veertien-voetsboot het water op zouden gaan om voor de laatste keer in deze vakantie de krabbenfuiken te zetten. En voor de avond had-den ze oppas geregeld. Birgitte en hij zouden uit eten gaan in het Havhotell, waarin het beste gourmetrestaurant van Helgeland was gevestigd.

De verwachte spijt was nog steeds niet gekomen. Helemaal naar Brønnøysund gaan om een nieuwe mobiele telefoon te kopen was niet aan de orde. De behoefte om droge kleren aan te trekken wel.

★

Kristine had Andersen de belofte ontlokt dat de komende week alle uren als overuren zouden worden beschouwd. Daar stond te-genover dat ze ermee had ingestemd om al de volgende dag – een zaterdag – te gaan werken; ze zou dan een oriënterende bespreking met de afdeling Narcotica bijwonen.

Ze verheugde zich niet op het gesprek met haar moeder. Die was wel gepensioneerd en zou zich dus eigenlijk makkelijk moeten kunnen aanpassen, maar Kristine was ervan overtuigd dat het niet zou meevallen.

De deur sloeg achter haar dicht. De linoleumvloer en de afge-bladderde muren in de gang brachten haar niet in een beter hu-meur. Hoeveel opknapwerk zou ze kunnen laten doen van haar overurengeld van volgende week? Maar ze wist dat ze zich gelukkig hoorde te prijzen. In de huidige woningmarkt was het voor een alleenstaande politievrouw een wonder dat ze een eigen apparte-ment had in Majorstuen. Een reisje naar Florence was volkomen uitgesloten geweest als haar moeder het niet had betaald. En nu had ze dus de eerste vakantie die moeder en dochter samen zou-den hebben, weggegeven.

Kristine liet zich op de bank vallen, legde haar benen op de drie lege flessenkratten die samen haar salontafel vormden en reikte naar haar draadloze telefoon. Het intoetsen van de acht cijfers die ze zo goed kende, ging ongewoon traag.

Ze kon ongeveer zeventien seconden ongestoord praten voordat haar moeder met overslaande stem riep: 'Ik wist het! Ik wist het!'

Toen een harde, plasticachtige dreun en... stilte. Even bleef Kristine met de telefoon in haar hand zitten. Toen besloot ze alleen nog maar aan slapen te denken. Haar lichaam deed zeer van frustratie en gebrek aan rust. Ze kon niet meer. Alles zou beter gaan als ze eerst maar even kon slapen.

23 maart

Ik heb hem gezien. Nou ja, ik weet bijna zeker dat ik hem heb gezien. Weliswaar herkende ik zijn pet niet en zijn jack en zijn broek evenmin, maar volgens mij is er tegenwoordig veel mooie nieuwe kleding te verkrijgen via de kerk.

De vorige keer is al meer dan een jaar geleden. Toen was het januari, en lag hij ijskoud en wit onder een iep in het Slottspark. Het was toeval dat mijn oog op hem viel. Als ik daar niet net een sneeuwdouche in mijn nek had gekregen en me had omgedraaid om die van me af te vegen, weet ik niet of het was gebeurd. Hoe het ook zij, ik gaf hem drie klappen in zijn gezicht, de laatste vrij hard, maar hij knipperde niet eens met zijn ogen, hoewel hij wel ademde. Dus ik belde de ambulance. Ze reden de auto helemaal naar hem toe (ik wist niet dat dat toegestaan was in het Slottspark), terwijl ik deed alsof ik naar de wisseling van de wacht voor het paleis keek. De mannen van de garde knipperen ook nauwelijks met hun ogen.

Het is blijkbaar goed gekomen. En te oordelen naar het tempo waarmee hij vandaag de winkel uit liep, lijkt hij er ook geen blijvende lichamelijke schade aan te hebben overgehouden. De twee Securitas-bewakers die hem nakeken terwijl hij de Karl Johan op liep, zagen er niet uit alsof ze zin hadden om hem achterna te gaan. In elk geval draaiden ze zich om toen hij de Dronningensgate schuin overstak in de richting van de arcade van de Domkerk. Door rood licht uiteraard, maar dat is niet zo schokkend.

Het was slechts toeval dat ik daar was. Eigenlijk was ik onderweg naar Jensen & Co voor een persoonlijk bezoek (ik weet overigens niet waar die Co voor staat, want ik heb er nog nooit iemand anders gezien). Ik heb drie keer gebeld en drie e-mails gestuurd. Toch heb ik al vier maanden niet één rekening van Jensen gezien. Dan valt het niet mee zicht te houden op je financiën.

Dat is bijna net zo moeilijk als zicht houden op Jakob.

17 mei

Ik heb weer dat eigenaardige gevoel. Alsof ik in een kooi zit, en iemand me van buitenaf bekijkt en niet goed weet wat hij ervan moet denken.

Misschien heeft het ermee te maken dat ik vandaag naar de stad ging om iets te halen wat ik op kantoor had laten liggen. Ik begrijp natuurlijk wel dat het nogal een waagstuk was om op de nationale feestdag de stad in te gaan, maar ik had toch niet verwacht dat het me twintig minuten zou kosten om van metrostation Nationaltheatret naar het ministerie van Buitenlandse Zaken te lopen. Daarvandaan naar mijn werk duurde het nog eens tien minuten. Gelukkig had ik mijn blauwe werkpak aan, dus ik viel niet zo erg op. Ik weet niet wat me bezielde, maar opeens stond ik voor een stel vwo-scholieren in hun laatste jaar, met hun rode baretten op, en vroeg naar hun kaartjes. Midden op de Drammensveil Alsof ik zelf in mijn laatste jaar zat en ook zo veel mogelijk van die rode pretvisitekaartjes spaarde. Ze keken me aan alsof ik niet goed bij mijn hoofd was, maar ik was gelukkig snel genoeg bij mijn positieven om te zeggen dat het voor mijn zoon was.

'Voor je kleinzoon, bedoel je zeker,' zei een zo'n slungel, en hij oogstte bijval van de anderen. Hij was oneindig lang en dun, en zijn rode baret stond scheef. Op de klep stond: DE VADER, DE ZOON EN DE HEILIGE GEEST. Welk verband hij nu zag tussen zichzelf en de Heilige Drie-eenheid?

'Ja, natuurlijk,' zei ik, en ik greep naar mijn voorhoofd. Dat overtuigde hen en ik kreeg plechtig – zo plechtig als een laatstejaars scholier op zo'n dag maar kan – vijf rode kaartjes overhandigd. Ik ben niet van plan te vermelden wat erop stond.

Nu ik dit herlees, realiseer ik me dat dat eigenaardige gevoel van me beslist iets met dit voorval te maken heeft. Geen waarnemingen meer sinds de vorige keer, trouwens. Dat is misschien ook niet zo erg. Ik denk niet dat Jakob zo blij zou zijn geweest met die kaartjes.

2 juni

Nog maar drie dagen tot aan de grote dag. Ik heb de plant al gekocht; ik kon niet meer wachten. Hij staat overigens in een mooie pot te wachten, dus hij overleeft het wel. Het is een aronskelk, een 'vredeslelie', die tweehonderd kronen heeft gekost, maar hij is erg mooi. Misschien moet ik op de dag zelf nog een mooi boeket rozen met gipskruid kopen.

Op dit moment zit ik aan mijn bureau naar de foto van het Colosseum te kijken. Marianne heeft die witte jurk met dat koordje om haar middel aan, en staat in klassiek-Romeinse pose voor een afgebroken zuil. Ze houdt haar beide armen achter haar rug, zodat het lijkt alsof die bij de ellebogen afgehakt zijn, zoals van een beeld dat na een paar duizend jaar is opgegraven. Maar goed dat ik geen standbeeld hoefde na te doen: de katholieke kerk heeft in de loop der eeuwen de edele delen van vrijwel alle mannenbeelden uit de Romeinse tijd afgehaald! Hoewel – ik geloof toch niet dat Marianne zoveel inlevingsvermogen van me had gevraagd.

Ze ziet er warm uit, maar het was ook een ongekend warme zomer in Rome. Het lichte middagbriesje heeft drie haarlokjes voor haar gezicht geblazen, en ze ziet er op de foto ondeugend uit. Ze kijkt naar mij.

Dat het ons verder toch zó zou vergaan... Nu ja, we zien wel hoe het voelt als ik over drie dagen voor haar buig.

3

Net toen Kristine, met al haar kleren nog aan, haar hoofd op het kussen legde en haar ogen dichtdeed, ging haar mobieltje. Ze haalde het uit haar broekzak om het gesprek weg te drukken, maar het was een nauwe zak en ze had al verbinding gemaakt toen ze de telefoon eruit kreeg. Gelaten hield ze hem tegen haar oor.

'Ja?'

'Kristine Holm?'

'Ja.'

'Ik denk dat ik iets interessants voor je heb.'

'Hoe bedoel je? Wie ben je?'

'Het maakt niet uit wie ik ben. Het punt is dat ik een hete tip voor je heb over die moord in Vinderen.'

'Wat dan?'

'Dat zeg ik niet over de telefoon. Ik wil er iets voor terug hebben. Kom om drie uur maar naar de Monoliet – en niemand anders meenemen! Ik weet hoe je eruitziet.'

'De tip is veel beter als ik weet wie je bent.'

'Zorg nou maar dat je er bent.'

Kristine keek op de klok. Kwart over elf. Dan kon ze nog drie uur slapen. Dat moest genoeg zijn. Onbekende bron en niet-geregistreerd nummer, maar dat was niet voor het eerst; en hij was heel eerlijk geweest en had gezegd dat hij er iets voor terug wilde. Een meer openbare plek dan de Monoliet was er ook nauwelijks, dus er was geen reden voor nervositeit.

Maar die stem had iets bekends...

Toen haar twee minuten later te binnen schoot waarvan, kon ze het slapen wel vergeten. Dus ze ging rechtop zitten en pakte de telefoon. Ze probeerde bijna een halfuur een nummer te bellen, maar gaf het toen op. Toen ze steeds maar naar de voicemail werd doorgeschakeld was het duidelijk dat Halvor zijn telefoon opzettelijk had uitgezet. Het was zijn goed recht om de laatste drie dagen van zijn vakantie met rust te worden gelaten. Zelf zou ze het nooit hebben aangedurfd haar telefoon uit te zetten. Dat verdomde plichtsbesef van vrouwen ook, dacht ze.

Er zat dus niets anders op dan Andersen te bellen zonder dat ze eerst Halvor om advies had gevraagd. Hoewel ze maar al te graag ooit een rechercheteam zou leiden, was het voor haar moeilijker om de commissaris te bellen dan voor Halvor, omdat die al chef was. Bovendien was Andersen een van de zeer weinigen bij de politie die haar het gevoel hadden gegeven dat haar vrouw-zijn een nadeel voor haar was. Toch had Kristine het idee dat ze de man langzamerhand wel van haar kwaliteiten had overtuigd en dat ze dus een goede kans maakte bij de volgende vacature voor een teamleider. En die zou er hoogstwaarschijnlijk komen voordat Andersen met pensioen ging. Niemand verwachtte dat Rasmussen weer volledig aan het werk zou gaan nadat hij een halfjaar met een burn-out thuis had gezeten.

Ze zuchtte en toetste zijn nummer in.

'Andersen.'

'Met Kristine Holm.'

'Lig jij nog niet in bed?'

'Nee. Ik kreeg net een telefoontje waardoor ik niet goed kan slapen. Het was een man die zei dat hij een hete tip had over de moord in Vinderen.'

'Dat kan interessant zijn. We komen bij die zaak niet om in de aanwijzingen, en dat is nog zacht uitgedrukt. Maar waarom bel je mij? Je weet toch dat Berg die zaak leidt?'

Dat wist ze wel, maar nu kwam ze bij het lastige punt.

'Het probleem is dat ik denk dat hij geen echte bron is. Hij wil dat ik vanmiddag om drie uur in mijn eentje naar het Frognerpark kom. Maar zijn stem… ja… die deed me sterk denken aan een van die drie van vannacht.'

Het bleef even stil aan de andere kant van de lijn. Toen, aarzelend: 'Weet je dat heel zeker? Hoor je door de angst van vannacht geen spookbeelden?' Andersen grinnikte even om zijn eigen formulering en voegde er toen minzaam aan toe: 'Ik weet wel dat jij je hoofd meestal koel houdt, Holm, maar het is toch heel normaal als je nog een beetje last hebt van zo'n ervaring.'

Kristine probeerde kalm te blijven. Zou hij die vraag ook aan een man hebben gesteld? Het zou echter niets uithalen als ze haar stem verhief.

'Ik weet het voor 95 procent zeker, ja.'

'Maar hoe kan hij dan aan je naam zijn gekomen? Die heb je toch niet genoemd?'

'Nee. Ik heb alleen van een afstandje mijn politiekaart laten zien. In het donker hebben ze vast niet veel meer kunnen lezen dan "politie". Maar als ze het kenteken hebben opgenomen... Ik sta net als iedereen in het kentekenregister.'

'Wat vind je dat we moeten doen?'

Kristine vond dat het gesprek niet de goede kant op ging. Ze merkte dat haar stem onzekerder klonk toen ze vervolgde: 'Ik zou een team mee moeten krijgen dat de omgeving kan controleren voordat ik er ben en dat ook de ontmoeting zelf kan bewaken. Heel discreet, natuurlijk.'

Weer pauze bij Andersen. Toen kwam hij weer op gang, leek het. 'Misschien heb je gelijk, Kristine, maar het is heel moeilijk voor me om daar nu mensen voor vrij te maken. Je weet hoe druk we het hebben. Als het die man van vannacht is, weten we natuurlijk niet wat hij zal gaan doen als hij jou ziet, en je zegt toch ook zelf dat je hem nauwelijks zult herkennen. Bovendien zou deze zaak eigenlijk door een ander korps moeten worden onderzocht, omdat jij de benadeelde partij bent. We kunnen in dit geval niet zomaar het boekje volgen.'

'Vind je dat echt?' Kristine kon haar verbazing niet verbergen. 'Nu hebben we de kans iemand die een ambtenaar in functie ernstig heeft bedreigd op te pakken, en dan vind jij dat we gewoon maar niks moeten doen?'

'Ja, nu hoor je in elk geval geen spookbeelden. Dat zei ik inderdaad.'

Kristine dacht niet meer na en drukte domweg op het rode knopje. Verdomme! Daar ging haar kans om iets terug te krijgen voor wat ze de afgelopen nacht had meegemaakt. Om nog maar te zwijgen van de baan als teamleider, die waarschijnlijk verkeken was op het moment waarop ze het gesprek met Andersen verbrak.

Plan B. Had ze een plan B?

★

Brigadier en teamcollega Hans Petter Haneborg nam gewoontegetrouw na één belsignaal op. Hoe hij dat voor elkaar kreeg terwijl hij toch vrijwel altijd aan het bellen was – zo leek het tenminste als je je kantoor met hem deelde – ging Kristines verstand te boven.

'Zou je iets voor mij willen doen?'

'Altijd, dat weet je.' Ze wist het. Hij had een paar keer iets voor haar privé gedaan wat hij niet had hoeven doen, maar ze had het idee dat hij dat zelf anders zag. Hij vervolgde: 'Waar gaat het deze keer om?'

'Eerst moet ik weten of je vanmiddag om een uur of drie tijd hebt.'

'Ja, hoor. Ik ga vandaag op vakantie. Ik moet alleen nog wat papierwerk afmaken, dus ik was van plan een paar uur eerder weg te gaan. Een uur of drie moet kunnen.'

'Heeft Andersen je dan niet gevraagd je vakantie uit te stellen?'

'Jawel. Een paar dagen geleden, maar toen ik zei dat ik zondag met een vriend naar Cyprus ga, gaf hij het op.'

'Gaf hij het zomaar op?'

'Ja, ik heb sindsdien in elk geval niks meer gehoord. Hoezo?'

Godverdomme. Godverdomme!

'Ben je er nog, Kristine?'

Ze beheerste zich. 'Ja, hoor.' Toen vertelde ze hem over het merkwaardige telefoontje en zei dat ze steeds sterker het gevoel kreeg dat het een valstrik was. Een aantrekkelijke eigenschap van haar lange, blonde collega was dat hij zijn mening vrijwel nooit onder stoelen of banken stak, en nu kwam hij met een aantal minder fraaie omschrijvingen van Andersen. Ten slotte was het voor Kristine makkelijk om hem haar eigenlijke verzoek voor te leggen.

Ze werden het erover eens dat Hans Petter een halfuur voor het afgesproken tijdstip bij de Monoliet zou gaan rondkijken. Het plan was dat hij zich tijdens de ontmoeting als een gewone toerist zou gedragen, met een camera op zijn buik.

'Je weet dat we met veel meer mensen zouden moeten zijn dan alleen wij tweeën?'

'Natuurlijk,' zei Kristine een beetje geïrriteerd. 'Maar ik kan me niet indenken dat iemand me op klaarlichte dag op een van de drukst bezochte plekken van Oslo wil vermoorden. Dan zal hij proberen me ergens mee naartoe te krijgen.'

'Ja, maar alleen als hij zeker weet dat je hem niet herkent.'

'Daar is hij waarschijnlijk wel van overtuigd. Ik heb zelden een *hoodie* gezien die een gezicht beter verbergt.'

'Je hebt dus niks om op af te gaan behalve zijn stem?'

'Behalve als hij in dezelfde kleren verschijnt als de vorige keer, maar dat betwijfel ik.' Ze pauzeerde even. 'Vind je het goed als we het zo doen?'

Hans Petter had kennelijk alle innerlijke twijfel opzijgezet en hij antwoordde prompt: 'Natuurlijk! Niemand bedreigt ongestraft iemand die mij na aan het hart ligt.'

Die hem na aan het hart ligt. Kristine dacht na over zijn woordkeus. Ze kwam tot de conclusie dat ze die op dit moment heel passend vond.

★

Ze had nooit gedacht dat ze het echt nodig zou hebben. Het kogelvrije vest dat in een doos diep onder in de kast lag, had Kristine bij wijze van grap gekregen van haar vrienden, toen ze vierde dat ze was toegelaten tot de politiehogeschool. Slechts twee keer eerder had ze meegedaan aan een gevaarlijke actie en toen had ze haar uitrusting op het politiebureau gekregen. Eén keer had ze overwogen het vest privé te dragen, na een stuk of tien dreigementen in het kader van de zaak tegen de overvallers van de geldcentrale in Løren. Maar ze had het niet gedaan.

Nu was het anders. Hoewel Andersen haar kennelijk niet geloofde, had ze sterk het gevoel dat dit weleens een gevaarlijke opdracht zou kunnen zijn. Ze wist dat ze zoiets niet moest doen zonder dat het hele politieapparaat was gemobiliseerd. Of het was een officiele opdracht óf ze ging niet. Zo simpel hoorde het te zijn. Aan de andere kant wist ze dat veel collega's regelmatig bronnen ontmoetten. Of het nu tijdens het werk of in hun vrije tijd was, met of zonder back-up, dat vloeide allemaal in elkaar over. Zo bezien was het dus wel te verdedigen.

Voor het eerst las ze de gebruiksaanwijzing. Het was een klassiek vest, zo te zien, zo een met afgesneden mouwen, zoals ze er in Amerikaanse politieseries altijd uitzagen. Het was ontworpen in nauwe samenwerking met het Israëlische leger, iets wat blijkbaar garant stond voor kwaliteit. Volgens de gebruiksaanwijzing was het van veiligheidsniveau III-A, voldoende om ricochetten en schoten van een 9 mm Magnum tegen te houden. Het vest kon bovendien worden versterkt met extra keramische platen voor en achter, maar die zaten er kennelijk niet bij. Hoe dan ook, als ze te maken kreeg met vrij krachtige handwapens, bijvoorbeeld een 7.62 Tokarev, waar er heel wat van in omloop waren in Oost-Europese kringen in de stad, zou het vest de vernietigende kracht daarvan groten-deels absorberen. Hoopte ze.

Ze zocht een dun T-shirt uit voor onder het vest en een wit ka-toenen bloesje voor eroverheen. Daarna bestudeerde ze zichzelf kritisch in de spiegel in de badkamer. Ze bedacht dat de bevesti-gingsbanden van het vest waarschijnlijk zichtbaar waren voor ie-mand die al het vermoeden had dat ze er een droeg. Maar toen ze haar lievelingsjasje er ook nog overheen deed, waren er geen teke-nen van extra bescherming meer te zien. Ze leek alleen iets voller dan anders, een gevoel waar ze wel een paar uur mee kon leven. Als schoeisel koos ze voor lage sportschoenen die precies onder haar vier hechtingen zaten. De wond deed bijna geen pijn meer.

Voor de zekerheid probeerde ze Halvors nummer nog een keer, maar ze kreeg nog steeds alleen de voicemail. Oké, dan moesten Hans Petter en zij het alleen doen.

★

Vijf minuten na het sms'je van Hans Petter met de vraag of ze klaar was, ging ze de trap af vanaf de derde verdieping. Het was 14.27 uur en haar collega was al in de buurt van de Monoliet. Als iets of iemand er bedreigend uitzag, vertrouwde ze erop dat hij dat zou opmerken en haar zou waarschuwen.

Eenmaal op de Hammerstadsgate merkte ze dat het vocht van de afgelopen nacht nog in de lucht hing. Het was gelukkig niet vreselijk warm, anders had ze te veel kleren aangehad. Nu zou ze waarschijnlijk worden gezien als een iets te weldoorvoede carrièrevrouw die op weg was van haar airconditioned kantoor naar huis, en niet als een politievrouw in een in Israel geproduceerd kogelvrij vest.

Ze volgde de Hammerstadsgate richting Kirkevei. Er was haast geen mens te zien, maar ze wist dat het in de parallelle Bogstadvei, 150 meter verderop, wel een drukte van belang was. De mensen stopten op vrijdagmiddag vroeg met werken en velen maakten van de gelegenheid gebruik om een vrijdags biertje te drinken of etalages te kijken in de belangrijkste winkelstraat van Noorwegen. Voor zichzelf en haar hypotheek was ze blij dat er ook een tweedehandswinkel van het Leger des Heils bij haar in de buurt zat.

Ze was net de Schultzgate gepasseerd toen ze zag dat er een man de hoek van de Sorgenfrigate om kwam, die in de schaduw van de grote eiken, vijftig meter verderop, snel naar haar toe liep. De man had een hoodie aan, wat geen goede associaties bij haar opriep, maar hij was een stuk steviger gebouwd dan de meeste skaters. Het beviel Kristine nog minder dat hij zijn capuchon een heel stuk over zijn hoofd had getrokken. Ze kreeg een ingeving, stopte en keek achterom. Over het zebrapad op de Schultzgate kwam nog een man aanlopen, ook met een grote trui met een ver over zijn hoofd getrokken capuchon.

Toen ze allebei naar haar toe begonnen te rennen, begreep Kristine wat er stond te gebeuren. Een fractie van een seconde later besefte ze ook dat ze ingesloten was op het trottoir, met de bebouwing aan de ene kant en een grote, fout geparkeerde vrachtwagen aan de andere.

4

De negenenhalve pk'tjes pruttelden tussen de kleine, groene eilandjes van de scherenkust van Vega door. Halvor wist precies
wanneer hij stuurboord moest aanhouden om bij de plek te komen
die de winkelier had aangeraden voor het uitzetten van krabbenfuiken. Hij ging echter niet zo ver naar stuurboord als de man hem
had gezegd, want ook al hadden ze daar een goede vangst gehad,
hij had toch steeds meer het gevoel dat de toeristen alleen het een-
na-beste plekje werd aangewezen.

Wat natuurlijk heel begrijpelijk was, maar hem niet verhinderde
zelf naar het allerbeste plekje op zoek te gaan. De laatste keer dat
ze de fuiken hadden opgehaald, had Hanne een paar honderd
meter verder in zee oranje boeien ontdekt. Volgens haar vader betekende dat dat daar een ondiepte moest zijn, en ondiepten wilden
meestal zeggen: goede vangst. Daarom gingen ze daarheen om de
eerste fuik te zetten.

Hoewel ze pas vijf en negen jaar waren, hadden Hans en Hanne
een indrukwekkende techniek ontwikkeld voor het ophalen van
krabbenfuiken. Ze zaten tegenover elkaar op de roeibankjes en tel-
den af terwijl ze de zware houten bak heen en weer zwaaiden. Precies op 'drie' lieten ze tegelijkertijd los. Nog een seconde later kwam
er een plons en dan volgden ze allebei de snelle val van de fuik naar
de bodem. Halvor was even bang dat het touw niet lang genoeg
was, maar net toen de boeg door het dolboord verdween, raakte de
fuik de bodem, en ze haalden opgelucht adem.

De kinderen gingen tevreden rechtop zitten en wachtten tot hun
vader de motor weer zou starten. Maar terwijl Halvor overeind
kwam, riep Hans verbaasd uit: 'Papa! Wat is dat daar?'

De jongen wees zo'n twintig meter verder op zee. Daar dobberde een grote kluit wier aan de oppervlakte. Maar daar middenin zag Halvor ook iets anders: een vrij groot, lichtblauw vlak in een kleurschakering die duidelijk afweek van de zware, blauwgroene kleur van de zee.

De kinderen gingen enthousiast op de boeg zitten terwijl Halvor de riemen gebruikte om de boot dichterbij te manoeuvreren. De politieman in hem dacht aan een lijk, maar hij zag niets wat op lichaamsdelen leek. Hij ging er dus van uit dat hij de kinderen met een gerust hart de bootshaak kon geven.

'Het lijkt wel een jack!' Hanne leunde zo ver over de rand dat ze bijna overboord viel. Maar ze ging gauw weer recht zitten. Aan de bootshaak bungelde iets wat er inderdaad uitzag als een jack. Hans trok een gezicht dat betekende dat hij het jack het eerst te pakken wilde hebben, maar hij was gelukkig te nieuwsgierig om het op een schreeuwen te zetten. De kinderen bogen zich over het doorweekte lichtblauwe onderzoeksobject. Halvor legde de riemen in de dollen en draaide zich om.

Het was ongetwijfeld een gewatteerd jack. Halvor kon zien dat het al een tijdje in het water had gelegen. Het was glibberig, op sommige plaatsen groen en zat vol scheuren en gaten. Op sommige plaatsen was de voering helemaal weg. De beide zijzakken waren kapot, maar toen Halvor de panden uitspreidde leek de binnenzak nog heel te zijn. Halvor drukte er voorzichtig op en voelde iets hards. Een mobiele telefoon? Een portefeuille?

'Is het iemand die verdronken is, papa?' Hij hoorde de angst in de stem van zijn dochter.

'Geen idee, meiske, maar ik denk het niet. Het waarschijnlijkste is dat iemands jack overboord is gevallen. We zullen het aan Kåre laten zien.'

'Aan Kåre? Waarom?'

'Hij is hier de baas van de politie, hè? Dat betekent dat hij het beste kan uitzoeken van wie het jack is.'

'Jij kunt zulke dingen toch ook heel goed, papa?' vroeg Hans.

Halvor grijnsde. Gelukkig hadden de kleintjes nog een blind vertrouwen in hun vader. 'Ja, in Oslo wel. Maar hier kan Kåre dat het allerbeste.'

Kristine keek vertwijfeld om zich heen naar een vluchtroute en besefte onmiddellijk dat er maar één was. Ze liet zich snel op de grond vallen en rolde onder de vrachtwagen. Hoewel ze zich concentreerde op wat ze zelf moest doen, hoorde ze ook de zware, rennende stappen dichterbij komen.

Toen ze midden onder de vrachtwagen lag, begon ze te geloven dat het haar zou lukken. Aan de andere kant zat ze dodelijk in de val als ze er niet onderuit was voordat de twee mannen bij haar waren. Dan hoefden ze zich alleen maar voorover te buigen om erop los te slaan, op haar lichaam, haar benen, haar hoofd...

Haar hoofd was er al onderuit! Ze strekte haar armen en trok haar benen achter zich aan. Het gedreun op de grond was nu nog maar een paar meter weg. Ze kwam overeind en ging al over in de hardloophouding. Toen haar benen onder haar werden weggemaaid, had ze even het gevoel dat ze vloog.

★

'Het zijn de hondsdagen,' zei Kåre aan de telefoon.

'De hondsdagen?'

'Dan komt alles naar boven. Dat gebeurt elk jaar weer. Mensen maken melding van allerlei vondsten. Als er vissers vermist worden op zee, kun je er zeker van zijn dat ze nu tevoorschijn komen. Vorig jaar om deze tijd kregen we een man binnen.'

Halvor was er niet helemaal van overtuigd dat er een goed gedocumenteerd natuurwetenschappelijk fenomeen aan Kåres onwrikbare zekerheid ten grondslag lag.

'O? En hoe komt dat dan?'

'Tja, dat weet eigenlijk niemand echt. Sommigen zeggen dat de zeestromen dan van richting veranderen, anderen dat de onderste waterlagen zo warm worden dat ze opstijgen en dingen van de bodem meenemen. Weer anderen schrijven het toe aan de stand van de sterren of aan een of ander bijgeloof.'

'En jij?' vroeg Halvor sceptisch.

'Ik? Ik denk niks. Het enige wat ik weet is dat het zich jaar in jaar uit herhaalt, en dáár heb ik mee te maken.'

Halvor proefde een tamelijk scherpe ondertoon en begreep dat het plaatsen van vraagtekens bij de hondsdagen geen goed recept was voor prettige verblijven op het eiland in de toekomst.

'Vragen ze dat allemaal of wil je er een kijkje nemen, Kåre? Je mag mee-eten als je wilt, een late lunch of een vroeg avondeten.'

'Ben over een kwartier bij je.'

★

Kåres werkweek zat er toch op en onderweg haalde hij zijn vrouw Jorid op. Halvor vond het fijn dat het klikte tussen Birgitte en haar. Op dit moment betekende dat dat Jorid werd voorzien van een glas koude witte wijn, terwijl Kåre en hij zich op het jack concentreerden. De kinderen waren de vondst alweer vergeten en voerden nu het minikoolvisje de inhoud van een van de ontelbare messchelpen die zo kenmerkend waren voor de scherenkust van Vega.

Het jack was aan het vergaan, en het werd er niet beter van, nu het aan het opdrogen was. Op de stof begonnen zich witte zoutstrepen te vormen.

'Als we het jack voor onderzoek door moeten sturen, kunnen we het beter vochtig bewaren,' zei Kåre.

'Jazeker,' zei Halvor, 'maar we kunnen de binnenzak toch wel voorzichtig open proberen te maken? Er zit een mobieltje of een portefeuille in. Het kan vast geen kwaad voor jullie budget als je een paar duizendjes kunt besparen op een technisch onderzoek naar een plaatselijke visser die overboord is gevallen.'

Kåre knikte en ze bogen zich weer over het jack. De beide vrouwen hadden kennelijk belangstelling opgevat voor hun project en kwamen met hun glas witte wijn in de hand dichterbij. Jorid wees.

'Waarom kijken jullie niet gewoon naar het merkje daar boven bij de lus?'

Halvor wierp een snelle blik op de lus. Hij voelde zijn wangen een beetje warm worden toen hij constateerde dat Jorid gelijk had: daar stond een naam. Misschien had Andersen ook gelijk, zuchtte hij inwendig. Misschien werd het tijd om een eind te maken aan de vakantie.

★

Hans Petter dribbelde onrustig heen en weer bij de Monoliet. Het was 15.08 uur en nog steeds geen Kristine. Hij keek naar het sms'je dat hij had gestuurd, of dat goed was gegaan. Het was verzonden om 14.57 uur.

Hij toetste haar nummer in. Geen gehoor. Dat ze niet op zijn sms'je reageerde was niet gek; dat vroeg immers niet om antwoord. Maar als ze werd opgebeld, zou ze in deze situatie de telefoon zeker opnemen.

Hij werd opeens bezorgd en begon zich af te vragen welke route ze naar het Frognerpark kon hebben genomen. Om 15.12 uur begon hij te lopen. Hij liep de laan door in de richting van de Colosseum-bioscoop en keek de straten in die hij passeerde en die Kristine eventueel ook had kunnen nemen. Tot dusverre was er geen teken van Kristine. Toen hij het Majorstuen-kruispunt passeerde, vroeg hij zich af of hij de Valkyriegate of de Jacob Aallsgate zou nemen. Hij koos de laatste en besloot het op een holletje te zetten.

Toen hij de hoek van de Hammerstadsgate om kwam, zag hij de weerschijn van iets wat hij maar al te goed kende. De roterende blauwe lichten van een gele ambulance draaiden juist van hem af, de Schultzgate in.

Voor zich zag hij nog steeds blauwe lichten. Hij rende midden over de straat en zag twee collega's afzetlint uitzetten.

5 juni

Vandaag was het geen lente, het was zomer. Toen ik over de Akersvei liep, aan de achterkant van het Onze-Lieve-Vrouweziekenhuis, was het daar stil en vredig als altijd. De oude, lage huizen deden me denken aan de zomers in de straten van Oslo toen ik klein was. De vliegen zoemden en ik hoorde vrolijke kinderstemmen op het schoolplein van de St. Sunnivaschool.

Even was het zo idyllisch dat ik vergat me te ergeren aan het gebrek aan rechte straten in Oslo. De Akersvei is daar een goed voorbeeld van: hij draait en keert en gaat omhoog en omlaag, alsof stadsplanning en ingenieursvermogen iets is waar je in een wereldmetropool geen rekening mee kunt houden. Kun je ook maar ergens in het centrum van Oslo verder dan tweehonderd meter vooruitkijken, behalve op de Karl Johan en de Stortingsgate?

Hoe het ook zij, ik heb het hoogtepunt even uitgesteld. Maar dat kan ik nu niet langer: ik liep beladen met bloemen door de zuidoostelijke poort van het Verlosserskerkhof, over het ereveld en een paar meter omlaag naar het familiegraf aan de andere kant. De urn van Marianne ligt niet ver van de graven van beroemdheden als Ibsen en Wergeland, en dat is heel belangrijk voor mij. Als er één vrouw geëerd zou moeten worden voor wat ze voor anderen heeft betekend, dan zij wel. Niet alleen was ze bovenaards mooi (iets wat op zich al een goed contact met het hiernamaals zou moeten garanderen, als we Dante mogen geloven), maar ze was ook een buitengewoon goed en warm mens.

Ik wil gerust toegeven dat ik met de jaren wel wat stug ben geworden. Misschien komt dat door te veel jaren eenzaamheid. Toen Marianne nog leefde, was ik helemaal niet stug – zo voelde ik me in elk geval niet. Zij was altijd levendig, altijd geestig, altijd bereid mij nog wat meer te inspireren. Ze liet me geloven dat ik onkwetsbaar was en onbegrensde mogelijkheden had. Zelfs toen ik die 32 miljoen had verloren en weer accountant moest worden.

'Onbegrensd' accountant? Ha!

Elk jaar wanneer ik hier zit, vraag ik haar of het door het verloren vermogen kwam dat ze geen kracht had om tegen de ziekte te vechten. Elke keer krijg ik hetzelfde antwoord: een nee, zwaar van liefde en overtuiging. Toch blijft er elke keer een kleine kiem van twijfel in me, die me jaar in jaar uit dezelfde vraag doet stellen.

Verder is zíj vooral degene die vragen stelt, en geef ik antwoord. Ze helpt me mijn leven in reliëf te zetten, en van jaar tot jaar overzicht te krijgen. Het was ook haar voorstel dat ik weer een dagboek bij zou gaan houden. Vandaag stelde ze me trouwens een wat onrustbarende vraag: of ik me nuttig voelde. Die vraag beantwoorden was niet zo makkelijk als het lijkt, maar ik heb toch iets uit weten te brengen. Normaal stelt ze veel eenvoudigere vragen, zoals wat ik voor mezelf te eten maak en of ik Ruth en Eirik nog weleens zie.

Ons moment voelde niet zo besloten als anders. Ik voelde dat er vanaf het ereveldje iemand tussen het gebladerte door naar me keek. In elk geval ritselde het af en toe, terwijl de föhn zijn komst nog niet heeft aangekondigd. Ik denk dat ik wel weet wie het was. Toch fijn dat hij haar niet is vergeten. Hij is ook het onderwerp van de enige vraag waarop ik Marianne nooit antwoord geef.

20 juni

Het achtcijferige vermogen mag dan verloren zijn gegaan, het huis hebben we behouden, want dat stond op Mariannes naam. De 470 vierkante meter aan het Volvatsterrasse voelen wel leeg en eenzaam aan, maar ze vertegenwoordigen veel materiële waarde.

Ik ben dus van plan morgen mijn baan op te zeggen.

28 juni

Ik ben akkoord gegaan met een opzegregeling waardoor ik vanaf 1 augustus vrij man ben. Vandaag heb ik het huis in de verkoop gezet.

2 juli

Vandaag heb ik navraag gedaan. Het kostte alles bij elkaar driehonderd kronen aan kleingeld en veel leverde het niet op. Maar nu heb ik een tijdje iets anders aan mijn hoofd. Het eerste bod op het huis is er al.

2 augustus

Ik heb de afgelopen maand gebruikt om alles te regelen. Vandaag is het verkoopcontract door beide partijen ondertekend. Ik kreeg honderdduizend kronen extra omdat ik er voor 1 september uit ben. Alle formele zaken zijn dus in orde. Nu rest alleen nog de moeilijkste taak. Ik denk dat ik daar een werkbare methode voor heb gevonden.

5

Oslo/Vega, zondag 2 augustus 2009

Haar haar lag als een waaier over het kussen. Zelfs aan het beademingsapparaat was ze ontegenzeggelijk mooi, en hij begreep wel waarom de topcouturiers in Parijs zo van symmetrie hielden. Hij was ervan overtuigd dat de lijnen aan weerszijden van haar enigszins hartvormige, zij het bleke gezicht precies even lang waren.

Ze was op haar zij gelegd en hij volgde de contouren die zich onder het dekbed aftekenden. Haar lichaam, zo vrouwelijk, zelfs in deze situatie, deed niet onder voor haar gezicht en verklaarde volledig waarom ze een ruimte volledig in bezit nam zodra ze binnenkwam. Vooral als die ruimte voornamelijk door mannen werd bevolkt.

Halvor zuchtte. Hoe ze in deze situatie terecht had weten te komen, was hem een volslagen raadsel. Kristine was normaal gesproken uiterst rationeel, deed vrijwel alles volgens het boekje en nam geen onnodige risico's, terwijl het haar toch ook geen enkele moeite kostte een stapel dossierstukken ondersteboven te keren om alles met nieuwe ogen te bekijken. Ze was domweg de perfecte politiepartner voor iemand als hij, die meer van het intuïtieve, wat warrige, onconventionele type was.

Bijna drie jaren waren er verstreken sinds dat ongelukkige voorval waardoor hij zijn onvoorwaardelijke vertrouwen in Kristine had verloren. Weliswaar hadden ze samen een uitermate lastige seriemoordzaak opgelost, maar een ander, opzichzelfstaand incident had de nauwe band tussen hen kapotgemaakt. In een overigens geslaagde poging om het Bureau Interne Veiligheid ervan te overtuigen dat Halvor vrijuit ging ten aanzien van de verdenking van 'onbehoorlijk gedrag in of buiten de dienst' had Kristine een paar ethische grenzen overschreden die voor Halvor heilig waren. Hij wist dat dat kwam doordat zijn collega toen meer voor hem voelde dan zou moeten en dat die gevoelens haar beoordelingsvermogen wellicht hadden verminderd.

Het had bijna een halfjaar geduurd voordat ze samen een pilsje waren gaan drinken en het hadden uitgepraat, maar toch vertrouwde hij haar niet meer voor de volle honderd procent. Verbeeldde hij zich in elk geval. Hij merkte dat het vertrouwen langzaam weer was teruggekomen in een jaar van intensieve samenwerking bij onderzoeken naar steekpartijen, moorden uit jaloezie, knokpartijen op straat en gewapende overvallen. Zij was degene die hem naar de kern van de zaak terughaalde als hij op een dwaalspoor zat omdat hij iets bepaalds in zijn hoofd had. Maar als zij hetzelfde getuigenverhoor drie keer had gelezen zonder er iets mee op te schieten, was hij vaak degene die haar de verlossende ingeving bezorgde.

Hij kon zich niet goed voorstellen hoe hij het in de toekomst moest doen zonder haar heldere analytische vermogen. In zijn tijd bij de afdeling Geweldsdelicten had hij altijd het vage, onderliggende gevoel gehad dat hij niet goed zonder haar had gekund, terwijl zij juist uitstekend zonder hem kon. Maar misschien was het toch de combinatie van hun kwaliteiten die hun rechercheteam vorig jaar verreweg de beste ophelderingscijfers van Geweldsdelicten had bezorgd. Zoals bij de Árvoll-zaak, de moord die niemand kon oplossen. Uit pure wanhoop had Andersen die zaak van Rasmussens groep overgedragen aan hen. Het kostte Halvor twee dagen om erachter te komen dat het alibi van een van de verdachten onmogelijk stand kon houden. Kristine van haar kant had in de verhoorkamer maar veertien minuten nodig gehad om de man in zoveel tegenstrijdigheden verstrikt te laten raken dat hij zijn kaarten zonder meer op tafel legde.

God mocht weten hoeveel weken ze weg zou blijven. Konden ze er sowieso wel op rekenen dat ze ooit weer volledig terugkwam?

Terwijl ze daar zo hulpeloos lag, stond hij zichzelf voor één keer toe vast te stellen dat hij ook iets voelde van andere, sterkere gevoelens voor Kristine. Hij wist voor zichzelf dat, als hij daar eenmaal aan toegaf, die gevoelens in elke vezel van zijn lichaam zouden opborrelen. Vijf jaar lang waren ze onverkend gebleven, en zo moest het ook blijven. Wat hij met Birgitte had, was het tegenovergestelde van wat hij met Kristine zou hebben gekregen: dat was langdurig, diep, doorleefd. Hij wist heel goed wat hij had.

Hij concentreerde zich dus op de golfjes en getalletjes die onophoudelijk over het scherm naast het bed gingen. Ze waren al de hele tijd gelijkmatig en duidelijk. Hij hoopte dat dat betekende dat ze aan de beterende hand was en dat de artsen van het Ullevål-ziekenhuis haar uit de kunstmatige coma konden halen waarin ze haar hadden gebracht.

De uitbrander die hij eerder die dag van Andersen had gehad, toen hij met Birgittes telefoon had gebeld om zich op de volgende ochtend voor te bereiden, was niet meer zo belangrijk. Wat wél belangrijk was geweest, was dat Birgitte hem naar het ziekenhuis had laten gaan zonder te eisen dat hij op een bepaalde tijd weer thuis zou zijn. Maar hij had in haar ogen gezien dat ze altijd bang was geweest dat wat er met Kristine was gebeurd met hem zou gebeuren.

Het had iets ironisch dat Kristine haar leven misschien te danken had aan het feit dat ze een kogelvrij vest aan had gehad; hij had geen idee waarom en hij had zelf nooit overwogen er een aan te schaffen. De overvallers hadden een paar mislukte pogingen gedaan om hun messen door het vest heen te steken. De een had daarna zijn mes omlaag gebracht en van beneden naar boven gestoken, precies op het moment waarop de tot dusver enige getuige die de politie had, begon te schreeuwen. De beide mannen hadden hun slachtoffer onmiddellijk losgelaten en het op een lopen gezet. Daardoor was Kristine ruw en hard op het asfalt gevallen, met een hersenschudding als gevolg.

Wat het mes mogelijk had kapotgemaakt op zijn weg omhoog door haar buik durfde Halvor zich niet voor te stellen.

★

Kåre Olsen keek uit over zijn kleine koninkrijk vanaf het terras van dertig vierkante meter dat hij zelf had aangelegd. Hij was wel geen burgemeester, maar hij wist dat hij toch de samenbindende factor was voor de meeste van de inwoners die verspreid over Vega's zesduizend eilanden woonden. Hij loste burenruzies en overlast op straat op. Hij ging een lang gesprek aan met Jenssen en diens vrouw toen laatstgenoemde een wel erg ongezond blauw oog had. Hij zorgde ervoor dat de jeugd van het dorp niet helemaal ten onder ging aan de zelfgebrouwen alcohol. En hij bedacht een minnelijke schikking waardoor de kantonrechter de oudste van de gebroeders Moen zijn boot en dus zijn levensonderhoud niet afpakte.

Hij was er trots op dat hij hier woonde. Halvor begreep dat misschien niet – of misschien begreep hij het nu, na veertien dagen in het kleine paradijs van zijn vriend – maar Vega had alles wat een man nodig had. Vrede, rust, natuur, bergen, zee, landbouw en bos. En als Jorid of hij behoefte had om naar een stad te gaan, was het maar ruim zes uur rijden naar Trondheim. Maar dat gebeurde niet vaak.

Het enige wat hem af en toe dwarszat, was dat de bewoners van Vega de neiging hadden zelfgenoegzaam te zijn. Het duidelijkste bewijs daarvan was het onofficiële Noorse kampioenschap in tegenstand tegen aansluiting bij de Europese Unie. Hij zou niet hardop durven zeggen dat hij lang niet meer zo negatief tegenover het EU-lidmaatschap stond als de enorme meerderheid van bijna negentig procent van de bevolking bij de volksraadpleging in 1994. Maar nu Vega van de UNESCO de status van werelderfgoed had gekregen op grond van zijn traditionele eiderdonsproductie, had de eilandgemeenschap zich op een volkomen nieuwe manier voor de buitenwereld opengesteld. Opeens werden er overal op het hoofdeiland, waar de meeste mensen woonden, *rorbuer* gebouwd – traditionele vissershuisjes – en het toerisme bloeide. Zelfs het Vega Havhotell, dat lang was beschouwd als een hopeloos project dat nooit winst zou maken, had nu een topkok en was zomer en winter volledig bezet.

Maar als er één ding ontbrak, dan was het ernstige criminaliteit. Met uitzondering van de moord op het kleine eilandje Kavlingen, waar dus al dertig jaar niemand meer had gewoond totdat er in 2004 uit het niets een lijk opdook. Het voelde voor Kåre Olsen als een grote nederlaag toen de Nationale Recherche en hij zich vlak voor de zomer van 2006 genoodzaakt zagen de zaak in de ijskast te leggen. Afgezien van twee vermissingen die zonder succes werden onderzocht, hadden ze geen aanwijzingen: geen naam, geen getuige en zelfs geen voor honderd procent zekere doodsoorzaak.

Er was een klein sprankje irrationele hoop in zijn achterhoofd opgeflakkerd dat het jack dat Halvor had gevonden iets met deze zaak te maken kon hebben. De hoop was echter meteen vervlogen toen uit het merkje bleek dat het van Jenny Grope op Kjul was. Ze was niet eens erg blij geweest toen hij daar voor de grap met het jack naartoe was gereden.

Maar het kleine uitstapje naar de oude moordzaak had meer in Kåre losgemaakt. Hij zag voorlopig geen reden de oude stukken weer op te diepen – daarvoor lagen er toch te veel kleine zaakjes op zijn bureau – maar hij wilde nog wel weer eens met zijn boot naar Kavlingen gaan.

Per slot van rekening waren het de hondsdagen, en je wist maar nooit wat er zou opduiken.

★

De ongeveer dertig jaar oude man stond op de hoek van de Deich-mannsgate en de Wilsesgate. Hij had een blauwe spijkerbroek en een bruin leren jack aan en een donkerblauwe sjaal om zijn hals, en deed een beetje denken aan een medewerker van een van die talloze humanitaire organisaties die in die buurt gevestigd zijn. Slechts vijftig meter bij hem vandaan lag het Christuspark met zijn dichte bosjes waarin de ergste verslaafden van Oslo hun spuiten hadden achtergelaten.

Maar de man werd niet zozeer in beslag genomen door de locatie. Hij keek nog eens goed op zijn horloge en begon lichtelijk ongerust te worden. De vrouw op wie hij wachtte, kwam anders nooit te laat. Mensen kwamen sowieso nooit te laat als ze met hem hadden afgesproken.

Hij haalde opgelucht adem. In de Wilsesgate verscheen een bekend gezicht. Hoewel ze strompelde en haar linkerwang te ver omlaag hing in vergelijking met de rechter, bedacht hij dat ze er ooit goed moest hebben uitgezien. Hij had er echter geen idee van hoe lang dat al geleden moest zijn.

Hij liep haar tegemoet, gaf haar een hand en omhelsde haar kort. Toen sprak ze, op haar langzame manier, een paar woorden; hij antwoordde, draaide zich op zijn hakken om en verdween in de richting van het park. Het duurde maar twintig seconden. Als iemand het had gezien, had die gedacht dat het ging om een ontmoeting tussen een sociaal werker en een cliënt of tussen twee oude klasgenoten, van wie de een wat beter geconserveerd was dan de ander. Er werden wat woorden van troost gemompeld, en toen scheidden hun wegen zich weer.

★

De vrouw strompelde dezelfde weg terug als ze gekomen was, sloeg toen rechts af, de Møllergate in en begaf zich in de richting van het Centraal Station. Even dacht ze verlangend terug aan de teloorgegane sfeer op 'de Plaat'. Niet zozeer omdat ze de mensen miste, maar omdat het zo lekker overzichtelijk was. Waar ze nu heen ging, kende ze lang niet iedereen, ook al leek iedereen haar wel te kennen.

Ze zwaaide naar een ex-collega, zo iemand die in leven bleef dankzij mannen die wilden betalen. Zelf verkeerde ze niet meer in die positie, en ze had allang begrepen dat ze daar ook nooit meer in zou komen. Nu was het zaak hoe dan ook in leven te blijven.

Zoals altijd zag ze hoe verwachtingsvol ze werd aangekeken toen ze dichterbij kwam. Sommigen trippelden al naar haar toe, maar ze wist dat zelfs verslaafden zelfbeheersing aan de dag konden leggen in een situatie als deze, waarin het spul hun zou kunnen worden afgepakt als ze niet nog even konden wachten.

Ze voelde handen naar haar grijpen.

'Wij hadden een afspraak, hè?'

'Dat werd goddomme tijd!'

'Verdomme. Schiet eens een beetje op!'

'Is het goed spul?'

Ze stopte pas toen ze de ingang van het winkelcentrum Byporten was gepasseerd. Daar ging ze zitten, op het eerste trapje naar het Centraal Station. De hele buurt was vergeven van de bewakingscamera's, maar dat was geen probleem. De mensen dromden zo dicht om haar heen dat van buitenaf onmogelijk te zien was wat er gebeurde. Bovendien maakte de politie zich meestal niet druk om handel op zo kleine schaal.

Ten slotte had ze behalve haar eigen provisie nog maar één klein zakje over. Ze gaf het aan een van haar trouwste klanten. Toen het laatste zakje weg was, werden de rijen aanzienlijk kleiner. Ze was weer een van de onzichtbaren.

6

Oslo, maandag 3 augustus 2009

Hoe het mogelijk was om in de loop van één etmaal acht grote krabben in een en dezelfde fuik te laten lopen, kon Halvor niet bevatten; het was een ervaring die hij in zijn werk maar wat graag terug zou willen zien. Na de ervaring met de fuiken in de nieuwe ondieptes had hij met Birgitte overlegd of ze nu al meteen zouden bellen om het huisje voor de volgende zomer te boeken.

'Ik snap niet wat je zo leuk vindt aan forel, zalm, kabeljauw, koolvis, krabben, zee, bergwandelingen en… en…' Birgitte telde het op haar vingers af, maar keek niet direct ontevreden.

'Tja…' zei Halvor ernstig, 'de kinderen lijken het toch wel leuk te vinden.'

Dat was vrijwel het enige normale waarover hij kon praten na zijn bezoek aan Kristine. Birgitte had begrepen hoe hij eraan toe was en nergens over gezeurd. In de loop van de avond had hij het weinige wat hij wist toch gespuid en hij waardeerde het dat zijn vrouw zich lekker in zijn arm had genesteld toen ze naar bed gingen.

Toen hij van de garage onder het politiebureau in de wijk Grønland naar boven liep, merkte hij dat hij de ene voet steeds moeilijker voor de andere kreeg. Het imposante gebouw was niet geschikt om iemand in een beter humeur te brengen; misschien had hij toch de achterdeur moeten nemen. Toen hij door de automatische deuren naar binnen ging, zag hij dat het atrium rechts net zo vol ongeduldig wachtende paspoortaanvragers zat als altijd, ook al was de bouwvak afgelopen. Waar al die mensen naartoe wilden, mocht Joost weten.

Toen hij langs de wachtkamer van de meldbalie aan de linkerkant kwam, hoorde hij luid geschreeuw en zag hij een wirwar van armen en benen door de glazen deur. Hij stopte even en stelde vast dat minstens drie van die armen geüniformeerd waren, en dat ze de zaak probeerden te kalmeren. Wat er daarbinnen gebeurde, was echter niet zijn zaak, en hij wandelde door naar de kaartlezer, haalde zijn kaart erdoor en begon aan de eindeloze gangen.

Eenmaal boven bij Geweldsdelicten liep hij voorbij de deur van Hans Petter en Merete, die er kennelijk nog niet waren – of misschien was een van beiden of waren ze allebei op vakantie; dat kon Halvor niet bijhouden – en ook voorbij die van het kamertje dat Kristine met Bastian deelde. Hij vond het fijn dat ook die deur nog dicht zat en maakte die van het volgende kantoor open, dat van hemzelf.

Het was er klam en het rook er muf. Wat de luchtverversing eigenlijk uitrichtte, begreep hij nog altijd niet. Hij deed het raam open, ging op zijn stoel zitten en drukte op het knopje van zijn pc. Het gebrom daarvan maakte definitief een eind aan zijn laatste restje vakantiestemming, en hij concentreerde zich op de e-mailtjes die binnenrolden. Het was het gebruikelijke werk: uitnodigingen voor vergaderingen, mededelingen wanneer hij bij de rechtbank moest zijn en een hoop mailtjes die alleen met elkaar gemeen hadden dat zijn naam om de een of andere reden in het cc-veld stond.

Het apparaat was bijna klaar met updaten toen een van de e-mailtjes zijn aandacht trok. Het was een halfuur eerder verzonden en in het onderwerpveld stond: *De aanslag op Kristine Holm*. Daaronder volgde een lange uiteenzetting van Andersen over wat er, voor zover ze nu wisten, was gebeurd, waarna hij vermeldde dat ze momenteel in een kunstmatige coma werd gehouden. Kristines naaste verwanten – haar moeder, dacht Halvor – waren geïnformeerd, en wie de zaak verder in handen zou krijgen, zou worden bepaald in het commissarisoverleg om negen uur.

De klok op Halvors scherm gaf 08:56 aan. Dat betekende dat Halvor Andersen niet zou zien voordat de maandagse bespreking met de hoofdcommissaris afgelopen was, en die duurde normaal gesproken tot tegen lunchtijd. Zoveel te beter ook maar. Normaal gesproken had hij – als hij nuchter was, tenminste – geen problemen met Andersen, maar na de gebeurtenissen van de afgelopen dagen had hij geen reden om naar die ontmoeting uit te zien.

Zijn computer zei weer 'pling'. Nog een mailtje van Andersen, ditmaal alleen aan Halvor.

Halvor,
Kijk even naar de map die ik in je postvakje heb gelegd, dan praten we daar straks over. Hans Petter heeft zijn vakantie na het gebeurde met Kristine geannuleerd, dus je hebt bijna je hele groep om mee te werken. Op mijn kantoor, 12 uur.
Andersen

★

Er was wel vaker trammelant bij de meldbalie van de politie. Ongewoon waren het tijdstip en de heftigheid van het tumult dat zich ten overstaan van vier geüniformeerde agenten had afgespeeld. Een vrouw van een jaar of dertig was vlak na halfnegen komen binnenrennen. Ze bonsde hard op de ruit die de overheidsdienaren van het gewone volk scheidde. Ze sprong op en neer, keek hol uit haar ogen en vormde met haar lippen duidelijk het woord 'moord'. De man achter de balie zag haar onmiddellijk aan voor een verwarde verslaafde en stuurde haar achteraan in de rij. Dat had hij niet moeten doen, in elk geval niet op die manier.

In plaats van te doen wat hij zei, had ze zo hard 'moord' geschreeuwd dat de mensen de handen voor hun oren hielden, en had ze haar arm naar achteren gezwaaid alsof ze uithaalde voor de grootste klap aller tijden. Maar uit haar arm kwam geen gebalde vuist gezwiept, maar een middelgrote handtas – waarin later een baksteen bleek te zitten –, en wel zo heftig dat het leek alsof het trillen van het kogelvrije plexiglas tot in de verste uithoeken van het enorme politiebureau te voelen was.

Het plexiglas hield in eerste instantie stand, maar de zenuwen van de mensen die om haar heen stonden niet. Die verschrompelden als sneeuw voor de zon, terwijl de agent achter de balie met open mond toekeek. De aanval was zo'n volslagen verrassing dat het zes, zeven fatale seconden duurde voordat de drie agenten die in het kamertje achter de meldbalie aan de koffie zaten, begrepen dat de situatie hun aanwezigheid vereiste. Die tijd had de vrouw gebruikt om haar tweede klap beter te richten, terwijl de wachtenden aan de andere kant van de ruimte steun zochten bij elkaar. Ditmaal slaagde ze er warempel in een paar barsten te veroorzaken, waarvan de langste, toen hij eenmaal uitgecraqueleerd was, helemaal van de plafondlijst tot aan de tweerichtingsspeaker in het loket liep.

Maar toen was de eerste agent in het achterkamertje dan ook tot leven gekomen. Vanaf dat moment kostte het hem maar drie, vier tellen om voor de onbekende vrouw te gaan staan. Hij besefte meteen dat hij zich misschien wel in de gevaarlijkste situatie bevond sinds hij als aspirant-agent was begonnen. Toen ze zich naar hem toe keerde en een nieuw slachtoffer zag voor haar uitzinnige razernij, zag hij maar één uitweg. Op het moment dat zij met haar tas uithaalde voor een nieuwe klap, bukte hij en stortte hij zich met zijn hoofd en bovenlichaam in een wanhopige tackle van haar onderbenen. Dat had het gewenste effect: haar levensgevaarlijke arm verloor alle kracht en ze viel achterover.

Toen waren zijn beide collega's er. Ze wisten de vrouw op te vangen voordat ze op de tegelvloer klapte en daarna was alles routine. Met drie man boven op zich gaf ze het op; ze liet zich omdraaien en probeerde zich niet eens los te wringen toen de handboeien om haar dunne onderarmen dichtklapten.

★

De map die Halvor in zijn postvakje vond, was niet van de volle soort. Er zat alleen maar een rapport van drie kantjes in en twee velletjes met getallen, tabellen en lijndiagrammen.

Halvors oog viel op een tabel waarboven stond: GEVALLEN VAN OVERDOSIS IN JUNI/JULI 2009, VERGELEKEN MET EERDERE JAREN. Hij wist dat de jaartotalen doorgaans tussen de 70 en 80 lagen; dat betekende dat er ongeveer elke vijf dagen een inwoner van Oslo werd begraven die aan de heroïne ten prooi was gevallen. Dat was een hoog aantal in verhouding tot het bevolkingsaantal, en Halvor wist dat Oslo in dit opzicht een van de slechtste steden van Europa was, maar hij kon niet goed verklaren waarom het zo was.

In 2005 tot 2008 varieerden de getallen voor juni/juli tussen de 14 en 19, zag hij. Erg genoeg, natuurlijk, maar hij wist dat de cijfers 's zomers altijd omhooggingen omdat de gebruikers vaker buitenshuis een shot namen, in bossen en parken of aan de randen van de stad, waardoor er minder mensen waren die alarm konden slaan en de ambulances meer tijd nodig hadden om hen te bereiken.

Toen Halvor bij 2009 het getal 31 zag staan, begreep hij waarom de zaak op zijn bureau was beland. In het bijgaande rapport las hij bovendien dat het aantal overdoses in juni/juli sinds het begin van de registratie nog nooit hoger dan 21 was geweest. Er was voorlopig geen duidelijke verklaring voor het hoge aantal in 2009. De analyses van de Nationale Recherche hadden bijvoorbeeld niet aangetoond dat er bijzonder zuivere heroïne in omloop was, terwijl de Narcoticabrigade de afgelopen maanden de indruk had dat de markt stabiel was. Dus de verklaring kon ook niet liggen in een lange drooglegging, gevolgd door een lage heroïnetolerantie.

In april 1986, toen Halvors oudere zus Elin haar laatste shot had genomen in de heuvels boven de Zeevaartschool, waren er maar vier doden. Dat getal en nog een heleboel andere feiten in verband met Elins dood zou hij waarschijnlijk tot aan zijn eigen dood toe onthouden. Tot aan het moment dat ze uit huis werd gegooid, was zijn zus zijn trouwe verdediger en steunpilaar geweest in de steeds fellere strijd met zijn vader en Halvor voelde het verdriet na 23 jaar nog altijd als een klomp in zijn middenrif.

Hij wist ook dat de chef van de afdeling Geweldsdelicten wist wat er met zijn zus was gebeurd, en hij vroeg zich af of juist hij daarom deze zaak kreeg. Halvor merkte dat de ader onder zijn slaap waarschuwend begon te kloppen en hij begreep dat Andersen, gewoontegetrouw, weer in de roos had geschoten.

★

De vrouw zat nog steeds met de handboeien om in het verhoorkamertje een paar meter voorbij de meldbalie. De agent die daar bij haar was, was er niet gerust op dat ze voldoende gekalmeerd was om ze af te doen. Nu zat ze wel heel rustig, met haar ogen afwezig omlaag naar het blad van de tafel voor haar, maar hij had geen idee wat er zich onder die donkerblonde haardos afspeelde. Het enige wat ze tot nu toe had gezegd was dat ze een rechercheur van moordzaken wilde spreken.

Hij wist nog even niet wat hij met haar aan moest. Een collega was naar de dienstdoende officier gegaan om te vragen of ze haar in voorarrest moesten zetten wegens het aanvallen van een ambtenaar in functie of dat ze alleen proces-verbaal moesten opmaken en haar dan laten gaan. Ze had per slot van rekening, wonderbaarlijk genoeg, alleen maar plexiglas beschadigd. Uit haar personalia, die ze uit haar tas onder een laagje afgebrokkelde baksteen hadden opgegraven, bleek dat ze met een oude bekende van doen hadden: op haar strafblad stond dat er twee keer hasj bij haar in beslag was genomen en dat ze een boete had gehad wegens het bezit van heroïne. Het zakje heroïne dat ze deze keer in haar tas hadden aangetroffen, was in beslag genomen en aan het dossier toegevoegd.

De agent keek dus nogal op toen de dienstdoende officier persoonlijk binnenkwam en hem vroeg de vrouw naar Geweldsdelicten te brengen, waar ze moesten vragen naar brigadier Hans Petter Haneborg.

★

Hans Petter stak zijn hoofd even om de deur en meldde dat hij nog niets speciaals op zijn bureau had, dus dat hij even een uurtje sociaal werk ging doen voor een verslaafde die dacht dat er iemand was vermoord. Hij voegde eraan toe dat hij daartoe een vriendelijk verzoek had gekregen van de officier van dienst, die toevallig een jaargenoot van hem was geweest op de politieacademie. Halvor zag verband met het rapport dat op zijn bureau lag en zei: 'Laat het me meteen weten als ze denkt dat het slachtoffer is omgebracht met een overdosis.' Hans Petter keek hem even vragend aan, maar omdat de baas hem verder geen blik waardig leek te keuren, schudde hij zachtjes zijn hoofd en trok dat terug uit de deuropening.

Halvor was nu klaar voor zijn gesprek met Andersen. Hij stond op en liep de paar meter naar het kantoor van de commissaris. Hij knikte vriendelijk naar de wachtruimte, die blij leek te zijn om hem weer te zien, en klopte op de deur.

'Kom binnen, Heming!'

Zoals hij daar met rechte rug achter zijn bureau troonde, deed Andersen sterk denken aan een beroepsmilitair. Halvor glimlachte, zoals altijd wanneer hij de baas van de afdeling in die houding zag zitten: hij was de enige die Halvor kende die in de houding kon zítten. Ook ditmaal slaagde hij er als ondergeschikte in geen 'plaats rust!' te roepen, vooral omdat Andersen verrassend genoeg ook glimlachte.

'Goed om je weer te zien, Heming, zeker nu Kristine is waar ze is. Ik stel voor dat we alles vergeten wat met vakantie en weggegooide mobiele telefoons te maken heeft en meteen ter zake komen.'

'Lijkt me prima, Andersen. Hoe ging het bij de grote baas?'

'Hij wil een ander korps een intern onderzoek laten uitvoeren naar de zaak-Kristine, en had al met Asker/Bærum gesproken. Hij is er natuurlijk net als wij op gebrand dat we zorgvuldigheid betrachten als het om onze eigen mensen gaat. Het is mogelijk dat we mensen voor het onderzoek uitlenen, maar het wordt geleid door onze westerburen.'

'Dat verwachtten we toch al?'

'Ja. Kristine was zaterdag trouwens onderweg naar een ontmoeting met een verslaafde in de zaak die je daar in je hand hebt. Dat is dus niet gelukt. Hans Petter verdient een pluim dat hij zijn vakantie na die aanval heeft geannuleerd. Daardoor heb je deze week toch de beschikking over het geplande aantal mensen. Ik wil dat je deze zaak voorrang geeft boven wat er verder nog op je bureau ligt. Jullie hebben drie dagen om erachter te komen of het echt zo erg is als het lijkt. Als dat zo is, breekt de hel los over ons allemaal.'

Halvor begreep wat hij bedoelde. Ze hadden het over mensen helemaal onder aan de maatschappelijke ladder en als het werkelijk om bewuste moorden ging, had het wel erg lang geduurd voordat 'het systeem' dat had ontdekt en aangepakt. Een heleboel rouwende nabestaanden hadden dan alle reden om de gezondheidszorg en de politie verwijten te maken. Dit had alles in zich om mensen in problemen te brengen, tot aan de minister van Justitie en het Storting toe.

★

Hans Petter zat op zijn kantoor te wachten toen hij terugkwam. De lange brigadier had zijn ene been over het andere geslagen, een arm over de rugleuning van de stoel gelegd en staarde door Halvors raam naar buiten. Zijn ogen leken gevestigd op het een of ander in het dikke wolkendek boven de Ekeberg. Misschien zag hij Kristine daar, dacht Halvor. De inspecteur had allang begrepen dat Hans Petter Kristine ook best buiten werktijd zou willen zien.

Halvor schraapte zijn keel en zijn collega draaide zich om.

'Ik heb een groepsbijeenkomst belegd om twee uur.'

'Ik weet het,' zei Hans Petter, 'maar je zei dat je het wilde weten als ze dacht dat er iemand was vermoord met een overdosis. Ik begrijp niet hoe je aan die ingeving komt, maar, ja, dat was precies wat ze zei. Haar vriend, gisteravond, zei ze.'

'Mijn ingeving zit hierin,' zei Halvor, en hij tikte op de map die hij op het bureau had gelegd. 'Is ze nog op je kantoor?'

'Nee. Ik heb haar beneden bij de meldbalie achtergelaten om haar spullen weer op te halen. Haar zaak is niet ernstig genoeg om haar in hechtenis te nemen. Ik wilde jou even vragen of ik tijd moet steken in het schrijven van een rapport over wat ze vertelde. Het leek mij een heel normale overdosis, maar ze is er vast van overtuigd dat er iets door het spul was gemengd waarvan hij een shot had genomen.'

'Laat dat rapport maar even zitten. Hou haar meteen tegen. Bel de balie en vraag of ze daar nog is. Zo niet, dan vraag je een patrouillewagen om je op te pikken en te helpen zoeken. Bel me als je kunt, dan praat ik je bij. Maar eerst moet je me de naam bezorgen van haar vriend.'

Hans Petter was al overeind gekomen, maar Halvor wuifde hem voor de zekerheid weg.

Even herinnerde hij zich het gevoel dat hij had toen hij te horen kreeg dat Elin na haar eerste overdosis op de Eerste Hulp lag. Om de een of andere reden voelde hij nu een zweem van diezelfde angst.

*

Ze heette Lone Slevatn en Hans Petter had nooit van haar gehoord voordat ze plotseling, eerder die dag, op zijn kantoor zat. Een snel telefoontje naar Narcotica leerde hem dat ze om deze tijd van de dag vaak te vinden was op het station, en hij vroeg de patrouillewagen daarheen te gaan. Op zijn aanwijzing hield de auto stil bij hotel Oslo Plaza, en hij liep het laatste stukje.

Hij was zich er pijnlijk van bewust dat hij, zodra hij zich in dit milieu vertoonde, zelfs zonder uniform als smeris zou worden herkend, dus hij liet zijn sleutelkaart maar gewoon aan zijn riem hangen. Dat ze zo gemakkelijk werden herkend had misschien te maken met de houding en de voortdurend onderzoekende ogen van agenten. Het beviel hem helemaal niet om als politieman naar Lone te vragen – hij had het idee dat dat haar later in moeilijkheden zou kunnen brengen – maar hij vond dat hij geen keus had. Halvors woord woog zwaar, en toen hij wegging, had hij de zorg in de ogen van zijn teamleider gezien.

Hij negeerde gebogen schouders en afgewende ruggen en wendde zich tot de eerste de beste.

'Lone – heb je Lone gezien?'

Nors zwijgen en hoofdschudden. Hij draaide zich om naar de volgende.

'Lone?'

Meer van hetzelfde. De onwil was overduidelijk. De jongens van Narcotica hadden het wat makkelijker. Sommigen van hen hadden min of meer een vertrouwensrelatie opgebouwd. Voor hem was het onmogelijk dat in een paar minuten ook voor elkaar te krijgen. Hij besloot tot een andere methode. Dat betekende dat hij zich niets moest aantrekken van de brave burgers die voorbijsnelden, doodsbenauwd dat ze zouden worden aangesproken door iemand uit die asgrauwe groep. Een paar andere tegenwerpingen werden in de kiem gesmoord door de gedachte aan de duidelijke bezorgdheid die hij in Halvors stem had gehoord.

Hij ging de trap naar het station drie treden op en draaide zich om. Hij voelde zich als een politicus die tegen een muur van ruggen stond te praten.

'Goed. Ik begrijp dat jullie geen reden zien om met mij te praten. Maar ik wil toch graag dat jullie hiernaar luisteren: we hebben informatie dat Lone in levensgevaar is en we willen haar vinden en waarschuwen voor het te laat is. We hebben niets tegen haar. We zullen haar zelfs niet meenemen voor verhoor als ze dat zelf niet wil. Dus als iemand van jullie weet waar ze is, zeg het dan alsjeblieft!'

Hans Petter had behoorlijk hard gesproken. Zelfs aan de andere kant van het kale plein draaiden mensen zich naar hem om. Hij hoopte dat zijn show iets zou opleveren en liep de trap weer af. Een vrouw in een groene, versleten tuniek draaide zich half naar hem toe. Haar haar was lang, blond en glanzend, en haar bril maakte dat ze eruitzag als een student. Mooi. Eentje die de schijn nog ophield, dacht de brigadier. Maar ze was ongerust genoeg om dat tegenover hem niet te doen.

'Ze had hier nu moeten zijn. Misschien is ze bij haar vriend?'

Hans Petter schudde zijn hoofd. 'Die is dood. Overdosis, gisteren.'

De vrouw staarde hem aan met bijna normale pupillen. Toen sloeg ze haar ogen neer. 'Jezus!'

Hans Petter wachtte. De vrouw kon niet rustig blijven staan. Hij wist niet of dat door angst kwam of door drugsgebrek.

'Hebben jullie het al bij haar thuis geprobeerd?'

'Nee. Waar woont ze?'

'In Torshov.' Ze zweeg en leek even na te denken. 'Kom. Heb je een auto? Dan breng ik je erheen.'

Ze begonnen naar het winkelcentrum Oslo City te lopen. Hans Petter botste bijna tegen een gezette vrouw op in een witte bloes en een halflange, nauwe rok. Ze keek hem met onverholen afkeer aan en siste, terwijl de speekseldruppels in het rond vlogen: 'Waarom halen jullie ze daar niet gewoon weg? Dit is de eerste plek die de toeristen zien als ze hier komen! En dat noemt zich politie!'

Hans Petter negeerde haar en liep door naar de patrouillewagen. Hij vermoedde meer dan dat hij echt zag dat de jonge vrouw die naast hem liep bloosde. Meteen voelde hij zich nauw verwant aan haar.

★

Hans Petter schaamde zich een beetje dat hij zijn ogen niet af kon houden van de benen die uit de spijkershorts staken, naast hem op de achterbank. Ze waren lichtbruin, mooi gevormd, met blonde haartjes en heel licht gespierd. Misschien had ze aan sport gedaan voordat ze in de marge van de samenleving belandde. En voorlopig zette ze de spuit in elk geval nog niet onder de rand van haar shorts. Maar de kans dat ze zou kunnen stoppen voordat haar bovenbenen verpest waren, was niet groot.

Toch kreeg hij plotseling enige hoop. Misschien hoorde ze daar eigenlijk niet thuis? Misschien zocht ze eigenlijk naar een broer of zus, of deed ze veldstudie of... Hij stak zijn hand uit.

'Hans Petter Haneborg.'

Ze keek wat onzeker naar hem op en nam zijn hand toen aan.

'Irene.'

Er volgde geen achternaam en het werd weer stil. Ze draaiden van de Vogtsgate de Torshovgate in, en vervolgens linksaf de Per Kvibergsgate in. Ze stopten voor een huizenblok waarvan hij uit zijn tijd als geüniformeerd agent wist dat er zich nogal wat gemeentelijke sociale woningen in bevonden.

De binnenplaats was overwoekerd door onkruid en lag bezaaid met halfvolle, bijna door de regen vergane kartonnen dozen en een kapotte vlaggenmast. De gemeente stond er niet om bekend dat ze haar verantwoordelijkheid als huisbaas al te serieus nam. Zijn oog viel op iets glanzends tussen twee klinkers in de omranding van een bloemperkje dat nog niet volledig door de paardenbloemen was overgenomen. Een spuitnaald. De hele binnenplaats was stereotiep voor de reportages die van tijd tot tijd in de kranten stonden over de omgeving waarin de stadsjeugd van tegenwoordig opgroeide.

Irene wist waar ze moest zijn en duwde een deur open waar een K op stond. De stank van urine en vuilnis kwam hen tegemoet. Ze deed alsof ze het niet merkte en liep de trap op. Hans Petter dwong zichzelf zich te concentreren op wat hij moest doen en niet op wat daar twee passen voor hem deinde. Zijn collega kwam vlak achter hem aan. Het kraakte in diens politieradio.

Op de eerste verdieping stopte ze, en ze wees: 'Daar.' Er stond niets op de deur, die om de een of andere reden van mooi nieuw berkenfineer was. Een of ander project met brandwerende deuren in gemeentelijke gebouwen zeker, dacht Hans Petter: het kan niet verdommen hoe de rest eruitziet, als er maar brandwerende deuren zijn!

Hij wuifde Irene opzij en bonsde op de deur. Geen reactie. Hij probeerde de deurklink en de deur ging open op zijn nieuwe, geluidloze hengsels. 'Hallo?' Het was nog steeds stil. Hij draaide zich om en wenkte de anderen om mee te komen.

'Het lijkt leeg,' constateerde hij.

Toen – zonder waarschuwing vooraf – stormde de duivel zelf op hen af.

4 augustus

Het was vol op de Plaat, maar Jakob was er niet. Ik wist trouwens niet dat het zo moeilijk was om heroïne te kopen. Ik kwam niet verder dan dat me methadon werd aangeboden, maar dat lijkt me geen goed lokmiddel. Uiteindelijk vond ik een man die bereid was mijn mobiele nummer te noteren. Hij zag er niet zo afgeleefd uit als de anderen. Als ik pech heb, was het een politieman in burger.

5 augustus

Vandaag kreeg ik een telefoontje vanaf een onbekend nummer, met de mededeling dat ik vier kwartjes kon kopen, dus één gram. Dat komt, voor zover ik weet, overeen met ongeveer acht gebruiksdoses. Ik vroeg hem me weer te bellen als hij vier keer die hoeveelheid had.

6 augustus

Vandaag kwam het telefoontje dat hij drie gram kon regelen – als ik onmiddellijk kwam. We spraken af op Oslo Centraal. De prijs? 4000 kronen. Ik word vast bedonderd, maar dat is van ondergeschikt belang. We ontmoetten elkaar op bankje nummer twee voor McDonald's. Het was niet de man die mijn nummer had opgeschreven op de Plaat. Deze was wel afgeleefd, had twee grote gaten in een jack dat ooit lichtgroen was geweest, en vroeg meteen om zijn geld. Ik gaf hem de envelop en verwachtte eigenlijk dat hij zou wegrennen zonder me iets terug te geven. Maar hij fluisterde me in mijn oor dat ik maar eens moest kijken achter het blad 'Auto' in de Narvesen-kiosk. Toen liep hij weg. Achter de vier, vijf bladen vond ik een wit envelopje met een klein, glimmend zakje met wit poeder.
Het lokaas heb ik nu in elk geval.

7 augustus

*Vandaag was ik weer op de Plaat. Ze beginnen daar nu aan
me gewend te raken. Uiteindelijk vond ik een dame in een
parka die beweerde dat ze Jakob kende. De dames hebben
altijd al oog gehad voor mijn zoon. Ik vroeg haar aan hem
door te geven dat ik iets had wat Jakob wilde hebben.
Hij hoefde alleen maar mijn mobiele nummer te bellen.
Het nummer staat nog geregistreerd op mijn werk, dus het
leek me niet zo gevaarlijk om het haar te geven.
Ik merk dat ik nu in spanning zit.*

10 augustus

*Vandaag belde er iemand vanaf een onbekend nummer naar
mijn mobiel. Toen ik opnam met mijn voornaam, was het lang
stil. De beller legde pas op toen ik zei: 'Jakob?'
De vraag is of hij nog een keer belt.
De telefoon gaat!
Het enige wat hij zei, was: 'Wat heb je dat ik wil hebben?'
Zijn stem droop werkelijk van het wantrouwen.
Toen ik antwoordde: 'Drie gram heroïne', hing hij weer op.
Nu is het na middernacht en hij heeft nog niet weer gebeld.
Kan ik me zo hebben vergist?*

7

Vega/Oslo, maandag 3 augustus 2009

Districtspolitiecommissaris Kåre Olsen naderde Kavlingen na bijna drie uur slalomvaren tussen de ontelbare groene eilanden van de gemeente Vega. Skogsholmen, waar de oude internaatschool voor de kinderen van de eilandbewoners was omgevormd tot uitspanning, was hij allang voorbij. In 2009 hadden de meeste huizen op de eilanden gemeen dat ze verlaten waren of desnoods omgebouwd tot slecht bezochte zomerhuizen. Hoe dichter hij bij open zee kwam, hoe verlatener en vervallener de steeds spaarzamere huizen waren. Hij begreep wel dat de mensen er niet meer tegen konden hele winters in eenzaamheid, wind en kou door te brengen, maar dat er hier 's zomers niet meer mensen kwamen, begreep hij absoluut niet. Dichter bij het paradijs kon je waarschijnlijk nauwelijks komen.

Hij legde aan aan de oude houten steiger, waarvan het nog maar een centimetertje scheelde of hij lag volledig onder water. Die zou het waarschijnlijk geen winter meer uithouden. Nu kon hij, als hij tenminste zorgvuldig zijn evenwicht bewaarde, op de planken tussen de palen lopen die met een meter tussenruimte de weg aan land wezen. Onder hem lag drie meter glashelder water en als hij had gewild, had hij moeiteloos de schelpen kunnen tellen die op de bodem lagen.

Hij kwam met droge voeten aan land en begon aan de twintig meter naar het enige huis van het eiland. De langste onkruidsprieten kietelden zijn blote onderarmen, maar onder het bijna één meter hoge tapijt van gras en bloemen voelde hij nog steeds de diepe afdrukken van de tractorwielen die ooit heen en weer hadden gereden tussen de steiger en het woonhuis.

Toen hij daar was, stelde hij vast dat de deur nu helemaal kapot was. De plafondbalken waren in een zodanige staat dat geen bouwkundige ook maar een voet binnen zou willen zetten. Voor zover hij wist, had het huis bijna 35 jaar leeggestaan en dat het nog overeind stond, zei veel over de kwaliteit van het werk van destijds. Terwijl hij waakzaam naar het plafond keek, zette Kåre Olsen voorzichtig een stap naar binnen, in het donker.

Toen hij over de drempel stapte, bleven zijn handboeien haken achter een roestige spijker in wat ooit een deurpost was geweest. Hij deed een stap terug, maakte zich los en ging helemaal naar binnen. Ook 'zomerhuis' was een allang achterhaald concept voor wat hij nu stond te bekijken. In de keuken moest hij zijn ogen dichtknijpen tegen de zon die door een gapend gat in het dak naar binnen scheen. De plaggen en planten rondom het gat vormden een wuivend spel van licht en schaduw op de vloer. Afgezien daarvan zag het meeste in wat ooit de woonkamer was geweest eruit zoals de vorige keer dat hij er was geweest, zo'n drie jaar geleden. Hij liep naar de merkwaardige bedschikking onder het raam en vroeg zich andermaal af wat er in dit huis was voorgevallen. Het was een driedelig bed, met een middendeel dat in- en uitgeschoven kon worden. Eronder had de technische recherche restjes ontlasting gevonden, maar zo weinig en zo oud dat de DNA-analyse niets had opgeleverd.

Ze hadden wel een volledig DNA-profiel uit het skelet gehaald waarmee de zaak was begonnen. Maar van de sporen die ze in het huis hadden aangetroffen, was het meeste in de loop der jaren afgebroken of verontreinigd. Het Forensisch Instituut had wel kunnen vaststellen dat de monsters DNA van twee personen bevatten, en dat die twee familie van elkaar waren. Maar zolang ze niet in een register konden worden gevonden, hield het daar ook mee op. Dat gold ook voor de vingerafdrukken die ze hadden gevonden. Die zaten wel in het huis, maar niet in het register.

Kåre Olsen ging op een van de houten stoelen zitten die in de keukenhoek aan de andere kant van de kamer stonden. Weer verbaasde hij zich over de vele voorbereidingen die de twee bewoners hadden getroffen om hier te kunnen wonen. Er was een tweepitsgasstel op het aanrecht gezet en een grote gaskachel midden in de kamer. De kasten stonden nog vol blikjes en gedroogde waren van

Toro en Knorr, plus nog allerlei doosjes vitamines en voedingssupplementen. Ruim de helft van de blikjes bevatte groenten en fruit, dus ze hadden hun voeding blijkbaar wel serieus genomen. Naast de kachel stonden twee ligstoelen met goede kussens en in de keukenhoek een tafeltje met twee houten stoelen.

Wat hadden die twee hier in vredesnaam gedaan? Waren het smokkelaars? Terroristen? Godsdienstfanatici die geweldsmeditaties hadden gedaan? Wat betekende het dat ze familie van elkaar waren? Waarom had niemand gezien of gemerkt dat er iets gebeurde op het eiland? De lokale krant, *Brønnøysunds Avis*, en aanvankelijk ook de landelijke dagbladen, hadden pagina's vol geschreven over 'Het Mysterie van Kavlingen', maar niemand had informatie aangedragen waarmee de recherche een stap verder kwam. Het was allemaal zo mysterieus geweest dat zelfs de nationale veiligheidsdienst inzage in het dossier had gevraagd.

En – niet in de laatste plaats – hoe kwam het dat een van de twee het eiland had verlaten, terwijl de ander daar had liggen wegrotten?

Zijn oog werd getrokken door een stapeltje kranten naast een van de ligstoelen. De technische recherche had het laten liggen; blijkbaar hadden ze vergeten op te ruimen. Hij stond op en pakte het stapeltje. Bovenaan grijnsde de kop HILLARY WINT IN WEST-VIRGINIA hem toe. Ongelofelijk dat de strijd om de nominatie voor de Amerikaanse presidentsverkiezingen alweer zo lang geleden was, dacht Kåre.

Hij draaide zich om en wilde weggaan, maar bleef opeens staan. Hij spreidde de bovenste krant uit, zodat hij de datum kon controleren: 14 mei 2008. Wel alle...?! Hij controleerde de volgende krant, een *Brønnøysunds Avis*: van 15 mei 2008. De andere drie kranten waren ook gedateerd op 14 en 15 mei.

Er was maar één interpretatie mogelijk: er waren hier vorig voorjaar mensen geweest. Kåre wist dat dat geen politie was, want dan had hij het geweten. Wat hadden andere mensen hier in vredesnaam gedaan?

Hij begon het huis nog eens systematisch door te lopen.

★

Hans Petters eerste ingeving was om de een of andere reden zijn armen beschermend voor zijn hoofd te houden en te bukken. Maar in plaats daarvan wierp hij zich op de grond en stak een been omhoog. Een pijnscheut in zijn linkerenkel, een knal en een bons achter hem maakten duidelijk dat wat het dan ook was op de grond lag. Terwijl Hans Petter zich omdraaide, zag hij de schaduw van zijn collega razendsnel bewegen en toen hoorde hij het bekende gerammel van handboeien.

Met het gezicht naar de grond en een paar handboeien veilig om zijn op de rug gedraaide polsen, zag de duivel er lang niet meer zo angstaanjagend uit. Uit het fijne gaas op het achterhoofd van de man leidde Hans Petter af dat de duivelse uitdrukking die hij net had gezien waarschijnlijk toegeschreven moest worden aan een rubber masker.

Ze draaiden de man om en hun vermoeden werd bevestigd. Een klassiek, rood-oranje duivelsmasker grijnsde hen toe, met hoorntjes en al: een masker van het soort dat je bij Halloween aan de deur kreeg.

Ze kregen een iets betere, maar nog geen goede indruk toen Hans Petter het masker voorzichtig aftrok. Warrig, vet, lang haar vol klitten, een lang litteken aan de linkerkant van zijn voorhoofd en zwarte, aangevreten tanden vertelden dat er onder hem ongetwijfeld iemand lag die al jaren drugs spoot. Zijn ogen waren wijd opengesperd alsof hij bang was, maar de pupillen zelf waren klein in het bijna volslagen donkere halletje van de flat. Zijn leeftijd was niet makkelijk vast te stellen, maar als Hans Petter had moeten schatten, had hij hem rond de dertig gegeven. Terwijl hij constateerde dat hij Irene nergens meer zag, trok hij de man overeind en duwde hem verder naar binnen. Hij hoorde een lang, sissend geluid toen hij de man in de houten stoel naast de gebarsten spiegel in het gangetje van de flat duwde. Ofwel de man had een levende slang in zijn keel ofwel hij had een longziekte in een vergevorderd stadium. Hoe dan ook, de brigadier trok zich een halve meter terug.

'Naam?'

De man gaf geen antwoord. Hans Petter wilde zijn vraag herhalen, maar werd daarvan weerhouden door een langgerekte, oorverdovende schreeuw. Het kostte hem drie seconden om in de kamer te komen. Irene zat op haar knieën, met open mond, en hield haar handen voor haar ogen. Voor haar, in een plas bloed van minstens een meter doorsnee, lag een vrouw die Hans Petter onmiddellijk herkende als Lone Slevatn. Haar gezicht was zo te zien het enige onbeschadigde lichaamsdeel. Haar buik was zo doorstoken dat de darmen door de open wonden zichtbaar waren en ook haar armen en benen vertoonden duidelijk steekwonden.

Hans Petter wenkte zijn collega, die de tegenwoordigheid van geest had gehad de arm van de verdachte ex-duivel aan de radiator in de gang vast te maken. Nu praatte hij via de politieradio met de officier van dienst. Toen ze uitgesproken waren, wees Hans Petter naar Irene, die nu alleen nog af en toe snikte. Zijn collega begreep de hint, ging op zijn hurken zitten en legde zijn arm om haar schouders. Uiteindelijk wist hij haar ertoe te brengen op te staan en samen liepen ze terug naar de gang.

Hans Petter boog zich voorover, maar zorgde ervoor dat hij geen voet meer verzette. Hij stond niet meer dan een meter van de dode vandaan en mocht niet gaan rondlopen; dat zou sporen uitwissen voor de technische rechercheurs van wie hij wist dat ze eraan kwamen. Dus hij gebruikte zijn ogen. De vrouw die nog maar een paar uur eerder voor hem in de bezoekersstoel op zijn kantoor had gezeten, lag ogenschijnlijk vredig op haar rug, met haar gezicht half afgewend en haar ogen dicht. Als hij niet naar haar lichaam keek, hadden haar houding en de plas bloed om haar hoofd wel iets weg van de Madonna van Munch, vond hij.

Toen bestudeerde hij de rest van de kamer, die duidelijk de kenmerken had van het huis van een verslaafde. Op de groene, oude bank zaten brandplekjes en er lagen allerlei kleren tussen de kussens gepropt. De vloer was bezaaid met chocoladewikkels, lege frisdrankflesjes en pizzadozen. Op de salontafel lag de klassieke uitrusting van een verslaafde: lepel, aansteker, reep stof en twee papieren verpakkingen van wegwerpspuiten, de ene leeg, de andere ongeopend. Heroïne kon hij niet zien van waar hij stond. Misschien die knaap in de gang... Hij draaide zich om en constateerde dat Irene en zijn collega er niet meer waren. Wel zag hij dat de vrije hand van de ex-duivel op weg was naar zijn mond. Hij riep 'stop!' en vloog erheen, met als enige gevolg dat de man zich nog meer haastte. In twee lange passen was Hans Petter bij hem, en hij greep zijn hand. Leeg!

De man kauwde langzaam ergens op. Hans Petter ging resoluut zitten en drukte duim en wijsvinger van zijn linkerhand zo hard mogelijk op de overgang van het kaakbeen naar de schedel. De kaak gaf mee en hij stak duim en wijsvinger van zijn andere hand tussen de rotte tanden van de man. Zijn vingers sloten zich om iets wat op plastic leek, maar toen hij zijn hand weer naar buiten trok, slaagde de man erin zijn tanden op elkaar te zetten, net op tijd, waardoor het zakje scheurde en de inhoud eruit begon te stromen, gedeeltelijk uit, maar gedeeltelijk ook in zijn mond.

'Spugen, verdomme!'

In plaats daarvan zette de man een verzaligde glimlach op, en hij slikte, zichtbaar tevreden over zichzelf. Er zat nog een beetje heroïne in het zakje. Hans Petter vouwde het zakje zo goed mogelijk dicht en stopte het in zijn zak. Toen rende hij de gang in en riep naar zijn collega, die onder aan het trappenhuis stond, nog steeds met zijn arm om Irene heen.

'Zorg dat er ook een ziekenwagen komt! Zeg dat ze Narcanti bij zich moeten hebben en alles wat ze nodig hebben om iemands maag leeg te pompen.'

Toen bedacht hij dat hij geen handschoenen aan had gehad toen hij zijn duim en wijsvinger in de mond van de duivel stak. Hij bekeek zijn hand een paar tellen en stelde gerustgesteld vast dat die geen tekenen vertoonde van wondjes waar eventuele bacteriën doorheen hadden gekund. Toen draaide hij zich om en liep terug. De vastgeklonken man lag in een merkwaardige houding en probeerde zijn tong door het poeder te halen dat op de grond was gevallen, maar het scheelde nog een paar centimeter.

Hans Petter zuchtte. Toen liep hij erheen en gebruikte hij zijn eigen handboeien voor de vrije arm van de man. Het andere uiteinde maakte hij vast aan de kapstok die aan de muur hing. In deze nieuwe houding zag de man eruit als een wat scheve Jezus aan het kruis.

★

Halvor liep doelloos door zijn kantoor en voelde zich vreselijk improductief. Hij had de bespreking met Merete en Bastian uitgesteld in afwachting van een bericht van Hans Petter. Hij wist niet of zijn gebrekkige concentratie kwam door een aanhoudend vakantiege-voel of door toenemende bezorgdheid om Lone Slevatn, de vrouw die meende dat haar vriend met een overdosis was vermoord. Hij was ook niet vergeten dat híj Hans moest ophalen, die juist van-daag zijn eerste dag in de buitenschoolse opvang had, omdat zijn school pas over twee weken begon. Het zou een fraaie indruk maken als zijn zoon al de allereerste dag te laat werd opgehaald...

De telefoon ging. Halvor verwachtte dat het Hans Petter zou zijn, maar in plaats daarvan hoorde hij de stem van de dienstdoende officier: 'Het is gelukt. Het lichaam is onderweg naar het Foren-sisch. Het lijkt me dat we geen toestemming van de familie hoeven te vragen omdat het in het algemeen belang is dat...'

Halvor kapte de uitvoerige juridische toelichting die eraan kwam af. 'Mooi. Ik wil trouwens graag dat van nu af aan een tijdlang sec-tie wordt verricht op alle overdosisgevallen.'

'Oeps! Daar vraag je me wat, Halvor. Dat kost geld, veel geld. Bovendien kan het lastig zijn daar een grondslag voor te...'

Halvor onderbrak hem opnieuw: 'Kan het of kan het niet?'

'Daar ga ik natuurlijk niet over. Daarvoor moet je het hogerop zoeken. Ik raad je aan het via Andersen te spelen.'

'Oké. Dankjewel.'

Halvor hing op. Er zou dus sectie worden verricht op de vriend van Lone Slevatn. Maar Halvor begreep maar al te goed dat hij in de altijd aanwezige rij wachtenden bij het Forensisch Instituut niet bepaald voorrang zou krijgen – als hij niet met een statistiek van meer dan drie pagina's op tafel kon slaan.

Zijn mobiel ging. De naam Kåre Olsen lichtte op.

'Hallo, Kåre. Wat ben je aan het doen?'

'Ik ben op Kavlingen.' Het was even stil, alsof Halvor hier genoeg aan had om alles te begrijpen.

'Eh... ja?'

'Het eiland waar we dat lijk hebben gevonden.'

'O ja, nou snap ik het. Is daar iets mee aan de hand?'

'Er is hier iemand geweest.'

'Hoe bedoel je?'

'Er is iemand in het huis geweest, en die heeft kranten van vorig voorjaar achtergelaten. Even voor jouw begrip: dit is tegenwoordig een heel rare plaats voor mensen om te komen. Het gebeurt maar

heel zelden dat vissersboten hun route hierlangs leggen en plezier-
boten komen hier niet zomaar. Ik vraag me af of dit iets te maken
zou kunnen hebben met het lijk dat we hier hebben gevonden. Ik
zou er wel mee naar de Nationale Recherche willen gaan, maar ik
wilde eerst jouw advies.'

Halvor moest zijn best doen om serieus te blijven. Aan de andere kant had hij niet voldoende kennis van de situatie ter plaatse
om te kunnen bepalen wat zoiets zou kunnen betekenen. Toch was
hij oprecht bang dat de Nationale Recherche zijn vriend alleen
maar zou uitlachen als die hun op deze, op z'n zachtst gezegd zeer
zwakke basis zou vragen de zaak te heropenen. Hij probeerde het
via een andere tactiek.

'Het lijk is gevonden in 2004, toch? Vermoedelijk overleden in
2002.'

'Ja.'

'En je hebt kranten gevonden uit 2008. Daar zit dus zes jaar tussen.'

'Ja, maar je begrijpt het niet. Níémand heeft hier iets te zoeken,
en...'

Halvor onderbrak hem: 'Maar toch, Kåre. Is het volkomen ondenkbaar dat iemand toevallig in de loop van deze zes jaar net op
dat eiland is beland? In dat geval zou het toch niet abnormaal zijn
om een kijkje te nemen in het enige oude huis dat daar staat?'

Het was even stil. Ten slotte zei Kåre: 'Ik begrijp waar je heen
wilt. Je vindt het te vroeg om naar de Nationale Recherche te gaan.'

'Ja. Om je de waarheid te zeggen: ik ben bang dat ze je niet serieus zullen nemen. En dan kan het de volgende keer nog lastiger
worden als je denkt dat je een reden hebt om hen op de zaak terug
te laten komen. Kun je eerst niet eens praten met de lokale krant?
Mensen die er geweest zijn vragen zich te melden?'

'Maar wat moet ik dan zeggen? Het zou raar zijn zo'n zaak aan
die oude moord te koppelen.'

'Je bedenkt vast wel iets, Kåre. En in de tussentijd kun je meer
sporen proberen te vinden. Maar als je avontuur wilt, kom dan
gerust hierheen. Wij hebben iedereen nodig die we kunnen krijgen.'

Hij had er al spijt van terwijl hij het zei, maar het was al te laat.

'Dat lijkt me geen goed plan. Doeg,' zei Kåre.

'Sorry, Kåre, zo was het niet bedoeld...'
Te laat. Hij praatte tegen een dode lijn.
Wat een verdomde klotedag.

★

Hans Petter herinnerde zich nog vaag van de politieacademie dat heroïne slikken minder snel en hevig werkte dan spuiten of roken. Of ook het gevaar voor een overdosis kleiner was, wist hij niet, maar in dit geval wisten ze niet wat er in het zakje zat. Hij had uit de man proberen te trekken of het zijn eigen drugs waren of spul dat hij in de flat had gevonden, maar hij kreeg geen antwoord. Hij meende een zekere angst in het gezicht van de man te zien toen hij vertelde van de overdosis voor Lones vriend, maar dat kon ook verbeelding zijn.

Het goede nieuws was dat de man nog bij kennis was toen de ambulance kwam. Hans Petter vertelde het ambulancepersoneel wat er was gebeurd en vroeg een collega van de uniformdienst mee te gaan naar het ziekenhuis. In de flat wemelde het nu van technische rechercheurs in witte pakken en een brigadier van Geweldsdelicten had er niets meer te zoeken. Hij keek op zijn horloge: zeven over halfdrie. Hij ging naar buiten om Halvor bij te praten – iets waar hij tegenop zag.

Maar hoe goed hij ook luisterde, hij hoorde geen enkel verwijt in Halvors stem dat hij Lone Slevatn uit zijn kantoor had laten vertrekken. De inspecteur klonk tot Hans Petters verbazing echter niet erg enthousiast toen hij vertelde dat hij al een duidelijke verdachte had. Hij vroeg daarentegen: 'Heb je een mes gezien?'

'Nee, want ik kon niet rondlopen. We moeten maar zien of de TR iets vindt.'

'Beetje raar misschien dat jullie duivel de tijd heeft genomen om het mes te verstoppen voordat hij probeerde weg te lopen. Was hij bebloed?'

Zo ver had Hans Petter zich nog niet in die vraag verdiept. Hij dacht diep na.

'Voor zover ik me herinner niet, eigenlijk. Maar hij had een zwarte broek en een bruine trui aan.'

'Maar je hebt toch een behoorlijke worsteling met hem gehad.

Als het bloed hier zo heeft rondgespat, denk ik dat je het wel op zijn kleren had gezien. Waren er bloedsporen in de kamer of op de gang?'

'Nee.' Hans Petter begon zich ongemakkelijk te voelen.

'Oké. Als dit onze man was, moet hij dus de tijd hebben gehad om het mes te verstoppen, zich op de een of andere manier van zijn regenjas te ontdoen of wat hij bij de moord dan ook maar aanhad, en hij moet het allemaal voor elkaar hebben gekregen zonder een druppel bloed onder zijn schoenen te krijgen. Het spijt me, Hans Petter, maar ik denk dat we de dader ergens anders moeten zoeken.'

De jongere collega wist dat hij dat allemaal zelf bedacht zou hebben; hij had gewoon nog geen tijd gehad om na te denken. Nu voelde hij zich dus teruggezet in de schoolbank, een gevoel dat hem zwaar tegenstond na vijf jaar bij Geweldsdelicten.

'Maar verder klinkt het alsof je alles volgens het boekje hebt gedaan. En een goede getuige moeten we met die kerel toch hebben,' zei Halvor troostend.

★

Kåre Olsen voelde zich belachelijk gemaakt en gekwetst door zijn oude vriend Halvor Heming. Hij stampte geïrriteerd op een graspol, maar heel even vroeg hij zich ook af of hij echt meer avontuur en stadsleven wenste. Het antwoord was, zoals verwacht, een snel en overduidelijk 'nee', want per slot van rekening woonde hij al in het paradijs.

Boven zijn hoofd schreeuwde een meeuw. Die had kennelijk het verband gelegd tussen de boot aan de steiger en de man hier op het eiland en gaf onmiskenbaar te verstaan dat het tijd werd voor het visafval dat doorgaans bij die combinatie hoorde. De meeuw zat hem vanaf de nok van het dak aan te kijken, met zijn kop een beetje scheef. Kåre Olsen voelde zich niet erg aangesproken en liet zijn ogen over het grasdak gaan. Niet alleen zat dat gapende gat erin, de plaggen waren op verschillende plaatsen ook naar beneden gegleden, zodat het maar een kwestie van tijd was voordat het hele dak zou instorten.

Recht boven de toegangsdeur was een stukje van het kunststof dakvlies onder de graslaag zichtbaar. Zonder dat hij wist waar hij naar keek, gleden zijn ogen verder, totdat ze plotseling teruggingen naar het plastic. Plastic?! Er hoorde toch geen plastic onder de plaggen te zitten? Dit huis was zo oud dat er berkenbast gebruikt moest zijn. Hij bestudeerde het stuk dak waar de graslaag van af was nog eens. Ja, waarschijnlijk was er berkenbast gebruikt.

Het stuk witte kunststof was dus een raadsel. Hij ging weer naar binnen en haalde een van de houten stoelen. Hij ging erop staan en stak zijn hand onder de resterende graslaag. Zijn vingers sloten zich om iets hards en hoekigs, ingepakt in plastic. Toen trok hij het uit het dak.

8

Halvor liep eerst naar de verkeerde deur. In groep 3 van de buiten-schoolse opvang, waar Hanne tot aan de zomer in had gezeten, keek de groepsleidster hem minzaam aan toen hij naar Hans vroeg, en ze wees verderop in de gang. Om tien over halfvijf, vijf minuten voor sluitingstijd, deed hij de goede deur open en verwachtte dat er elk moment een jongen in zijn armen zou rennen. Zo ging het altijd. Maar nee, het was stil en donker. Nergens geluid te horen.

Het zou voor een inspecteur van de recherche een peulenschil moeten zijn om uit te vinden wat er was gebeurd, maar Halvor wist dat het sneller werkte als hij rechtstreeks naar de hoofdbron ging van het meeste wat er in het leven buiten zijn werk om gebeurde. Hij probeerde het eerst op haar mobiel, maar kreeg geen gehoor. Op het vaste nummer thuis trof hij alleen een verwarde Ole aan, die geen idee had waar zijn moeder en zijn broer waren. De jongen had ook niet meegekregen dat zijn zus Hanne bij hun oma was, dus waarschijnlijk was hij met zijn hoofd weer alleen maar bij meisjes, dacht Halvor.

Er zat niets anders op dan een rondje langs de diverse opvang-groepen te maken. Niemand wist iets van groep 3, maar uiteinde-lijk kreeg hij het nummer van de groepsleidster. Hij probeerde eerst Birgitte nog een keer te bellen, maar ook ditmaal lukte dat niet. Dan maar de groepsleidster. Zij nam gelukkig na het eerste belsignaal op. Halvor noemde zijn naam en legde uit wie hij was.

'O, ja hoor! Uw vrouw heeft hem een halfuur geleden opgehaald omdat hij wat pijn in zijn buik had. Hij was de laatste, dus daarna ben ik naar huis gegaan.'

'Hoe zag ze eruit?' vroeg Halvor uit routine.

'Weet u niet hoe uw vrouw eruitziet?'

Lolbroek, dacht Halvor. Hardop zei hij: 'Ik wilde even zeker weten dat hij echt door mijn vrouw is opgehaald.' Voordat ze kon reageren, voegde hij er bij wijze van verklaring aan toe: 'Ik ben politieman, en helaas heeft niet iedereen het goede met mij en mijn gezin voor.'

'Nee, dat begrijp ik best.'

Wat was er met dat mens? Halvor hoopte dat ze zich alleen maar slecht uitdrukte.

De vrouw aan de andere kant van de lijn schraapte haar keel. 'Tja, nou, ze had blond, lang haar, was rond de veertig en had grote borsten.'

Allemachtig! Voorlopig kon hij de groepsleidster van Hans twee eigenschappen toeschrijven: een slecht uitdrukkingsvermogen en een gebrekkige sociale antenne – precies het tegenovergestelde van wat de jongen nodig had. Dat beloofde wat! En dan, bedacht hij, waren ze zelf op de eerste dag ook nog veel te laat gekomen om een kind van nog geen zes jaar op te halen, en hadden ze grondig bewezen hoe goed hun onderlinge communicatie was. Halvor zuchtte en vroeg zich af of ze ooit regelmaat in hun leven zouden krijgen.

'Ja, dan is het wel in orde. Dank u wel,' zei hij. Maar de vrouw had al opgehangen. Natuurlijk.

Onderweg naar hun twee-onder-een-kaphuis in Manglerud ging hij bij de Rema in Ryen langs en kocht hun avondeten: kipfilet voor de volwassenen en kalkoenschnitzels voor de twee kinderen die thuis waren.

Ole lag op de bank de *Donald Duck* te lezen, maar er kon een 'hallo' af toen zijn vader binnenkwam. Halvor liep naar de keuken en begon de boodschappen op te ruimen, terwijl hij nadacht over de gebeurtenissen van de afgelopen dagen.

Ze hadden dus één grof geweldsdelict, Kristine, maar de verantwoordelijkheid voor het onderzoek daarnaar was overgedragen aan de politie van Asker/Bærum. Dat hij geen onderzoek mocht doen naar wat er was gebeurd met zijn naaste collega was vervelend, maar hij begreep waarom het niet kon. Er zou geen rechter te vinden zijn die de politie van Oslo – laat staan hem – in deze zaak ook maar bij benadering bevoegd zou achten.

Daar stond tegenover dat hij zijn handen vol had aan wat een serie goed geplande overdosismoorden zou kunnen zijn. Voorlopig wisten ze niets over methode of motief. Degene die er misschien iets over wist, was wreed afgeslacht. Met andere woorden: ze zaten midden in een heerlijke troep.

Bekijk het systematisch, dacht Halvor: alles wees erop dat ze in juni en juli minstens tien overdosisdoden te veel hadden. Dat kon uitzonderlijk toeval zijn of te maken hebben met een factor waaraan ze nog niet hadden gedacht. Maar tot dusver was de stijging van het aantal sterfgevallen onderzocht aan de hand van de kwaliteit van de drugs op straat, veranderingen in de uitruktijd van de ambulances en de moeilijke bereikbaarheid van plaatsen die plotseling populair waren geworden om een spuit te zetten. Dat had niets ongewoons opgeleverd.

Kon het iets zijn waar ze niet aan hadden gedacht? Stel dat er via vuile spuiten een ziekte werd verspreid die het immuunsysteem zodanig verzwakte dat het vatbaarder was voor een overdosis? Een soort endemie bij verslaafden? Misschien. Ze moesten in elk geval alle ziekenhuizen even bellen.

Ze moesten ook de drugsscene uitkammen. Lone Slevatn kon geen verklaring meer afleggen; ze moesten anderen zien te vinden. Andersen was akkoord gegaan met de kosten van alle obducties van overdosisdoden die de komende twee weken binnenkwamen. Als ze dan nog nicts hadden gevonden, moesten ze het opnieuw bekijken, omdat het budget tot november al verbruikt was, zoals gewoonlijk. Halvor dacht, zoals hij al zo vaak had gedacht, dat hij, als hij een crimineel in Oslo was, zijn misdaden in december zou begaan. Budgetbewaking had maar twee voordelen, een voor de commissaris en een voor de andere werknemers van Geweldsdelicten: Andersen verzekerde zich ervan dat zijn budget voor het volgende jaar niet werd ingekrompen en de werknemers konden in het algemeen op een lange kerstvakantie rekenen. En dat konden de meesten wel gebruiken, met een gemiddelde van tegen de vijfhonderd overuren.

Hoe dan ook – hij wilde erg graag meer weten van wat Lone Slevatn tegen Hans Petter had gezegd. Hij had de rijst al opgezet en nu gooide hij het vlees in de pan, terwijl hij met zijn schone hand zijn mobieltje pakte.

'Met Halvor. Heb je nu iets meer tijd?'

'Dat is nogal een understatement. Ik ben nog in het Ullevål en wacht tot ik bij onze duivel word toegelaten. De dokter laat me er niet in, omdat de man ter observatie ligt wegens de drugs die hij op de plaats delict al stofzuigend tot zich heeft genomen. Bovendien wachten ze nog op een paar testresultaten.'

Halvor drukte extra hard op de filetjes in de veronderstelling dat ze dan sneller klaar waren. 'Wachten op testresultaten.' Hij werd nog eens gek van die uitdrukking. Politieman zijn was net als oorlog voeren: het bestond voor het grootste deel uit wachten, in elk geval in het begin van een zaak.

Tegen Hans Petter zei hij: 'Kun je me zeggen wat Lone Slevatn vertelde?'

'Ik moet wel toegeven dat ik geen erg zorgvuldige aantekeningen heb gemaakt. Want ik deed het vooral als vriendendienst tegenover mijn oude jaargenoot.'

'Maar je hebt je oren toch wel gespitst toen ze over overdoses begon, zoals ik je had gevraagd?'

Er viel een kleine pauze. Hans Petter had voor elk woord ongewoon veel tijd nodig toen hij zei: 'Ja, dat wel. Maar ze was heel onsamenhangend en...'

'Vertel me nou maar wat je je hier en nu herinnert, dan kun je de wachttijd daar gebruiken om notities te maken. Ik wil uiterlijk om negen uur morgenochtend een rapport op mijn bureau hebben.'

'Oké.' Hans Petter voerde het tempo nu op: 'Ze zei dat ze gistermiddag op Oslo Centraal was geweest en dat ze daar de gebruikelijke twee kwartjes voor haar vriend en zichzelf had gekocht. Voor zover ik het begreep, is ze later op de dag naar de kiosk gegaan om chocola te kopen en terwijl zij weg was, kon hij blijkbaar niet wachten. Toen ze thuiskwam, was hij al blauw. Ze deed alles wat ze moest doen, maar lang voordat de ziekenwagen kwam was hij al dood.'

'Maar waarom dacht ze dat het moord was?'

'Dat is mij ook niet helemaal duidelijk. Ze zei dat hij niet meer had genomen dan normaal. Dat kon ze zien aan de manier waarop hij de doses had verdeeld.'

'Ja, maar hij kan het toch met iets vermengd hebben? Slaapmiddelen of zo, Rohypnol? Dan verlies je toch steeds meer de controle?'

'Toen ik dat suggereerde, werd ze kwaad. Niemand wist beter dan zij wat ze in huis hadden, zei ze, en ze waren helemaal door de andere drugs heen. Ze hadden volgens haar zelfs geen paracetamol.'

'Ze had erg veel vertrouwen in haar vriend, begrijp ik.'

'Ja. Ze zei dat ze al acht jaar bij elkaar waren. Dat is vast heel bijzonder in die kringen.'

'Had ze verder niets concreets?'

'Nee. Verder waren het alleen vermoedens. Ze was ervan overtuigd dat er iets mis was met de heroïne. Ze was namelijk de laatste die wat kreeg en ze was er vol van dat het zakje uit een andere jaszak kwam dan de andere.'

'O? Dat is geen verkeerde informatie. Ze kreeg het van een vrouw, zei ze. Heb je haar naam?'

Hans Petter zuchtte. 'Nee.'

'Nee??'

'Dat was toen ze wegging. Ze zweette als een otter, omdat ze het spul dat haar vriend had genomen, niet durfde te gebruiken. Ze had overleefd op twee valiumpillen die ze het ambulancepersoneel gisteravond had weten af te troggelen. Die waren uitgewerkt, zogezegd. We werden het erover eens dat ze terug zou komen als ze een "oppepper" had gehad en ik beloofde dat ik in de tussentijd de zaak zou bekijken.'

Dat laatste was een pertinente leugen, wist Halvor. In normale omstandigheden zou geen van hen verder onderzoek hebben gedaan op basis van wat Lone Slevatn hun had verteld. Dat zou verspilling van belastinggeld zijn geweest. Maar de dingen waren niet normaal, bleek uit de statistiek.

'Waar is de rest van het spul gebleven dat de man had gebruikt?'

'Dat is het goede nieuws: dat hebben we. De heroïne zat in haar tas, die in beslag is genomen na haar optreden bij de meldbalie. Ze wilde dat we de heroïne zouden analyseren, dus toen ze wegging vroeg ze alleen om haar tas. Maar die kreeg ze ook niet, want dat was een gevaarlijk slagwapen gebleken...'

Halvor kreeg opeens een prikkelende rook in zijn neus. Hij keek in de pan en zag dat de filetjes en de schnitzels nog steeds lichtbruin waren. Toen hij ze omdraaide, zag hij dat de onderkant een heel andere kleur had gekregen. Tegelijk ging de voordeur open.

Hij hoorde de chronisch opgewonden stem van Hans en de wat evenwichtigere van zijn vrouw. Toen kwam er een luid gesnuffel en Birgitte vroeg: 'Wat gebeurt hier? Brandt er soms iets aan?'

Toen ze tien minuten later aan een tamelijk mislukt avondeten zaten, kwam er een sms-bericht. Halvor negeerde de terechtwijzende uitdrukking op het gezicht van zijn vrouw, zei excuserend dat hij naar de wc moest en smokkelde onderweg zijn mobieltje mee. Het was een bericht van Hans Petter:

Duivel overleeft, maar ligt in isolatie. Ze willen me niet vertellen waarom ivm zwijgplicht. Kan dat worden opgeheven? Op z'n vroegst morgen verhoren, in vol beschermpak... Probeer nu Lones vriendin te vinden. HP

Dat mankeerde er nog maar aan: een cruciale getuige in isolatie. Laten we hopen dat hij blijft leven totdat er een rechtszaak komt, áls die er komt, dacht Halvor.

★

Het ergerde Hans Petter dat Irene zomaar was verdwenen in de chaos in de flat in Torshov. Hij snapte best dat ze niet in het openbaar gezien wilde worden met een hoop geüniformeerde politiemensen, maar ze had toch een bericht of een telefoonnummer kunnen achterlaten? Ze begreep toch wel dat ze haar hoe dan ook zouden vinden?

Hij trok geërgerd aan zijn oorlel. Om het prille vertrouwen niet te verstoren dat er volgens hem eerder die dag groeide, had hij bewust gewacht haar naar haar achternaam te vragen. Daar had hij nu spijt van. Als hij niet heel wat mazzel had, zou hij uren aan de telefoon en achter de computer moeten zitten om haar weer op te sporen.

Daar kon hij maar beter meteen mee beginnen en dan moest hij het geplande bezoek aan Kristine maar overslaan. In coma had ze toch niet veel aan zijn aanwezigheid.

Hij vroeg om een patrouillewagen en liet zich bij de markt in Grønland afzetten. Opnieuw trof het hem hoe complex dit deel van Oslo was. Hij had geen idee hoeveel nationaliteiten hier bij elkaar zaten, maar het zou hem niet verbazen als het een getal van drie cijfers was. Een paar honderd meter voor hem rees het politiebureau op, waar veel te veel lampen brandden voor dit tijdstip van de dag. Dat kwam niet doordat politiemensen weinig milieubewust waren, maar doordat er zo weinig naar huis gingen als het daar tijd voor was. Dat begreep hij wel. Als zijn collega's de tijd namen om uit het raam te kijken, moesten ze het gevoel krijgen dat de hele wereld hun werkterrein was.

Niemand bij de meldbalie keek ervan op dat hij om zeven uur 's avonds op zijn werk terugkwam. Eenmaal op zijn kantoor kreeg hij even een slecht geweten toen hij Kristines lege stoel naast zich zag. Ze hadden hier samen heel wat uren doorgebracht. Een paar keer had dat geleid tot een paar pilsjes bij 'Lompa', zoals restaurant Olympen in de volksmond heette, en twee keer – hij wilde er niet te lang bij stilstaan – was het erop uitgedraaid dat hij met Kristine naar huis was gegaan. Het lag niet aan hem dat dat niet vaker was gebeurd.

Hij startte zijn pc op en ging zoals gewoonlijk meteen naar zijn privémail. Bij de ongelezen e-mailtjes was er een van zijn vrienden, met de mededeling dat hij zondagmiddag in het Ullevål-stadion werd verwacht voor de zoveelste erop-of-eronderwedstrijd van Vålerenga, een van zijn broer of hij met een paar duizend kronen wilde meedoen om hun ouders voor hun veertigjarig huwelijk een lcd-tv cadeau te doen, en een van iemand die via Facebook vrienden met hem wilde worden. Zoals gewoonlijk kende hij de naam niet, maar dat zou hij weleens uitzoeken als hij tijd had. In de Outlook van zijn werk zaten maar drie algemene berichten en een mailtje van de receptie. Misschien niet zo gek als je bedacht dat iedereen ervan uitging dat hij op vakantie was. Bovendien was hij vergeten zijn afwezigheidsassistent uit te zetten.

De algemene berichten waren buitengewoon oninteressant: twee met nieuwe rondschrijvens, maar vooral bedoeld voor de juristen, en een over het nieuwe kantineaanbod. Toen hij het mailtje van de receptie opende, was hij echter aangenaam verrast, ook al bevatte het alleen maar een voornaam en een telefoonnummer. Hij controleerde het nummer op internet, maar zoals verwacht zonder resultaat. Hij sloeg het telefoonnummer op in zijn eigen mobieltje voordat hij het intoetste op zijn vaste telefoon.

Een uiterst vrouwelijke stem nam op met 'hallo'. Hij zei wie hij was en vervolgde: 'Fijn dat je je nummer hebt achtergelaten. Ik wilde net naar je op jacht gaan toen ik het mailtje van de receptie zag.'

'Sorry dat ik wegging. Het werd me een beetje te veel.'

En je moest je dosis hebben zeker, dacht Hans Petter. Ze klonk nu anders, wat waarschijnlijk normaal was na een op z'n zachtst gezegd schokkende gebeurtenis, maar haar stem was op de een of andere manier... ronder, misschien. Versluierd?

Hoe dan ook, er waren een paar dingen die hij in dit gesprek niet moest vergeten: 'Ik zou graag willen dat je je personalia zonder al te veel gedoe opgeeft. Die moeten we hebben als ik een getuigenverklaring van je moet opnemen.'

'Ja, natuurlijk.' Ze klonk verbaasd. 'Irene Wiltze, Tuengenallé 36, 0374 Oslo.' Midden in de chicste buurt van Oslo? Hans Petter was confuus en zocht naar de volgende vraag. Hij vroeg enigszins aarzelend: 'Is dat je adres volgens het bevolkingsregister?'

'Ja... waarom niet?'

Oké, hij speelde het spelletje nog even mee. 'Ik zou graag zo snel mogelijk met je willen praten. Kan ik vanavond nog even langskomen?'

Zoals hij al dacht, werd het aan de andere kant van de lijn nu even stil. Maar opnieuw verraste ze hem: 'Kom maar, hoor. Maar geef me even een halfuurtje.'

Hans Petter keek op zijn horloge. Vijf voor acht. 'Goed. Dan ben ik om halfnegen bij je. Mag ik je geboortedatum?'

'Twaalf-nul-vier-drieëntachtig,' kwam er zonder aarzelen. En toen voegde ze eraan toe: 'Maar ik sta niet in jullie systeem.'

Ze kwam inderdaad niet voor in het strafregister. Dit werd steeds raadselachtiger. Hij merkte ook dat hij zich meer verheugde op het getuigenverhoor dan hij strikt genomen hoorde te doen.

★

Toen hij aankwam, stond ze in de deuropening. De bril en de korte spijkerbroek waren verdwenen en de laatste was vervangen door een gebloemd zomerjurkje en een lichtblauw katoenen jasje. Haar lange, blonde haar was strak achterover getrokken in een paardenstaart, waardoor haar hoge jukbeenderen en – interessant genoeg – ook haar bruine ogen mooi uitkwamen. Zoals ze daar stond, met een zware eikenhouten deur aan de ene kant en een muur vol wilde wingerd aan de andere kant, zag ze er heel anders uit dan het meisje dat ze eerder die dag was geweest. In het licht van de zes buitenlampen langs de toegangstrap zag hij dat ze van de koele avondlucht kippenvel op haar bovenbenen had gekregen.

Ze maakte een gebaar om binnen te komen. Het viel hem op dat ze de deur niet alleen op slot deed, maar ook de veiligheidsketting aanbracht. Ze ging hem voor naar wat kennelijk de woonkamer was – het drong tot hem door dat hij er automatisch van uitging dat er ook een 'mooie kamer' was – en wees hem dat hij moest gaan zitten in een klassieke, donkerbruine leren stoel, die door het gebruik was gaan glimmen op een manier die duidde op hoogste kwaliteit. Zelf nam ze plaats op de leren bank tegenover hem, en ze wees op een groene fles en twee kristallen glazen op een zilveren dienblad op de tafel tussen hen in.

'Wil je…?'

Wat bood ze hem aan? Alcohol was uitgesloten zolang hij nog aan het werk was. Het etiket was half van hem afgedraaid en hij kon alleen een S en een P zien.

'Ja, graag.'

Ze maakte geen aanstalten om hem in te schenken, dus hij boog zich voorover en draaide de dop van de fles. Nu kon hij zien dat er achter de P 'ellegrino' kwam, en hij rook nog geen geur van alcohol. Hij wist niet zeker of ze wilde dat hij haar ook inschonk, maar er stonden toch twee glazen…? Moest hij haar glas in zijn hand pakken en schuin houden bij het inschenken of kon hij het tijdens het schenken op het zilveren dienblad laten staan?

Hij vertrouwde er niet op dat zijn vingers schoon genoeg waren, dus hij koos voor het laatste. De flessenhals rinkelde zo hard tegen het kristal dat hij zich licht voelde blozen. Hij concentreerde zich dus hevig op de kleine belletjes die in het glas parelden terwijl hij inschonk, en haalde opgelucht adem. Het moest mineraalwater zijn. Hij vulde zijn eigen glas, hief het en nam een flinke slok. Lekker. Beter dan Farris, het Noorse merk.

'Dank je,' zei ze.

'Mag ik vragen wat je doet?' vroeg hij.

'Ik studeer. Aan de universiteit.'

'Aha.' Hij nam nog een flinke slok. Het koolzuur maakte hem vrolijk. Dan moest het... sociologie zijn; zo heette dat toch? Ze bestudeerde de drugsscene rond Oslo Centraal, dat moest wel! De dingen vielen op hun plaats en hij werd nog vrolijker.

'Dus je schrijft een soort werkstuk over de drugsscene rond Oslo Centraal, zeker?'

Ze gaf geen antwoord, maar vroeg: 'Wat wil je weten over Lone?'

Hij voelde dat hij weer geïrriteerd raakte. Meer op zichzelf dan op haar. Hij hoorde dit gesprek te leiden.

'Hoe kende je haar?'

Haar ogen begonnen te glanzen en ze knipperde een paar keer.

'In de bovenbouw van de basisschool zaten we in dezelfde klas. Ik herkende haar toen ik haar bij het station zag.'

'Is dat lang geleden?'

Ze wachtte even en zei toen: 'Een halfjaar of zo.'

'Hoe wist je waar ze woonde?'

'Ik ben een paar weken geleden met haar mee naar huis gegaan. Toen heb ik haar vriend ook ontmoet. Terje. Ze zouden over een maand allebei aan de methadon gaan. Ze praatten over de toekomst, dat ze wilden trouwen en kinderen krijgen.'

Hans Petter merkte dat haar ooghoeken vochtig leken en dat het geknipper erger werd.

Hij stelde gauw de volgende vraag: 'Hoe kwam het dat Lone verslaafd raakte?'

Ze zuchtte hoorbaar. 'Wat ze mij vertelde, was zo'n beetje het klassieke verhaal. Ze was eens verkracht, op een feest in de negende klas. De zaak schijnt geseponeerd te zijn omdat het woord tegen woord was, en wegens de jeugdige leeftijd van de beide daders. Ze zei dat ze in verwachting was geraakt en abortus moest laten plegen.'

'Je klinkt alsof je niet zeker weet of haar verhaal waar is.'

Irene pulkte wat aan het goudkleurige kussen dat naast haar lag. 'Heel veel van de mensen die zich onder aan de Karl Johan bevinden, of rond Oslo Centraal, als je dat liever zegt, hebben een tragische jeugd gehad, met mishandeling als kind, pleeggezinnen, verkrachtingen en weet ik wat niet al. Maar er zijn er ook die dat niet hebben gehad. Sommigen van hen verzinnen een verhaal, als een soort excuus dat ze zich daar bevinden; verhalen die net echt lijken. Maar het waarheidsgehalte kan dus variëren.'

'En bij Lone varieerde het?'

Ze haalde haar schouders op. 'Dat weet ik niet. In de eerste plaats heb ik dat verhaal nooit gehoord toen ik op de basisschool zat en in de tweede plaats wilde ze niet vertellen wie haar had verkracht. Ze zei dat dat was omdat ik hem kende.'

'Maar dat is toch normaal?'

Irene keek hem recht aan: 'Als jij door iemand was verkracht en de dader was nooit gestraft, zou je dan niet willen dat hij in elk geval de sociale straf kreeg dat zo veel mogelijk mensen wisten wat hij had gedaan?'

Hans Petter bleef het antwoord schuldig. Ze had ontegenzeggelijk een punt.

'Misschien zou ik zelf niet willen dat het bekend werd?'

'Maar Lone wel. Ze vertelde me alles, behalve de twee namen. Maar zoals ik al zei: ik zeg ook niet dat het verhaal niet waar is.'

'Hoe kwam ze aan geld voor drugs?'

'Het gebruikelijke werk: ze tippelde en verkocht wat. Terje stond meestal ergens op Grensen daklozenkranten te verkopen. Ik weet niet wat hij daarnaast eventueel nog deed. Zoals ik al zei: ze probeerden zich voor te bereiden op een leven met methadon. Veel anderen slikken en spuiten zich halfdood voordat ze zich laten behandelen, maar zij niet. Ik had vertrouwen in hen.'

De brigadier veranderde gauw van onderwerp: 'De man die uit de kamer kwam rennen toen wij binnenkwamen, heb je die eerder gezien?'

'Ik weet het niet zeker, maar het kan zijn dat ik hem weleens bij het station heb gezien. Of hij contact had met Terje of Lone weet ik niet.'

Hans Petter leunde achterover en bestudeerde de koolzuurbelletjes in zijn glas. Ze waren piepklein, veel kleiner dan in het mineraalwater dat hij normaal dronk. 'Heb je enig idee wie hen zou willen vermoorden?'

Irene was een paar seconden stil. 'Ik weet dat ze schulden hadden, maar ik geloof niet dat dat veel was. Ze leek zich er geen zorgen over te maken toen ik haar de laatste keer sprak.'

'Wanneer was dat?'

'Vorige week een keer. Donderdag, geloof ik. Bij het station.'

'En toen was ze net als anders?'

'Ja.'

'Hoe goed kende je Terje?'

'Niet erg goed. Ik praatte vooral met Lone.'

'Weet je of andere mensen hen goed kenden?'

'Ik weet het niet zeker, eigenlijk. Ze waren meestal met z'n tweeen. Zelfs dat ze in behandeling wilden gaan, hielden ze geloof ik bewust een beetje verborgen voor de rest van het milieu. Je zou eens kunnen gaan praten met haar ouders. Ik geloof dat ze allebei nog leven.'

Ze zweeg weer en trok haar ene been op de bank. Haar zomerjurk kroop een stukje op. Toen bracht ze haar hoofd naar achteren en liet het tegen de rugleuning rusten. 'Trouwens, je kunt ook De Spreekbuis van de Straat proberen.'

'De Spreekbuis van de Straat?'

'Ja. Dat is een kleine organisatie die met verslaafden werkt. Vooral met gesprekken en het regelen van vrijwillige behandeling, geloof ik. Lone en Terje hadden allebei veel contact met iemand daar.'

Ze leunde weer voorover. Hans Petter vond het prettig dat ze haar been op de bank hield.

'Weet je nog namen?'

'Ken of Kent of zo, iets in die richting.'

Hans Petter ging voor op zijn stoel zitten. 'Oké. Dankjewel. Ik denk dat ik voor deze eerste keer wel heb wat ik moet hebben, maar we moeten later een echte getuigenverklaring van je hebben. Ik zal je nog wel laten weten wanneer.'

Ze liep met hem mee naar de deur, haalde de veiligheidsketting weg, legde haar ene hand op de grendel en de andere op de klink. Toen keek ze hem aan.

'Kom jij dat verhoor dan afnemen?'

Hans Petter zocht naar een dubbele bodem in haar vraag, maar kon niet uitmaken of die er was. Nu vertrouwde hij er echter op dat hij niet tegenover een spuitverslaafde stond. Die waren niet zo duidelijk en konden niet zo weloverwogen formuleren als Irene had gedaan.

'Misschien. Maar ik wil je werkstuk sowieso graag lezen als het af is, als je het goedvindt. Het klinkt alsof ik daar wel wat van kan leren.'

Ze glimlachte en deed de deur open. 'Dan spreken we elkaar nog wel. Dag!'

Toen liet ze hem uit. Hans Petter voelde zich licht toen hij langs de buitenlampen liep, zelfs toen hij bedacht dat hij naar het bureau terug moest om een rapport te schrijven over het gesprek met Lone Slevatn.

Pas toen hij bij de buitenste randweg was, merkte Hans Petter dat zijn linkerbroekzak ongewoon leeg aanvoelde. Hij voelde in het vak onder in het portier, maar daar was zijn mobieltje niet in gevallen. Er zat dus niets anders op dan om te keren. Hij vond het merkwaardig weinig vervelend.

Pas op vijftig meter afstand van Tuengenallé 36 zag hij daar ineens een taxi met gedoofd daklicht voor de deur staan. Hij remde en zette de motor uit. Er verstreek een halve minuut. Toen kwam er een schoolmeisje uit de deur waar hij zelf een paar minuten eerder door was weggegaan. In het licht van de lampen op de oprit zag hij dat het meisje een geruite, korte plooirok aanhad en een beschaafd, wit bloesje. Haar haar was gesplitst in twee vlechten en aan haar linkerarm hing een tasje.

Hij had naar haar moeten roepen, maar iets weerhield hem daarvan. Hij kon wel een paar uur zonder zijn mobiel. Voor zover hij zich kon herinneren zat er momenteel geen erg gevoelige informatie in. Hij ging dus zo plat als een dubbeltje liggen toen de taxi keerde en langs de Nissan reed die hij op het bureau had geleend. Pas toen hij weer rechtop wilde gaan zitten, merkte hij dat het motorgeluid snel was gestopt. Te snel. Hij begon meteen in het handschoenenvakje naar iets ondefinieerbaars te zoeken, maar toen hoorde hij al geklop op de ruit. Hij keek op, terwijl hij het mapje met wegenkaarten en het handboek pakte. Toen deed hij het portier voor haar open. Hij had een warm gevoel.

Ze stapte niet in, maar bleef bij het geopende portier staan en keek hem aan. Ten slotte voelde hij zich gedwongen iets te zeggen.

'Ik heb startproblemen, dus ik wilde dat even opzoeken in het handboek.' Waarom zei hij nou juist dat?

Ze glimlachte zwak.

'O, ja. Ik hoop dat het weer goed komt.' Ze woelde in haar tas en hij hoopte dat ze niet naar de pepperspray zocht. In plaats daarvan haalde ze er iets uit wat hij maar al te goed herkende.

'Je mobieltje,' zei ze ten overvloede, en ze liet hem op de stoel vallen. 'Fijne avond.'

Hij mompelde iets als dank, maar ze had zich al op haar lage schoolmeisjeshakken omgedraaid. Via de spiegel prentte hij zich de beide nummers van de taxi in. Toen draaide hij het contactsleuteltje om en constateerde dat het had geholpen om het handboek erbij te pakken. De auto startte meteen de eerste keer. Hij zette koers naar het politiebureau. Het was 21.48 uur, en het was onderhand tijd om het rapport over Lone Slevatn te schrijven.

✶

Het was bijna tien uur toen Halvor het sms-bericht kreeg waar hij op zat te wachten. Het kwam van de eerste uitrukeenheid, die bevestigde dat alles soepel was verlopen. De volgende ochtend zou er een pakje op zijn kantoor liggen, bezorgd door een koerier.

✶

Hans Petter printte het rapport en legde een exemplaar in de postvakjes van Halvor, Bastian en Merete, en hij vroeg zich af of er een vervanger voor Kristine zou komen, nu de contouren van een echt grote zaak zich begonnen af te tekenen. Het antwoord zouden ze hopelijk in de ochtendvergadering krijgen.

Hij voelde zich nog steeds niet moe, dus hij ging terug naar zijn kantoorstoel, toetste een nummer in op de vaste telefoon en pakte de hoorn van de haak. Zijn bron was op zijn post, en hij kreeg het adres binnen tien seconden. Om de een of andere reden was de buurt waar de taxi naartoe was gereden geen verrassing voor hem. Op Google vond hij alleen een kaartaanduiding uit 1881. Dus ging het nu het snelst als hij in het bevolkingsregister zocht.

Van het antwoord dat hij daar vond, viel hij bijna van zijn stoel.

✶

Irene Wiltze liep voorzichtig de trap af, tree voor tree. Helemaal onderaan stak ze de langste sleutel zachtjes in het slot, terwijl ze haar vingers stevig om de rest van de sleutelbos kneep, zodat die niet zou rammelen. Het klikje toen de grendel meegaf, was zo zacht dat alleen een zeer lichte slaper er wakker van zou worden. Ze deed de deur open, die ze een paar dagen geleden nog had geolied, boog zich voorover en deed haar schoenen uit voordat ze het piepkleine gangetje inging.

Het kastje aan de muur knipperde. Gelukkig was het zo'n ouderwets alarm dat alleen maar aan de deur en de ramen was gekoppeld, en niet aan bewegingssensoren in de kamers. Dat betekende dat het aan kon staan, ook als er iemand thuis was. Als oma van de bovenverdieping af wilde komen, kon ze dat zonder risico doen.

De tegels voelden koud aan onder haar voeten en ze haastte zich naar het Perzische tapijt in de kamer. Ze liet haar voeten een beetje warm worden voordat ze doorliep naar de kamer van Lise Marie. Daar bleef ze op de drempel staan. Na een paar seconden kon ze heel zwak de lichte ademgeluidjes onderscheiden van het eeuwige geruis in de waterleiding. Zoals gewoonlijk speelde er een glimlach om haar mond, en ze voelde de lichte kramp in haar borst – zoals steeds, de laatste maanden.

Ze ging de kamer in, pakte de stoel die aan het voeteneind van het bed stond en ging zitten op een stapeltje kleren in maat 110-116. Die hadden natuurlijk gesorteerd moeten zijn voor respectievelijk de wasmachine en hergebruik, maar daar had ze geen tijd meer voor gehad door het bezoek dat ze eerder die avond had gehad. Dat moest nu maar tot morgen wachten. In plaats daarvan boog ze zich voorover, streek behoedzaam vier haartjes uit het gezicht van haar dochter en legde ze achter haar oor. Het ritme van Lise Maries ademhaling veranderde niet.

Irene liet haar ogen over het nachtkastje glijden en over het apparaatje dat een vriend was, maar ook een vijand. Haar moeder verwachtte dat ze het uitzette als ze zelf thuis was, terwijl het beter voor Lise Marie was als het nog een uurtje aanstond. Aan de andere kant werd het meisje nooit wakker om deze tijd, en als dat al gebeurde, zou ze toch haar moeder in bed vinden, al was die ook moeilijk wakker te krijgen. Dus Irene boog zich voorover en drukte op het knopje dat de verbinding met de verdieping erboven verbrak. Egoïstisch, dat wel, maar de angst voor wat haar moeder zou kunnen ontdekken, was sterker.

In de badkamer haalde ze de make-up van haar gezicht en poetste ze haar tanden. Toen trok ze haar bloes en de grijze plooirok uit en haalde de twee lichtblauwe strikken uit haar haar. Ze dacht aan het bezoek dat ze eerder die avond had gehad. Hij was heel leuk en had iets van een naïeve autoriteit waardoor je hem gemakkelijk aardig kon vinden, maar hij was... politieman. Dus iemand met wie ze onder geen beding kon praten, ook al besefte ze dat er veel redenen waren waarom dat wel zou moeten.

Ze boog voorover en trok het kleine, plastic krukje van Ikea onder de wastafel vandaan, dat Lise Marie gebruikte om bij de kraan te kunnen als ze haar handen waste. Ze zette het krukje onder het ventilatieluik en ging erop staan. Haar hand kwam precies hoog genoeg om de schroef aan de ene kant te kunnen pakken. De hengsels waren allang kapot, dus ze kon het luik er makkelijk uit trekken en haar vingers over de binnenkant laten gaan. Ze vond wat ze zocht, en was opgelucht dat er ook deze keer geen spinnen waren meegekomen.

Ze voelde de verwachting door haar lichaam en geest gaan en ging sneller werken. Zoals gewoonlijk moest ze zich goed concentreren om te voorkomen dat er iets op de grond viel. Ze dwong zichzelf de normale hoeveelheid te nemen, ook al had ze behoefte aan meer. Weliswaar vertrouwde ze haar leverancier, maar haar geestesoog kon het beeld niet loslaten van een vertwijfelde Lise Marie die haar moeder maar bleef aanstoten.

Ten slotte was ze klaar en ging ze de slaapkamer in. Ze spande haar arm en vond ader nummer drie onmiddellijk. Toen ze de spuit had geleegd, stopte ze die en de band gauw onder haar hoofdkussen. Toen verdween ze in de ruimte die alle lastige gedachten zo oneindig ver wegschoof.

11 augustus

Wat een nacht! Ik vraag me af wat de buren dachten toen
er vanmorgen om vijf uur op mijn deur werd gebonkt.
Maar over drie weken ben ik hier toch weg, dus het is niet
zo erg.
Voordat ik opendeed, verzekerde ik me ervan dat het
Jakob was. Hij tuimelde bijna naar binnen. Al zijn
wantrouwen was van hem af gestroomd, waarschijnlijk
samen met het zweet dat van zijn gezicht gutste.
Het enige wat hij zei, was: 'Waar is het?' Het lukte me
niet zijn blik te vangen. Die fladderde heen en weer door
het huis, alsof ik het plastic zakje achteloos in een hoek
had gegooid.
Ik gaf hem zoveel als volgens mijn berekening ongeveer een
kwart was. Hij graaide het zakje naar zich toe en
bestudeerde de inhoud. 'Verdomme! Je zei drie gram!'
Toen werd ik even nerveus. Het is lang geleden sinds ik wist
wat hij ging doen. Maar ik slaagde erin mijn stem niet te
laten trillen toen ik antwoordde: 'Er is meer waar dit
vandaan komt. Maar dat krijg je pas als we met elkaar
hebben gepraat. En dan moet je beter in vorm zijn dan nu.
Ik ben de hele dag thuis.'
Toen draaide hij zich op zijn hakken om en sloeg de deur
met een klap achter zich dicht. Het ging zoals ik had
verwacht. In de vorm waarin hij verkeerde, had hij meer
belangstelling voor een shot dan om het huis ondersteboven
te keren op zoek naar de rest.
Nu ga ik proberen wat te slapen.

11 augustus vervolg

Al om drie uur stond hij weer aan de deur.
Toen zag hij er wat beter uit, maar even mager en
onverzorgd. Zijn zwarte haar zag eruit alsof het al een
paar weken niet was gewassen.
Ik dacht trouwens dat een kwart het wat langer vol zou
houden, maar hij zei alleen maar dat hij een 'oppepper' had

genomen en dat hij er klaar voor was om te praten 'als ik dan per se ergens met hem over wilde praten'.

Ik vertelde hem over mijn plannen, en dat ik hem de vijf dagen die dat duurde van drugs zou voorzien.

Hij keek alsof hij me maar maf vond. En dat ben ik ook vast wel. Maar hij was bereid er tot de volgende dag over na te denken. Toen begon zijn blik weer te fladderen en ik besloot hem voor te zijn. Ik heb er niks aan als hij het huis met de grond gelijkmaakt, twintig dagen voordat de nieuwe eigenaar erin komt.

'Ik heb hier niet meer, dus vergeet dat maar. Het zou gekkenwerk zijn om thuis iets te verstoppen waar jaren gevangenisstraf op staat.'

Hij leek erin te trappen. Ik bood hem ook aan om mijn badkamer te gebruiken, maar toen schudde hij alleen maar zijn hoofd.

Het mysterie van de verdwenen dagboeken lijkt trouwens te zijn opgelost. Ik heb de inboedel nu grotendeels ingepakt en opgeslagen zonder dat ik ze heb gevonden. Dus ik vroeg het Jakob, nu hij er toch was. Maar helaas pas nadat hij zijn kwartje had gehad.

'Die heb ik jaren geleden al verpand,' zei hij. Toen ging hij weg.

Verpand? Kun je dagboeken verpanden, dan?

13 augustus

Gisteren is hij toch niet gekomen. Hij heeft zeker ergens anders iets te pakken gekregen. Ik realiseer me nu dat ik weer naar de Plaat moet om meer te krijgen als ik zijn verbruik wil bijhouden.

14 augustus

Weer een dag zonder dat ik iets van hem heb gehoord. Ik heb mezelf jaren geleden al gedwongen me niet meer druk te maken omwille van Jakob, maar nu klopt het hart me toch in de keel. Ik durf niet eens te denken aan de ironie dat hij een overdosis zou nemen nadat hij drugs heeft gekregen van zijn vader. Hoe zou ik daarna nog naar Mariannes graf kunnen gaan?

16 augustus

Goddank! Vandaag kwam hij, zij het dat hij er nog beroerder aan toe was dan de eerste nacht. Hij zei niets, hield alleen zijn hand op. Ik gaf hem nog een zakje. Toen verdween hij. Het is een beetje beangstigend om een zoon van twintig te hebben die je zo aan een hond doet denken.

17 augustus

Eindelijk een beetje contact. Hij had duidelijk weer een oppepper genomen. Vertelde dat hij bij de M3-kliniek was geweest om af te kicken, maar dat hij na anderhalve dag was weggelopen. Hij zei dat zijn motivatie om ervan af te komen was dat hij heroïne kreeg van zijn vader.
Het kan zijn dat hij grijnsde terwijl hij dat zei.
Nog een vooruitgang: hij accepteerde het aanbod om de badkamer te gebruiken. Het kan zijn dat hij teleurgesteld was toen hij ontdekte dat het medicijnkastje leeg was, maar hij zei niets. Hij was in elk geval een stuk schoner toen hij eruit kwam.
Hoe dan ook, hij beloofde mee te gaan als we 2 september vertrekken, als ik hem geld geef. Een gok, maar hij krijgt maar drieduizend kronen per week. Ik heb duidelijk gemaakt dat ik geen geld thuis zal hebben, dus aan zoiets hoeft hij niet te denken.

19 augustus

Vandaag was ik weer aan het graf en heb ik Marianne alles verteld. Ze was duidelijk sceptisch, maar ik denk toch dat ze begrijpt waarom ik het moet doen.

1 september

*Het geld van de verkoop van het huis is overgemaakt en
alle spullen zijn weggegooid, opgeslagen of verkocht. Alles is
klaar. Vannacht slaap ik in het Continental. De vraag is: zal
hij er morgen zijn?*

9

Oslo, dinsdag 4 augustus 2009

Halvor Heming stond te wachten tot de koffieautomaat klaar was voor weer een dag hard werken. Hij begreep dat het nogal optimistisch was om te hopen dat het antwoord op de zaak waaraan ze werkten, zou komen uit een van de rapporten in zijn postvakje of in het pakket dat op zijn bureau zou liggen. Als dat zo was, was het misschien mogelijk geweest om langzaam op gang te komen na de zomervakantie, zoals in de meeste andere beroepen. Dan had hij misschien wat tijd gehad om na te denken over de vraag hoe hij zijn team moest organiseren. Misschien had hij Bastian dan naar die cursus verhoortechnieken kunnen sturen waar hij al zo lang van droomde, had Merete stage kunnen lopen bij de forensisch arts, had Kristine kunnen...

Nee, Kristine had niets gekund. Hij trok een grimas en nam gauw de dubbele espresso mee, ondanks de gevolgen daarvan voor zijn maag, en haastte zich naar zijn kantoor. Hij was ongewoon vroeg op zijn werk – aangezien er bij Geweldsdelicten maar één theedrinker was, wees alles erop dat hij de allereerste was, een gevoel waarvan hij hield, maar dat hij maar zelden ervoer.

Zijn postvakje zat bijna vol, omdat hij de vorige dag niet de moeite had genomen het te legen. Hij nam alleen de bovenste stukken mee. Op zijn bureau lag inderdaad een pakje. Daarmee had hij alle elementen die hij nodig had om de teamvergadering over bijna twee uur voor te bereiden.

Hij begon met het rapport van de plaats delict, ondertekend door Bjørn Gundersen. Dat was zoals verwacht degelijk, volledig en ongewoon schilderachtig van taal. De rapporten van de Bergenaar deden het in een rechtszaak niet altijd even goed, maar persoonlijk hield Halvor wel van formuleringen als 'onder de centimeterdikke laag chips, chocoladewikkels en resten shag en andere rommel op het tapijt bevond zich een reeks vrij kleine bloedsporen. Deze zijn van oudere datum en wellicht een gevolg van eerder genoten festiviteiten. We hebben echter toch enkele monsters genomen.' Als je niet wist dat Gundersens cynisme echt alle groepen mensen betrof – met uitzondering misschien van Bergenaren – zou je zomaar kunnen denken dat de man behept was met een serie vooroordelen die hem totaal ongeschikt maakte voor het politievak. Maar Halvor wist dat hij iedereen gelijk behandelde en liet zich dus zonder meer amuseren.

Wat de overige resultaten betrof, was er voorlopig weinig concreets te melden. Gundersen toonde zich er in zijn bloemrijke taal nogal wanhopig over dat de plaats delict zo vies was: je kon makkelijk relevante vondsten over het hoofd zien, terwijl oninteressante dingen zomaar bij het Forensisch en uiteindelijk op de rekening van de politie terechtkwamen. Er waren wel haren, huidschilfers en bloedresten veiliggesteld, maar de resultaten zouden nog even op zich laten wachten. Intussen hadden ze zich geconcentreerd op allerlei voet- en vingerafdrukken, en die zaten volgens de Bergenaar al op de juiste plaats in de databank. Het belangrijkste, het moordwapen, schitterde echter door afwezigheid.

Halvor legde Gundersen weg en nam de andere rapporten door. Bastian en Merete hadden niets anders te melden dan wat ze de vorige middag hadden gehoord. Dat wilde zeggen dat het er de schijn van had dat de toename van het aantal overdoses een gevolg was van bewuste vergiftiging. Daardoor werd het des te spannender wat de bloedproeven bij de vriend van de doodgestoken Lone Slevatn zouden opleveren. Dat resultaat zou hopelijk in de loop van de dag binnenkomen. Bovendien wachtten ze nog op de uitkomst van de analyse van het zakje poeder dat Slevatn had ingeleverd.

Hans Petter had drie rapporten geproduceerd: een van zijn ontmoeting met het slachtoffer Slevatn, een over wat hem en de anderen was overkomen op de plaats delict en een over Irene Wiltze, de getuige die de patrouille de dag ervoor de weg naar de plaats delict had gewezen. Het viel Halvor op hoe ijverig de brigadier was geweest. Hij was nooit te beroerd om iets te doen, dat niet, maar gisteren had hij hier tot na middernacht gezeten; dat kon hij zien aan het tijdstip op de prints. Hij vroeg zich even af hoe dat zou komen, maar hield het erop dat de gedachte aan wat er met Kristine was gebeurd de adrenaline wat extra had doen bruisen in de aderen van Hans Petter. Er zaten hoe dan ook heel wat punten in het materiaal waar ze op door konden gaan, en daar was Halvor blij mee.

De eerste verhoren van de buren waren niet bepaald een doorbraak te noemen. In de eerste plaats omdat veel bewoners de ervaring hadden dat het maar zelden de moeite loonde om met de politie te praten en in de tweede plaats omdat er maar heel weinig thuis waren. Het was duidelijk dat ze vandaag nog een ronde moesten doen, zonder uniform.

Ten slotte maakte Halvor open wat hij hoopte dat de grootste lekkernij was. Het pakje bevatte alleen een dvd; dat was alles. Hij liep naar de grote vergaderkamer, schoof de dvd in de player/recorder waar ze negen maanden over hadden moeten ruziën om hem te krijgen, en zette de tv aan. Het was nog steeds ruim voor acht uur.

★

Even later leunde hij achterover in zijn stoel en stelde tevreden vast dat hij de enige teamleider was die vergaderingen op zijn eigen kantoor kon houden. Dat vereiste weliswaar enige omzetting van het meubilair – zo moest de bezoekersbank in een hoek worden geschoven en de vergadertafel worden uitgeklapt – maar het ging.

Bovendien waren er die ochtend een paar wonderen geschied. Hij had bijvoorbeeld een halfuur eerder de IT-afdeling gebeld op het interne nummer. Het eerste wonder was dat er op dat nummer vóór kwart over negen überhaupt iemand de telefoon aannam; wonder nummer twee was dat de man die aannam een laptop beschikbaar had en ten slotte het grootste mirakel: dat apparaat had een dvd-speler. Toen Halvor van de schok bekomen was, vroeg hij of het apparaat bij hem gebracht kon worden. En het was ook een wonder – zij het iets kleiner – dat de IT-man bereid was dat persoonlijk te doen. De man had zelfs het snoer aangesloten en gecontroleerd of de dvd-speler het deed voordat hij weer naar beneden ging. Daardoor hoefden ze niet te wachten totdat de grote vergaderkamer na de ochtendbriefing vrij was.

Hij is vast nieuw, dacht Halvor.

Op wonder nummer vijf durfde hij nog niet helemaal te rekenen; hij hoopte dat Hans Petter dat tijdens hun vergadering kon bevestigen. In dat geval zou hij al een stuk verder zijn gekomen in de overdoseszaak – en dat al op de eerste dag nadat ze die op hun bordje hadden gekregen.

Merete Markussen was zoals altijd de eerste die op zijn deur klopte. De voormalige handbalinternational had kort, donker haar en een tamelijk vierkant gezicht, met opvallend brede kaken. Haar schouders leken elk moment uit haar shirt te kunnen knappen en met haar bijna 1,90 meter had ze op de politieacademie op superieure wijze alle fysieke opdrachten – voor mannen – geklaard. Halvor wist dat plaatsdelictonderzoeker Gundersen korte tijd min of meer een verhouding met haar had gehad, maar hij betwijfelde of de zelfbewuste Bergenaar zijn vriendin ooit met armdrukken had kunnen verslaan; misschien was dat de reden dat de relatie maar zo kort had geduurd.

'Heb je de kinderen op vakantie gestuurd of zo? Je ziet er ongewoon wakker uit,' constateerde ze, en ze ging zitten.

Terwijl Halvor haar bedankte voor het compliment, kwam de uit Indonesië geadopteerde Bastian Eide binnen, balancerend met twee kopjes koffie. Het ene zette hij voor Merete neer en het andere voor zichzelf. Ooit had de 1,74 meter korte Bastian zich met een truc bij de politieacademie naar binnen gewerkt: hij had één centimeter dikke inlegzolen aan zijn voet gelijmd – in de sok – en zo ternauwernood aan de toenmalige lengte-eis voldaan. Zulke eisen bestonden niet meer en de zolen waren allang verdwenen. Hij had nog wel steeds de neiging om zich niet aan de regels te houden; dat kon Halvor officieel niet goedkeuren, maar hij moest stiekem toegeven dat het meer dan eens tot resultaat had geleid.

Het kon Halvor niet ontgaan dat de zomervakantie Bastians Zuid-Aziatische huid nog donkerder had gemaakt.

'Ben je de zonnebrandcrème weer eens vergeten?' vroeg Halvor.

Bastian grijnsde: 'Ik heb het deze keer met een parasol geprobeerd. Dat ging niet zo goed.'

'Je moet zo'n parasol ook opzetten, weet je,' zei Merete behulpzaam. Halvor glimlachte. Hij had ze gemist.

Hans Petter kwam zoals gewoonlijk als laatste en Halvor keek zoals gewoonlijk demonstratief op zijn horloge. Dat was een ritueel dat ze beiden verwachtten, en de verwarring zou totaal zijn als een van de elementen plotseling ontbrak. Vandaag leek het wel of hij zelfs geen tijd had gehad om te douchen: zijn blonde haar stond alle kanten op en zijn ooghoeken zagen er ook ongewassen uit. Als er trouwens zoiets bestond als het doorsnee-uiterlijk van een politieman, dan was Hans Petter daar wel het toonbeeld van: flink boven de gemiddelde lengte, kort, blond haar, forse borstkas en een lichaamstaal die autoriteit uitstraalde. Behalve wanneer hij met Kristine samen was.

'Tja, ik zag wanneer je je laatste rapport gisteravond hebt geschreven, dus ik zal je ook ditmaal maar niet bestraffend toespreken,' zei Halvor.

'Dank u beleefd,' zei Hans Petter, terwijl hij voor de zoveelste keer de stevige haardos terug probeerde te duwen die als een fallussymbool op zijn schedel omhoogstak.

'Je nieuwe software doet het, begrijp ik,' zei Bastian.

Hans Petter zag eruit als een vraagteken en Bastian vervolgde: 'De software die alle tijdsaanduidingen in je systeem zes uur opschuift.'

'Ha, ha,' mompelde Hans Petter.

Even was het stil en Halvor wist waar de anderen aan dachten: de lege stoel die bij de vensterbank achter Halvors rechterschouder stond, ditmaal niet naar de tafel getrokken.

'Kristine wordt vandaag uit haar coma gehaald en kan misschien vanaf vanavond bezoek ontvangen. Ik ga er vanmiddag heen om te horen hoe het met haar is. Misschien kunnen we morgen of overmorgen allemaal even gaan,' zei Halvor.

Daarmee was het ongezegde gezegd en konden ze overgaan op het werk van vandaag. Halvor gaf een korte samenvatting van de binnengekomen rapporten. Toen deelde hij de drie rapporten van Hans Petter uit aan Bastian en Merete en gaf de verklaringen van de technische recherche en van de getuige aan de laatkomer.

'Ik wil graag met iets nieuws beginnen,' zei Halvor. 'Ik wil dat jullie allemaal alle rapporten lezen en ideeën en eventuele vervolgmogelijkheden noteren. Als jullie dat hebben gedaan, komen jullie naar mij toe en dan praten we erover. Op die manier blijven we creatief en worden we niet star.'

'Ben je naar een cursus geweest?' vroeg Bastian.

'Nee,' glimlachte Halvor, 'ik heb zelf nagedacht.'

'Klinkt mij verstandig in de oren,' zei Merete, en de beide anderen knikten.

'Lees de stukken als jullie tijd hebben. Maar voorlopig zijn er dringendere taken. We moeten de buren nog een keer langs. Het rondvragen van gisteren heeft niets opgeleverd, maar ik weiger te geloven dat niemand iets heeft gezien. Ik wil graag dat jij dat doet, Bastian.' Halvor wist dat Bastian onder collega's wel heel ironisch en sarcastisch kon zijn, maar dat hij heel goed met mensen kon omgaan. Hij vond bijna altijd de juiste toon.

'Goed,' zei Bastian.

'Verder wil ik zelf de getuige in de Ulleväl-isolatie opzoeken, want ik heb mezelf al drie keer gereproduceerd en ben niet meer zo bang voor besmetting als jullie. Bovendien ben ik van plan die Ken of Kent bij De Spreekbuis van de Straat te vinden.'

Hans Petter keek beteuterd.

'En voor jullie, Hans Petter en Merete, heb ik de taak die waarschijnlijk de meeste actie vergt...' Hans Petters gezicht lichtte een beetje op. '... vooropgesteld dat onze blonde vriend hier reageert zoals ik hoop dat hij reageert als hij dit ziet.'

Halvor opende het betreffende bestand en draaide de laptop om naar de anderen. Even later zagen ze een stuk of twintig mensen die zich onvast bewogen rondom het gebouwtje van Trafikanten, het informatiebureau voor het openbaar vervoer, en de Narvesen-kiosk bij het station. Het waren wel beelden van bovenaf en bepaald geen close-ups, maar de meeste mensen waren toch verrassend duidelijk te zien.

Wat ook duidelijk te zien was, was hoezeer het verloederde groepje door de voorbijgangers werd gemeden. Als ze een afstand van twee meter konden houden, dan hielden ze die, ook als dat betekende dat ze achter bushaltes langs, om lantaarnpalen heen of tot halverwege de trap naar het station moesten lopen.

'Merkwaardig hoe een paar stakkers de gevestigde orde de stuipen op het lijf kunnen jagen,' zei Halvor. Hij merkte dat zijn woordkeus deed denken aan de standaardterminologie van zijn vader, toen hij klein was. Dat ergerde hem.

'Ik ben bang dat ik je fraseologie aan de Veiligheidsdienst moet doorgeven,' zei Bastian.

Opeens was er beweging onder de verslaafden. De hoofden draaiden naar een plek tussen het Royal Christiania en Oslo Plaza.

'Stop,' zei Hans Petter. 'Een stukje terug.'

De brigadier wees op een donkerharig meisje dat haar gezicht naar de camera draaide terwijl ze zich omdraaide naar dezelfde kant als de anderen. 'Dat is Lone Slevatn,' zei hij.

'Dat dacht ik al,' zei Halvor. 'Let op wat er nu gebeurt.'

Aan de uiterste linkerkant liep een vrouw het beeld in. Of misschien was 'strompelde' beter uitgedrukt. Zelfs op deze afstand konden ze zien dat er iets mis was met haar gezicht, maar ze konden niet precies aangeven wat het was. Ze zag er gewoon... scheef uit. Een hoop afgeleefde gezichten waren naar haar toe gekeerd, sommige wachtenden leken haast te trappelen.

'Blijf steeds naar Slevatn kijken, Hans Petter,' zei Halvor.

De vrouw liep tussen de verslaafden door en nu, nu ze dichterbij was, konden ze zien dat de linkerkant van haar gezicht een beetje naar beneden hing.

'Het lijkt wel of haar halve gezicht verlamd is,' zei Merete.

'Misschien een gevolg van een overdosis,' zei Bastian.

De vrouw liep langs de ingang van Byporten naar de kleinste trap naar het Centraal Station. De mensen dromden nu zo dicht om haar heen dat ze het niet echt konden zien, maar ze vermoedden dat ze op een traptree was gaan zitten. Halvor drukte op 'pauze'.

'Waar is Slevatn nu?'

'Daar,' zei Hans Petter, en hij wees. Helemaal aan de buitenkant van de kring om de vrouw heen stond Lone Slevatn. Het leek alsof ze probeerde dichterbij te komen, maar de ruggen voor haar vormden een stevige muur. Halvor zette de speler weer aan en langzaam maar zeker werd de groep voor de trap kleiner. Uiteindelijk waren er nog maar vijf of zes mensen over. Nu konden ze de vrouw weer zo'n beetje zien en nu leek het alsof ze Slevatn wenkte. De anderen lieten haar onwillig door. Toen ze bij de vrouw was, boog ze zich voorover en de rechercheurs konden duidelijk zien dat er iets in haar hand werd gedrukt.

'Vraag aan de lui van Techniek of ze de beelden kunnen vergroten en verbeteren. Het zou mooi zijn als we een zakje vinden dat lijkt op dat wat ze bij de meldbalie heeft ingeleverd,' zei Halvor.

Toen draaide Slevatn zich om en ging weg. De vrouw op de trap schudde haar hoofd naar de overgebleven mensen en liet haar handpalmen zien. Ze draaiden zich om en sloften weg, hun hoofden nog meer gebogen dan daarvoor.

'Lone zei dat zij de laatste was die wat kreeg, en dat lijkt te kloppen. Maar of ze het echt uit een andere zak kreeg, is op deze film onmogelijk te zien,' zei Hans Petter.

Halvor keek Merete en Hans Petter aan. 'Toch hebben we hier veel aan. Praten jullie eerst eens met Narcotica, en probeer erachter te komen wie de vrouw op de trap is. Als jullie haar hebben gevonden, pakken jullie haar op. Maar doe het alsjeblieft zo discreet mogelijk. We willen niet dat er nog meer getuigen bij het Forensisch eindigen.'

Merete en Hans Petter knikten en Halvor vervolgde: 'Hoe dan ook, ik wil dat we hier om halfvijf weer bij elkaar komen en elkaar bijpraten.'

Bastian keek verbaasd op: 'Is Birgitte met de kinderen vertrokken of zo?'

Halvor grijnsde weer: 'De jongste twee worden vandaag opgehaald door oma en de oudste redt zich alleen. Het zou me niet verbazen als de aardappels al gaar zijn als ik thuiskom.' De inspecteur liet zijn blik de tafel rond gaan. 'Nog meer vragen over mij en mijn gezinsleven?'

Kennelijk niet, dus ze stonden op. Terwijl de anderen weggingen, bleef Hans Petter nog even achter.

'Nog één ding,' zei hij. 'Dit is waarschijnlijk heel onbelangrijk en daarom heb ik het tijdens de vergadering niet gezegd.' Toen vertelde hij over zijn bezoek aan Irene Wiltze, dat hij zijn mobiele telefoon was vergeten en terug moest. Maar hij vertelde niet over zijn oorspronkelijke plan om haar achterna te gaan.

'Ik ben nagegaan waar ze met die taxi naartoe ging.'

'En dat was?'

'Naar Bygdøy. Om precies te zijn naar het optrekje van Yngve Enger.'

'Dé Yngve Enger?'

'Jawel.'

Halvor dacht na. Het was natuurlijk interessant dat een rijkaard en internetberoemdheid als Yngve Enger 's avonds zulk bezoek kreeg, maar hij zag er de relevantie niet van in. 'Het kunnen minnaars zijn?'

'Misschien. Maar ik vind het een beetje raar dat ze zich als schoolmeisje verkleedt voordat ze erheen gaat.'

'Wil je daarmee zeggen dat we reden hebben om Yngve Enger te arresteren wegens het zich verschaffen van seksuele diensten tegen betaling?'

'Om eerlijk te zijn: geen idee. Ik begrijp sowieso niks van die vrouw.' Halvor stond op het punt te zeggen dat dat niet bepaald een nieuw fenomeen was, maar wist zich in te houden.

De brigadier vervolgde: 'Aan de ene kant is ze student, woont ze in de chicste buurt van de stad en heeft ze manieren alsof ze haar hele leven al met een etiquetteboek onder haar hoofdkussen slaapt. Aan de andere kant hangt ze rond bij het station, kent ze massa's zwaar verslaafden en verkleedt ze zich als schoolmeisje voordat ze 's avonds laat een taxi naar een beroemdheid neemt.'

'Heb je naaldplekken gezien?'

'Nee. Ze had een dun katoenen jasje aan.'

'Jij bent nooit bij de Narcoticabrigade geweest, Hans Petter. Wij die daar wel hebben gezeten, weten dat heroïnegebruik in veel meer kringen voorkomt dan de meeste mensen willen geloven. Ik ben een keer mee geweest naar de arrestatie van een alleenstaande moeder met kinderen van drie en zeven jaar. Ze had haar kinderen al die jaren heel goed opgevoed en niemand – de huurbazen, de school, de kleuterschool en de kinderbescherming geen van allen – had er enig idee van dat ze al bijna zes jaar zwaar verslaafd was aan heroïne. De enige reden dat we haar oppakten, was dat we een anonieme tip hadden gekregen dat er een vrij grote partij bij haar thuis lag.'

'En dat was zo?'

'Jazeker! Meer dan genoeg om haar te kunnen pakken wegens het bezit van heroïne.' Hij veranderde van onderwerp voordat Hans Petter vragen kon stellen over wat hij dacht van Irene Wiltze. De inspecteur had namelijk sterk het gevoel dat de blonde brigadier graag een 'nee' wilde horen op de vraag of hij dacht dat ook zij verslaafd was aan heroïne. Dus vroeg hij: 'Hebben we enige reden om te denken dat Wiltze iets met de moord op Lone Slevatn te maken heeft?'

Hans Petter schudde zijn hoofd. 'Integendeel, eigenlijk. Ze was erg behulpzaam.'

'Mooi. Maar omdat ze de enige link met Enger is, hebben we dan toch ook geen reden om op hem door te gaan. Laten we dat maar opnieuw bekijken als zijn naam nog een keer opduikt.'

10

Oslo, dinsdag 4 augustus 2009

'Mama?'

Irene Wiltze werd met een schok wakker van het opgewonden kinderstemmetje. Lise Marie zat recht voor haar, op haar hurken, om haar moeder in de ogen te kunnen kijken. Hoe laat was het?

'Wat is er, meisje van me?'

'Ik bloed.'

Meteen was ze klaarwakker. Ze stak haar arm uit en deed de lamp op het nachtkastje aan. 'Bloed je? Waar?'

'Hier.' Lise Marie stak haar rechterwijsvinger op. Een klein bloeddruppeltje trilde zwak in het licht van de lamp, voordat het plotseling kantelde en een piepklein riviertje langs haar vinger omlaag vormde. Het vierjarige meisje droogde haar vinger af aan het laken alsof dat vanzelf sprak.

Het kon toch niet komen van…? Nee! Irene kwam snel overeind op haar elleboog. Met haar andere hand duwde ze op het kussen. Het voelde alsof daar nog steeds iets lag.

'Wat doe je, mama?' De stem van haar dochter klonk iel en bedremmeld.

'Hoe is dat gekomen, Lise Marie?' Irene deed haar best om haar hartslag en haar stem onder controle te houden.

'In de kamer. Zal ik het je laten zien?'

Een golf van opluchting ging door haar heen. Lise Marie had zich dus niet geprikt aan… wat er onder haar moeders kussen lag. Irene ging zitten, pakte haar dochter bij de hand en nam haar mee de slaapkamer uit. Door de kleine kelderramen zag ze daglicht. Het was dus niet afschuwelijk vroeg.

'Daar,' zei Lise Marie, en ze wees naar de vensterbank. Daar stond hij: de cactus waarvan haar dochter een stekje had gekregen. Ze verzorgde hem alsof het haar baby was. Een maand geleden had hij zijn eerste bloem gehad.

Irene lachte.

'Lach je, mama?' Haar dochter klonk beledigd. 'Het doet zeer!'

'Sorry, ik dacht ergens anders aan...' Lise Marie keek daardoor niet minder beledigd, dus Irene pakte haar hand weer. 'Kom, dan gaan we er wat aan doen.'

Haar dochter liet zich met tegenzin meetrekken naar de badkamer. Irene pakte een tube desinfecterende crème en een kleine pleister met Tom & Jerry. Jerry voorop, natuurlijk, en Tom in vliegende vaart erachteraan.

'Zo. Een beetje zalf, dan wordt je vinger weer zo goed als nieuw.'

'Waarom snotter je, mama? Wil je een kusje?'

Kinderen merkten ook alles. 'Graag, maar ik ben alleen maar een beetje verkouden.' Ze boog zich voorover en kreeg een omhelzing. Haar mobieltje lag op de wastafel en ze keek erop hoe laat het was: 09.20 uur. Ze moesten opschieten, want Lise Marie moest op tijd klaar zijn voordat haar oma naar haar werk in de winkel ging, over twintig minuten.

Maar haar dochter was goed opgevoed. Ze had zich aangekleed en een boterhammetje gegeten voordat haar moeder haar lunchpakketje had klaargemaakt. Even snel tandenpoetsen en ze was zover. Irene liep met haar mee om het huis heen en begroette haar moeder bij de hoofdingang van het enorme huis.

'Heb je aan haar lunchtrommeltje gedacht?' Haar moeder keek Irene streng aan.

'Ja, hoor, dat is allemaal in orde. Dag, meisje van me!'

Ze boog zich voorover en kreeg nog een omhelzing. Toen dwong ze zich te blijven staan, terwijl Lise Marie en haar oma de tien meter naar de poort liepen. Ze draaiden zich om en zwaaiden, en zij zwaaide terug. Het was een vast ritueel waar haar dochter niet van af wilde wijken als ze naar de crèche ging. Toen Irene hen niet meer kon zien, draaide ze zich om en liep op een holletje terug naar het kelderappartement.

Weer maakte ze alles in orde, maar ze besloot deze keer op de bank te gaan liggen.

Twintig minuten later kwam ze voorzichtig overeind. Ze snotterde niet meer en voelde het welbehagen door haar lichaam stromen. Zolang ze het op dit niveau kon houden, zou het goed gaan. Ze moest alleen niet verder gaan. Ze had er vertrouwen in dat het haar zou lukken.

Het volgende project was koffie. Niet dat ze ook maar enige behoefte had aan cafeïne, maar als je studeerde, moest je nu koffie drinken. Ze deed een filter in het apparaat, mat de koffie af en knoeide een beetje op het aanrecht, maar dat kon ze elk moment opruimen... Er schoot haar iets te binnen en ze draaide zich om met haar vinger op haar lip. Wat was ze vergeten? O ja, het interview van gisteren, dat helemaal uit haar hersens was verdwenen toen dat met Lone gebeurde. Waar was de mp3-speler? Zat die in haar tas?

Inderdaad, daar was hij. Ze ging op de bank zitten en dacht na. Wat ze had gehoord was eigenlijk heel bijzonder. Meestal was het lastig om iets zinnigs te krijgen uit de mensen die ze bij het station ontmoette, wanhopig als ze doorgaans waren om aan drugs te komen. Aan iets anders konden ze niet denken. In de regel moest ze met hen afspreken dat ze elkaar weer zouden ontmoeten nadat ze hun dosis hadden gehad. Maar ditmaal had ze een jonge vent ontmoet van maar een jaar of twintig. Ze drukte op het afspeelknopje van haar mp3-speler. Ze hoorde de man zeggen dat hij op zoek was naar amfetamine, of speed, zoals hij zei. Met heroïne wilde hij niets te maken hebben.

'Waarom niet?'

'Ze gaan dood als vliegen. Ik weet van vijf, zes man die alleen deze zomer al zijn doodgegaan. Veel meer dan vroeger.'

Dat wilde Irene wel geloven. Ze had zelf minstens een van de informanten voor haar masterscriptie verloren. De ene dag nog in leven, de volgende dag dood. Ze had een overlijdensbericht gezocht om naar de begrafenis te kunnen gaan, maar dat had ze niet gevonden. En dan gisteren Lone, de beste bron die ze had voor haar onderzoek. Dus had ze de speedjongen gevraagd waarom hij dacht dat er zoveel stierven.

'Het zijn de Noord-Afrikanen, geloof me. Hun stuff is vervuild. Ik weet niet waar ze het mee mengen, maar gezond is het niet.'

'Maar zou de politie dat niet ontdekken?'

'Het kan de politie toch geen barst schelen. Er moet wel een kilo heroïne naast het lijk liggen voordat ze op het idee komen om na te gaan of het een overdosis was.'

'Maar waarom kopen mensen dan van die Noord-Afrikanen?'

'Dat doen ze binnenkort ook niet meer. De mensen hier vragen de dealers waar de dope vandaan komt, en dat doen ze anders nooit. Nou komen er ook anderen in de markt. Het zou me niet verbazen als het binnenkort oorlog wordt.'

'Wie zijn die anderen?'

'Ik heb een speedmaat die is begonnen heroïne te verkopen, en hij zegt dat hij denkt dat er Noren achter zitten. Hij heeft in elk geval nog geen Noord-Afrikanen gezien, alleen maar Noren, en tot nu toe is geen van zijn klanten overleden.'

'Maar waarom koopt dan niet iedereen de drugs van de leverancier van jouw maat?'

'Er zijn er al veel die dat doen. Maar die zijn duurder, begrijp je. Met alleen maar de daklozenkrant verkopen krijg je niet genoeg geld binnen. Het zijn vooral luxe hoeren en chiquere lui die heroïne van mijn maat kopen, in elk geval.'

Irene zette de mp3-speler uit. De kwaliteit van de heroïne had in principe niets te maken met haar onderwerp, 'Sociale klassen in de drugsscene bij het Centraal Station in Oslo'. Misschien moest ze dat heroverwegen, omdat deze informant vertelde dat juist de laagsten op de sociale ladder genoodzaakt waren vervuilde drugs te kopen. In elk geval moest ze naar de politie gaan met wat ze had gehoord. Maar dat was dus uitgesloten zolang ze zelf wat bruine suiker gebruikte – ook al was dat maar twee, drie keer per etmaal. Want wat zou er met Lise Marie gebeuren als ze dat ontdekten?

Het geluid van haar mobiele telefoon onderbrak haar gepeins. Ze strekte haar hand ernaar uit. 'Onbekend nummer'. Zou het de politie weer zijn? Ze bracht de telefoon aarzelend naar haar oor.

'Ja?'

Er was geen geluid te horen aan de andere kant van de lijn. Voor de zekerheid wachtte ze nog even. Het bleef stil. Ze verbrak de verbinding.

Wat was dat voor telefoontje? Iemand die was vergeten het toetsenbord te vergrendelen? Of was het een waarschuwing? Alsof ze die nodig had. Ze mocht niets met de politie te maken hebben. Ze had er spijt van dat ze hun had geholpen met Lone, maar op dat moment was ze zo bezorgd geweest dat ze niet ver genoeg had nagedacht. Ze schudde het van zich af. Het kwam wel goed. Ze hadden haar nu niet meer nodig. Misschien nog maar één verhoor; daar zou ze nog eens herhalen wat ze de politieman gisteravond had verteld. Maar ze moest toegeven dat het egoïstisch was, omdat zij een van de weinigen was die zo gelukkig was dat ze een leverancier had die ze volledig kon vertrouwen.

Alles werd weer moeilijk en ze vroeg zich af of de trek die ze voelde van het ventilatieluik in de badkamer kwam.

★

In het Ullevål-ziekenhuis kreeg Halvor het verzoek tot twaalf uur te wachten met het verhoren van zijn geïsoleerde getuige. Hij ging er zonder tegensputteren mee akkoord, want hij had intussen toch nog iets anders te doen.

Bij De Spreekbuis van de Straat ondervond hij niets dan vriendelijkheid. De receptie had vijf seconden nodig om uit te vinden dat de man die hij zocht Kenneth Garvang was, en Halvor werd meteen doorverbonden. De diepe basstem aan de andere kant van de lijn bevestigde dat hij Lone Slevatn en haar vriend Terje goed had gekend en dat hij bereid was om Halvor onmiddellijk te ontvangen.

Het gebouw aan de Torggate was vrij groot en vrij oud, met zichtbare gaten in het pleisterwerk en de kozijnen. De deur van De Spreekbuis van de Straat bevond zich onder aan een keldertrap. Er waren kartonnen dozen met kleren op de treden gestapeld. Hij zag dat de kleding er gebruikt uitzag en gesorteerd was: één doos met T-shirts, twee met broeken en een extra grote met ondergoed en sokken. Aan de muur was een vel papier van A3-formaat bevestigd, waarop stond: HEB JE KLEREN NODIG? PAK ZE HIER, MAAR NIET MEER DAN ÉÉN PER SOORT! Er was geen mens te zien voor het kantoor. Halvor kon niet anders dan genieten van de naïviteit die zo overduidelijk bleek uit de dozen en het provisorische affiche.

Binnen was het kelderkoel en aangenaam. Hij zag rechts een eenvoudig bureau met een gewone telefoon, waarachter een oudere dame met paars, opgestoken haar zat. Hij glimlachte naar haar, ze glimlachte terug en hij zei: 'Kenneth?'

'Die kant op,' zei de dame, en ze wees de gang in. 'U kunt hem niet missen.'

Halvor liep verder naar binnen. De gang stond vol met nog meer dozen, een kopieermachine en een lange archiefkast. Terwijl hij langs de lege kantoren aan de rechterkant liep, zag hij achter de glazen wanden links een vergaderkamer. Vlak voordat hij bij de laatste kamer kwam, hoorde hij een telefoon, gevolgd door een luide bons en een vloek. Hij liep nog even door en keek naar binnen.

Een abnormaal grote man stond zich midden in de kamer op zijn achterhoofd te wrijven. Halvor keek omhoog en zag de oorzaak van het lawaai. Een ouderwetse, metalen ventilatiebuis hing vijf centimeter onder het plafond. De schroefdop zat vol deukjes.

De man keek Halvor excuserend aan.

'Dat gebeurt ongeveer één keer per dag. Ik hoorde u komen en wilde u tegemoet lopen. Maar toen ging de telefoon natuurlijk, ik draai me om en – baf!'

Hij wreef nog even en strekte toen voorzichtig zijn nek weer. Halvor zag dat hij op drie, vier centimeter na tot aan het plafond kwam.

'Hoe hoog is dat plafond?' vroeg hij.

Kenneth Garvang keek hem even aan en glimlachte toen. 'Wat een voorbeeldige, originele manier om het te vragen. Het antwoord is: 2,17. Ik dan, niet het plafond. Dat is ongeveer 2,20. En nee, ik heb nooit gebasketbald.'

Halvor stak zijn hand uit. Die werd volledig omsloten en de inspecteur kreeg een vast wel nuttige herinnering aan hoe het was om kind te zijn. Zijn 1,85 meter schoten jammerlijk tekort.

Garvang maakte voor Halvor een gebaar naar de bezoekersstoel. Zelf liep hij om het bureau heen en ging zitten. Daar had hij twee stappen en een bocht voor nodig.

'Gigantisme,' zei hij. 'Dat wil zeggen: een goedaardige zwelling van de hypofyse, waardoor een overproductie van groeihormonen ontstaat. Als dat op het verkeerde tijdstip in je leven gebeurt, voordat je volledig bent uitgegroeid, kan dat tot abnormale groei leiden. Als het later gebeurt, groeien alleen je ledematen, bijvoorbeeld je handen en voeten, en dan heet het acromegalie. Toen ik 12 was, was ik 1,72. Op mijn vijftiende ging ik over de 2,10. Bovendien groeien je oren en je kaakbeen en nog een paar dingen.'

Halvor vond het leuk dat de man ongevraagd antwoord gaf op de vraag die iedereen die hem voor het eerst zag, wilde stellen.

Garvang vervolgde: 'Een zo zichtbare ziekte geeft me duidelijk voordelen bij verslaafden. Ik ben ziek, zij zijn ziek. Als ze dat weten, ontstaat er een soort saamhorigheid, zogezegd.'

'Met Lone Slevatn ook, begreep ik?'

'Absoluut. In deze branche kun je nooit zeker zijn van iets of iemand, maar ik had er echt vertrouwen in dat ze het zou redden.'

Hij schudde zijn hoofd. Een traantje biggelde over zijn ene wang. Dat was een raar gezicht bij zo'n grote man. 'Tragisch,' zei hij. 'Gewoon tragisch.'

'Hoe kende je haar?'

'Het contact begon eigenlijk met haar vriend, Terje. Die kwam ik een paar jaar geleden op straat tegen. We hadden een vrij lang gesprek, en ik gaf hem mijn kaartje. Maar later belde Lone, niet hij. Zo kwam ze hier, en ze vertelde dat ze wilde stoppen, maar dat ze dat niet zou kunnen zonder Terje. En hij… hij was zo down en gedeprimeerd dat ze bang was dat hij elk moment opzettelijk een overdosis kon nemen.'

Kenneth Garvang dacht even na, en zei toen: 'Het eerste deel van het karwei was dus Terje uit het moeras te trekken en hem het vertrouwen terug te geven. Dus ze kwamen hier en we spraken erover dat ze het kónden, dat het niet te laat was om kinderen te krijgen en dat ze een gelukkig gezinnetje konden worden. Ik bracht ze ook in contact met een ex-verslaafd stel dat ik ken, en toen Terje in een café hun kind van twee zag, vlogen de vonken ervan af. Ja, Lone werd bijna jaloers.' Garvang glimlachte afwezig. 'Die ontmoeting was de definitieve ommekeer voor Terje, en de afgelopen maanden was hij haast enthousiaster dan Lone.'

'Zouden ze dan niet aan de methadon gaan? Dat is toch niet zo slim in combinatie met zwangerschap?'

'Nee, nee, daar waren ze heel duidelijk in. Het plan was dat ze zouden proberen geleidelijk te minderen met methadon en dan helemaal te stoppen. Daarna konden ze pas denken aan kinderen krijgen. Als je al kunt zeggen dat opiaten een voordeel hebben, is het wel dat de drugs op zichzelf minder fysieke schade aanrichten dan bijvoorbeeld alcohol. Het verwoestende is de vernedering van het verslaafd-zijn, en de kans op een overdosis. Als Lone en Terje hun leven op orde hadden, met stabiele kaders, zou niets hun in de weg staan om goede ouders te worden.'

'Maar was dat realistisch? Ik bedoel, er zijn er toch niet veel die zichzelf volledig kunnen bevrijden van heroïne of methadon?'

'Daar waren ze zich van bewust. Daarom hadden we het vaak over alle tussendoelen die ze moesten bereiken voordat ze aan het hoofddoel toe waren. Ze zagen in dat ze misschien nooit zover zouden komen en dat ze er genoegen mee zouden moeten nemen dat ze maar halverwege kwamen. Het punt is dat je nooit van tevoren weet waar je grenzen liggen.' Garvang glimlachte weer. 'We vonden op een gegeven moment een verhaal waar ze erg van gingen houden. Wist je dat er op een kantoor in New York een mierensoort is die nergens anders in de wereld voorkomt?'

Halvor schudde zijn hoofd.

'Die mierenkolonie leefde vreedzaam in een potplant op dat kantoor, totdat het er te veel werden en ze een plaag vormden, en toen ging men proberen de soort te bepalen. Dat bleek onmogelijk te zijn. Biologen hebben geprobeerd het spoor terug te vinden naar waar de plant vandaan kwam, maar tot op heden is er nergens ter wereld ook maar één soortgelijke mier gevonden. En toch, zonder dat ze wisten waar ze vandaan kwamen of waar ze heen gingen, zijn deze mieren erin geslaagd hun eigen kleine, effectieve samenleving op te bouwen op de meest verstedelijkte plaats van de wereld. Lone en Terje zagen zichzelf graag in dat perspectief: dat alleen zij tweeën wisten uit welk hout ze gesneden waren en konden laten zien waartoe ze in staat waren.'

Weer glimlachte Garvang, en hij trok wat aan zijn ene vergroeide oorlel. 'Het enige wat ik zeker weet, is dat die twee uit dezelfde mierenkolonie kwamen. Ik heb nooit zo'n sterke liefdesrelatie gezien in dit milieu, misschien zelfs wel in geen enkel milieu.'

'Fascinerend.' De vergelijking stond Halvor aan, en zo ook de reus die voor hem zat. Als hij ooit tijd had, zou hij de man op een pilsje trakteren, maar nu waren er belangrijker zaken:

'Gistermorgen, de dag na de dood van Terje, kwam Lone naar ons toe omdat ze dacht dat iemand bewust met hun heroïne had geknoeid. Eerlijk gezegd schopte ze een verschrikkelijke herrie aan de meldbalie. Ze wist zelfs barsten in het plexiglas te slaan. Toen ze...'

Hij werd onderbroken door een stevig klopje op de deur, die werd geopend voordat Garvang ook maar iets kon zeggen. Er kwam een slanke, donkerharige vrouw van tegen de veertig binnen, die een nauwsluitend mantelpakje droeg. Het enige wat uit de toon viel bij de indruk die ze maakte van een geslaagde zakenvrouw, was de versleten blauw-rode rugzak die over haar ene schouder hing. Ze deed haar mond open om iets te zeggen tegen de man achter het bureau, maar hield zich in toen ze Halvor zag.

'Oeps, sorry… Ik wist niet dat je bezoek had, Kenneth.' Ze kwam dichterbij, stak haar hand uit en stelde zich voor als Vivian Thune. Haar stem was warm en aangenaam.

'U onderzoekt zeker die zaak met Lone en Terje. Ik heb erover gehoord, een vreselijke tragedie. Ik heb ze weliswaar maar één keer ontmoet, maar ik begreep van Kenneth dat ze heel goed bezig waren. Schiet u al op met de zaak?'

'We moeten nog heel wat onderzoeken, en we zijn er nog niet.'

Ze keek hem onderzoekend aan. 'Het is vast niet makkelijk een zaak te onderzoeken in deze kringen. De mensen zijn meestal zo bang voor hun eigen hachje en zo bang dat ze iets doen wat de heroïnekraan dichtdraait, dat er veel moet gebeuren voordat ze met de politie praten.'

'Wat dat betreft zijn er betere kringen, maar ook slechtere,' zei Halvor.

'Ja, dat zal wel. Ik moet toegeven dat ik geen rechtstreekse kennis heb van andere criminele kringen. Maar nu moet ik naar een vergadering met de gemeente. Heb jij een kopie van die brief die we een maand geleden hebben gestuurd, Kenneth?'

Garvang deed een la rechts van zich open, haalde er twee velletjes papier uit en stak haar die over zijn bureau toe.

'Dank je,' zei ze.

'Succes,' zei Garvang.

Ze schonk beide mannen een warme glimlach, draaide zich toen om en wandelde weg.

Het was even stil. Toen begreep Garvang waarom, en hij zei: 'Vivian is hier nu twee jaar dagelijks bestuurder. Toen ze kwam, ging er hier een frisse wind waaien, met een hoop marktkennis vanuit allerlei topbanen in het bedrijfsleven. Het is niet overdreven om te zeggen dat zij het vrijwel in haar eentje voor elkaar heeft gekregen dat ons budget is verdrievoudigd. Ze zit de hele dag te vergaderen, met bestaande of potentiële sponsors, met het rijk, met de gemeente.'

'Maar ze heeft geen relevante achtergrond voor dit werk?'

'Jawel, ze heeft in het begin van de jaren negentig een tijdje in het sociaal werk gezeten, maar van die kennis hebben we hier niet nog meer nodig. Toch probeert ze ook zo veel mogelijk met cliënten te praten. Die lijken het op prijs te stellen dat een dame die er zo vlot uitziet, zich oprecht interesseert voor wie ze zijn en wat ze doen.'

'Bovendien mogen we toch wel zeggen dat ze er goed uitziet,' zei Halvor.

Garvang grijnsde. 'Dat doet ze, maar dat is ook een bewuste strategie. Het is opmerkelijk hoeveel beter toonaangevende zakenlieden luisteren naar mensen die op henzelf lijken. Het is me opgevallen dat ze haar lievelingsrugzak nooit meeneemt naar die vergaderingen.' Hij grijnsde weer even en keek naar zijn eigen spijkerbroek en zijn versleten, wijnrode T-shirt met Bob Marley erop. 'Het halve jaar dat ik meeging naar die sponsorbijeenkomsten, is er niet één contract ondertekend, gek hè? Wat was je vraag ook weer?'

'Hadden Terje en Lone problemen met iemand? Drugsschulden? Andere conflicten?'

'Niet dat ik weet. Ze hadden een kleine schuld toen ik ze voor de eerste keer ontmoette, maar ze deden er alles aan om dat te regelen. De afgelopen maanden heb ik niets over dat soort problemen gehoord.'

Dat gaf geen aanknopingspunten. Halvor besloot het met een algemenere vraag te proberen: 'We hebben informatie gekregen dat het aantal gevallen van overdosis deze zomer dramatisch is gestegen, zonder dat we daar tot nu toe een goede verklaring voor hebben gevonden. Heb jij daar iets over gehoord?'

Garvang dacht na. '"Over gehoord" is misschien overdreven, maar het is me wel opgevallen dat veel cliënten de laatste tijd een bekende lijken te hebben verloren. Er is gewoon meer verdriet geweest dan anders... Ik had hier een paar weken geleden trouwens iemand die meende dat er op het ogenblik veel aan de hand was in het heroïnemilieu, en dat de mensen daardoor stierven als vliegen.'

'Heb je die gevraagd hoe dat kwam?'

'Ja, maar meer wilde hij niet zeggen.'

'Heb je zijn naam?'

'Zoals je waarschijnlijk begrijpt, mag ik je die niet geven. Maar als je me je nummer geeft, kan ik hem vragen jou te bellen. Ik zal er een paar goede argumenten aan toevoegen.'

Halvor merkte dat hij er een eigenaardig vertrouwen in had dat Kenneth Garvang de bron er wel toe zou kunnen overhalen om te bellen. Hij bedankte en ging weg. Op de trap hield een vaalgrijze man zich met de ene hand overeind aan de leuning, terwijl hij met de andere in de doos met broeken woelde. Toen Halvor zich boven aan de trap omdraaide, zag hij dat de man er kennelijk een had uitgezocht. Hij bonkte tegen de glazen deur en stak zijn duim op. Hij kreeg blijkbaar de gewenste reactie, want hij knikte, glimlachte en draaide zich om om weg te gaan.

★

Vanaf het moment dat deze zaak op zijn bureau was beland, zat Elin, zijn oudere zus, in zijn hoofd. Tot nu toe was hij erin geslaagd haar naar de achtergrond te dringen, maar op weg naar het politiebureau voelde hij haar in elke vezel. Hij rilde er haast van, ook al was het 21 graden.

Halvor zag haar voor zich: zoals ze naast hem zat en hem de *Donald Duck* voorlas terwijl hij in bed lag. Elke keer als ze aan een nieuw plaatje begon, wees ze dat aan, zodat hij het kon volgen. Hij had zich vaak afgevraagd of ze daar geen lamme arm van kreeg. Hij zag haar ook voor zich terwijl ze 'de lucht is van ons allemaal' speelden, een spelletje waarbij je vlak voor iemands gezicht met je handen wapperde terwijl je die woorden alsmaar herhaalde. Ze kreeg hem aan het hikken van de lach zonder dat ze hem ook maar één keer aanraakte. In een ander beeld zag hij hoe haar arm hem stiekem onder het dekbed een zaklamp aangaf, zodat hij na bedtijd *Robin Hood* kon blijven lezen.

Hij zag haar voor zich toen ze vijftien was en hem verdedigde toen hij het vertikte naar zijn revolutionaire vader te luisteren, die hardop voorlas uit het werk van Kim Il Sung. Haar haar piekte woest alle kanten op, en even was hij bang dat ze zijn vader zou aanvliegen. Amper een jaar later werd ze het huis uit gezet, omdat haar eerste extreme liefdesverdriet haar recht in de armen had gedreven van de ondernemendste en charmantste pooier van de stad. Toen zijn vader een hasjpijpje had ontdekt in haar rugzak, had hij haar een uur gegeven om haar spullen te pakken en te vertrekken. Ze had geen andere plek om heen te gaan dan naar de pooier.

Hij zag zichzelf als dertienjarige, ontroostbaar. Het gevoel dat hij alleen stond tegenover een vader die gevoelens als zwakheid beschouwde en compromisloze strengheid als goedheid, en een moeder die veel te zwak was, had hem bijna kapotgemaakt. Maar hij had het overleefd, al had het hem drie maanden gekost om zich te herstellen. Toen begon hij de stad uit te kammen om haar te proberen te vinden. Zijn vader had hem verboden de naam Elin ook maar één keer te noemen nadat ze het huis uit was gestuurd, dus de enige die haar zou kunnen redden, was hij.

Het kostte hem bijna een jaar om haar te vinden. Ze lag languit in het gras in een groep in het Slottspark, mager en bleek. Om haar heen zaten en lagen vijf, zes anderen, met gaten in hun broek en vieze T-shirts. Hij bekommerde zich niet om de anderen, maar liep recht naar Elin. Ze ademde en hij streelde haar over haar wang, en ten slotte sloeg hij haar daar zachtjes met zijn vlakke hand. Geen reactie, maar wel uit de groep achter hem. Een bierflesje raakte hem plotseling hard in zijn rug. Toen hij zich omdraaide, zag hij dat twee mannen waren opgestaan en hem strak aankeken. 'Blijf bij haar uit de buurt, verdomme!' Het volgende bierflesje schampte zijn voorhoofd en de uitroep dat hij haar broer was, bleef in zijn keel steken. Het hagelde bierflesjes en hij had geen andere keus dan wegrennen.

Hij voelde zich laf, klein en eenzaam toen hij naar huis ging, maar twee jaar later reageerde hij wat van zijn frustratie af op een jongen uit een parallelklas. Die had Elin op de Tollbugate in een minirokje op de hoek van de straat zien staan en vroeg of Halvor wist wat ze kostte. Het was voor het eerst dat Halvor echt met iemand slaags raakte, maar hij had gewonnen. De jongen had zijn neus gebroken en hijzelf werd twee dagen van school gestuurd. Toch had het hem alleen maar een goed gevoel gegeven, en niemand op school had zijn zus ooit weer genoemd.

Zijn tijd bij de Narcoticabrigade was een verdere boetedoening, maar bij deze overdosiszaak merkte hij dat zijn jeugd hem nog steeds niet losliet. Zijn vader was trouwens al lang geleden aan een beroerte overleden en zijn moeder zat met beginnende dementie in een verpleeghuis in Grorud. Hij kwam er niet vaak; alleen af en toe als Birgitte hem ertoe overhaalde. Maar nu moest hij zichzelf toegeven dat hij behoefte had om eens goed met zijn moeder te praten – voordat ze zo ver in het duister wegzonk dat het te laat was.

★

Halvor liep in de schaduw onder de Vaterlandbrug toen Zachariasen van het lab van de Nationale Recherche belde. De analyse van de drug waaraan de vriend van Lone Slevatn twee dagen eerder was overleden, was duidelijk.

'Niet zo gek dat ze doodgaan. Het spul is honderd procent zuiver. Ik heb nooit eerder gehoord dat er zoiets in Noorwegen is geweest. Normaal gesproken ligt de zuiverheid op dertig tot veertig procent. Dit moet rechtstreeks uit Afghanistan of zo geïmporteerd zijn. Hier zullen de jongens hogerop wel een beetje van schrikken, dus er zal wel gauw een collega van me over je schouder hangen.'

Halvor bedankte Zachariasen en prees zich gelukkig dat Lone Slevatn het zakje had meegenomen naar het bureau. Als ze dat niet had gedaan, had het God weet hoe lang kunnen duren voordat ze hadden kunnen bewijzen dat het hier inderdaad om moord ging.

4 september

We zitten in een zeer kritieke fase en ik heb veel te vertellen. Op dit moment slaapt Jakob rustig en wel, in 'opgeknapte' toestand. Hij weet nog niet dat morgen de hel voor hem losbarst.

Hoe dan ook: hij verscheen volgens afspraak om even voor 23 uur op Oslo Centraal. Op het toilet trok hij de kleren aan die ik voor hem had gekocht, en toen gingen we meteen naar onze slaapcoupé. Toen de trein eenmaal reed, kreeg hij zijn eerste dosis. Eerder die dag had ik me het hoofd erover gebroken hoe ik de rest moest verstoppen. Ik ben nog steeds niet zo dom dat ik hem alles in één keer geef, en ik vond de oplossing uiteindelijk door een paar Medicus Plesner-schoenen met extra dikke zolen te kopen. Het laatste wat ik in mijn hotelkamer deed, was de binnenzool uit de ene schoen halen, er een flink gat in snijden met mijn zakmes, er drie gram in te stoppen en het gat weer af te dichten met de zool. Perfect! Van de buitenkant kun je niets zien en ik voel het gat nauwelijks als ik de schoen aanheb. Het duurde maar drie, vier uur voordat Jakob voor de eerste keer naar de wc moest. Het duurde bijna twintig minuten voordat hij weer terug was, maar midden in de nacht staan ze toch niet bepaald op de gang in de rij.

Ik probeerde een beetje met hem te praten, onder andere over mama, maar ik kreeg geen reactie. Hij slaat eigenlijk alleen zijn ogen ten hemel. De enige keren dat ik echt voel dat we contact hebben, is als ik met een zakje voor zijn gezicht zwaai.

Daarna hield hij het warempel vol tot we moesten overstappen. We moesten bijna een uur wachten, dus ik geloof dat hij zichzelf een flinke oppepper toestond. Verder zou je bijna denken dat onze route gemaakt was voor spuitjunks: de volgende treinreis duurde maar drie uur en toen moesten we weer een uur wachten voordat we op de bus stapten, die weer vier uur reed.

De uitwerking van het spul op Jakob is zo dat, áls mensen ons al raar aankijken, dat er maar heel weinig zijn. Ik denk

dat hij even wegvalt vlak nadat hij de spuit heeft gezet
– daarom duren die wc-bezoeken waarschijnlijk ook zo lang
– maar verder wekt hij urenlang een heel normale indruk. Ik
weet wat er aan de hand is en merk dat hij een beetje
traag reageert en dat zijn pupillen klein zijn, maar er zijn
toch maar weinig anderen die hem in de ogen kijken. Verder
is hij tamelijk rustig, totdat de onthouding zich weer doet
gevoelen. Maar ik had wel zoveel van zijn armen gezien dat
ik er, voordat we vertrokken, niet aan twijfelde dat ik een
trui met lange mouwen voor hem moest kopen.

Ik vroeg me af hoe hij zou reageren op de boot, waarover
ik hem niets had verteld. Maar hij ging aan boord zonder
iets te zeggen over de kleine 9 pk-motor op een 14-voets
open boot. Het lijkt wel of hij heeft besloten deze paar
dagen gewoon achter zijn vader aan te gaan en maar te
zien hoe het afloopt.

Toen we na vier uur gelijkmatig motorgebrom van boord
gingen, vroeg hij eindelijk waar we waren. Ik antwoordde
dat we hier tot de volgende dag zouden blijven en dat ik
hem een verhaaltje over zijn moeder zou vertellen.

Hij knikte en vroeg toen waar we moesten overnachten.
Toen ik het hem liet zien, glimlachte hij zelfs een beetje, en
hij zei: 'Bovengemiddeld.'

We konden nog net een hapje spaghetti bolognese uit blik
eten voordat hij een nieuwe dosis moest hebben. Het was
bijna negen uur in de avond, maar het was nog steeds niet
helemaal donker. Hij was tevreden met het bed en ging
erop liggen. Het was de eerste keer dat ik hem met lepel,
aansteker en spuit bezig zag en ik hoop dat het ook de
allerlaatste keer is geweest.

Nu heb ik de riemen onder zijn matras vandaan gehaald. Ik
heb acht leren riemen met schroeven en stalen platen aan
de bedbodem vastgemaakt ter hoogte van zijn borst, heupen,
bovenbenen en enkels. Bovendien heb ik twee kortere leren
riemen om zijn onderarmen gedaan. Maar ik weet echt niet
of het genoeg zal zijn. Zolang hij slaapt zoals nu, is het
moeilijk na te gaan of ik ze te hard heb aangetrokken. Ik
heb me voorgenomen hem elk halfuur te checken.

Ik verheug me niet op morgen. Nu moet ik de boot en de motor verstoppen. Het lijkt me niet verstandig dat die voor het grijpen liggen als de riemen niet sterk genoeg zijn.

11

Oslo, dinsdag 4 augustus 2009

Hij nam toch maar zijn eigen auto naar Ullevål. Zoals altijd reed hij een paar keer verkeerd voordat hij het goede gebouw had gevonden, zoals altijd had hij heel veel tijd nodig om een vrije parkeerplaats te vinden en zoals altijd bevond die zich aan de andere kant van het terrein.

Toch kon hij vijf minuten voor de afgesproken tijd aanbellen bij het Oncologie- en Isolatiecentrum. De verpleegster die hem kwam halen, zag er verrassend menselijk uit. Ze liep met hem mee naar een garderobe, waar hij iets in handen kreeg waarvan hij aannam dat het een adembeschermingsmasker was. In tegenstelling tot het gasmasker dat hij in dienst had gebruikt, dekte dit niet zijn ogen af en in plaats van één groot filter, waren er hier twee: op elke wang een.

'Bovendien moet u een isolatieschort, handschoenen en een mutsje dragen.' Ze wierp hem een pakketje in plastic toe. 'Trek het schort eerst aan en de handschoenen op het laatst. Als u belooft dat u steeds minstens een meter van de patiënt verwijderd blijft, hoeft u geen beschermbril op.'

'Oké.' Het mondmasker was waarschijnlijk al vervreemdend genoeg; dan kon hij maar beter niet ook nog zijn ogen bedekken.

'Wat heeft hij?' vroeg Halvor voordat hij het mondmasker over zijn hoofd trok.

De verpleegster haalde haar schouders op. 'Als u niets bij u hebt wat mij van mijn zwijgplicht ontheft, kan ik daar geen antwoord op geven. Dat moet u hem zelf maar vragen.'

Ze gingen een lange gang in. Twintig meter verderop aan de linkerkant zag hij een agent op een houten stoel, alsof hij zo uit een

Hollywoodfilm kwam. Hij knikte en glimlachte naar haar, terwijl hij wachtte tot ze de deur van het slot had gedaan.

Aan de binnenkant zag hij nog een deur. De verpleegster wachtte tot de deur achter hen dicht was voordat ze de klink van de volgende omlaag duwde.

'Wacht,' zei Halvor. 'Ik wil liever alleen naar binnen. Zwijgplicht, ziet u?'

De verpleegkundige draaide zich met omhooggetrokken wenkbrauwen naar hem toe. Toen knikte ze en liet hem voorbij. Halvor glimlachte stiekem. Het was stom, ronduit kinderachtig zelfs. Maar het voelde toch goed.

★

De bijna tandeloze, kleurloze man die daar volkomen rustig lag, leek niet erg meer op een duivel. Het contrast met de levende wereld buiten was groot. Door het raam zag Halvor groen gras, grote eiken en mensen die voorbijwandelden. Misschien vond de ziekenhuisdirectie het goed voor mensen in isolatie om contact te houden met het leven dat hun te wachten stond als ze er weer uit kwamen.

Alleen een paar notenbruine ogen vertoonden tekenen van leven toen Halvor naar het bed midden in de ziekenkamer liep. Ongeveer anderhalve meter van het bed stond een houten stoel, en daar ging hij op zitten. Hij voelde een luchtstroom. Waarschijnlijk kwam dat door de onderdruk, die ervoor moest zorgen dat alle eventueel besmettelijke lucht uit de kamer een ventilatiekoker in werd gezogen en niet naar de gang lekte wanneer de deur openging. Door de trek voelde de kamer extra koel aan.

Halvor verzekerde zich ervan dat de microfoon van de mp3-recorder een beetje boven de rand van zijn isolatieschort uitstak.

'Inspecteur Halvor Heming,' zei hij luid, en hij noemde de datum en het tijdstip. 'Wij onderzoeken de moord op Lone Slevatn. Je bent een cruciale getuige en daarom sta je onder politiebewaking. Dit is te beschouwen als een voorlopig verhoor, en ik heb een mp3-speler aangezet die opneemt wat we bespreken.'

Geen reactie uit het bed, en Halvor vervolgde: 'Kunt u bevestigen dat uw naam Ole Kirkebakken is en dat u bent geboren op 9 mei 1981?'

Het bleef stil.

'Bij een onderzoek naar een misdrijf is het de taak van de politie uit te zoeken wat er tegen iemands schuld spreekt, maar ook wat ervoor spreekt,' ging Halvor door. 'U bent de laatste die is gezien op de plaats van het delict, en u staat dus centraal in deze zaak. Als u weigert antwoord te geven en de politie krijgt informatie die erop wijst dat u de dader bent, zal het moeilijker zijn uw onschuld te bewijzen.'

Kirkebakken bleef hem alleen maar aankijken en Halvor voelde zich ernstig gehinderd door het mondkapje. Hij kon niet glimlachen en zijn mimiek niet gebruiken om een groter gevoel van saamhorigheid op te roepen, een techniek waar hij anders heel goed in was. Als hij Kirkebakken was geweest en zou worden verhoord door iemand die eruitzag alsof hij uit de ruimte kwam en formules opdreunde als een machine, zou híj dan antwoord hebben gegeven?

Hij leunde achterover en probeerde een andere methode te bedenken. Er verstreken een paar seconden. Toen verklaarde hij luidkeels dat de getuige niets wenste te zeggen, noemde het tijdstip en zei dat het verhoor was afgelopen.

Vervolgens zei hij luid: 'We zullen vragen om uw gevangenhouding totdat we hebben uitgezocht wat uw rol in deze zaak is geweest. Dat betekent dat u hier nog een tijdje onder politiebewaking blijft liggen. Hoe sneller u samenwerkt, hoe groter de kans dat u gauw weer vrij man bent.'

Vrij, vrij. Hij had geen idee hoe lang Kirkebakken eigenlijk in isolatie moest liggen, dus het was uiterst onzeker of dat laatste hem uit zijn tent kon lokken.

Hij zuchtte en probeerde in plaats daarvan over Kirkebakkens ziekte te praten. Ook dat zonder enige respons, afgezien van een hoestbui die sensationeel lang duurde. Daarna bleef de man Halvor gewoon met diezelfde ernstige blik aan liggen kijken. Zijn mond stond een stukje open en gaf vrij zicht op zijn verrotte, bruine tanden.

★

Merete en Hans Petter hadden zoals gewoonlijk uitstekend samengewerkt. De brigadier maakte foto's van de dvd, Merete mailde ze naar Narcotica. Het kostte hun maar twaalf minuten om achter de naam van de dame op de trap naar het station te komen. Vervolgens deden ze uitvoerig onderzoek naar Annelene Busch, zoals ze heette. Uit het strafregister kwam onmiddellijk een klassiek verslaafdenverhaal naar voren, dat bestond uit een hoop boetes en veroordelingen wegens bezit en verkoop van kleine hoeveelheden narcotica. Ze kregen ook foto's boven water waarop een heel andere versie van de vrouw stond, ondanks het felle licht en de slechte kleuren die kenmerkend waren voor alles wat in het politielaboratorium werd gedaan. Die foto's waren kennelijk genomen voordat ze aan één kant verlamd raakte, en toonden een mooie, jonge vrouw met lang, geblondeerd haar. Haar foto's 'ervoor en erna' zouden in elke schoolklas een geslaagde antipropaganda vormen.

'De *beauty* werd een *beast*,' zei Hans Petter, die de neiging had vanzelfsprekende dingen uit te spreken.

Haar adres bevond zich volgens de gegevens in de wijk Sagene, in de Uelandsgate. Onderweg daarheen konden ze een glimp van het Ullevål-ziekenhuis zien.

'Heb je het rapport van Kristine over die nacht bij het Sognsvann gelezen?' vroeg Hans Petter.

Merete knikte. 'Het is niks voor Kristine om zich zo irrationeel te gedragen en ik denk dat ze er niet bepaald plezier in heeft gehad om dat rapport te schrijven.'

Ze reden in stilte verder, totdat ze een parkeerplaats voor het juiste huizenblok vonden. Op de eerste verdieping reageerde niemand toen ze aanklopten. Merete belde vervolgens de dienstdoende jurist, die zorgde voor toestemming om de flat binnen te gaan. Hans Petter ging terug naar de begane grond. Toen hij weer boven kwam, hield hij de telefoon al aan zijn oor.

'Het telefoonnummer van de conciërge stond op het aanplakbord,' verklaarde hij.

Het duurde zeven minuten voordat de conciërge kwam, de deur openmaakte en weer verdween. Zodra ze de flat binnenkwamen, roken ze een doordringende geur. Op een bank die in de jaren zeventig ooit modern was geweest, lag Annelene Busch. Ze zag eruit alsof ze sliep.

★

'Hij zei geen boe of bah,' zei Halvor toen hij weer in de garderobe kwam.

De verpleegkundige keek hem even onderzoekend aan en zei toen: 'Momentje.' Toen draaide ze zich op haar hakken om en bleef een paar minuten weg. Toen ze terugkwam, had ze iets in haar hand.

'Neem dit maar mee, want u komt vast gauw weer terug. Altijd nuttige informatie voor bezoekers van het isolatiecentrum.' Halvor kreeg een eenvoudig papiertje in zijn handen. Er stond boven: MULTIRESISTENTE TUBERCULOSE.

Halvor voelde zich meteen wonderlijk bevoorrecht en bedankte de verpleegster misschien iets te uitbundig voordat hij op zijn volgende ziekenbezoek ging.

★

'Ze zal gauw moe zijn, dus ik wil graag dat u goed kijkt hoe het met haar gaat. We komen sowieso om de tien minuten even controleren.' De dokter keek hem streng aan.

Hij schrok toen hij haar in bed zag liggen, met haar gezicht enigszins afgewend. Toen ze zich naar hem omdraaide, zag hij hoe bleek ze was geworden.

Maar de glimlach toen ze hem zag was hetzelfde als vroeger – bijna, dan toch: 'Hallo, Halvor.' Haar stem klonk een beetje berustend, alsof het net tot haar doorgedrongen was hoe hulpeloos ze was.

'Het is geweldig goed om je te zien, Kristine. Laat ik beginnen met te zeggen dat ik je de groeten moet doen van het hele politiebureau. Ik overweeg nummertjes te laten trekken door iedereen die zegt dat hij je wil opzoeken zodra het mag. Ik voel me ontzettend gelukkig dat ik de eerste mag zijn.'

Kristine glimlachte nogmaals, maar haar gezicht had iets mats, iets ondefinieerbaars wat hem onzeker maakte. Omdat hij niet wist wat hij moest zeggen, ging hij zitten en haalde dingen uit het zakje dat hij bij zich had. Een *Gullbrød*, een *Kvikk-Lunsj* en een *Troika*.

'Omdat je zaterdag je chocolaatje van de week hebt gemist,' zei hij.

'Ga je me weer vetmesten?' vroeg Kristine.

Halvor voelde zich meteen warm worden. 'Het leek me wel een leuke afwisseling van dit hier.' Hij wees naar het slangetje dat aan haar pols was bevestigd.

Ze glimlachte even; toen werd het weer stil. Halvor schraapte zijn keel zonder dat het ergens toe leidde. Wel werden zijn ogen naar de hare getrokken. Ze keken elkaar aan, net iets te lang. Hij stond op en strekte zijn rug.

'Zit je veel stil overdag, Halvor?' Hij stond met zijn rug naar haar toe, maar hoorde aan haar stem dat ze glimlachte. Het was besmettelijk. Dus hij draaide zich om, boog zich omlaag en omhelsde haar, terwijl hij zijn adem inhield om haar geur niet te ruiken.

'Het is echt geweldig goed om je te zien, Kristine. Ik was niet de enige die gek was van bezorgdheid. Het duurde anderhalve dag en het voelde alsof er een muur was weggerukt uit de afdeling.'

'Ik had eigenlijk op vakantie moeten zijn,' bracht ze hem in herinnering.

'O… is dat zo? Ik onthou dat soort dingen nooit zo goed.'

'Nee, inderdaad.' Ze grijnsden. 'Bovendien had ik mijn reis naar Florence afgelast om die drugsdoden te onderzoeken.'

Een verpleegkundige kwam binnen met de bloemen die Halvor namens de hele afdeling had meegenomen. De simpele stalen vaas deed ze absoluut geen recht.

'O, kijk nou toch… Ik neem aan dat Andersen dat boeket niet heeft uitgezocht.'

'Vrouwelijke intuïtie op hoog niveau, Kristine. Merete heeft wel een vinger in de pap gehad,' merkte Halvor op. Hij liet zijn stem dalen en keek haar aan, ditmaal precies lang genoeg. 'Wat is er eigenlijk gebeurd?'

Kristine werd serieus. 'Ik probeerde je te bellen, maar je had je mobiel uitgezet.'

'Ik had hem niet uitgezet, ik had hem in het meer gegooid in een vlaag van ergernis over Andersen. Als ik had geweten dat jij me nodig had, dan had ik mijn impulsen wel kunnen bedwingen.'

'Wilde hij dat je terugkwam van vakantie?'

Halvor knikte, niet bepaald verbaasd dat ze dat had begrepen. Zo was Kristine nu eenmaal.

'Heb je het rapport gelezen?'

'Diagonaal. De zaak is overgenomen door Asker/Bærum, en ik

merkte dat ik de details liever rechtstreeks van jou wilde horen. Maar ik heb wel begrepen dat het een vreselijke situatie was.' Hij bestudeerde haar gezicht. 'Je hoeft het niet te vertellen als je moe bent.'

'Maar ik wil het graag vertellen. Het is fijn om er met iemand anders dan Andersen over te praten.' Haar ogen leken een beetje te glanzen. Hij deed alsof hij het niet zag.

Ze schraapte haar keel en vervolgde: 'Ik was bij een vriendin aan Carl Berners Plass geweest en reed via Sagene naar huis. Op de rotonde na de kerk komt er in hoog tempo een auto rechts van me in de busstrook rijden, en ik ga ervan uit dat die rechtsaf wil. Maar in plaats daarvan probeert die auto zich voor me de rotonde op te duwen, en hij neemt in één beweging mijn spiegel mee. Ik kan nog net remmen om een totale botsing te voorkomen voordat we weer van de rotonde af rijden. Dan stop ik om te zien of ik mijn spiegel kan redden. Ik ben een beetje kwaad en geef ze door het portier een duidelijke middelvinger. Misschien niet de rationele, koele Kristine, maar als ik het er niet meteen uit had gegooid, was ik waarschijnlijk doodgegaan aan extreme bloeddrukstijging.'

Het volgende dat ze wilde zeggen, leek een zekere zelfbeheersing te vergen. 'Terwijl ik terugloop om de spiegel te vinden, hoor ik gierende remmen achter me. Ik draai me om, en daar komt diezelfde auto weer terug. Nu rijdt hij onder een lantaarnpaal, en ik zie dat er drie mensen in zitten. Ik kan nog net mijn politiekaart pakken, ik steek hem op en geef ze voor de zekerheid nog een keer een middelvinger...'

'Misschien niet het slimste, gezien de visie van rechters op provocaties,' zei Halvor, en hij had er meteen spijt van. Hij kon nog net wegkijken voordat Kristine hem met haar blik doorboorde, maar hij voelde toch een stekende pijn in zijn rechterwang.

'... maar in plaats van te remmen, te stoppen en me zijn personalia te geven – wat hij natuurlijk had moeten doen – gooit de bestuurder zijn stuur om en probeert me te raken. Ik kan mezelf nog net opzij gooien en hij knalt zo tegen het hek van de begraafplaats. Dan dringt het eindelijk tot me door dat ik me in een gevaarlijke situatie bevind, dus ik sprint om hun auto heen en ga in de mijne zitten. Maar terwijl ik start, hebben ze zich al uit het hek losgemaakt en gaan ze achter me aan.

Om een lang verhaal kort te maken: mijn mobiel is weggegleden en ik kan hem niet zoeken, met die drie vlak achter me. Ze hebben een veel snellere auto en dwingen me uiteindelijk naar het Sognsvann, waar ik een U-bocht wil maken om de stad weer in te rijden en een pompstation te zoeken dat dag en nacht open is en uitgerust met alarm en bewakingscamera's. Maar in plaats van achter me aan de parkeerplaats op te gaan, zetten ze hun auto dwars op het smalste stukje van de inrit en stappen ze uit. Daarmee ben ik opgesloten. Dan doe ik mijn grote licht aan en rij op ze af. Ik steek mijn hoofd uit het raam, roep dat ik politie ben, dat ik mijn collega's heb gebeld en dat die onderweg zijn. Maar het lijkt alsof ze me niet geloven, en ze komen op de auto af. Ik rij achteruit, helemaal naar de bosrand. Daar stap ik uit en smeer ik 'm…'

De intensiteit van haar stem was verminderd, dus Halvor zei: 'De rest van het verhaal ken ik. Kan het trouwens zijn dat ze niet begrepen dat je van de politie was?'

'Dat kan wel. Ze hadden niet veel tijd om mijn politiekaart te bestuderen toen ik hun die in Sagene voorhield. Maar ze hadden totaal geen zenuwen; zo heb ik het maar zelden gezien. Het waren net machines.'

'En je kunt ze met geen mogelijkheid herkennen?'

'Jammer genoeg niet. Ze hadden van die sweaters met capuchons aan, waardoor hun gezichten vrijwel helemaal beschaduwd werden. Het enige was de stem van die vent die me de volgende dag belde. Toen ik het bos in was gerend, was hij maar een paar meter bij me vandaan terwijl hij met de anderen praatte. Hij was hees, een beetje zoals… Al Pacino, of zo. Bovendien was hij vrij stevig, misschien zelfs een beetje dikkig.'

'Sprak hij goed Noors?'

'Absoluut.' Ze glimlachte zwakjes. 'Maar jij hoeft dit toch niet te onderzoeken, Halvor.'

'Dat is zo. Ga er maar van uit dat het niet lang duurt voordat Asker/Bærum verschijnt.'

'Iemand die ik ken?'

'Weet ik niet. Ik heb alleen de naam gehoord van de onderzoeksleider en ik kan me niet herinneren dat ik hem ooit heb ontmoet. We hebben de Golf waar ze in zaten trouwens niet gevonden. Waarschijnlijk hebben ze die ergens gedumpt vlak nadat ze bij

Sognsvann waren weggereden. Hij is de volgende ochtend als gestolen opgegeven, maar de eigenaar bleek niets met de zaak te maken te hebben.' Hij dacht na. 'Heb je erover nagedacht wat het motief kan zijn geweest om je te proberen te vermoorden? Dat ze je een pak slaag wilden geven nadat je ze je middelvinger hebt laten zien is één ding, maar het is iets heel anders om je de volgende dag te vermoorden.'

'Daar heb ik vrijwel de hele tijd aan gedacht sinds ik weer wakker ben, maar ik kan geen goede reden bedenken. Misschien waren ze bang dat ik ze had herkend of dat ik iets had gezien wat ik niet had mogen zien.'

'Was dat zo?'

'In dat geval heb ik het zelf nog niet begrepen...' Ze wilde doorgaan, maar er werd op de deur geklopt. Een verpleegster kwam binnen en liep naar het bed. Terwijl ze Kristines gezicht bekeek, deed Halvor hetzelfde. Weer viel hem iets raars op aan haar ogen. Ze zagen er een beetje omfloerst uit, misschien ten gevolge van de pijnstillers die ze kreeg. Misschien kon het ook worden opgevat als een soort verdriet.

'Ik denk dat het wel mooi is geweest voor vandaag,' zei de verpleegster.

'Eén ding nog, Halvor. Je moet het met een korreltje zout nemen, want ik weet niet of ik het in mijn coma bij elkaar heb gedroomd of dat het echt is gebeurd. Ik herinnerde het me in elk geval niet toen ik het rapport schreef...'

Halvor glimlachte geduldig. 'Vertel op, Kristine. Ik beloof je dat ik me niet zal verliezen in een verkeerd spoor. Het is trouwens niet eens mijn onderzoek.'

'Oké. Op de parkeerplaats bij Sognsvann reed ik een stukje naar hen toe met mijn groot licht aan. Ik meen me te herinneren dat een van hen een sleutelkaart aan zijn riem had hangen. Ik geloof dat ik me een van de letters daarop kan herinneren, een die veel groter was dan de andere.'

'En dat was?'

'Een M. Een grote, rode M.'

★

Merete zocht op de keel van de vrouw naar haar hartslag. Ze vond hem en voelde dat hij zwak maar regelmatig was. Op tafel lagen een stukje aluminiumfolie met bruine vlekken, een aansteker en een papieren trechter.

'We hoeven alleen maar te wachten tot ze wakker wordt,' zei Merete.

Hans Petter trok de mouw op van het dunne katoenen truitje dat haar magere bovenlichaam bedekte. 'Ik begrijp wel waarom ze het rookt,' zei hij. Beide armen zaten helemaal vol met kleine littekens en bulten. Een arts zou grote moeite hebben haar bloed af te nemen als dat nodig mocht zijn. 'Hoe lang denk je dat dat duurt?'

★

Tussen Kristines kamer en de gemeenschappelijke verblijfsruimte stond de dokter met wie Halvor eerder had gesproken. De man leek een verhitte discussie te voeren met een vrouw die Halvor vaag aan iemand deed denken. Ze had donker, halflang haar, waarschijnlijk geverfd, en moest rond de zestig zijn. Hij bleef op een paar meter afstand staan en probeerde zich te herinneren wie het kon zijn. Hij hoorde haar iets zeggen als 'kan toch niet zomaar', en hem iets als 'moet rust hebben'.

Toen ze haar hartvormige gezicht naar de arts keerde, zag hij het: het was Kristine senior. De sfeer tussen haar en de arts was echter zo geladen dat het hem niet verstandig leek haar te begroeten. Dus hij hield zijn gezicht goed naar rechts in de hoop dat de anderen zouden denken dat hij een kamernummer zocht.

Maar de vertwijfelde dokter zag een mogelijkheid om aan de vrouw te ontsnappen. Toen Halvor passeerde, stak hij zijn arm uit om hem tegen te houden. 'Ging het goed?'

Voordat Halvor antwoord kon geven, kwam de wantrouwende moeder tussenbeide: 'Wat ging goed? Wie bent u? Bent u bij Kristine geweest?'

Halvor knikte, stelde zich voor en stak zijn hand uit. Maar in plaats van die aan te nemen, deed de vrouw een stap achteruit en fulmineerde: 'Aha, dus dat is de politie? De politie, die de vakantie van mijn dochter intrekt zodat ze zowat wordt vermoord... En dan komen jullie hier met haar praten voordat haar eigen moeder toegang tot haar krijgt! En nu mag ik niet naar haar toe omdat ze moet uitrusten van uw bezoek!'

In de piepkleine pauze die ontstond omdat ze adem moest halen, zei Halvor: 'Misschien kunt u proberen kalm te worden?' Hij keek vertwijfeld rond op zoek naar de dokter, maar om een of andere wonderlijke reden was de gang leeg.

Ze deed geen poging kalm te worden. Haar getier ging over in gehuil: 'En nou kan ze misschien geen kinderen krijgen!'

Nu jammerde ze met lange uithalen. Halvor had geen idee wat hij moest doen. Hij liep een paar passen naar achteren en ging op een stoel zitten, met zijn hoofd tussen zijn handen geklemd. 'Mijn enige kind kan misschien geen kinderen krijgen! Mijn enige kind,' snikte ze tegen de vloer.

Vanuit zijn ooghoeken zag Halvor drie verpleegkundigen aankomen. Alle drie leken ze hem beschuldigend aan te kijken voordat ze zich op Kristines moeder concentreerden. Twee gingen aan weerszijden van haar zitten en streelden haar troostend over haar schouders, terwijl de derde op zijn hurken voor haar ging zitten met een potje pillen en een plastic bekertje met water.

Geen van drieën schonk nog aandacht aan hem, en hij trok zich behoedzaam terug.

★

Op het laatst had Bastian geluk in wat een van de bouwvalligste woonblokken van Noorwegen moest zijn. Voordat het zover was, had hij een kwartier zinloos gebabbel doorstaan met een oudere man met een neus als een ingemaakte rode biet. Hij had bovendien een reeks korte gesprekken gevoerd met mensen die niets hadden gezien of gehoord, maar het ergste was de vrouw die op een berg afval woonde. Toen ze na een paar minuten wachten eindelijk had opengedaan, begreep hij waarom het zo lang had geduurd. De lucht die hem toewalmde en de anderhalve meter vuilnis die voor hem oprees, bezorgden hem braakneigingen. De vrouw lag boven op de afvalhoop met haar arm naar hem uitgestrekt, waarschijnlijk omdat dat de enige mogelijkheid was om de deur open te doen.

Hij had in een artikel in een krant gelezen dat zulke dingen bestonden in Oslo. Als hij het zich goed herinnerde, moesten er uit een van die flats 356 vuilniszakken worden opgehaald toen de GGD eindelijk ingreep. Ook de vrouw voor hem leed blijkbaar aan een psychische kwaal, en hij was er niet in geslaagd ook maar één verstandig woord uit haar te krijgen. Dus hij had genoteerd dat hij aan de gemeente moest doorgeven dat hier nog iemand was die in peilloze vernedering woonde.

Maar in de volgende trapopgang, aan de kant van de binnenplaats tegenover de flat van Lone Slevatn, had hij geluk. Dat was bij de eerste min of meer normaal uitziende persoon die hij ontmoette. Ze was wel oud, ergens tussen de zeventig en tachtig, en had wit haar met een vleugje blauw, maar ze had volgens zichzelf een valkenblik. En die valkenblik had iets interessants opgevangen, ongeveer op het tijdstip waarop Lone Slevatn moest zijn vermoord.

'Ik zag een vent voor de trapopgang staan roken. Ik had hem nog nooit eerder gezien.'

'Kunt u hem beschrijven?'

'Tja...' Ze dacht omstandig na: 'Hij had een zwarte broek aan, waarschijnlijk een spijkerbroek, en een grijs-zwartgestreepte trui met zo'n capuchon. Het is toch gek dat ze zo'n trui aantrekken, ook al is het boven de twintig graden?'

'Ja, dat is nog eens scherp kijken,' zei Bastian, en hij liet duidelijk merken dat hij onder de indruk was. 'Hebt u zijn gezicht gezien?'

'Nee, hij had die capuchon op en zijn gezicht was in de schaduw, dus ik kon niet veel meer zien dan de sigaret. Maar hij had een blanke huid.'

'Verder nog iets?'

'Alleen dat hij heel veel rookte en het afval gewoon op de grond gooide – zoals iedereen in dit blok doet. Hij heeft zeker twee peuken achtergelaten. Wilt u een kopje thee?'

Bastian sloeg het aanbod af, maar zei dat hij graag een andere keer binnenkwam. Toen ging hij de trap af, stak de binnenplaats over en liep naar de onderzoekers van de plaats delict die nog in de flat van Lone Slevatn bezig waren. Tegen Salomonsen, die nog maar net in dienst was, zei hij: 'Kom eens mee naar buiten.'

Bij het bellenpaneel wees Bastian naar de plek waar de capuchonman volgens de oude dame had gestaan. 'Kijk eens of er hier ergens peuken liggen. Als je twee dezelfde vindt, is dat extra interessant.'

Salomonsen knikte en ging op handen en voeten zitten.

Misschien hielpen de paar lichte klapjes op haar wang en de koude, natte doek, want Annelene Busch werd al na een kwartier wakker. De wachttijd hadden Merete en Hans Petter gebruikt om rond te kijken in de kleine flat, die slechts bestond uit een gang, een slaapkamer en een woonkamer met open keuken. Afgezien van een paar doses voor eigen gebruik op de salontafel vonden ze geen spoor van witte of bruine heroïne, maar er moest waarschijnlijk nog een hond het huis door.

Het sms'je van Halvor dat het spul dat ze Lone Slevatn had gegeven bijna honderd procent zuiver was, betekende dat ze allebei beseften in welke situatie de vrouw die nu voor hen op de bank lag, zich bevond. Ze zat ofwel zelf achter de overdosismoord op Terje ofwel ze had er bewust of onbewust aan meegewerkt. In beide gevallen zou ze strafbaar zijn, zeker als de juristen van de politie konden bedenken hoe ze iemand voor moord konden laten veroordelen die per slot van rekening 'alleen maar' heroïne had verkocht. Weliswaar veel te zuivere heroïne, maar vanuit gebruikersoogpunt had de klant toch veel meer voor zijn geld kunnen krijgen...

Hans Petter liet zijn blik nog eens over het uitgemergelde, afgeleefde lichaam voor hen gaan: 'Kun jij je voorstellen dat zij dit allemaal heeft gedaan?'

'Absoluut niet,' verklaarde Merete.

★

Dus Kristine kon misschien geen kinderen meer krijgen. Had het mes haar onderlichaam echt zulke schade toegebracht? Het zou in elk geval de matheid verklaren die hij bij haar meende te hebben gezien. De afgelopen jaren had hij heel goed begrepen hoe graag ze kinderen wilde, en hij had gemerkt dat ze enthousiast luisterde als hij vertelde over de grote en kleine belevenissen van zijn eigen kinderen. In feite was zij de enige op het hele politiebureau die ooit reageerde op die verhalen, en ten slotte was zij de enige aan wie hij nog zin had ze te vertellen.

Maar hij keek wel uit om het te laten uitgroeien tot meer dan een kleine kantoorflirt. Hij was ervan overtuigd dat hij met andere vrouwen op het bureau minstens even joviaal omging. Maar hij wist ook van zichzelf dat hij zich, als het ooit misging met Birgitte, op Kristine zou storten.

Zijn hoofdpijn werd zo hinderlijk dat hij blij was dat zijn mobieltje zijn aandacht opeiste. De man aan de andere kant van de lijn had duidelijk geen behoefte aan small-talk: 'U wilde me spreken?'

'Dat hangt er een beetje van af wie u bent.'

'U moet de groeten hebben van Kenneth Garvang.'

Er ging Halvor een licht op. 'Dan snap ik het. Hij zei dat u misschien informatie voor me had.'

'Inderdaad. Maar daar wil ik een cola en duizend kronen voor hebben.'

Wat had Garvang eigenlijk tegen die man gezegd? 'De politie betaalt normaal gesproken niet voor tips. Dus ik moet het uit eigen zak betalen, en dan is duizend kronen volkomen uitgesloten,' antwoordde Halvor.

Wat hij zei was waar. De regels voor de betaling van informanten waren flink aangescherpt nadat ongelukkigerwijs was onthuld dat politiemensen wel 20.000 kronen hadden betaald voor inlichtingen over een paar overvallen. Het geld kwam wel van verzekeringsmaatschappijen, maar de politie had het overhandigd en er zat wel wat in dat *Dagbladet* dat een 'ongelukkige belangenverstrengeling' noemde.

'Oké, vijfhonderd dan.'

'Nee, maar u krijgt misschien een briefje van tweehonderd als ik iets heb aan wat u me vertelt.' Halvor wist dat dat ongeveer de prijs van een dosis was en dus waarschijnlijk verleidelijk genoeg.

Na een korte pauze kreeg Halvor het antwoord dat hij verwachtte: 'Oké.'

★

De deur van café Funksjonær stond wijd open om een glimp van de Oslose zomer binnen te laten. Binnen bleef Halvor even staan om zijn ogen aan het pikkedonker te laten wennen. Ze waren het erover eens geworden waar hij zou gaan zitten om makkelijk te vinden te zijn, dus hij liep langs de lange, bruine bar door naar de kleine, met leer beklede salon aan de andere kant. Die was, zoals te verwachten was, leeg op dit tijdstip van de dag, waarop het geen tijd was voor lunch, diner of een pilsje na het werk. Hij bestelde een dubbele macchiato en ging in de stoel aan de andere kant van het kleine, zwarte tafeltje zitten.

Er verstreken drie minuten, toen vijf en toen acht. Net toen Halvor begon te denken dat de informant niet zou komen, werd hij zachtjes op de schouder getikt. Hij draaide zich om en keek recht in het gezicht van de man die hem zijn koffie had gebracht.

'Er staat een vent buiten die zegt dat hij een afspraak met u heeft.'

'Mooi. Kunt u hem dan niet gewoon binnenlaten?'

'Nja… Hij ziet er niet best uit, zogezegd.'

Halvor zuchtte: 'Helpt het als ik hem ga halen en netjes hierheen meeneem?'

De ober keek hem besluiteloos aan. 'Oké,' zei hij ten slotte. 'Maar ik wil hem niet op het toilet hebben.'

Halvor stond zonder iets te zeggen op en liep naar de ingang. Pal daarvoor stond, of beter gezegd, hing een man met lang, donkerblond, onverzorgd haar. Hij had een baard van een paar dagen en boven zijn ene oog had hij een grote open wond van zo'n één bij drie centimeter. De randen van de wond waren opgezwollen, waaruit af te leiden viel dat het een messteek van een paar dagen geleden kon zijn. De wond had beslist gehecht moeten worden.

Halvor begreep waarom de ober was teruggedeinsd, maar zelf hield hij er bepaalde principes op na. Hij stak zijn hand uit.

'Halvor Heming,' zei hij. 'U had die wond moeten laten hechten.'

De man greep verward naar zijn voorhoofd.

'… en u moet er niet aankomen. Het ziet er al ontstoken genoeg uit.'

De man liep hem als een hondje achterna. Halvor bestelde onderweg naar de leren salon een cola. De in het wit geklede man achter de bar keek opgelucht. Misschien omdat hij niet om de kaart had gevraagd. Halvor draaide zich om en deed een stap terug. '… en de kaart, alstublieft.'

De ober keek even alsof hij niet van plan was in beweging te komen. Nadat Halvor hem drie lange seconden had aangestaard, boog hij zich toch voorover, viste iets wat op een menukaart leek naast de kassa vandaan en gooide die naar Halvor.

'Dank u wel,' zei die zonder blikken of blozen.

Hij ging zitten en keek naar het wrak aan de andere kant van het tafeltje in de salon. Hij had na het telefoongesprek niet zo'n afgeleefde verslaafde verwacht. 'Wat is uw naam?' vroeg hij.

'Eh... noem me maar Carlos,' zei hij, ook al zag hij veel te bleek voor die naam.

'Oké, Carlos. Je had me iets te vertellen?'

De man aan de andere kant van de tafel knikte. 'Kenneth zei dat ik je kon vertrouwen. Ik wil niet dat je probeert uit te vinden wie ik ben en ik trek mijn bek niet open in een rechtbank. Snappie?'

'Ik wil wel beloven dat ik op basis van wat je nu zegt niet zal proberen uit te vinden wie je bent. Maar als je naam in een ander verband opduikt, kan ik niets beloven.' Halvor schoof de menukaart over de tafel. 'Wil je iets eten?'

Carlos grijnsde met een gebit als een kerkhof en keek verlekkerd op de kaart. 'Een burger zou lekker zijn,' zei hij. Halvor bedacht dat hij maar geen salade moest voorstellen en riep de ober, die met tegenzin naar hun tafeltje toe kwam.

Toen de bestelling was afgehandeld, vroeg Halvor: 'Wat wilde je zeggen?'

Carlos keek steels om zich heen. Het café was nog steeds leeg. 'Ze proberen het over te nemen,' zei hij.

'Over te nemen?'

'De markt. Het is vrijwel gedaan met die lui uit Kosovo. Zelfs de Somaliërs en de Noord-Afrikanen hebben het moeilijk. Er is iets mis met hun spul. Mensen gaan dood.'

'Gaan dood? Hoe dan?'

'Ik ken er een heel stel die de laatste maanden de pijp uit zijn gegaan. Veel meer dan anders, en net wat ik zeg: ik denk dat er iets mis is met het spul dat ze hebben gehad. En dan gaat het om wat er via de gewone kanalen komt. Maar er zijn nieuwe lui gekomen, en die zeggen dat ze spul hebben dat we kunnen vertrouwen. Dus nou gaan de mensen dat kopen. Snappie?'

'En van wie kopen jullie het nou dan?'

'Dat wil ik niet zeggen. Ik wil de hand die me voedt niet bijten, als je begrijpt wat ik bedoel. De lui die daarachter zitten, die zou ik weleens bekeken willen hebben.'

'Wie nemen het dan over, weet je daar iets van?'

'Dat weet ik niet, eerlijk niet. Maar ik heb het gevoel dat het Noren zijn.'

'Waarom dat?'

'Omdat ze *motorpetten* als pushers gebruiken. En *spat* is toch iets waar vooral Noren zich mee bezighouden.'

Halvor had lang genoeg bij de Narcoticabrigade gewerkt om te weten dat 'motorpetten' amfetaminegebruikers waren en 'spat' amfetamine. Hij wist ook dat het meeste geweld in de drugsscene met amfetamine te maken had.

Het leek wel of Carlos zijn gedachten kon lezen: 'Het is niet zo dom om motorpetten te gebruiken om heroïne te pushen. Ze zijn er goed in om schulden te innen. Veel speedgebruikers zijn allang bang voor ze.'

Ze werden onderbroken doordat de ober binnenkwam met een bord met een hamburger in zijn rechterhand. Hij kwakte het op tafel zodat de salade en de dressing opspatten. Carlos leek het niet te merken; hij tuurde alleen maar gulzig naar de hamburger. Toen hij weer opkeek, zag Halvor dat er tomatensaus tussen de stoppels op zijn rechterwang zat.

'Neem jij niks?'

'Nee, dank je, ik heb al geluncht,' zei Halvor. Hij liet Carlos rustig eten. Toen hij daarmee klaar was, waren de hamburger en de patat verdwenen, maar de salade en de dressing lagen er nog. De inspecteur probeerde de draad weer op te pakken, maar Carlos had kennelijk alles al verteld wat hij wist. Dus Halvor schoof een briefje van tweehonderd over de tafel.

'Kom, dan rij ik je naar de Eerste Hulp met die wond.'

Hij nam het bord mee toen ze opstonden en reikte het de ober aan, die weer achter de bar had plaatsgenomen. Toen de man zijn hand uitstak om het aan te pakken, verloor Halvor plotseling de controle over zijn rechterduim. Het bord gleed uit zijn hand en kwam op de onderarm van de ober terecht voordat het op de vloer aan diggelen viel. Halvor zag tomatensaus en dressing over de witte mouw van de ober sijpelen.

'Oeps... sorry,' zei Halvor.

★

Annelene Busch keek alsof ze diep nadacht, in het verhoorkamertje op de vijfde verdieping. Het probleem was dat dat het enige was wat ze deed. Er kwam geen woord over haar lippen, en zo was het al sinds ze haar van de bank omhoog hadden geholpen en naar de patrouillewagen hadden ondersteund.

Ze reageerde zelfs niet toen eerst Merete en daarna Hans Petter haar duidelijk maakte dat ze werd verdacht van moord met voorbedachten rade en dus een lange gevangenisstraf riskeerde. Het hielp ook niet of ze haar al uitlegden dat ze in voorlopige hechtenis zou worden genomen als ze niet van deze gelegenheid gebruikmaakte om een verklaring af te leggen.

Het enige voordeel van haar zwijgen was dat ze ook geen antwoord gaf toen ze vroegen of ze een advocaat wilde, dus dat hoefden ze voorlopig niet te regelen.

'De vraag is hoe lang het duurt voordat ze begint te zweten,' zei Hans Petter, en hij keek op de klok. 'Als we aannemen dat ze de vorige dosis een halfuur voordat ze wakker werd rookte, is het nu drie uur geleden...'

'... en dat betekent dat we het om zes, zeven uur vanavond nog een keer kunnen proberen,' maakte Merete zijn zin af. 'Dan zal het toch wel tot haar doorgedrongen zijn hoe ze zich binnenkort gaat voelen. In de tussentijd kunnen we haar hier wel laten zitten. Ik zal een kannetje water halen.'

12

Oslo, dinsdag 4 augustus 2009

'Minstens twee moorden en een overval, oorlog op de heroïne-markt, een bende idiote motorpetten en twee zwijgende getuigen, van wie een in de isolatie met multiresistente tuberculose. Ik heb weleens wat vrolijkers meegemaakt,' zei Bastian.

'Nu is de overval op Kristine niet onze zaak, puur formeel dan. Ik vind ook niet dat capuchondragers op twee verschillende plaatsen in de stad een eenduidig bewijs zijn dat die zaken samenhangen,' zei Halvor. 'Maar ik sluit niet uit dat er wel verband bestaat en ik wil graag dat je informatie uitwisselt met Asker/Bærum.'

'Volgens de getuige die Kristines overvallers heeft gezien, waren hun truien grijs-zwartgestreept. Net als de hoodie van de man die is gezien op het binnenplein achter het huizenblok waar Lone Slevatn woonde,' mompelde Bastian.

'Ben ik me van bewust,' zei Halvor rustig. 'Hoe gaat het met Annelene Busch, Merete?'

Ze werden onderbroken doordat de telefoon van de inspecteur ging. Halvor praatte een paar minuten. Toen hing hij op en keek peinzend voor zich uit. Ten slotte zei hij: 'Het begint tot me door te dringen wat voor enorm probleem we hebben.' Hij wees op de telefoon: 'Dat was het Forensisch Instituut, dat ons wilde laten weten dat ze de resultaten hebben van de bloedproeven van een overdosisdode van eind vorige week. Daaruit blijkt dat er een ongewoon hoge concentratie heroïne in zijn bloed zat.'

'En wat is dan het probleem?' vroeg Merete. 'Dat wilden we toch juist bevestigd hebben?'

'Het probleem is dat ze niet kunnen bewijzen dat het spul honderd procent zuiver was toen het in het lichaam kwam. Dat betekent in feite dat de bloedproeven niets waard zijn in een rechtszaal als we ze niet kunnen koppelen aan resten uit gebruikersspullen. En gebruikersspullen met heroïneresten zijn vrijwel altijd ruim voordat de ziekenwagen of wij bij een overdosis komen, door de beller verwijderd.'

Er ging Merete een licht op. 'Dus je zegt dat we zonder getuigen en monsters van niet-geïnjecteerde heroïne niet kunnen bewijzen dat er überhaupt een moord is gepleegd?'

'Precies,' zei Halvor. 'En het enige spul dat we getest hebben, is verkocht door de vrouw die een verdieping hierboven zit. Hebben jullie er iets op tegen als ik het eens probeer met Annelene Busch? Want het kan zijn dat ze een beetje aan het zweten is geraakt.'

★

Halvor bleef in de deuropening naar Busch staan kijken. Ze leek hem niet op te merken. Zelf bedacht hij dat hun probleem eigenlijk nog groter was dan ze een paar minuten eerder hadden gedacht. Want ook al zouden ze de mensen achter de overdosisepidemie vinden, dan waren ze nog afhankelijk van mensen die getuige waren geweest van de overhandiging en van het zetten van de spuit. En die getuigen bevonden zich zonder twijfel helemaal onder aan de sociale ladder.

Mensen zoals de vrouw die nu voor hem zat. Hij wist maar al te goed hoe weinig geloofwaardig zij zou zijn in een rechtszaal. Ze zou door de advocaat worden gekraakt in de getuigenbank, waar ze zou zitten zonder zelfvertrouwen en met een uiterlijk dat zelfs de duivel de stuipen op het lijf zou jagen. De vakrechters en de lekenrechters zouden even sympathie voor haar hebben, maar dan genoeg krijgen van haar gestotter en gestamel en van haar inconsequente uitspraken. En daarmee hadden ze verloren, zolang ze haar verhaal niet met technisch bewijs konden onderbouwen.

Als het klopte wat de informant in café Funksjonær hem had verteld, was het allemaal een ongelofelijk slim – en ongelofelijk cynisch – plan. De markt kapotmaken voor de concurrenten door de drugs die ze verkochten te compromitteren, was natuurlijk slim. Nog slimmer was het dat het compromitteren gebeurde op een manier die bijna onmogelijk aan te tonen was: door mensen een nog zuiverder variant te geven van de drug die ze al gebruikten.

Maar Halvor twijfelde er niet aan dat het meer dan toeval was dat juist dit ene slachtoffer was uitgekozen. Lone Slevatn had op de trap van het station naar alle waarschijnlijkheid een specifiek zakje gekregen. Dus moest het de bedoeling zijn dat zíj het slachtoffer werd, en niet zomaar de eerste de beste straatjunk. Waarom? Het antwoord kon hier vóór hem zitten. Als ze maar wilde praten.

Hij schraapte zijn keel en liep naar haar toe zonder dat ze reageerde. Ze zat met haar ellebogen op tafel en hield haar onderarmen kruiselings over haar borst, alsof ze het koud had. Halvor draaide zich om en ging een verdieping omlaag naar zijn kantoor. Daar pakte hij een plaid, die opgevouwen in een hoek van de bank lag voor lange avonden en daaropvolgende nachten, en liep weer naar boven. Deze keer liep hij meteen naar haar toe en spreidde de plaid uit. Toen hij zich vooroverboog om hem om haar schouders te leggen, zag hij dat ze nog absoluut niet aan het zweten was, maar dat er wat vocht uit haar ogen liep en dat ze snotterde. Dus de onthoudingsverschijnselen waren zo ongeveer begonnen. Halvor liep naar de pantry op de gang, haalde er tien, twaalf papieren handdoekjes, ging weer naar binnen en nam plaats op de stoel tegenover haar.

'Mijn naam is Halvor Heming en ik leid het onderzoek in de zaak waarvoor u hiernaartoe bent gebracht. Ik ben vroeger bij de Narcoticabrigade geweest en weet zo'n beetje wat u nu zult doormaken. Het is al begonnen uit uw neus en uw ogen te stromen. Ik denk dat u zelf heel goed weet wat er komt...'

Ze had nog steeds geen beweging gemaakt, maar om de een of andere reden had Halvor het gevoel dat ze luisterde: 'Straks wordt u heel rusteloos en beginnen uw handen en voeten te trillen en krijgt u pijn in al uw gewrichten. Dan begint het braken, de buikkramp en de diarree. Ten slotte komt de angst, die enorme pijnklauw die uw hersenen vastgrijpt en aan flarden scheurt, terwijl u het uitschreeuwt van angst...'

Ze rechtte haar rug en sloeg haar armen over elkaar. Nu had hij haar: 'U zou zoiets natuurlijk niet in een dronkenmanscel op het politiebureau moeten hoeven meemaken. Het zou beter zijn als u in een afkickkliniek had gezeten, maar die mogelijkheid hebben we helaas niet...'

Ze zei iets, maar hij verstond het niet. 'Wilt u dat herhalen?' vroeg hij vriendelijk.

'Klootzakken!' Haar stem klonk gebarsten en hees nadat hij zeven, acht uur niet was gebruikt.

'Ik heb er alle begrip voor dat u dat vindt, maar we hebben gewoon geen keus. U wordt verdacht van een zeer ernstig misdrijf, waarvoor u in voorlopige hechtenis moet blijven, waarschijnlijk totdat een eventuele rechtszaak begint. De Noorse wet verbiedt dat we u medicamenten geven die de kwellingen verlichten die u de komende drie, vier etmalen zult moeten doorstaan. Bovendien is het onmogelijk op zo korte termijn een plek in een eerstehulpinstelling vrij te maken.'

Elk woord dat hij zei was waar, maar toch voelde hij zich precies de klootzak waarvoor ze hem net had uitgemaakt. Maar hij had net zomin als de klanten van Annelene Busch de tijd om fijngevoelig te zijn. Hij besloot het over een andere boeg te gooien.

'U hebt een dochter van zeven, Ida. Ik neem aan dat u haar af en toe ziet?'

'Wat heeft dat er verdomme mee te maken?' Ze keek woedend en de rimpel boven haar ene oog werd dieper. De verlamming aan de andere kant gaf haar een uitermate asymmetrische gezichtsuitdrukking; de twee helften zagen eruit alsof ze elk bij een ander gezicht hoorden.

'Ik probeer alleen maar uit te leggen wat de consequenties zijn van de keuzes die u maakt. Als u geen verklaring aflegt, kan ik nu al zeggen dat het minste waarop we u zullen pakken medewerking aan moord is. We kunnen bewijzen dat u zondagochtend een zakje dodelijke heroïne aan Lone Slevatn hebt gegeven. Als u ons geen reden geeft iets anders te geloven, betekent dat dat u jaren vast zult zitten. Het kan heel lang duren voordat u de kans krijgt bezoek te ontvangen. Het staat in elk geval vast dat de volgende keer dat u Ida zult zien, in de gevangenis zal zijn.'

Hij bekeek haar weer. Nu leek ze zo gespannen als een stalen veer, dus hij voegde eraan toe: '... en Ida vindt het misschien al erg genoeg dat haar moeder verslaafd is.'

Hij had nooit gedacht dat ze de kracht zou hebben om zo uit haar stoel te springen als ze deed. De stoel schoot naar achteren en haar ene arm naar voren. Die greep de waterkan, tilde hem op en zou hem met volle kracht in Halvors gezicht hebben gegooid als hij haar niet te snel af was geweest. Net toen ze aan haar uithaal begon, greep hij haar bij haar pols en hield die vast als in een bankschroef.

Dat was blijkbaar genoeg. In plaats van door te vechten, zakte ze in de verste hoek van de verhoorkamer in elkaar. Ze trok haar benen onder zich op en barstte in huilen uit. Halvor liet haar een paar minuten begaan, pakte toen drie papieren handdoekjes en ging op zijn hurken naast haar zitten. Voorzichtig legde hij een hand op haar schouder. Ze liet hem liggen, en met zijn andere hand gaf hij haar de handdoekjes.

Toen zei hij zacht: 'Maar ik denk dat Ida trots zou zijn op een moeder die durft te getuigen tegen het schorem dat geen cent geeft om het leven van mensen.'

★

Hij was bepaald niet trots op de manier waarop hij het had gedaan, maar het had wel gewerkt. Annelene Busch was leeggelopen over de nieuwe leverancier die ze vlak voor de zomer had gekregen. Zonder uitleg was er opeens een andere man verschenen op de plaats en het tijdstip van de overhandiging. Ze had hem nooit eerder gezien, maar hij had haar de gebruikelijke hoeveelheid gegeven en een extra bonus als dank 'voor lange en trouwe dienst'. Als er iets overbleef van haar portie heroïne, kon ze die voor eigen rekening verkopen.

De sms-berichten kwamen doorgaans met drie tot vijf dagen tussentijd. Altijd vlak voor de overhandiging, vanaf een niet-geregistreerd nummer en met dezelfde mededeling: plaats en tijd. Halvor mocht het laatste sms'je zien, en het enige wat er stond, was:

Wilsesgate/Deichmansgate 11.45

'Wat zei hij over het zakje dat je aan Lone moest geven?'

'Alleen maar dat het voor haar was, en dat het een speciale afspraak was.'

'En dat vond u niet raar?'

'Jawel. Ik had nooit eerder zo'n opdracht gehad en ik wist niet eens dat hij Lone kende. Maar ik zag niet in waarom hij zou liegen.'

'Hoe kende u Lone?'

'Eigenlijk alleen als klant. Maar we patrouilleerden een paar jaar geleden op de Tollbugate en toen deden we een paar klusjes samen. Dat was ongeveer in de tijd dat ze een relatie kreeg met Terje.'

Het was niet veel, maar het was een begin. Halvor was met haar naar het fotoarchief gegaan, maar ze had de man van de sms'jes niet herkend. Halvor had Merete en Hans Petter erbij geroepen. Samen waren ze het eens geworden over een manier om het volgende sms'je af te wachten. Als de man zich aan zijn normale patroon hield, zou dat in de loop van de volgende drie dagen komen. Intussen moesten ze Annelene Busch laten gaan en haar flat in het geheim dag en nacht in de gaten houden. Ze ging er ten slotte mee akkoord dat elk sms-bericht eerst door de politie zou worden gelezen. Daar stond tegenover dat Halvor beloofde dat de agent van dienst steeds wanneer ze een dosis nodig had een andere kant op zou kijken en dat de flat voorlopig niet zou worden doorzocht.

Toen Halvor het politiebureau verliet om naar huis te gaan, waar hij hoopte dat de aardappels klaarstonden, had hij het gevoel dat er iets op het punt stond opgelost te worden. Hij wist alleen niet goed wat.

5 september

Hij werd met een schok wakker, nat van het zweet en
happend naar adem. Het was vijf uur, en ik had niet
geslapen uit angst voor wat er ging komen.
Als iemand dit ooit leest: heb je weleens geprobeerd je kind
vast te binden? Nee? Wees dan voorbereid op een
afschuwelijk geschreeuw en bedenk dat je bescherminstinct
klaarwakker wordt, net als toen ze klein waren. Maar als
ik naar hem toe ga om hem gerust te stellen, schreeuwt hij
alleen maar nog wilder en kijkt hij me aan alsof ik hem met
opzet martel. Ik geloof dat hij geen woord hoort van wat ik
zeg.
Op dit moment voelt alles vreselijk verkeerd. Betekent dat
dat ik spijt heb? Nee, nog niet. Ik ben er per slot van
rekening op voorbereid. Maar ik geloof dat ik begrijp
waarom afkicken werk is voor professionals die een
beroepsmatige afstand kunnen bewaren tot wat ik nu
meemaak. Hoeveel Jakob en ik ook uit elkaar zijn gegroeid,
hoeveel afstand er ook tussen ons bestaat, ik voel nu dat
zijn angst een deel van mezelf is. Het rukt en trekt ook in
mij, en ik kan niet stil blijven zitten. God mag weten hoe ik
me zou voelen als ik vastgebonden was.
Ik probeer het te zien als een soort catharsis voor ons
allebei. Het probleem is dat hij het in elk geval fysiek zoveel
zwaarder heeft dan ik, en ik begin te vrezen dat ik het had
verdiend als het omgekeerd was geweest. Maar misschien
is het straf genoeg om te zien dat je kind het zo moeilijk
heeft? Ik heb zijn lijden al jaren niet gezien en in plaats
daarvan krijg ik alles hier nu in geconcentreerde vorm.
Het is vast niet gezond om te veel te denken. Probeer
maar eens rustig na te denken in een geluidsinferno van
geschreeuw, gekreun en gebraak. Bij mij heeft het geleid
tot een steeds knagender vermoeden dat ik in hoge mate
medeschuldig ben aan Jakobs ellende. Er is zoveel waarover
ik graag met hem zou hebben gepraat. Ik klamp me vast
aan de hoop dat het waar is wat er geschreven staat: dat

onthoudingsverschijnselen niet gevaarlijk zijn, ook al zien ze er vreselijk uit. Want op dit moment lijkt het wel of hij doodgaat.

6 september

Het heeft me wat moeite gekost te bedenken hoe Jakob zijn behoefte moest doen, maar uiteindelijk heb ik een oplossing gevonden die goed lijkt te werken. Gelukkig, mag je wel zeggen, want hij zit midden in de diarreeperiode. Het systeem komt er in het kort op neer dat ik het middelste deel uit het bed en het matras heb gezaagd. Als hij moet, trek ik dat deel er gewoon uit en zet ik een teil onder zijn achterwerk. De constructie blijft nu vrijwel constant zo. Als hij moet plassen, heb ik een slang en een emmer. Nadat het de eerste paar keer in het bed terecht was gekomen, staat hij me toe het zo te doen.
Mijn zwaarmoedigheid van gisteren is een beetje weg. Waarschijnlijk omdat ik zie dat het de goede kant op gaat. Het lijkt een beetje op het verplegen van een grieppatiënt. Hij heeft koorts, opvliegers en spierkrampen, maar ook vrij lange betrekkelijk rustige periodes, vrijwel alleen onderbroken door de keren dat hij overeind probeert te komen. Dat draait er meestal op uit dat hij schreeuwt: 'Verdomme, ik haat je!' of 'Ik vermoord je!'. Het is dus net of je weer een tiener in huis hebt.
Volgens 'het boekje' zijn de onthoudingsverschijnselen over een klein etmaal op hun ergst. Intussen probeer ik wat eten en drinken in hem te krijgen. In de rustige periodes vindt hij het soms wel goed dat ik hem met een lepel voer. Ik weet eigenlijk niet of het zin heeft: het lijkt of alles zo door hem heen de teil in gaat.

7 september

Ik heb bijna vierentwintig uur niet geslapen. Jakob ligt levenloos in het bed, dat vol bloed zit. Het ziet er niet goed uit. Het bloed heeft een heel erg sterke kleur.

Hoe is dat gekomen? Ik verlang er ook alleen maar naar om naar bed te gaan, maar eerst moet ik opschrijven wat er vannacht is gebeurd. Ik doe het terwijl de tranen me over de wangen stromen; ik kan er niets aan doen.

Ik was net klaar met het bakken van mijn eerste, mislukte brood in de houtoven. Ik heb ontdekt dat het helemaal verkeerd gaat als ik het deeg in aluminiumfolie verpak en dat zo op het vuur leg. Het werd een verschrikkelijke troep, en toen ik het eruit haalde, was het brood afwisselend zwartgeblakerd of nog gewoon deeg. Afgezien van een klein stukje in het midden was er niets van te eten. Hoe dan ook, Jakob was op dat moment rustig, dus ik nam brood en boter, een snijplank en het broodmes mee naar zijn bed om hem te voeren met het beetje dat eetbaar was.

Na twee happen vraagt hij me of ik een beetje water voor hem wil halen. Onderweg naar het aanrecht hoor ik een hoop kabaal op het bed, ik draai me om en daar zit hij met het broodmes te zwaaien! Op de een of andere manier heeft hij voor me verborgen weten te houden dat hij zijn ene arm los had gekregen. Terwijl hij in de riem om zijn andere hand begint te snijden, haast ik me terug.

Hij richt het mes meteen op mij. De waanzin straalt uit zijn ogen en ik begrijp dat ik een groot probleem heb. In zekere zin is het een stellingenoorlog, maar ik weet niet of hij dat begrijpt. Hij kan niet in de andere riem snijden zonder dat ik me op hem stort en ik kan hem niet beetpakken zonder dat hij me steekt.

'Maak me los, verdomme!'

Ik weet dat het een cliché is, maar de haat straalt echt uit zijn ogen. Even krijg ik zin om het hele project op te geven, maar in plaats daarvan zeg ik zo rustig mogelijk: 'Nee.'

Hij steekt naar me, maar ik ontwijk hem makkelijk.

'Niet voordat de ontwenningsverschijnselen over zijn.'

Het zweet staat hem weer op zijn hele lichaam.

Het stroomt; het vormt bijna plassen in het bed.

Hij moet minstens de helft kwijt zijn van het vocht dat een mens in zijn lichaam hoort te hebben. Ik begin bang te worden dat hij uitdroogt.

Kan hij dan niet begrijpen dat ik het beste met hem voor-heb?

Dan doet Jakob iets wat echt bewijst hoe wanhopig hij is. Hij zet de punt van het mes op zijn borst en maakt aanstalten om te steken. Ik twijfel er geen moment aan dat hij dat zal doen, dus ik buig me over naar zijn voet en maak de riem los. Ik overweeg het mes uit zijn handen te slaan, maar wat als het mislukt...? Ik krijg de ene voet los en hij schopt me er onmiddellijk mee in mijn gezicht. Ik merk dat er wat knakt en dat er iets uit mijn neus begint te gutsen. Ik keer me naar hem toe; hij ligt nog steeds met het mes in dezelfde houding en heeft een merkwaardige grijns om zijn mond. Zijn lippen krullen nog iets meer omhoog wanneer hij mijn bebloede gezicht ziet.

Hij wuift met het mes in de richting van zijn andere voet. Ik loop om het voeteneinde van het bed heen om een nieuwe schop te vermijden. Deze riem zit heel ruim; ik zie dat dat enorme getrek van hem het gat naar de gesp heel groot heeft gemaakt. Hij zou waarschijnlijk toch gauw hebben losgelaten. Dan is die ook los. Hij kan zich niet inhouden en haalt uit voor een nieuwe schop, ook met die voet, maar ik ben erop voorbereid en hij mist me op een halve meter.

Dan wuift hij me naar de keukenhoek aan de andere kant van de kamer. Ik loop er ruggelings heen, terwijl ik naar hem blijf kijken. Als hij tevreden is over de afstand, begint hij in de riem om zijn andere arm te snijden. Hij blijft me steeds aankijken en ik begin bang te worden voor wat hij met me zal doen als hij helemaal los is.

Daar kom ik gauw genoeg achter, want nu heeft hij de riemen over zijn borst, heupen en bovenbenen ook los.

Hij zwaait zijn benen over de rand van het bed en staat op. Jakob is lang, bijna één meter negentig, en kan er angstaanjagend uitzien, zelfs zonder die kwaadaardige uitdrukking die hij op dit moment op zijn gezicht heeft. Maar net als hij een stap naar voren wil zetten, nog steeds met het broodmes in zijn rechterhand, begint hij te wankelen. Plotseling rollen zijn ogen naar achteren en dan

valt zijn lichaam er langzaam maar zeker achteraan. Met
een klap smakt hij weer op het bed, helemaal buiten westen.
Het mes valt uit zijn slappe hand op de grond.
Voedselgebrek? Uitgedroogd? Een extreme bloeddrukdaling?
Maakt niet uit. Ik ontwaak uit mijn verdwazing en ren
erheen. Voel zijn pols: die is zwak, maar zonder twijfel
aanwezig. Ik begin de riemen weer vast te maken, gehaast,
want ik weet niet hoe lang hij buiten bewustzijn blijft. Wat
moet ik doen met de riem die hij kapot heeft gesneden?
Er schiet me iets te binnen. Ik haast me naar de kast in de
gang en pak een van de reserveriemen. Hij begint te
bewegen, maakt mompelende geluiden. Ik ren naar het bed,
weet de riem tussen het matras en het frame van het bed
te persen, krijg hem eromheen en trek hem aan totdat zijn
armen wit worden. Geen blijvende oplossing, maar op dit
moment moet het genoeg zijn.
Hij begint met zijn ogen te knipperen. Mompelt iets.
Ik buig me voorover en vraag hem het te herhalen.
Iets harder nu: 'Droomde... dat ik los was...'
'Wacht even, dan haal ik een beetje water voor je,' zeg ik.

8 september

Het moment begint te naderen dat ik hem los kan maken.
Nu zijn we zover dat hij vrijwel de hele tijd rustig is; hij is
begonnen te eten en drinkt veel water. Ook praten we
samen een beetje, al gaat het alleen maar over praktische
dingen als eten en vertel ik hem op elk moment wat ik doe.
Het brood is vandaag trouwens beter gelukt. Ik vond buiten
een oud rooster (misschien van een barbecue) en vier
bakstenen van de ingestorte hooischuur. Ik verpakte het
rooster in aluminiumfolie en legde het op de vier stenen in
de oven. Dat geeft alleen onderwarmte, maar het gaat wel,
als ik de broden maar klein genoeg maak.
Dus ik denk dat we hier wel een tijdje kunnen blijven. We
hebben fruit in blik, groente in blik, Vikingmelk, warm eten
in blik en heel veel gedroogd voedsel, en de resten van de
planken van de hooischuur kunnen de houtoven nog maanden

aan de gang houden. Maar die wil ik alleen gebruiken als ik brood maak of als het erg koud is en de gasoven niet genoeg is. Ik heb liever niet dat mensen de rook zien en op bezoek komen. Dat zou Jakob maar op ideeën kunnen brengen.

Maar ik maak me een beetje zorgen hoe het huis zich zal houden als het echt koud wordt. Het heeft bepaald zijn beste tijd gehad; dat valt me steeds meer op naarmate ik hier beter de weg weet. Ik heb bijvoorbeeld in mijn slaapkamer een paar kringen ontdekt van wat plassen water moeten zijn geweest, dus het is duidelijk dat het dak lekt. Maar tot nu toe heeft het alleen maar gemiezerd. Er zijn momenten dat ik me grenzeloos naïef voel, dat geef ik toe. Maar wat heb ik verder om voor te leven?

9 september

Ik heb hem uitgelegd hoe de zaken ervoor staan: we zitten dus op een verlaten eiland zonder mensen of grotere dieren en er komt hier niet zomaar iemand toevallig voorbij (ik heb nog geen zweem van een vissersboot gezien sinds we hier zijn). Bovendien is het minstens een halfuur met de 9-pk motor om bij de dichtstbijzijnde andere eilanden te komen, en die zijn ook onbewoond. De boot heb ik verstopt, maar als hij hem vindt, moet hij weten dat de riemen en de motor heel ergens anders liggen, op plaatsen waar hij ze zelfs in zijn droom niet zou gaan zoeken. Als hij zich goed gedraagt, kunnen we er misschien een keer mee gaan vissen, maar de eerste dagen zeker niet...

'Je zult hier tot de zomer bij me zijn en als je dan naar de stad terug wilt en door wilt gaan met jezelf kapotmaken met heroïne, zal ik je niet tegenhouden. Dat beloof ik,' zei ik. Dat leek hem een beetje op te luchten, maar het duurde een paar tellen voordat hij iets zei.

'En als er nou iets met je gebeurt? Een ongeluk of zo? Hoe moet ik dan thuiskomen?'

'Tja. Daar zeg je wat. Dan moet je maar proberen rooksignalen te geven,' zei ik hard.

Hij knikte. De duidelijke waanzin in zijn ogen was er niet meer, maar wat er verder nog in verscholen lag, had ik niet in mijn macht. Ik begon de riemen los te maken en besefte dat ik geen idee had wat er daarna zou gebeuren.

13

De Vega-nacht was zo donker als hij in deze tijd van het jaar maar kon zijn. Aan de andere kant van het veld bescheen het schijnsel van een eenzame buitenlamp een man op een terras; alles om hem heen lag in het donker. Als er die nacht iemand buiten was geweest en hij was dichterbij gekomen, zou hij ook hebben gezien dat de man een paar dunne plastic handschoenen uitwurmde en op de plankenvloer liet vallen.

Daar registreerde Kåre Olsen dat de handschoenen bleven liggen als twee slappe signalen die hem herinnerden aan rapporten die hadden moeten worden geschreven en onderzoeken die hadden moeten worden gedaan, en die nu te lijden zouden krijgen onder zijn slaapgebrek. De man die al jaren de districtscommissaris van Vega was, zuchtte diep en lang voor zich uit in het donker, wreef toen over zijn gezicht en liet zijn blik weer vallen op het boek dat hem de afgelopen vier uur zo intensief had beziggehouden. Het lag op een met plastic bedekt rotantafeltje naast hem. Het omslag was donkerblauw, met een witte sticker waarop stond '2001'.

Tijdens zijn verplichte aanwezigheid op de jaarmarkt had hij delen van de dag gebruikt om bruikbare vingerafdrukken van het omslag te halen, maar dat was niet erg gelukt. De grovere vellen aan de binnenkant waren moeilijker, dus die wilde hij overlaten aan de experts en de chemicaliën van de Nationale Recherche. Eventuele afdrukken hadden nu trouwens toch geen haast. Hij had de voorkeur gegeven aan de inhoud, en het was fascinerend leesvoer geweest.

Ook al wist hij nog steeds niet hoe de man heette die het dagboek had geschreven dat hij onder het grasdak op Kavlingen had gevonden, hij wist wel dat de twee die daar hadden gewoond vader en zoon waren. Als er dan ook nog een van hen was vermoord – en daar wees alles op – wist hij ook wie de moordenaar was en wie het slachtoffer. En het dagboek gaf hem wel zoveel informatie dat hij de namen met een beetje mazzel binnen een paar dagen zou hebben. Het volgende project zou zijn de overlevende op te sporen, en dat zou hem misschien een reisje uit zijn kleine paradijs kosten.

Terwijl hij het boek netjes inpakte in het plastic dat op het rotantafeltje lag en in een zak deed, verheugde hij zich erop de oplossing van de hele zaak op een presenteerblaadje aan te bieden aan de Nationale Recherche – en aan Halvor. Kåre verheugde zich er des te meer op dat dat midden in de hondsdagen zou gebeuren.

★

Toen Irene Wiltze haar moeder en Lise Marie die ochtend had uitgezwaaid, had ze de tranen in haar ogen voelen opwellen. Diep in haar hart wist ze dat ze aan de rand van de afgrond stond, en als er iets was wat Lise Marie niet verdiende, was het dat haar moeder ook naar de kloten zou gaan. Haar vader had het meisje nooit gekend. Toen Irene bijna vijf jaar geleden kort en beslist 'nee' zei op het voorstel van haar toenmalige vriend om abortus te laten plegen, had hij alle verantwoordelijkheid voor het kind afgewezen. Bovendien had hij haar gevraagd in het ziekenhuis 'vader onbekend' op te geven, een verzoek waaraan ze had voldaan. Niet omdat ze geen enkele sympathie voor hem voelde, maar domweg omdat ze hem zo ver mogelijk uit haar leven – en dat van Lise Marie – weg wilde hebben. Haar wens was gerespecteerd en ze had sindsdien niets meer van hem gehoord of gezien.

Het was pijnlijk om toe te geven dat de man naar alle waarschijnlijkheid gelijk had gehad: ze had abortus moeten laten plegen. Toegeven dat het veel belangrijker was geworden om Lise Marie 's morgens het huis uit te krijgen dan om zo veel mogelijk met haar samen te zijn, was zwaar en maakte dat ze haar tranen niet kon bedwingen toen ze in de badkamer de aansteker onder de lepel hield. Maar toen de spuit eenmaal was gezet, was het voorbij, en ze zeilde weg in een wereld van lichtheid en plezier.

Normaal hield het lichte, ietwat onverschillige gevoel nog een paar uur aan, maar vandaag niet. De melancholie maakte zich al-weer meester van haar toen ze zich klaarmaakte voor een van de drie colleges van de week. Ze had nog een dosis kunnen zetten, maar in de eerste plaats had ze niet meer en in de tweede plaats zou ze de kans lopen dat ze nooit meer wakker werd als ze de ene boven op de andere spoot. Daar was ze niet aan toe – nog niet, in elk geval.

Wat ze zou doen als ze naderhand niets te pakken kon krijgen, wist ze niet, behalve dat ze dan voor het eerst zou moeten overwe-gen iets te kopen op het station. Ze kende geen andere dealers dan haar vaste, en het idee dat ze spul op straat zou moeten kopen maakte haar misselijk.

Wanneer was de neergang eigenlijk begonnen? Bij haar eerste cocaïnegebruik op dat feest op Bygdøy, toen ze de afsluiting vier-den van de realityserie waaraan ze om de een of andere reden had meegewerkt? Of toen ze uit vrije wil een relatie met 'hem' was aan-gegaan, en ze elk weekend overvloedig coke gebruikten?

Ze kende het antwoord: geen van beide. De cocaïne had ze onder controle gehad. Echt waar. Ze kwam 's nachts thuis en werd de volgende dag wakker zonder ooit een kater te hebben, en ze had fantastische dagen met Lise Marie. Haar studie liep goed. Het ging goed met haar.

Was het dan toen ze het uitmaakte met hem?

Niet echt. Het was eigenlijk geen erg dramatische breuk. Ze had de hele tijd al geweten dat het niet lang zou duren. Hij was te oud en zij was te jong. Ze wist dat hij anderen had, en dat wist hij ook van haar. Ze hadden eigenlijk alleen maar plezier gehad. Toen ze het uitmaakte, had hij het ook niet erg zwaar opgevat. Leek het.

Alles had zo soepel afgelopen kunnen zijn en zij had een volko-men normale alleenstaande moeder met een fantastische dochter kunnen zijn. Het volgende halfjaar waren haar studieverplichtin-gen en haar taken als moeder wat zwaarder geworden, maar dat vond ze niet erg. Zo wilde ze het. Ze was klaar met het uitbundige, wilde leven; ze had er net het kleine beetje van meegekregen dat ze nodig had op weg naar stabiliteit en duurzaamheid.

Maar plotseling, op een vrijdagmiddag, belde hij. Vroeg of ze wilde komen; hij wilde ergens met haar over praten. Ze had er met haar moeder over gesproken, die wel wilde oppassen, en ze vreesde geen enkel gevaar toen de auto die hij had gestuurd, voor de deur stond. Ze waren met z'n tweeën en onderweg naar Bygdøy kreeg ze een lijntje cocaïne aangeboden. Dat kon niet zoveel kwaad, dat had ze vroeger ook gedaan en een feestavondje zou haar wel weer eens goeddoen. De vorige keer was bovendien een halfjaar geleden, dus ze was in elk geval niet verslaafd.

Maar deze keer was het anders. Het duurde even voordat er iets gebeurde, maar toen knalde het ook zoals ze nog nooit had meegemaakt. Het was een onbeschrijfelijk heerlijk gevoel, een puur geluksgevoel zelfs, ongeveer zoals ze zich het hemelse paradijs voorstelde. Het was niet de blijdschap en de energiekick die ze kende van gewone cocaïne, het was iets heel anders, veel verrukkelijker.

Ze was op de achterbank blijven liggen totdat hij haar kwam halen. Ze hadden fantastisch gevreeën en ze had voor het eerst in jaren geen zin gehad om naar huis te gaan. Maar ze had zichzelf ertoe gedwongen en ze hadden haar een zakje in haar handen geduwd toen ze in dezelfde auto stapte. Toen ze vroeg wat het was, hadden ze alleen maar geantwoord dat het 'iets extra lekkers' was.

Natuurlijk had ze het door de wc moeten spoelen. Maar in plaats daarvan had ze het op de bovenste plank van haar kledingkast laten liggen tot de volgende vrijdag. Het was een vermoeiende week geweest en toen Lise Marie in bed lag, zocht ze een manier om zichzelf te belonen...

Van toen af werd een lang verhaal kort. Het zakje was binnen een week leeg geweest. Ze had hem gebeld en gevraagd of ze met dezelfde auto gehaald kon worden, en de gebeurtenis had zich herhaald. De keer daarna had hij haar gevraagd zich te verkleden als wat hij noemde 'een schoolmeisje', en toen merkte ze dat hij was veranderd. Hij had haar met de platte kant van een liniaal op haar vingers geslagen en hij had dingen in haar gestopt. Het was vernederend, maar dankzij de gedachte aan wat er in de auto op haar wachtte, hield ze het vol. Toen ze thuiskwam, had ze voor het eerst een lijntje gesnoven om op te slapen.

De week daarna had ze, onder de dekmantel van haar scriptie, op straat navraag gedaan. Het kostte haar maar een paar minuten om zich ervan te laten overtuigen dat wat hij haar had gegeven helemaal geen cocaïne was, maar de ergste en meest verslavende van alle drugs. Dezelfde avond had ze geprobeerd te stoppen, en het was even gelukt. Maar toen ze twee ochtenden daarna Lise Marie met haar vlakke hand in het gezicht had geslagen omdat ze zo oneindig lang op de wc zat, kon ze het niet meer volhouden. Irene had gehuild en haar excuses gemaakt, maar nog steeds keek haar dochter haar soms aan met die gekwetste, onzekere blik die veel meer pijn deed dan een tik met een liniaal.

Zo was ze Yngve Engers slavinnetje geworden. Beter dan het liefste wat ze had te slaan. Nu kon ze niet meer aan hem denken zonder dat ze ergens onder in haar buik een misselijk gevoel kreeg. Om niet zo vaak naar hem toe te hoeven, was ze begonnen met spuiten, waardoor de drug beter werkte. Ze kon zo langer met haar voorraad toe. Het probleem was dat de roes en de ervaring nog sterker werden als ze het spul recht in haar bloed spoot, en ze begreep dat het nog moeilijker zou worden om ermee op te houden.

Nu besefte ze dat ze totaal verslaafd was. De afgelopen maanden was alles moeilijker geworden. Haar studie ging bijvoorbeeld alsmaar trager. Ze was nog wel steeds goed in het afnemen van interviews, maar ze kon er niet veel meer mee doen. Ze kon zich moeilijk op het schrijven concentreren; het verlangen naar de volgende roes werd aldoor sterker. Dat gold ook – en dat was natuurlijk het ergste – voor haar band met Lise Marie. Als ze bij elkaar waren, werd ze alsmaar afweziger en Lise Marie moest haar vragen voortdurend herhalen. 'Je luistert nooit naar me, mama,' zei ze steeds vaker.

Terwijl ze metrohalte Frøen naderde, begreep Irene dat er iets moest gebeuren. Wat wist ze niet. Het had trouwens toch geen zin er verder over na te denken, want ze had een nieuwe voorraad aangeschaft. Toen ze hem maandagavond belde, zei hij voor het eerst dat ze maar een taxi moest nemen, omdat de twee in de auto iets anders te doen hadden. Toch hadden zij haar weer naar huis gebracht, maar ze had haar zakje niet gekregen. 'Dat krijg je later,' hadden ze gezegd. Daar kon ze mee leven, want ze had nog een beetje over. Maar nu merkte ze dat de angst niet ver weg was.

Wat was dat trouwens voor geluid dat ze al zo lang hoorde? Ze stopte en luisterde. Het was het geluid van een motor. Ze meende zich te herinneren dat ze het al een tijdje hoorde. Ze draaide zich gauw om. Veertig meter achter haar reed zachtjes een witte auto.

Nu stopte hij. Was hij waar hij moest zijn of stopte hij omdat zij zich had omgedraaid?

Er stapte niemand uit. Ze kon door het rookglas niet zien wie er achter het stuur zat. Irene draaide zich weer om en begon naar de metro te rennen die met piepende remmen naderde.

★

Hans Petter had de hele nacht bij Annelene Busch doorgebracht. Toen hij even voor negen uur naar kantoor belde, had hij niets te melden, behalve dat hij de volgende nacht een veldbed nodig had en dat hij twee keer in de twaalf uur dat hij er was geweest naar het trappenhuis had moeten gaan omdat zijn 'cliënt' haar dosis moest nemen. Beide keren had hij de mobiele telefoon van zijn gastvrouw meegenomen, maar er was geen bericht gekomen.

Strikt genomen had Halvor hem vrijgegeven vanaf het moment dat Merete het van hem overnam, maar Hans Petter had geen behoefte om naar huis te gaan. In plaats daarvan reed hij richting Majorstuen en hij draaide eigenlijk zonder nadenken de Tuengenallé in. Toen was het te laat om zich nog te bedenken. Bovendien had hij vrij en reed hij in zijn privéauto, dus niemand kon hem verbieden een beetje in zijn eigen stad rond te kijken als hij daar zin in had.

Hij had activiteit in de tuin gezien toen hij daarlangs reed. Een oudere vrouw, die wel een beetje op Irene leek, duwde een kind op een schommel aan. Voor zover hij kon zien was het een meisje. De leeftijd van kinderen raden was niet Hans Petters sterkste punt, maar hij dacht dat ze een jaar of drie, vier was. Hij stopte dertig meter voorbij de villa en stelde zijn spiegels zo af dat hij de meeste hoeken kon zien. Het was ongetwijfeld een meisje en als de oudere vrouw niet Irenes moeder was, was hij bereid heel wat meer op te eten dan zijn sokken.

Net op dat moment ging de grote eikenhouten deur open en kwam Irene naar buiten. Ze had iets in haar handen wat op een lunchbox leek en liep naar de twee bij het speeltoestel. Daar tilde ze het kleine meisje van de schommel en gaf haar de lunchbox, een kus en een knuffel. Vervolgens liepen de oudere vrouw en het kleine meisje hand in hand naar de poort, waar ze zich omdraaiden en zwaaiden. Irene zwaaide terug en bleef een paar tellen staan. Toen liep ze snel om de hoek van het huis en verdween uit Hans Petters gezichtsveld. Daarna had hij alleen maar hoeven te wachten. Hoewel hij de nieuws- en amusementszender op had staan, werd hij door vermoeidheid overvallen. Maar hij bleef wel wakker.

Daar was hij nu blij om. Opeens zag hij haar op het grindpad. Ze had dezelfde spijkerbroek aan als drie dagen geleden op het station. De rugzak schommelde op haar rug toen ze de weg omhoog liep, de andere kant op. Hans Petter wachtte nog een halve minuut, keerde toen de auto en volgde haar. Hij zag haar weer toen ze onder de slagboom door naar de metrohalte liep. Hij nam snel een besluit en reed door naar station Majorstuen, waar hij vlak voor de taxi's op de Slemdalsvei ging staan. Als ze naar de universiteit in Blindern ging, zou ze hier uitstappen. Als ze ondergronds doorging naar de stations Nationaltheatret en Jernbanetorget, wist hij niet wat hij moest doen. Net toen hij het op wilde geven, zag hij haar eindelijk. De verleidelijk wiegende heupen en bruine bovenbenen wandelden nu voor hem richting Kirkevei. In een hand had ze iets wat leek op een baguette, dus ze was kennelijk in de kiosk geweest. Zoals hij al dacht, stak ze het kruispunt over en stopte bij de halte van lijn 20 voor McDonald's.

Er was weinig twijfel over mogelijk dat ze naar Blindern ging. Toen hij ten slotte op de parkeerplaats voor de faculteit Maatschappijwetenschappen stopte en haar rustig naar de hoofdingang zag wandelen, bleef hij leeg voor zich uit zitten staren, met het zweet op zijn voorhoofd en de airco op volle kracht aan.

Waar was hij eigenlijk mee bezig?

★

De nacht was kort geweest, maar goed. De vrolijkheid die hij voelde toen hij een paar uur eerder naar bed ging, zat nog steeds in zijn lichaam, en hij sprong gewoon zijn bed uit. Pas nu begreep Kåre hoezeer deze zaak de afgelopen vijf jaar eigenlijk aan hem had gevreten.

Tijdens het douchen bedacht hij een strategie om zo snel mogelijk aan de informatie te komen die hij nodig had. Toen hij beneden kwam, wilde Jorid net de deur uit gaan. Het kon haar niet ontgaan dat haar man fluitend en bijna dansend de gang in kwam.

'Je hebt toch niet een of andere affaire?' vroeg ze.

'Nee', zei Kåre met een grijns.

'De koffie staat klaar. Heb je de Lotto gewonnen, dan?'

'Zoiets.'

'Ben je van plan het me te vertellen?'

'Binnenkort', zei de districtscommissaris.

'Dan wens ik je een schitterende dag, mijn zwijgzame, geheimzinnige man.' Ze schudde haar hoofd, maar kon een glimlach niet onderdrukken.

'Wacht even.' Toen danste hij naar haar toe, pakte haar bij haar zij en bij haar hand en draaide haar rond in een pirouette. Toen gaf hij haar smakkend de natste kus sinds jaren op haar voorhoofd en schoof haar de deur uit.

★

Ze zouden getuigen nodig hebben, veel getuigen. Aan Annelene Busch hadden ze misschien genoeg om de man achter de sms-berichten in voorlopige hechtenis te laten nemen, maar niet genoeg om hem veroordeeld te krijgen. Bovendien wisten ze niets over de vertakkingen achter deze man, en van eerdere ervaringen hadden ze geleerd dat recht op de schakels van de dealerketen afgaan vaak de moeilijkste weg naar opheldering was. Doorgaans was de vrees voor represailles groter naarmate je hoger in het systeem doordrong, en op zeker moment stagneerde het onderzoek dan meestal helemaal.

Zou Kenneth Garvang nog meer informanten achter de hand hebben? Mensen die meer stukjes konden leveren, die ze tot een groter overzicht konden samenvoegen voordat ze tot actie overgingen?

Halvor probeerde het rechtstreekse nummer van Garvang en stelde zich voor hoe de lange man zijn hoofd weer stootte aan de ventilatiebuis. Als dat zo was, was de klap ditmaal extra hard, want er werd niet opgenomen. Dus ging Halvor naar de homepage van De Spreekbuis van de Straat en vandaar naar 'Contact'. Daar vond hij een serie namen en mobiele telefoonnummers, maar pas toen hij bijna helemaal naar beneden had gescrold, vond hij de naam

'Garvang'. Hij noteerde zijn mobiele nummer, en voor de zekerheid ook dat van Vivian Thune. Toen hij weg wilde klikken, viel zijn oog op iets bekends helemaal onder aan het scherm.

Naast de naam en het e-mailadres van de webmaster stond het woord 'Hoofdsponsor'. En onder dat woord stond het logo van *Reality*, het internetmagazine van de herrezen jarentachtigyup Yngve Enger.

In tegenstelling tot veel andere rechercheurs binnen en buiten de thrillerliteratuur geloofde Halvor dat er in het leven allerlei onschuldige toevalligheden voorkwamen. Dat Yngve Engers naam binnen een paar uur twee keer opdook, was waarschijnlijk zo'n toevalligheid. Aan de andere kant was het niet helemaal normaal dat er op de late maandagavond als schoolmeisje verklede vrouwen naar je huis kwamen, zeker niet als de vrouw in kwestie een cruciale politiegetuige was. Het kon dus geen kwaad snel bij zichzelf na te gaan wat hij eigenlijk over de man wist.

Yngve Enger was ooit een van de opmerkelijkste symbolen van de yuppentijd van de jaren tachtig, maar hij was bijna even veelbesproken tijdens de crisis aan het begin van de jaren negentig. Voor zover Halvor zich herinnerde, had de man in die tijd ook een kind verloren, en was hij vlak daarna door zijn vriendin gedumpt. Daardoor had hij bij de gewone mensen een hele tijd hoog gescoord op de sympathieschaal. Daarna was Enger jarenlang volkomen onzichtbaar geweest, totdat hij na de millenniumwisseling een dotcombedrijf op de rand van de afgrond had gekocht en daar een enorm succes van had gemaakt. De laatste jaren was het geld binnengestroomd nadat hij de droom van menig internetbedrijf had verwezenlijkt: het realitysucces overbrengen van de tv naar internet. Het concept was in strikte doelgroepen verdeeld, *Reality C* (van *Chick*), *Reality L* (van *Lady*) en *Reality G* (van *Grand Old Lady*) genaamd. Het beroemdst – of misschien het beruchtst – was het internetmagazine geworden na een serie waarin een groep fraai uitgevoerde vrouwen had gewedijverd wie van hen de schoolresultaten van hun kinderen het meest kon verbeteren. Verder stonden de pagina's vol met het gebruikelijke werk: modenieuws, seks, interieur- en carrièrezaken.

Halvors vrouw, die psycholoog was, stootte elke keer dat de websites of Enger werden genoemd geïrriteerde keelgeluiden uit, maar voorlopig volstonden Birgitte en hij ermee ervoor te zorgen dat hun dochter geen toegang tot de magazines had. Maar voor de meeste mensen leken de sites toch een hoge amusementswaarde te hebben. Bovendien schreef de hoofdredacteur zelf regelmatig hoofdartikelen, die hem ondanks hun onzakelijke en zelfs gemene persoonlijke aanvallen – of misschien juist daaróm – steeds weer naar radio- en tv-studio's brachten.

Wat die man thuis met 'schoolmeisjes' moest, zou Halvor op zichzelf wel graag willen weten. Maar kon er verband bestaan tussen dat gegeven en het feit dat het bedrijf dat Enger leidde hoofdsponsor was van De Spreekbuis van de Straat?

In principe ging het om twee totaal verschillende inlichtingen, waartussen geen onmiddellijk verband te zien was. Dan zou Irene Wiltze iets te maken moeten hebben met De Spreekbuis van de Straat, en dan zouden Enger en zij elkaar in verband daarmee moeten hebben gesproken. Of het moest iets anders zijn, onder de oppervlakte, iets wat ze niet zagen.

Zou het goed zijn om daar nu middelen voor vrij te maken?

Halvor stond op en liep naar Bastian, die met zijn hoofd op zijn ene hand steunde terwijl hij met de andere door de rapporten van de vorige dag bladerde.

★

Het was volop zomer aan de kust van Helgeland. Kåre Olsen zette de laatste ventilator die ze bij de Coöperatie nog hadden gehad op stand 3 en leunde tevreden achterover in zijn kantoorstoel. Op de site van het bevolkingsregister op het scherm voor hem lichtte een naam op en de melding 'onbekend adres'. Dat kon betekenen dat het adres afgeschermd werd of dat iemand er waarachtig in geslaagd was aan de lange arm van het bevolkingsregister te ontkomen. Iets verder naar onderen op het scherm stonden nog twee namen, waarvan er een was gemarkeerd met een kruisje en de datum 01-09-95. Alleen de laatste naam was opgenomen met het adres op de normale manier, dus daar moest hij dan maar mee beginnen.

Hij tikte de naam in op Google en drukte vervolgens op 'Enter'. Nadat hij een paar van de pagina's die de zoekmachine oplepelde had gecontroleerd, greep hij de telefoon en toetste het nummer van luchtvaartmaatschappij Widerøe in.

★

Hans Petter werd met een schok wakker en keek verbaasd om zich heen. Voor hem stond een enorm, rood bakstenen huis. Toen hij FACULTEIT MAATSCHAPPIJWETENSCHAPPEN boven de deur zag staan, vielen de stukjes op hun plaats en haalde hij rustiger adem. Het was vijf voor twaalf en hij had nog vrij tot negen uur; dan begon zijn nieuwe wacht bij Annelene Busch.

Het moest minstens dertig graden zijn in de auto, en hij baadde in het zweet. Hij trok zich niets aan van zijn slechte milieugeweten, zette de auto in z'n vrij en de airco op z'n hardst. Plotseling gingen de deuren vóór hem open en een rij jonge mensen stroomde naar buiten. Waarschijnlijk was er net een college afgelopen, maar hij kon Irene niet ontdekken in de menigte. Nadat de studenten in grotere en kleinere groepjes allemaal een kant op waren gegaan, vroeg hij zich af wat hij nu moest doen. Vanaf de plek waar hij stond, kon hij alleen de hoofdingang zien, dus hij reed achteruit weg en zette de auto aan de overkant van de Moltke Moesvei. Als hij zachtjes ver genoeg doorreed, kon hij door een paar ramen van de kantine naar binnen kijken. Door de weerschijn van de zon kon hij echter geen details zien, dus hij viste de verrekijker uit het vak onder de passagiersstoel.

Dat was beter. Hij liet de kijker systematisch van tafel naar tafel zwenken, totdat hij Irene meende waar te nemen aan een tafeltje in de tweede rij vanaf het raam. Ze leek alleen te zijn, en zat ergens aan te prutsen, waarschijnlijk aan haar mobiele telefoon. Af en toe nam ze een slok uit een wit koffiekopje. Na een paar minuten stond ze op, hees haar rugzak op haar rug en verdween uit zicht. Toen de deuren vóór hem weer opengleden, liet Hans Petter zich onderuit zakken op zijn stoel, totdat alleen zijn ogen en zijn kuif nog boven het dashboard uit staken. Ze leek iets te zoeken en liet haar ogen over de auto's gaan die op de parkeerplaats aan de andere kant van de straat stonden. Hans Petter hoopte dat de weerschijn op de voorruit hem voor herkenning zou behoeden.

Uiteindelijk leek ze te hebben gevonden wat ze zocht en verhoogde ze haar tempo. Hans Petter kwam iets omhoog op zijn stoel. Hij kon nog net haar hoofd zien boven iets wat op een witte Toyota leek, met een logo aan de zijkant, maar dat herkende hij niet. Toen hoorde hij een autoportier dichtklappen en een motor starten. In de achteruitkijkspiegel ving hij nog net een glimp op van de man die reed.

Hans Petter zorgde dat er een auto tussen de Toyota en hemzelf reed. Hij reed de Sognsvei af, waarna ze rechts afsloegen, de Kirkevei in. Hij kreeg een probleem toen de auto die hij volgde, midden op het kruispunt Majorstuen stopte. De file achter hem maakte het hem onmogelijk te wachten tot hij rood licht had voor de Slemsdalsvei, dus hij moest de Toyota voorbijrijden. Terwijl hij dat deed, zag hij de rug van Irene, die op het punt stond om uit te stappen, maar meer kon hij niet zien, want hij moest het verkeer volgen richting de Colosseum-bioscoop.

Maar wat hij nog wél zag, was een zwart-grijze trui die op de hoedenplank lag. En hij was er vrij zeker van dat er een capuchon aan die trui zat.

★

Bastian had twee uur nodig gehad om de financiële jaaroverzichten over 2008 van respectievelijk Reality en De Spreekbuis van de Straat op te zoeken. Toen Halvor zijn kantoor binnenkwam, was dat met een afwachtende uitdrukking op zijn gezicht. Die werd niet minder toen hij de hoeveelheid papier op het bureau van zijn collega zag.

'Ik kan hier op het eerste gezicht niets abnormaals vinden, behalve dat Reality buitengewoon goed lijkt te draaien. De meeste magazines op en buiten het net werken met kleine marges, maar Yngve Enger & Co bepaald niet. De inkomsten uit advertenties zijn zo groot dat ze de adverteerders beslist geen korting kunnen bieden, zoals alle anderen in deze branche doen. Wat Engers privéfinanciën betreft: hij krijgt een hoofdredacteurssalaris van 2,8 miljoen kronen. Bovendien bezit hij persoonlijk veertig procent van de aandelen van Reality, en dat leverde hem vorig jaar een winst van vijftien miljoen kronen op. Dat is ontzettend veel voor een bedrijf met maar zo'n veertig werknemers.'

'De moeite waard om eens wat beter te bekijken dus,' zei Halvor. 'Het lijkt me dat een zogenaamd nieuwsorgaan een perfecte dekmantel kan zijn voor van alles. We kijken de kaartkijkers veel te zelden in de kaart.'

'Ik ben al bezig mijn competentieniveau op dit gebied op te krikken. Bedoel je dat we moeten praten met Economische Delicten?'

'Het is in elk geval de moeite waard een praatje met hen te maken. Waarschijnlijk zullen ze doodsbenauwd zijn om een journalistiek bedrijf aan te pakken, maar ze zijn vast wel bereid er discreet naar te kijken. Ik zal Bror Hanssen eens aanschieten.'

'Vertel dan maar meteen dat de advertentiewerving wordt gedaan door een bedrijf dat MediaGevinst AS heet, en je mag driemaal raden wie dat volledig bezit.'

Halvor hoefde niet te raden; hij knikte alleen maar.

'... en dat Reality bijzonder veel onroerend goed bezit: ter waarde van 150 miljoen kronen. Het eigen bedrijfskantoor kan onmogelijk meer dan de helft daarvan waard zijn en wat de rest is, heb ik nog niet achterhaald.'

'Wat voor relatie heb je gevonden met De Spreekbuis van de Straat?'

'Geen andere dan dat Reality hoofdsponsor is en dat ze vorig jaar bijna vijf miljoen kronen hebben gedoneerd. Dat is natuurlijk een mooie manier voor Yngve Enger om zijn imago op te poetsen; hij heeft meermaals woedende hoofdartikelen geschreven over de Noorse overheid die ontwikkelingsgeld eerder zou moeten gebruiken om Noren in Noorwegen te helpen.'

'Sympathiek. Nog meer?'

'De stichting heeft ongeveer eenzelfde bedrag gekregen via allerlei publieke steunfondsen, dus de overheid stuurt blijkbaar niet alles het land uit. Zelf heeft De Spreekbuis van de Straat via allerlei acties bijna drie miljoen kronen ingezameld. Als je rente-inkomsten en bijdragen van een stel kleinere sponsors meetelt, kwam er in 2008 in totaal vijftien miljoen binnen.'

'En niets ongewoons?'

'Voor zover ik kan zien niet. De directeur heeft een heel betamelijk salaris voor iemand die bij zo'n instelling werkt, dat wil zeggen ver onder het miljoen, en verder springt er niets uit, niet naar boven en niet naar onderen. De middelen worden gebruikt waarvoor ze moeten worden gebruikt. Zo ziet het er voor mij in elk geval uit,' zei Bastian, en hij wapperde opeens met een blad. 'Ze steunen bovendien de uitgave van de daklozenkrant, waarin ze regelmatig met liefde worden genoemd door de mensen uit de doelgroep.'

'Goed werk in korte tijd, Bastian. Als je nog geen vaste baan had, zou ik erover denken je die te geven. Ik vind dat er genoeg vraagtekens zijn over de bedrijfsvoering van Reality om wat meer tijd aan Enger en zijn bedrijf te besteden,' zei Halvor.

Op weg terug naar zijn eigen kantoor knaagde er iets in Halvors onderbewustzijn. Was het iets wat hij had gezien of gehoord bij Bastian? Of probeerde zijn brein op eigen houtje brokstukken informatie tot iets zinvols samen te voegen? Hij draaide zich om en liep terug naar Bastian, die al in de deuropening stond met een grote envelop in zijn hand.

'Ik wilde dit net naar Economische Delicten brengen.' Bastian zwaaide met de envelop.

'Hm-m. Mag ik je kantoor even lenen om na te denken?'

'Natuurlijk.' Zijn collega keek hem onderzoekend aan. 'Wat is er?'

'Weet ik nog niet. Je bent de eerste die het hoort.'

Halvor ging het lege kantoor binnen. Het kostte hem minder dan twee minuten om erachter te komen dat er absoluut niets in hem opkwam.

★

Toen hij de hoek naar de Sørkedalsvei omsloeg, was hij haar kwijt. Wat nog erger was, was dat hij ook de Toyota kwijt leek te zijn. Gewetensvol maakte hij op het kruispunt bij de bioscoop een U-bocht, en toen reed hij terug naar het Majorstuen-kruispunt. Zoals verwacht was de andere auto niet meer te zien. Verder zoeken zou ook hopeloos zijn, met al die afslagen die de man kon hebben genomen.

Hij overwoog even of hij Halvor zou vragen de auto via het netwerk te laten opsporen. Aan de andere kant had hij geen enkele reden om dat te doen – per slot van rekening ging het alleen maar om een man die een vrouw van A naar B had gebracht. Een trui met capuchon op de hoedenplank hebben liggen, kon je nou niet echt crimineel noemen.

Dus in plaats daarvan draaide hij de Slemsdalsvei weer in, stopte langs het trottoir en belde de centrale om hun het kenteken van de Toyota te geven. Ze hadden het antwoord binnen een paar seconden: een leasemaatschappij. Dat verbaasde hem niet. Meestal waren de namen van zulke bedrijven makkelijk te vinden, maar niet altijd. Hij kreeg het nummer van Nummerinformatie.

'Coloco Leasing, kan ik u helpen?' antwoordde een vrouwenstem.

Hans Petter legde uit wat hij wilde en verwachtte dat hij zou worden doorverbonden met de juiste afdeling. Maar de vrouw zei vrolijk: 'Natuurlijk zoek ik dat even voor u op. Een ogenblikje, graag.'

Het ogenblikje verstreek en toen kwam ze terug: 'Voor zover ik op het scherm kan zien, is het een bedrijf dat MediaGevinst AS heet.'

Hans Petter was inwendig dankbaar dat er nog mensen waren die respect voor de politie hadden, maar tegen de vrouw zei hij: 'Dat wist u me erg snel te vertellen. Dank u wel!' De vrouw lepelde haar afscheidsriedeltje op; ze was met haar gedachten alweer ergens anders.

MediaGevinst? Moest hij daarvan hebben gehoord? Er ging geen belletje bij hem rinkelen en hij bedacht dat hij twee dingen kon doen: ofwel naar het politiebureau gaan en dat bedrijf onderzoeken ofwel Irene Wiltze nog een keer opzoeken om te zien of hij haar deze keer meer kon ontlokken.

★

Toen hij onbewust de rem op het juiste moment intrapte voor de verkeersdrempel stelde Hans Petter vast dat hij zich thuis begon te voelen in de Tuengenallé. Terwijl de auto eroverheen wipte, kon hij vanuit haar ramen worden gezien. Maar hij was lijn 1 onderweg gepasseerd, of misschien was ze lopend gegaan, dus hij hield er geen rekening mee dat ze er al was. Nadat hij de villa en de daaropvolgende bocht voorbij was gereden, stopte hij en keerde hij de auto. Door een gat in het gebladerte van de seringen die over het hek hingen, kon hij recht op de oprit van nummer 36 kijken.

Het was heel stil in de tuin. Hans Petter ging maar weer eens in zijn autostoel zitten wachten en vermaakte zich met raden hoeveel minuten het zou duren voordat ze verscheen.

Toen er acht minuten waren verstreken begreep hij dat hij de weddenschap met zichzelf had verloren. Toen er vijftien voorbij waren, dacht hij dat ze vast onderweg nog een boodschap deed. Na drie kwartier begon hij te begrijpen dat hij naar huis moest gaan om te doen wat hij eigenlijk hoorde te doen: slapen.

Er was een heel uur verstreken toen Hans Petter het contactsleuteltje omdraaide. Toen had zich een vage bezorgdheid in zijn achterhoofd vastgezet. Er had per slot van rekening toch een zwart-grijze hoodie op die hoedenplank gelegen… Was het eigenlijk wel zo zeker dat Irene Wiltze definitief uit die auto was gestapt? Misschien ging ze alleen maar geld uit een automaat halen en was ze daarna weer ingestapt?

Voor de zekerheid liep hij naar het huis en belde hij aan bij de voordeur. Er deed niemand open. Toen liep hij om het hele huis heen en bonsde op de ramen zonder dat hij tekenen van leven ontdekte. Ze was dus niet ongezien langs hem heen geslopen.

Hij besloot een datum vast te stellen waarop ze naar het bureau moest komen om haar voorlopige verklaring in te vullen en zocht haar nummer op in zijn mobiel.

10 september

We werden wakker bij stralend weer, Jakob en ik, en we
besloten het eiland te gaan onderzoeken. De thermometer
die ik had meegenomen gaf zeventien graden aan, een
indrukwekkend hoge temperatuur om negen uur 's morgens
op deze breedtegraad en in deze tijd van het jaar.
Ik zei niet tegen Jakob waarom, maar ik nam een emmertje
mee, want ik had al zo'n vermoeden wat we zouden vinden.
En inderdaad, zodra we de heuveltjes rondom de huizen
naderden, werd het steeds meer geel en oranje om ons
heen. Tussen rotsen en grasplekjes in stonden overal kleine
groepjes veenbramen. Ik zei niets, boog me alleen maar
voorover en begon te plukken. Na een tijdje deed Jakob dat
ook. Elke keer dat hij een vuistvol in de emmer deed, sneed
me dat door mijn ziel, want ik moest zijn onderarm dan wel
zien. Tientallen, misschien wel honderden kleine en grote
littekens vertelden hun duidelijke verhaal. Zouden ze ooit
verdwijnen?
Het duurde een klein uurtje, toen was de emmer vol.
We liepen terug langs wat al een paadje was geworden.
Toen vermengden we de bessen met suiker, roerden het
goed door en sneden dikke plakken van het brood dat ik
gisteren had gemaakt. Het leek alsof Jakob een week niet
had gegeten. En dat had hij ook haast niet, als ik erover
nadenk. Vanmiddag kunnen we misschien vissen, maar dan...
wat dan?
De hele dag brandt de vraag in me. 'Waarom, Jakob?
Waarom?' Maar ik weet dat het te vroeg is om het te
vragen. Hij is er nog niet klaar voor. En ik misschien ook
niet. Eigenlijk.

16 september

We zijn in een ritme gekomen: staan rond acht uur op,
warmen water op voor het wassen, ontbijten en gaan naar
buiten (als het daar weer voor is). Om twaalf uur lunchen.
Dan nemen we een soepje of we maken een blik 'lapskaus'

open en rusten een uurtje. Daarna weer naar buiten en dan gaan we vissen, veenbessen plukken of het midden van het eiland onderzoeken. 's Avonds steken we olielampen aan en lezen we. Jakob wordt dan vaak rusteloos, ook al heeft het een beetje geholpen dat ik de doos met strips heb gevonden. Hij houdt het meest van Modesty Blaise, maar welke jongeman is niet dol op haar geweest? Hopelijk begint hij aan iets zinvollers zodra hij zich wat beter kan concentreren. Ik heb ook geprobeerd een potje 'Trivial Pursuit' te spelen, maar het is een feit dat maatschappijkennis de afgelopen jaren niet Jakobs voornaamste aandachtspunt is geweest. Ik had het kunnen weten.

Gisteren waren we trouwens weg met de boot. Ik stond om zes uur meteen op, terwijl Jakob nog sliep als een kind (na de eerste nachten had ik nooit gedacht dat ik hem ooit weer rustig zou zien slapen), en ik liep het eiland half rond naar de kleine baai waar de boot verstopt ligt onder een stapel balken, planken, turf en hei. De laatste keer dat ik hier was, had ik twee dagen nodig om het zo te maken. Het is een soort natuurlijk boothuis geworden. Het is uiteraard zichtbaar vanaf de zee, maar wanneer ik er overheen loop, verbeeld ik me dat de welving in de heuvel zo klein is dat ik de enige ben die die kan zien.

Het baart me een beetje zorgen dat het eiland zo onberoerd is dat we bijna elke keer dat we ergens komen sporen nalaten. Dus ik moet ervoor zorgen dat ik steeds wanneer ik naar de boot ga een andere weg neem, anders zal het algauw een duidelijk pad zijn. Of misschien moet ik ervoor zorgen dat Jakob en ik een paar keer hier in de buurt wandelen, zodat hij me onbewust kan helpen alle patronen die zich vormen uit te wissen.

Het is trouwens heel onpraktisch om de roeispanen en de motor er allebei een flink stuk vandaan te hebben liggen. Daardoor moet ik veel heen en weer vliegen en veel sporen verbergen. Ik heb het gevoel dat ik op een gegeven moment een blunder zal begaan.

Hoe dan ook – toen ik Jakob om acht uur wakker maakte

en vertelde dat de boot aan de steiger lag, glimlachte hij.
Ik wist niet goed waarom, dus ik was blij dat ik had
besloten de motor nog in het boothuis te laten liggen. We
haalden de netten en slenterden naar de boot.
'Moeten we roeien?' vroeg hij, toen hij de riemen aan
weerskanten uit de boot zag steken. Ik zocht in zijn gezicht,
maar kon geen bijzondere tekenen van teleurstelling vinden.
Ik knikte. 'Misschien moet ik beginnen, zodat jij eerst een
lijn kunt uitleggen?'
'Ik wil roeien,' antwoordde hij, alsof er niet over te praten
viel.
Mijn eerste gedachte was dat hij wilde roeien om mij met
de riemen tegen mijn hoofd te slaan. Ik begin te begrijpen
dat ook ik de komende tijd flink uitgetest zal worden.
Vertrouwen werkt immers, zoals bekend, twee kanten op,
dus ik knikte alleen maar en ging gehoorzaam achter in de
boot zitten.
Pas toen Jakob meteen om het eiland heen begon te roeien,
een tochtje van drie, vier kilometer, begreep ik dat ik een
probleem had. Want hoe zou hij het boothuis vanaf de zee
over het hoofd kunnen zien?
Ik werd gered door de gong. Toen we de noordpunt wilden
ronden, kwam de wind die we al hadden voelen aankomen
ineens als een razende buldog uit het westen en nam de
besturing van de boot volledig over. We konden nog net
omdraaien zonder om te slaan. Toen we de boot weer in
bedwang hadden met de boeg in de richting van de steiger,
werd er voor de zekerheid nog een keer flink aan de hengel
getrokken. De twee minuten die ik nodig had om te
begrijpen dat het de bodem was en geen enorme heilbot,
waren dramatisch genoeg, maar uiteindelijk slaagden we
erin min of meer heelhuids de steiger te bereiken.
We waren weliswaar een vislijn kwijt, maar dáár heb ik er
nou net genoeg van.
Eén ding is me wel duidelijk geworden: dat ik de opening
aan het oog moet onttrekken, ook vanaf de zeezijde.

14

Toen het sms'je zijn komst meldde, was Merete twee seconden eerder bij de telefoon dan Annelene Busch, die nog altijd wat sloom was na haar laatste interactie met zilverpapier en trechter. Het was het tweede bericht sinds Meretes wacht was begonnen. Het eerste was van de pleegouders van Annelenes dochter en bevatte alleen maar een bevestiging van hun afspraak, aanstaande zondag.

'Ik ben altijd nuchter als ik haar zie. Altijd,' zei Busch zonder dat Merete ernaar had gevraagd.

Dat vormde de aanleiding tot een gesprek over de vreugden van het hebben van kinderen – iets waarover Merete niet erg kon meepraten en waarvan ze ook niet had gedacht dat het haar zou interesseren. Maar daar vergiste ze zich in. In nuchtere toestand had Annelene Busch namelijk een verteltalent waardoor Merete er al na een paar minuten geen erg meer in had dat ze een beetje lispelde ten gevolge van de gezichtsverlamming.

Ze had ook geen idee dat het leven van een zevenjarig kind zo interessant kon zijn, zeker niet als het werd beschreven door een junk die haar dochter maar om de week zag. Maar Annelene, zoals het inmiddels heel normaal was geworden om haar te noemen, wist bij de brigadier in korte tijd een oprechte belangstelling voor Ida's wel en wee te wekken.

'Maar denk nou niet dat ze nee zei! Komt haar pleegvader, die haar vraagt of ze niet mee wil naar het pretpark, zegt ze: "Nee, Stein. Weet je, ik zou me in die draaimolens niet veilig voelen met jou. Je bent veel te wild."'

Annelene schaterde het uit. 'Dus ze gingen niet naar het pretpark. We hebben afgesproken dat ik voor het eind van het seizoen een keertje met haar en haar pleegmoeder meega. Maar Stein moet thuisblijven!'

Nu lachte Merete ook mee, terwijl ze voor zich zag hoe de zevenjarige wijsneus serieus met haar pleegvader zat te praten.

Toen werd Annelene weer ernstig: 'Maar ik denk dat ik niet langer dan vier uur aankan, en dat snapt ze. Het is echt een lief meisje. Handbal speelt ze ook al.'

Voor de voormalige handbaltopper Merete was daarmee het onderwerp voor het eerstvolgende halfuur bepaald. Toen kwam er nog een sms'je.

★

Nu was zijn vage bezorgdheid uitgegroeid tot alarmerend. Waarom leek het alsof Irene Wiltzes mobiele telefoon uitstond? Waar was ze in vredesnaam?

Naar huis gaan kon hij in elk geval vergeten. Er was geen sprake meer van een paar uurtjes zijn ogen dichtdoen. Hij had de neiging het hele politieapparaat in staat van paraatheid te brengen wegens de verdwijning van Irene Wiltze, maar hij wist dat ze hem zouden uitlachen als hij dat deed. Hoe lang had hij haar niet gezien? Hij keek op zijn horloge. Een uur en een kwartier. Het zou ook niet echt helpen als hij zei dat ze het laatst was gezien in een auto met een hoodie op de hoedenplank. Zulke truien waren niet onwettig en ook niet bepaald zeldzaam, dus om die reden zou hij net zo hard worden uitgelachen.

Maar zijn intuïtie! Hij kende één persoon die daar zelf ook royaal over beschikte en die doorgaans veel respect toonde voor die van anderen. Hij pakte zijn mobieltje weer.

★

Akersgate/Teatergate 1700

Dat was alles wat er stond. De prepaidtelefoon waarvan het bericht was verzonden had nog steeds geen eigenaar die terug te vinden was in het Bevolkingsregister, en de naam die bij het telecombedrijf was opgegeven was naar alle waarschijnlijkheid vals. Merete ging er ook van uit dat de telefoon werd uitgezet zodra hij in de lucht was geweest. In elk geval hadden ze er geen spoor van gevonden toen ze hem de vorige avond en in de loop van de dag met behulp van het mobiele netwerk van Telenor hadden gezocht. Dichterbij dan het basisstation waar hij was gebruikt om dit specifieke bericht te verzenden, zouden ze vermoedelijk niet komen.

Merete keek naar Annelene en merkte dat alle intimiteit verdwenen was. Zij was weer de politievrouw en Annelene de verslaafde – een verslaafde die over een paar uur van haar vaste aanvoerlijn was afgesneden.

★

Halvor zat op zijn kantoor en vroeg zich af waarom alles altijd tegelijkertijd moest gebeuren. Aan de mobiele telefoon had hij Hans Petter, die zo snel praatte dat het enige wat hij verstond het woord 'verdwenen' was, en tegelijkertijd ging zijn vaste telefoon op de achtergrond driftig over. Hij herkende het nummer van Merete op het display. Dat zij hem nu belde, kon maar één ding betekenen.

Hij nam een snel besluit. 'Hans Petter?'

De rechercheur leek hem niet te horen en ging door met zijn spraakwaterval. Halvor verstond woorden als 'trui met capuchon' en 'dochter', maar pas toen Hans Petter 'MediaGevinst' zei, begreep hij wat hij moest doen. Hij greep de vaste telefoon, pakte de hoorn van de haak en zei 'wacht even' in de microfoon. Zelfs zonder dat hij de hoorn aan zijn oor hield, hoorde hij Merete aan de andere kant van de lijn duidelijk 'Nee!' roepen. Hij legde de hoorn neer en concentreerde zich weer op zijn mobieltje.

'Hans Petter!' Deze keer zei hij het zo hard dat de woordenvloed afnam, maar hij stopte niet.

'Hans Petter!!!' Nu brulde hij. Dat werkte. Door de plotselinge stilte aan de andere kant leek het wel of het gesprek was verbroken, maar Halvor hoopte van niet: 'Ik heb Merete aan de lijn op de andere telefoon. Als jij zegt dat het met MediaGevinst te maken heeft, moet je met Bastian praten. Hij is helemaal op de hoogte.'

'Hoe kan hij iets over MediaGevinst weten? Dat is toch helemaal nieuw, verd...'

Halvor negeerde zijn protesten, stond resoluut op en liep de gang op. 'Bastian!' Bastian verscheen ogenblikkelijk, en Halvor gaf hem de telefoon. Toen beende hij terug naar zijn bureau en pakte de hoorn van de vaste telefoon weer op, terwijl hij een moment terugverlangde naar de goeie ouwe militaire discipline in het politiekorps.

'Wat is er, Merete?'

'Het is zover. Hoek Teatergate/Akersgate, over twee uur en 23 minuten.' Hij hoorde dat ze geïrriteerd was omdat ze had moeten wachten, maar hij deed alsof hij dat niet merkte.

'Oké. Ik zal de troepen bij elkaar zoeken en ik stuur een auto naar jullie toe.'

'We moeten daar zo snel mogelijk mensen hebben. Stel je voor dat hij het spul alleen maar ergens neerlegt en een nieuw berichtje stuurt waar ze het kan vinden. Dat heeft hij al vaker gedaan. Hij kan het er wel al neergelegd hébben, weten wij veel!'

'Daar ben ik me van bewust, Merete,' zei Halvor geduldig. 'Daarom heb ik Annelene Busch ook om een uitvoerige beschrijving van de man gevraagd, en daarom heb ik SO gevraagd acht man paraat te houden. Ze zijn er in tien minuten, zodra ik ze een seintje kan geven.'

'Sorry,' zei Merete. 'Doeg.'

Maar eigenlijk ging het ook heel goed met een meer pedagogisch gerichte discipline. Hij drukte de haak in en belde Speciale Operaties.

★

Hans Petter had zijn boodschap uiteindelijk overgebracht aan Bastian, die op zijn beurt met Halvor had gesproken. De chef was er ten slotte mee akkoord gegaan de chauffeur van de bestel-Toyota als getuige te verhoren, maar pas toen Irene Wiltze niet was komen opdagen om haar dochter van de crèche te halen.

Nu zaten de beide mannelijke brigadiers in een burgerwagen voor een garagedeur in de Arbinsgate: Hans Petter rechts voorin en Bastian achterin. Halvor was er zeer beslist in geweest dat niemand bij MediaGevinst mocht weten dat ze de chauffeur van de bestelwagen meenamen. De garages lagen een blok verder dan het kantoor van MediaGevinst, dus ze hadden goede hoop dat niemand het daarvandaan zou zien als een van hun werknemers discreet door de politie werd meegenomen. De werkdag was bovendien bijna afgelopen, dus misschien zou hij niet meteen worden gemist.

Hans Petters bezorgdheid om Irene Wiltze was niet minder geworden. Haar telefoon stond nog steeds uit. Waar was ze? Volgens haar moeder was het nog nooit gebeurd dat ze haar dochter niet volgens afspraak bij de crèche had afgehaald. Had iemand haar meegenomen? En zo ja, waarom?

Andermaal dwong hij zichzelf zich te concentreren. Als hij één ding van Halvor had geleerd, dan was het wel het belang van professioneel optreden. Naast hen zaten respectievelijk de agente die de auto reed en de agent die hopelijk gauw het stuur van de bestelwagen van MediaGevinst zou overnemen. Allebei waren ze jong en gretig om zich met iets anders te onderscheiden dan de gewone patrouilleopdrachten. Bastian had al geconstateerd dat er een kaartlezer naast de deur zat. Dat betekende dat, als de hoodie kwam om zijn auto in de garage te zetten, hij eerst uit moest stappen. En dan zouden ze toeslaan.

En zo zaten ze daar te wachten. Alle vier wisten ze dat ze heel wat geluk moesten hebben. In de eerste plaats moest de man zijn auto daadwerkelijk in de nabije toekomst inleveren, en dat niet al hebben gedaan of de auto mee naar huis nemen. In de tweede plaats moest de actie geluidloos en snel plaatsvinden, zodat ze geen aandacht trokken. En in de derde plaats moesten ze zijn auto ongemerkt meekrijgen.

Eindelijk kwam er een witte Toyota over de Arbinsgate aanrijden. Het kenteken klopte en Hans Petter wist bijna zeker dat de goede man erin zat. Hij herinnerde zich de zonnebril en het blonde krulhaar, dat vrij ver op het achterhoofd begon.

De brigadier stak zijn duim op naar de anderen en pakte de deurhendel beet. De Toyota reed mooi zacht, waarna de chauffeur een bochtje naar het midden van de weg maakte om de auto zo recht mogelijk voor de garagedeur te zetten. Even vreesde Hans Petter dat de man in de gaten zou hebben dat er in een auto tien meter van hem vandaan vier mensen zaten, maar gelukkig werden ze totaal over het hoofd gezien. De man deed wat ze hadden verwacht en stopte met de neus van de auto een halve meter voor de garagedeur.

De agente naast Hans Petter was al onderweg. Binnen drie seconden was ze naar de Toyota gereden en had ze de burgerwagen op een millimeter van de achterkant daarvan gezet. De man op wie ze jacht maakten, had zijn portier al opengemaakt en stapte uit. Pas toen hij helemaal uit de auto was, draaide hij zich om om te zien wat er achter hem gebeurde.

Hij stond als aan de grond genageld. Hij verroerde zich amper vanaf het moment dat hij hen ontdekte totdat ze alle vier om hem heen stonden. Toen pas probeerde hij weg te rennen, maar Bastian draaide zijn arm op zijn rug en duwde hem in de richting van de burgerwagen. Een paar tellen later had hij handboeien om en zat hij netjes tussen Hans Petter en Bastian in op de achterbank. Een klein stukje achter die auto volgde een witte Toyota.

★

Het was tien voor vijf en Halvor wist dat Annelene Busch onderweg was van het Hammersborgtorg via het plein voor de centrale bibliotheek naar de Teatergate. Zelf zat hij in de koffiebar tien meter van die straat vandaan, met een krant en een dubbele macchiato.

Alles was tot in het kleinste detail doorgenomen. Zodra Busch voet in de Teatergate zette, zou de politiefotograaf beginnen te filmen. Hij zat in een anonieme Ford met rookglas op de Munchsgate, honderd meter voorbij de afgesproken plaats. Als het tweetal de Akersgate uit liep, zou het worden opgevangen door een andere camera, die was geplaatst in een kantoor boven in de Deichmanbibliotheek. Bovendien stonden er op elk van de meest waarschijnlijke vluchtwegen twee agenten in burger. De aanhouding zou pas plaatsvinden nadat de drugs waren overhandigd en ze weer uit elkaar gingen, zodat het eventuele gesprek tussen de twee helemaal werd opgevangen door de microfoon die Busch droeg.

Halvor had zelf alleen de rol van waarnemer, maar hij had er vertrouwen in dat de aanhouding pijnloos zou verlopen. De operatie werd geleid door inspecteur Odd Kaspersen, een man die Halvor goed kende van de twee jaar dat hij zelf bij SO had gewerkt. Als hij iemand van de bovenste plank had mogen kiezen, zou hij precies Kaspersen hebben genomen.

Nu hoorde hij bovendien de betrouwbare stem van Kaspersen op de lijn. De eerste observatie van een man die de dealer zou kunnen zijn, was verderop in de Akersgate gedaan. Halvor keek discreet naar buiten, maar ving alleen een korte glimp van de man op toen die voorbij slenterde. Als het de dealer was, dan had hij zijn blauwe spijkerbroek verruild voor een zwarte; verder klopte de beschrijving van Annelene Busch opmerkelijk goed. Het bruine leren jack en de donkerblauwe sjaal waren er, evenals het donkere, halflange haar.

Het dopje in zijn oor gaf steeds hectischer wordende activiteit op de lijn door. Mensen werden naar hun plaats gecommandeerd en de bewegingen van de man werden bijna stap voor stap van commentaar voorzien.

'Ze praten,' hoorde hij, en nu was er ook in de stem van Kaspersen een zweem van adrenaline te horen. Toen was het bijna vijftien seconden stil en Halvor wist dat tien agenten stalen veren in hun benen hadden in plaats van spieren. Hij voelde de spanning zelf ook in zijn middenrif en had spijt van de koffie die hij net had gedronken.

'Nu!' Halvor voelde meer dan dat hij zag dat iedereen snel naar de ontmoetingsplek liep. Eén rechercheur, Merete, zou net doen alsof ze Busch aanviel; de rest concentreerde zich volledig op de dealer.

'Hij zet het op een lopen!' Halvor stond ook op, maar bleef staan om te luisteren. Plotseling viel het hem op dat alle andere mensen in de koffiebar naar hem staarden, en hij begreep dat hij in zijn verbouwereerdheid zijn stoel had omgegooid. Hij wilde hem net overeind zetten toen hij hoorde: 'Richting Deichman!'

Toen hield hij het niet meer. Hij stormde de deur uit en zag de dealer over het trottoir hollen, terwijl de auto's toeterend langsreden. Halvor stak over in de verkeerschaos en botste bijna tegen twee collega's aan die in volle vaart over de Akersgate kwamen aanrennen.

Halvor kende de afgesproken actie tot in het kleinste detail en wist dat de dealer nu twee agenten tegen zou komen op de trap voor de bibliotheek. De man had één kans om aan hen te ontkomen, en dat was als hij rechts van die trap de straat schuin naar beneden nam, langs het viaduct voor de hoofdkazerne van de brandweer en dan verder door de Grubbegate. Dat was een blinde vlek; ze hadden domweg niet genoeg mensen gehad om die te dekken. Als dat de man lukte, kon hij bijvoorbeeld via het Glassmagasin verdwijnen, en dan zou de nachtmerrie een feit zijn. Als ze echt pech hadden, zou het hele drama ook de veiligheidsdienst van de regeringsgebouwen hier alarmeren. Dan zou de chaos compleet zijn.

Halvor nam een snel besluit. Hij moest om dit regeringsgebouw, het 'Y-blok', heen rennen en de bibliotheek van de andere kant benaderen. Als hij snel was, kon dat.

Hij proefde de gal al in zijn mond toen hij het ministerie van Algemene Zaken rondde en de bibliotheek in het oog kreeg. Het was geen moment te vroeg. Een man in een bruin leren jack rende op hem af, gevolgd door twee goed getrainde politiemensen, dertig meter achter hem.

De dealer begreep meteen dat er een nieuwe dreiging was opgedoken. Hij minderde vaart, maar aarzelde niet lang. Halvor zag dat hij van richting veranderde en nu naar het viaduct voor de garage van de brandweerkazerne holde.

Ook de twee agenten waren nu in verwarring, hielden in en liepen voorzichtig naar de man toe. Die keek even naar hen voordat hij op het hek om het viaduct klom. Hij balanceerde even op de rand en glimlachte naar Halvor.

Toen sprong hij. Halvor kon zweren dat hij met zijn armen maaide.

★

'*I believe I can fly*', citeerde Kaspersen. 'Hij staat waarschijnlijk stijf van de amfetamine of cocaïne. Bijna elke keer dat we iets aan die toestand willen doen, gebeurt er wel iets. Meestal belandt een van onze eigen mensen bij de Eerste Hulp omdat hij geslagen en geschopt is door iemand die denkt dat hij Superman is. Dan kan het maar beter ten koste van henzelf gaan.' Toen hij Halvors gezicht zag, voegde hij er haastig aan toe: 'Maar voor jou hoop ik toch dat hij nog kan praten.'

De inspecteur keek omlaag naar de man die aan zijn voeten lag. De dealer glimlachte niet meer; na een vrije val van zeven meter had het asfalt van het plein eronder zijn lichaam volkomen gemaltraiteerd. Er sijpelde bloed uit zijn mondhoek en zijn ene knie leek een onsamenhangende massa, die alleen maar door zijn broek bij elkaar werd gehouden. Het ambulancepersoneel zou er nog een hele dobber aan hebben de man in één stuk op een brancard te krijgen.

Halvor zuchtte diep en somde bij zichzelf op: Kristine met messteken in het Ullevål, Ole Kirkebakken met tbc in de isolatie van het Ullevål en nu moest hun voornaamste aanknopingspunt met de nieuwe heroïnemaffia daar waarschijnlijk ook heen.

Even vreesde hij dat hij het grootste ziekenhuis van Noorwegen in zijn eentje vol zou kunnen krijgen.

★

Hans Petters capuchonman bleek Kent Willy Nilsen te heten. Hij had tot nu toe niet veel gezegd, maar alleen al het feit dat ze zijn identiteit en wat inzicht in MediaGevinst hadden gekregen, had de zaken wat helderder gemaakt.

Een combinatie van het strafregister en een paar informanten van Bastian had een vrij goed beeld opgeleverd: Kent Willy Nilsen had de rangen van de Oslose onderwereld doorlopen. Hij was verdacht van allerlei praktijken, van pusher tot geldeiser, maar hij had maar één keer in de gevangenis gezeten, en wel omdat hij de knieschijf had bewerkt van een man die zo dom was geweest naar zijn liefje te kijken. Dat was in elk geval de reden die hij tijdens het verhoor en bij de rechtszaak had opgegeven, en het slachtoffer leek niet veel behoefte te hebben dat deel van het verhaal te nuanceren. Nilsen kreeg veertien maanden, maar hij stond na minder dan tien maanden alweer buiten. Dat was twee jaar geleden, en daarna was zijn naam nergens meer in de politieannalen opgedoken. In een ideale wereld zou dat natuurlijk kunnen betekenen dat de man zich goed had gedragen, maar daarover koesterde Halvor geen illusies. In de ogen van de inspecteur betekende het alleen maar dat hij hoog genoeg was opgeklommen om niet meer de meest in het oog lopende rotklusjes te hoeven doen. Misschien als wederdienst omdat er geen andere naam was genoemd in verband met de knieschijf.

Zijn sociale netwerk was ook interessant. Een vier jaar oud bewakingsrapport stelde vast dat hij nauw bevriend was met Rudi Johansen en Arne Krefting, bijgenaamd 'Billy', die allebei een soortgelijk strafblad van kleine criminaliteit hadden. Het opmerkelijke was dat ook zij de afgelopen jaren geheel buiten de zoeklichten van de politie hadden weten te blijven. Wat weer kon betekenen – als je de lijn doortrok – dat ze zich met dezelfde dingen bezig hadden gehouden als Nilsen. Merete kreeg tot taak uit te zoeken waar Johansen en Krefting hun dagen mee vulden.

De grondslag om Kent Willy Nilsen op te pakken was dat hij de laatste was geweest die contact had gehad met Irene Wiltze voordat ze verdween. Het bijzondere was dat hij was gepakt voordat iemand zelfs maar had gemeld dat de vrouw was verdwenen. De politie was dus buitengewoon effectief geweest in deze zaak, maar nu was ook de formele kant geregeld: toen Irene Wiltze niet zoals afgesproken bij de kinderopvang verscheen, was haar moeder in actie gekomen. Die deed nu een paar verdiepingen lager melding van vermissing.

Halvor wist heel goed dat ze met iets veel concreters moesten komen om de status van Kent Willy Nilsen te veranderen van 'getuige' in 'verdachte'. Het had wel geholpen dat de oudere vrouw die in het huizenblok achter Lone Slevatn woonde, stellig had verklaard dat zijn trui met capuchon beslist dezelfde kon zijn als ze tijdens de moord op Lone Slevatn op de binnenplaats had gezien. Maar ook dat was niet meer dan een zwakke aanwijzing. Hoogstens.

Er zou dus erg veel afhangen van het verhoor. Waar was de man maandag tijdens de moord op Lone Slevatn geweest en waarom had hij eerder vandaag Irene Wiltze in zijn auto gehad?

Hans Petter stond erop erbij te zijn; Halvor stond daar sceptisch tegenover, omdat de brigadier meer persoonlijk betrokken leek dan goed was. Halvor ging er toch mee akkoord, maar op voorwaarde dat híj alleen bepaalde wat er gebeurde.

Maar dat was blijkbaar geen garantie voor succes.

'Irene Wiltze? Wie is dat?' vroeg Kent Willy Nilsen.

Halvor merkte dat Hans Petter onrustig zat te draaien op de stoel naast hem.

Zelf zei hij: 'Waar was u omstreeks twaalf uur vandaag?'

'Ergens in Oslo, denk ik. Als ik me moet herinneren waar, moet ik mijn rittenboek checken.'

Zo ging het door. Kent Willy Nilsen had in het algemeen een zeer slecht geheugen. Zo ongeveer het enige wat hij zich herinnerde, was dat hij geen Irene Wiltze kende. En hij had haar al helemaal niet in de auto gehad. Als een getuige haar werkelijk in zijn auto had zien stappen, moest diens gezichtsvermogen buitengewoon zwak zijn.

Halvor merkte dat Hans Petter bijna niet rustig kon blijven zitten. Vanuit zijn ooghoeken zag hij dat het gezicht van zijn collega een beetje rood aangelopen was. Het enige wat ze hadden bereikt was dat hun eigen angst dat Irene Wiltze iets ergs was overkomen, groter was geworden. Want waarom zou Nilsen ontkennen dat hij haar kende als hij haar alleen maar van Blindern naar Majorstuen had gebracht? Maar het had geen zin. Ze moesten hun strategie veranderen.

'Mag ik roken?' Nilsen had dat al zeven, acht keer gevraagd.

'Nee,' zei Halvor, en hij keek naar Hans Petter. 'Maar wij nemen vijf minuten pauze.'

Bij de koffieautomaat vertelde hij de brigadier waar hij aan dacht, en ze werden het eens over de strategie. Halvor zette het opname-apparaat niet aan toen hij ging zitten. Hij vroeg of Nilsen maandag in de buurt van een bepaald huizenblok in Torshov was geweest.

Zelfde liedje: 'U kunt niet verwachten dat ik me dat allemaal herinner.'

'Ik vind van wel. Het is pas drie dagen geleden.'

'Ja, maar ik rij door de hele stad. Dan moet ik mijn rittenboekje hebben, zei ik toch, en dat heb ik hier niet.' Hij zat nog steeds aan zijn pakje sigaretten te peuteren.

'U rookt Prince, zie ik. Mag ik dat pakje eens zien?' vroeg Halvor.

Aarzelend gaf Nilsen het Halvor aan, die het uitvoerig van alle kanten bekeek. De onzekere blik die hij aan de andere kant van de tafel meende te zien, beviel hem wel.

'U rookt nogal veel, hè?'

'Gaat wel.' Nilsen probeerde ongeïnteresseerd te klinken.

'Gooit u de peuken altijd op de grond?'

'Wilde u me daarop pakken? Straatvervuiling?'

Halvor grijnsde. 'Ik denk dat dat wat verder onder aan ons lijstje tegen je komt.' Hij wendde zich tot zijn collega: 'Hans Petter?'

De brigadier naast hem stond op, liep om de tafel heen en ging achter Nilsen staan, die zich even omdraaide voordat hij Halvor weer aankeek. 'Waar zijn jullie verdomme mee bezig?'

Halvor knikte naar Hans Petter, die zich snel vooroverboog en de man een haar uittrok.

'Au! Politiegeweld! Ik wil een advocaat!'

'Kalm aan, u hebt alleen maar de status van getuige. U hebt nog geen recht op iemand.' Halvor keek Hans Petter aan. 'Wil je het Forensisch om een vergelijking vragen?'

Nilsens ogen leken uit zijn hoofd te puilen toen ze Hans Petter volgden, die naar de deur liep. De brigadier bleef in de deuropening staan.

'We hebben een getuige die zegt dat ze maandag aan het begin van de middag een man voor een trapopgang aan de Per Kvibergsgate in Torshov heeft zien staan die op jou lijkt,' zei Halvor luchtig. 'Die man rookte Prince. Het voordeel van sigarettenpeuken is dat er meestal genoeg speeksel aan blijft zitten om er een volledig DNA-profiel af te kunnen halen. Dat kan lastig voor je worden om uit te leggen, maar dat weet je zelf het beste.'

Zijn ogen waren ongetwijfeld het meest expressieve onderdeel van Nilsens vlezige gezicht. Op dit moment slaagden ze er op de een of andere manier in naar alle kanten tegelijk te kijken, en toch bleven ze steeds op Halvor gericht.

'Jullie mogen niet zomaar een DNA-proef doen met mijn haar!'

'Nee, dat mag niet,' zei Halvor. 'Maar ik dacht dat die haar toch duidelijk op de grond lag.'

Nu was Nilsen niet alleen uit zijn evenwicht gebracht, maar werd hij ook nog kwaad.

'O ja? En wat dan nog? Ik was verdomme niet in die fl...' Hij stopte.

'Waar niet?' vroeg Halvor, terwijl Hans Petter met een glimlachje terugliep naar zijn stoel. Maar nu was Nilsens mond weer dichtgeklapt. Hij zat in elkaar gedoken op de houten stoel en hield zijn blik strak op een plek ergens onder aan de tafelpoot.

Halvor was toch tevreden. Zijn bluf had iets opgeleverd. Eén enkel haartje was, in tegenstelling tot wat veel mensen dachten, maar zelden genoeg om een volledig DNA-profiel vast te stellen, dus ze moesten later toch nog een bloedproef nemen. Maar doordat Kent Willy Nilsen blijkbaar niet veel van DNA-bepaling wist, had hij wel al iets toegegeven.

Halvor was er echter nog niet gerust op dat wat Nilsen had gezegd voldoende was om hem gevangen te zetten. Het beviel hem ook niet dat de man kennelijk had besloten nu zijn mond helemaal te houden. Wat ze ook probeerden, ze konden hem er niet toe brengen zijn mond weer open te doen. Na tien minuten stond Halvor op, en hij wenkte Hans Petter om mee te komen.

'Probeer jij het nog maar even, maar beheers je. Ik ga even de benen strekken.'

Hij liep naar Bastians kantoor om zijn zinnen te verzetten. Die zat plichtsgetrouw voor zijn computer, blijkbaar zwaar in iets verdiept. Hij draaide zich geeuwend om toen Halvor binnenkwam.

'Ik heb tot nu toe niets verkeerds kunnen vinden bij Reality of MediaGevinst, en Economische Delicten ook niet. We moeten hun boeken bekijken.'

Halvor ging achter Bastian staan en keek op het scherm. Hij zat op de website van MediaGevinst, en het logo boven aan het scherm probeerde hem duidelijk iets te zeggen. Wat was er met dat logo? Waar had hij dat meer gezien? Of had hij erover gehoord? Hij hoorde dat Bastian hem iets vroeg, maar het drong niet tot hem door wat. Hij leunde naar het scherm en wees.

'Wat is dat voor icts?'

Bastian keek hem verbaasd aan. 'Het logo van MediaGevinst. Ik ben op hun site. Het staat ook op minstens honderd stukken die ik vandaag heb gezien...'

Dat kon het gevoel verklaren dat Halvor eerder op de dag had gehad, toen hij op Bastians kantoor iets had gezien of vermoed. Zijn onderbewuste moest het logo hebben waargenomen op de paperassen waarmee het bureau bezaaid lag.

'... dus ik ben die M behoorlijk zat aan het worden,' vervolgde Bastian.

De M, ja! Wel alle... Die staarde hem nota bene aan! En dik en rood was hij ook! Halvor rechtte zijn rug en concentreerde zich aandachtig op zijn buikademhaling.

'Ik heb je beloofd dat je de eerste zou zijn die het zou horen, Bastian. Die M betekent naar alle waarschijnlijkheid dat we Kent

Willy Nilsen kunnen koppelen aan de poging tot moord op Kristine.'

'Op Kristine?'

Bastian keek nog steeds vragend, maar zelf vocht Halvor tegen de aandrang om terug te rennen naar de verhoorruimte en Nilsen op zijn gezicht te slaan. Of hem hier toch op z'n minst mee te confronteren. Maar hij begreep dat dat het domste was wat hij kon doen. Dus in plaats daarvan pakte hij de telefoon en toetste het mobiele nummer in van de onderzoeksleider van Asker/Bærum. Als ze hun kaarten daar op die binnenplaats goed uitspeelden, kregen ze Nilsen gegarandeerd vier weken achter de tralies. Minstens.

Want het kon bij MediaGevinst toch niet wemelen van de potentiële moordenaars?

★

Zijn maag protesteerde. Zijn gedachten draaiden rond Irene Wiltze en haar dochter. Het kleine meisje dat als twee druppels water op haar moeder leek. Was ze moederloos geworden? Was dat zijn schuld? Was dat omdat hij naar het station was gegaan en openlijk had rondgebazuind dat er iemand in levensgevaar verkeerde? Iedereen had immers kunnen zien dat Irene daarna bij hem in de auto stapte. Was daarmee haar lot bezegeld?

Eigenlijk had Hans Petter moeten tollen van moeheid, maar zodra hij zijn hoofd op het kussen dwong, wist hij dat hij nauwelijks zou slapen. Elke patrouillewagen in Oslo had foto's van Irene Wiltze op het dashboard, maar dat stelde hem niet gerust. Net zomin als het feit dat de eerste uitrukeenheid in haar appartement spullen had gevonden om heroïne te gebruiken. Het verbaasde hem een beetje dat die laatste informatie geen bal uitmaakte voor zijn bezorgdheid.

Het was een troost dat ze hoogstwaarschijnlijk een van Kristines aanvallers hadden gepakt, en dat Nilsen wel in voorlopige hechtenis zou blijven. Hij had gehoord dat een van de drugshonden ook was aangeslagen in zijn auto, en nu keerde de technische recherche het interieur binnenstebuiten om uit te zoeken om wat voor drugs het ging. Maar het hielp geen zier om Irene te vinden.

Wat had Nilsen met haar gedaan? Waar was ze?

15

Oslo, donderdag 6 augustus 2009

Halvor kon zich niet herinneren dat een geeuw ooit van het ver-keersknooppunt Ryen tot Lodalen had geduurd. Hij had geen idee hoeveel koppen koffie er nodig waren voordat hij weer tot de le-venden behoorde. Na de twee arrestaties de vorige dag was hij een paar uur thuis geweest om te eten voordat hij er onder misprij-zende blikken van Birgitte en de kinderen weer stilletjes vandoor was gegaan. Daarna had hij tot kwart over twee in de nacht bijna aan één stuk door in vergadering gezeten en rapporten geschreven. Hij was tegen drie uur thuisgekomen. Nu was het even over achten en hij zat weer in de auto terug naar het kolossale politiebureau.

Zijn geweten was loodgrijs. Al dagen had hij de verantwoorde-lijkheid voor huis, haard en kinderen overgelaten aan een vrouw die in principe net zulke drukke dagen had als hij. Alleen al drie kinderen in bed krijgen kostte haar het grootste deel van de avond, en dat na het eten koken, opruimen en afwassen. Hij wist ook dat hij op enig moment graag iets zou willen terugdoen, maar hij was bang dat hij zijn schuld nooit helemaal zou kunnen inlossen.

Jarenlang had hij zich over het algemeen aan normale werkdagen kunnen houden, als een van de weinigen op het bureau. Het was hem op een hoop gemopper en afkeurende blikken komen te staan, maar het was hem gelukt, en het ophelderingspercentage van zijn team zorgde ervoor dat de verholen kritiek nooit aan de opper-vlakte kwam. Maar het afgelopen jaar was er het nodige gebeurd. Zijn dagen waren geleidelijk langer geworden, zonder dat hij pre-cies kon uitleggen waarom. Omdat zijn kinderen nu groter waren en minder aandacht nodig hadden? Omdat er iets mis was tussen Birgitte en hem?

Hij kwam aarzelend tot een 'ja' op de eerste en een 'nee' op de tweede vraag. Maar hij moest iets doen. Hij had geen zin om te eindigen met een scheiding, zoals zoveel collega's. Nee, als deze zaak eerst maar eens over was...

En dat was hij misschien al bijna. De avond tevoren had zelfs een kleine doorbraak opgeleverd, ook al beviel het hem allerminst dat een van hun belangrijkste getuigen was verdwenen. Hij hoopte dat ze ondergedoken was om geen contact meer met de politie te hoeven hebben. In dat geval zouden ze haar vroeg of laat vinden.

Halvor begon te merken hoe diep deze zaak eigenlijk ging. Hij had daarom een vrij lang gesprek gehad met zijn favoriete officier van justitie, Cecilie Kraby, aan wie hij formeel ondergeschikt was. Normaal gesproken vertrouwde ze hem voldoende om hem nogal de vrije hand te laten, maar gisteravond had hij echt behoefte gehad aan advies. Jammer genoeg was ze er – zoals hij al verwachtte – volkomen duidelijk over geweest dat een criminele werknemer voorlopig een veel te dunne basis was om de aanval op Yngve Enger in te zetten. De professional in Halvor kon het met die conclusie niet oneens zijn.

Na het gesprek met Cecilie was hij echter op een ander idee gekomen, dat hij absoluut niet met haar kon bespreken en misschien ook niet met anderen. Het idee was gewaagd en meer dan een tikkeltje over de schreef, maar als het ertoe kon bijdragen dat hij Enger al voor het weekend kon arresteren, was het dat misschien waard. Hij was er nu van overtuigd dat de miljonair meer dan één vinger in het spel had. Als dat zo was, zou de man elk moment bericht krijgen dat Kent Willy Nilsen was aangehouden, als hij dat niet al wist. Als Enger een weekend de tijd kreeg, had hij meer dan genoeg middelen om wat er eventueel nog aan sporen resteerde, uit te wissen.

Terwijl Halvor zijn auto in de garage van het politiebureau parkeerde, vroeg hij zich af of het alleen maar een nachtelijk, waardeloos gedachtespinsel was geweest. Maar het idee dat hij een van de echt grote mannen te pakken zou kunnen krijgen achter een bende die de drug verhandelde die zijn zus om het leven had gebracht, was buitengewoon verleidelijk. Hoe meer hij erover nadacht, hoe beter hij het vond.

De ochtendvergadering was bijzonder snel afgelopen. Niemand protesteerde tegen Halvors plan voor die dag: 'Merete graaft verder naar wat Rudi Johansen en Billy Krefting, de vrienden van Kent Willy Nilsen, tegenwoordig voor de kost doen. Begin maar met interne bronnen. De afdeling Narcotica en de narcoticabrigade hebben het afgelopen jaar misschien namen onderzocht en beschikken mogelijk over bronnen die ons op weg kunnen helpen. Hans Petter, jij houdt je op de hoogte van de jacht op Irene Wiltze en praat met de man die gisteren bij het brandweerstation naar binnen probeerde te vluchten. Heette hij niet Niels Rune Dalsrudjordet?' Hans Petter knikte. 'Vraag bij het Ulleval-ziekenhuis na of hij aanspreekbaar is. Zo niet, dan check je de mensen om Dalsrudjordet heen en kijk je wat je daar kunt vinden.'

Halvor draaide zich om naar Bastian: 'Jij duikt verder in de financiën van Reality en MediaGevinst. En neem meteen de privé-financiën van Yngve Enger mee. Praat eerst met Bror van Economische Delicten. Hij heeft beloofd dat hij er vandaag al een dag in wil steken. Misschien kunnen we onszelf bovendien een basis bezorgen om vandaag nog met Yngve Enger te gaan praten, maar daar kom ik op terug.'

En dat was het. Ze hadden het spoor te pakken.

Toen Halvor weer in de auto zat, was dat met een stel foto's van Kent Willy Nilsen, Rudi Johansen en Billy Krefting op de stoel naast hem. Ook al waren ze de afgelopen paar jaar uit de politieschijnwerpers gebleven, er was toch genoeg fotomateriaal uit de tijd daarvoor. Als die drie samen het mes in Lone Slevatn hadden gestoken, had Ole Kirkebakken hen misschien gezien. Als die nou maar iets wilde zeggen. Halvor verheugde zich niet op weer een poging tot verhoor via het mondkapje, maar Kirkebakken kon toch hun kroongetuige zijn.

Alles was net zo als de vorige keer. Hij kwam bij dezelfde verpleegster en werd in dezelfde kamer gezet, terwijl zij dezelfde beschermingsattributen opzocht. Deze keer had hij geen instructies nodig om ze in de goede volgorde aan te trekken en om te doen.

Toen hij de gang op wilde lopen, zei de verpleegster: 'Als jullie met nog meer komen, moeten we binnenkort meer beschermende uitrusting aanschaffen.'

'Hoe bedoelt u?'

'Er zit toch al iemand van jullie binnen?'

Halvor was meteen gealarmeerd. Wat kregen we nou?

'Sinds hoe lang?'

'Tien minuten of zo.'

'En hij zei dat hij van de politie was?'

De verpleegster keek hem verbaasd aan en knikte. 'Ja. Weet u niet wie het is?'

Halvor negeerde de vraag. 'Heeft hij zijn legitimatie laten zien?'

'Nee. Ik wilde er ook niet naar vragen. Het was niet bepaald onverwacht dat er iemand van jullie kwam.'

'Beschrijf hem eens.'

'Donker haar, blauwe spijkerbroek en zo rond de veertig. Bakkebaarden.'

'Hoe lang?'

'Ongeveer zo lang als u, iets kleiner misschien. Hij was heel aardig,' voegde ze eraan toe, alsof dat bewees dat de man onmogelijk een schurk kon zijn.

Niemand van de politie die iets met de zaak te maken had, voldeed aan haar beschrijving. Halvor voelde plotseling een zure smaak in zijn mond, een duidelijk teken dat zijn middenrif protesteerde. Verdomme, verdomme, verdomme!

★

De telefoon zag er dreigend uit, daar op de hoek van zijn bureau. Hans Petter dacht dat zijn ongebruikelijke tegenzin om de hoorn te pakken niet alleen werd veroorzaakt door de angst dat een vierjarig kind haar moeder had verloren. Toen hij uiteindelijk toch zijn hand op de telefoon legde en het nummer intoetste, waren zijn handpalmen bezweet en was zijn stem ongewoon hees. Hij was echter niet onvoorbereid op het antwoord dat hij kreeg: er was de hele nacht geen levensteken van Irene Wiltze vernomen. Het enige voordeel daarvan was dat ze haar ook niet dood hadden aangetroffen.

Hij moest het maar eens proberen met Niels Rune Dalsrudjordet. Dealer, speedwrak en waarschijnlijk moordenaar, volgens diverse interne rapporten. Maar het enige wat ze voorlopig tegen hem hadden, waren twee boetes wegens het bezit van amfetamine. Niemand had ervan opgekeken als de poging van de man om naar de brandweerkazerne te vliegen, hem de vorige dag regelrecht naar de hel had gebracht in plaats van naar het paradijs. Ze hadden echter heel veel om met hem over te praten.

Hans Petter zuchtte en pakte de hoorn weer van de haak. Weer een telefoontje, weer een arts. Maar nu zweette hij niet, en hij was ook niet meer hees.

★

Halvor maakte zich hevige zorgen. Niet alleen omdat hij geen wapen bij zich had en geen idee had hoe hij de situatie aan moest pakken, maar ook omdat iemand uit een zeer klein kringetje zijn mond voorbij had gepraat. Wie wist dat Ole Kirkebakken een belangrijke getuige was en dat hij in het Academisch Ziekenhuis van Ullevål in de isolatie lag? Buiten zijn team om kon hij maar vier mensen bedenken: Andersen, officier van justitie Cecilie Kraby, de rechter-commissaris en de advocaat die Kirkebakken was toegewezen. Zijn verblijfplaats was niet genoemd tijdens de behandeling van het verzoek tot inbewaringstelling, waarbij Kirkebakken natuurlijk niet aanwezig was geweest. Het ziekenhuis wist ook dat de politie belangstelling voor Kirkebakken had, maar ze hadden geen idee of en waarom hij belangrijk was. Hij dwong zichzelf niet aan eventuele lekken te denken. Er was hier een aanzienlijk acuter probleem op te lossen.

Het was natuurlijk duidelijk dat hij niet zomaar zonder wapen naar binnen kon banjeren. Een moordenaar zou zich niet laten tegenhouden en als het nodig was zomaar nog een keer toe kunnen slaan. Hij kon ook niet wachten op een ME-peloton. Dan zou hun kroongetuige gegarandeerd dood zijn voordat ze er waren…

Langzaam drong zich een beeld van zijn vorige bezoek aan hem op. Toen hij Kirkebakken de eerste keer had gezien, liggend in zijn bed in het licht van het raam… Het raam! Ja, dat was het. Hij had buiten mensen voorbij zien komen. Dat moest toch betekenen dat hij vanaf de grond naar binnen kon kijken?

'De kamer en het raam komen uit op de andere kant, hè?' vroeg hij de verpleegster. Ze knikte. 'Kun je van buiten naar binnen kijken?'

Ze haalde haar schouders op. 'Geen idee. Nooit geprobeerd.'

'Oké. Let goed op: bel het politiebureau en vraag naar Andersen van Geweldsdelicten. Doe de groeten van Heming en zeg dat u Andersen onmiddellijk moet spreken. Als u hem hebt, zegt u dat hij de ME hier meteen heen moet sturen en dat ik hem bel zodra ik kan. Lukt dat?'

De verpleegster staarde hem aan en knikte in zwijgende ernst, maar Halvor liep de deur al uit. Op de trap probeerde hij zijn mondkapje af te rukken, maar dat zat op de een of andere rare manier vast in zijn haar.

★

De hoofdarts van de Eerste Hulp praatte als een machine. 'We zijn de hele nacht met Dalsrudjordet bezig geweest. Voor zover we op dit moment kunnen overzien, heeft hij twee onderbenen gebroken, een knieschijf verbrijzeld en is er vijftig jaar te vroeg een dijbeenkop vernield. Hij heeft een pols en vier ribben gebroken, een afgescheurde gewrichtsband en diverse inwendige bloedingen, die we momenteel onder controle proberen te krijgen. Ernstig, maar stabiel, zouden we tegen de pers zeggen. Met andere woorden: alles wijst erop dat hij het zal overleven,' zei de hoofdarts, en hij voegde eraan toe: 'Maar zijn hoofd zit vol chemische substanties, dus jullie mogen blij zijn dat hij is gesprongen in plaats van jullie aan te vliegen.'

'Is hij aanspreekbaar?'

'U kunt hem best aanspreken, maar of u een zinnig antwoord krijgt, vraag ik me af. We hebben hem natuurlijk allerlei pijnstillers voorgeschreven, maar die maken zijn verwarde brein nou niet direct veel helderder. Maar over een paar uur mag u het gerust proberen.'

Hans Petter bedankte hem en hing op. Even zat hij duimen te draaien terwijl hij erover nadacht of hij zich tijdens het wachten eerst zou verdiepen in de vriendenkring of in de flat van Dalsrud-jordet. Zoals gewoonlijk won de mogelijkheid waarbij hij ergens naartoe kon gaan, en hij pakte het sleuteltje van de dienstauto van zijn bureau.

★

Halvor gaf zijn pogingen om het mondkapje te verwijderen op en ging harder lopen. Mensen op zijn pad gingen meters opzij zodra ze de wild rennende man in beschermpak aan zagen komen, dus hij kreeg vrij baan. Hij sloeg de eerste hoek om en had maar een paar seconden nodig voor de korte kant. Toen hij de tweede hoek omging en langs het vervloekt lange gebouw liep, bedacht hij dat hij niet precies wist welk raam het van deze kant was.

Hij koos een raam uit dat zou kunnen kloppen met zijn herin-nering aan de binnenkant. Om hoog genoeg te komen, moest hij op een richel klimmen. Die was echter zo smal dat hij ook zijn vingers onder de onderste vensterbank moest vastklampen. Einde-lijk had hij grip en kon hij zich optrekken naar het raam, waar hij recht in de ogen keek van een panisch terugstarende vrouw, die alleen maar twee handdoeken om had: een om haar lichaam en een om haar hoofd. Hij had geen tijd om zich af te vragen wat ze dacht toen ze zijn mondkapje zag. Hij sprong weer op de grond en ging door naar het volgende raam. Dat was de wachtruimte en in de gang daarvoor zag hij een bordje waarop stond ISOLATIEPOST.

Hij kwam in de buurt. Denk na! Eerst de wachtruimte, dan een kamer, dan de garderobe… en dan kamer 102. Daar was hij vrij zeker van. Waarschijnlijk dus het derde raam vanwaar hij nu stond. Hij liep nu voorzichtiger. Toen hij dicht genoeg bij de vensterbank was, zette hij een been op de richel. Toen hees hij zich dicht tegen de muur op. Langzaam, heel langzaam liet hij zijn lichaam opzij glijden, totdat zijn rechteroog eindelijk de kamer in kon kijken.

23 oktober

Dat ik twee opvouwbare ligstoelen heb gekocht, komt me
af en toe voor als de slimste investering die ik heb gedaan
voordat we hierheen gingen. Als het mooi weer is, nemen
we ze mee naar buiten en gaan we in de zon zitten.
's Avonds, als we de kachel aan hebben, zitten we erin te
kletsen of te lezen. 's Avonds laat, zoals nu, vind ik het
geloof ik het fijnst. Dan ligt Jakob drie meter bij me
vandaan te slapen – hij gaat altijd een paar uur eerder
slapen dan ik – terwijl ik nadenk, lees, schrijf of gewoon
naar hem kijk. Dan voel ik een veiligheid en een rust die ik
niet meer heb ervaren sinds de dood van Marianne.
Vandaag was het helemaal een droomdag. De dag waarvan
ik heel misschien hoopte dat hij zou komen, maar zonder dat
ik het echt durfde te geloven. Dat betekent absoluut niet
dat het een dag was waarop ik me perfect voelde
– integendeel, zou ik haast zeggen. Hij heeft me waarachtig
de huid vol gescholden, maar deze dag heeft me heel veel
antwoorden gegeven en een intimiteit met Jakob die ik
eigenlijk niet verdien.
En je weet hoe heerlijk het is om gevoelens onder woorden
te kunnen brengen, gevoelens waarvan je weet dat ze er
zijn, maar die je niet kon duiden. Waarom is dat gevoel
daar? Wat kun je ermee doen en wat kan je ervan leren?
Ik weet wel dat ik geen perfecte vader voor Jakob ben
geweest, anders was het vast niet zo gegaan, maar wat
heb ik nu eigenlijk verkeerd gedaan? Ik geloof dat ik wel
mag zeggen dat ik meer tijd met hem heb doorgebracht
dan de meeste andere vaders met hun kinderen, en andere
volwassenen in mijn omgeving waren altijd erg onder de
indruk van de aandacht die ik aan hem besteedde na het
overlijden van Marianne. Dus waar gaat dit eigenlijk over,
behalve dat hij zijn moeder heeft verloren? Wat had zij dat
ik niet kon vervangen? Ik geef toe dat ik daar lang over
heb nagedacht, vooral de afgelopen jaren, toen ik niets
anders had om me het hoofd over te breken zodra ik thuis
over de drempel stapte. Maar Jakob heeft het antwoord;

hij kan dat gevoel van ontoereikendheid een naam geven. Vanavond hebben we dus het uitvoerige gesprek gehad waar ik al die tijd naar uit heb gekeken en tegelijk ook tegenop zag. De aanleiding tot het gesprek was een vistochtje waarbij we samen onze grootste koolvis tot nu toe wisten op te halen. Ik heb geen weegschaal, maar hij woog vast meer dan tien kilo. Wild was hij ook, dus als Jakob en ik niet goed hadden samengewerkt, hadden we het niet voor mekaar gekregen. Hij bediende de hengel en haalde die perfect in, waarna ik de vis simpel aan de haak kon slaan.

Toen, daar, communiceerden we intens en goed. Namen we die teamgeest mee naar binnen en werd die door de vallende duisternis omsloten tot een intimiteit die we geen van beiden in jaren hadden gevoeld?

Hoe dan ook – ik heb ons gesprek in gedachten nog eens overgedaan. Ik zal proberen het volgens mij belangrijkste gedeelte zo nauwkeurig mogelijk weer te geven.

'Was jij dat die op mama's verjaardag in de bosjes zat, Jakob?'

Hij keek me verrast aan; hij dacht zeker dat ik hem niet had gezien. Het was even stil voordat het antwoord kwam: 'Ja.'

'Waarom kwam je niet tevoorschijn?'

'Omdat ik van mama hou en jou haatte. Ik had geen zin om die twee gevoelens door mekaar te halen.'

Niet zonder vreugde stelde ik vast dat hij voor mij de verleden tijd gebruikte. Raar trouwens, hoe hij de tegenwoordige tijd gebruikte voor de dode en de verleden tijd voor de levende.

'Maar ik kwam tevoorschijn toen jij weg was,' vervolgde Jakob.

'Waarom haatte je mij?'

Nieuwe denkpauze voor ons allebei. Dit was een mannengesprek, met lange pauzes, waarin elk woord kon bezinken, werd overdacht en zo mogelijk in perspectief gezet. Niemand zei iets voordat hij meende dat hij iets zinnigs te berde kon brengen.

Er klonk een soort doffe inademing bij de man aan de andere kant van de kachel. Misschien was het een zucht. 'Omdat... je niet in me geïnteresseerd was.'

Mijn hart bonsde, de poppen waren aan het dansen. Maar dit kon hij toch niet menen? Ik was elk uur dat ik niet werkte bij hem geweest! Ik paste er echter wel voor op dat te zeggen; ik wilde de intimiteit niet verstoren. Dus ik vroeg: 'Hoezo?'

'Toen mama stierf...' Hij stopte, schraapte zijn keel. 'Je was altijd zo...' Weer een pauze. Toen leek het alsof hij een besluit nam: 'Oké. Toen mama nog leefde, was je altijd vol van me; je wist altijd wat ik dacht en gaf altijd antwoord op mijn vragen. Maar toen mama was gestorven, leek het of je niet meer geïnteresseerd was. Het leek wel of je alleen maar van me had gehouden omwille van mama. Ik, ik...'

Ik kon me niet langer inhouden: 'Maar, mijn god, ik ben toch overal met je geweest!' Ik kon mijn tong wel afbijten toen ik zag dat hij zich weer in zichzelf terugtrok. Het was alsof hij in een trance raakte, waarin hij de wereld buitensloot. 'Neem me niet kwalijk! Ik meen het, Jakob: neem me niet kwalijk! Ik zal je niet meer onderbreken. Ga alsjeblieft door. Alsjeblieft.'

Het was of mijn gesmeek voorkwam dat zijn schedel zich helemaal sloot. Er verstreek een minuut. En toen nog een. Toen ging hij door: 'Ik weet nog van een voetbalwedstrijd met de junioren. Je stond de hele wedstrijd langs de lijn. Toen het afgelopen was, vroeg je wat de uitslag was... Stel je voor, dat vroeg je aan míj! Terwijl ik de matchwinner was – ik, die anders nóóit scoorde!'

Het werd me heel even zwart voor de ogen. Ik had het gevoel dat ik in de middeleeuwen leefde en op het punt stond over het randje van de aarde te kieperen.

Maar hij ging gewoon door: 'Je ging wel overal met me naartoe, maar je hóórde me niet. Ik weet nog dat ik je vaak iets vertelde, maar je kon me ineens onderbreken met een vraag waaruit bleek dat je totaal niet had geluisterd, of je pakte je mobieltje en zei dat je een telefoontje moest plegen. Altijd even rustig en weloverwogen, en ogenschijnlijk luisterde je, maar dat deed je niet... Op het laatst woog ik mijn woorden op een goudschaaltje, doodsbenauwd om iets te zeggen wat je niet wilde horen. Het werd steeds stiller tussen ons. Heb je nooit gemerkt dat we de laatste jaren haast niet meer met mekaar praatten?'

God weet dat ik nu wel luisterde. Een deel van me ontkende hardnekkig dat het zo was geweest, maar het andere deel wist dat hij gelijk had. Ik had hem wel heel vaak gevraagd te vertellen wat hij had beleefd, omdat ik wist dat dat zo hoorde, maar eigenlijk, éigenlijk kon het antwoord me niet zoveel schelen. Het belangrijkste voor mij was om vragen te stellen, en ik dacht dat dat genoeg was. Maar dat had zo zijn redenen gehad. Ik wilde herstellen wat er was geweest, ik wilde de 32 miljoen herstellen en aan hem geven, want ik meende dat Jakob daar recht op had. Dat Mariannes nageslacht daar recht op had. Dus ik stond daar aan de telefoon met makelaars te praten; ik dacht erover na wat ik het beste kon verkopen en wat ik het beste kon kopen. Ik was bezig. Maar toen Jakob verdween, gaf ik het op. Ik werd weer accountant, om mezelf dat piepkleine inkomentje te bezorgen dat ik nodig had om te overleven. Want wat moest ik met miljoenen als ik niemand had om ze aan te besteden?

Hoe kon ik er zo naast hebben gezeten? Ik keek naar de jongen aan de andere kant van de kachel. Ja, want nu was hij weer een jongen, zonder enige twijfel. Zijn donkere haar viel over de bruine ogen die hij van Marianne had. We hadden geen van beiden ons haar geknipt sinds we op het eiland waren gekomen en dat van Jakob is nu zo lang dat het bijna tot op zijn schouderbladen komt. Het geeft hem een wat wild en heel intens uiterlijk, ja, bijna alsof hij een soort oerkracht is.

En eindelijk luisterde – en keek – zijn vader weer. Jakob merkte het, want hij vervolgde: 'Dat je me nu zo'n beetje wilt redden, is nogal raar. Want waar was je belangstelling toen ik die het hardst nodig had? En het is maar dat je het weet, papa: ik ben niet van jou wéggelopen, ik ben ergens anders héén gevlucht. Je kunt van alles van verslaafden zeggen, maar velen van ons hebben echt iets om over te praten. Ik heb met sommigen van hen diepere gesprekken gehad dan ooit met jou.'

Die zat. Kon ik dieper in mijn stoel wegzinken? Ik schraapte mijn keel, maar er kwam geen geluid over mijn lippen. Ik voelde dat mijn wangen nat waren, maar ik merkte niet dat ik huilde. Was ik niet diep? Had ik de 'Divina Commedia' soms niet twee keer gelezen? Had ik me niet door de hele 'Ilias' en 'Odyssee' heen geworsteld? En door 'Ulysses', als een van de weinigen in Noorwegen, door de verzamelde werken van Shakespeare en Ibsen, en alles van Hamsun en Gabriel García Márquez?

Op mijn ontwikkeling viel weinig aan te merken. Maar dat was dan ook alles.

Eigenlijk is er niet zoveel meer te zeggen. Behalve dan dat Jakob en ik een tijdje van rol verwisselden. Ik praatte en hij luisterde. Ik geloof dat hij langzaam maar zeker iets meer begrip voor me kreeg. Maar het is en blijft mijn verantwoordelijkheid.

Hoe moet het nu verder? De tijd zal het leren, vermoed ik. Maar ik heb twee kleinigheden opgemerkt die me hoop geven. Zoals dat hij me vanavond een keer 'papa' noemde. De vorige keer dat hij dat deed, moet zes, zeven jaar geleden zijn. En ik merk dat mijn taalgebruik is veranderd. In het begin ergerde ik me vreselijk aan de straattaal van Jakob, en probeerde ik hem te corrigeren. Met als enige resultaat dat hij zweeg en zich in zichzelf terugtrok. Maar nu ik herlees wat ik net heb geschreven, zie ik bijvoorbeeld dat ik 'kan je', 'mekaar', 'kletsen' en 'kieperde' heb geschreven, woordvormen en woorden die een paar weken geleden nog ondenkbaar zouden zijn geweest.

Dat mijn taalgebruik achteruitgaat, is dat ook een teken dat Jakob en ik dichter tot mekaar komen? Is het überhaupt mogelijk zó te veranderen?

4 december

Tot vandaag had ik echt het gevoel dat Jakob en ik iets inhaalden van wat we hadden gemist. En toen ging het helemaal naar de kloten.

Of niet? Moet ik soms een paar van de toenaderingsmethodes proberen te gebruiken die ik de afgelopen weken van Jakob heb geleerd? Moet ik voor één keer eens niet alles zo zwart-wit zien?

Weer kwam het door een blunder van mij. We werden wakker. Het was een heldere, maar koude dag. Ik wilde eropuit om de krabbenvallen op te halen, maar Jakob wilde liever binnen liggen lezen. Toen had ik al iets door moeten hebben, maar de afgelopen weken durfde ik weer voor bijna honderd procent op hem te vertrouwen. We zijn bijvoorbeeld begonnen een stenen huis te bouwen aan de andere kant van het eiland, en Jakob werkt harder dan ik. We weten geen van beiden hoe we het dak te zijner tijd moeten maken, maar voorlopig hebben we meer dan genoeg te stellen met de muren. Het is een heel gezond project voor ons allebei. We werken prachtig samen en af en toe gaan we zitten, nemen een kop koffie en kletsen wat. Wat we eigenlijk met het stenen huis moeten, weten we geen van beiden, maar dat we samen iets bouwen is genoeg voor ons.

'Gelukkig' is een te sterk woord voor Jakob, en voor mij misschien ook wel, maar hij lijkt tevreden. Dat wil zeggen: tot vandaag dacht ik in elk geval dat hij dat was.

Dus ik ging weg met de boot en haalde vijf mooie krabben op. Er zit in deze tijd niet veel vlees aan, maar hun klauwen zijn nog steeds mooi. Jakob had er in het begin een hekel aan, maar nu lijkt hij de smaak toch ook te pakken te hebben.

Toen ik naar het huis liep, begreep ik dat er iets mis was. Tientallen meeuwen cirkelden rond het dak en ik zag er ook een stel op de grond. Hoe kwam dat in vredesnaam? Pas toen ik dichterbij kwam, zag ik waar ze zich zo druk om maakten.

Ik begreep er niets van toen ik bij het huis kwam en de meeuwen had weggejaagd. Twee vuilniszakken achter het huis waren opengescheurd en de inhoud was in het rond gesmeten. Dat is wel vaker gebeurd, ook al gebruiken we drie zakken over elkaar heen om te voorkomen dat ze gaan stinken en dat de meeuwen ze stuk hakken. Ik riep Jakob, maar kreeg geen antwoord. De angst sloeg me meteen om het hart en ik rende om het huis heen.

In de kamer zag ik wat ik steeds het meest vreesde. Jakob op zijn rug op het bed, met de spuit naast zich. Ik kon zijn pols nog net voelen, maar ik zag zijn borstkas niet op en neer gaan. Hij gaf ook geen teken van leven toen ik hem twee flinke oorvijgen gaf.

Toen maande ik mezelf tot rust en probeerde ik te bedenken wat ik in de folders had gelezen over overdoses. Ik moest hem wakker zien te krijgen! Ik rende naar het aanrecht, waar ik allebei de bijna volle emmers water weggriste. De eerste emmer had geen onmiddellijk effect, maar toen ik de tweede langzaam leeg begon te gieten, gebeurde er iets. Zijn borstkas begon te schokken; het leek alsof zijn ademhaling weer op gang kwam en zijn ogen knipperden. Toen begonnen zijn lippen te bewegen en voordat ik het goed en wel in de gaten had, kwam het eerste woord: 'Godverdomme!'

'Je hebt een overdosis genomen, Jakob.'

'Wat weet jij daar verdomme van?'

Hij was zo razend dat ik drie stappen achteruitliep. Hij probeerde achter me aan te komen, maar zijn lichaam was daar nog niet direct toe in staat. Dus hij liet zich weer op het bed vallen en probeerde het toen opnieuw. Dat is goed, dacht ik; hij moet zo veel mogelijk bewegen.

Na verloop van tijd werd hij wat kalmer, ook al ontkende hij hardnekkig dat hij een overdosis had genomen en zei hij dat ik zijn roes had verpest. Hij wilde me niet vertellen hoe hij aan de drugs was gekomen, maar dat begreep ik toen ik mijn Masaï-schoenen zag staan. De spuit moet hij in een van die twee vuilniszakken buiten hebben gevonden. Ze staan daar netjes op een rij en de twee die open waren, waren de eerste twee.

Mijn grootste zorg is wat ik zelf nu voel. Mijn hoofd voelt wollig aan en af en toe heb ik zin om alle verslaafden een overdosis te geven. Waarom maken ze het ons toch zo vreselijk moeilijk? Het lijkt wel of het geen zin heeft, wat we ook doen!

Toch ben ik nog steeds bang voor wat er kan gebeuren. Ik kan me bijvoorbeeld niet herinneren hoeveel er nog in die schoen zat. Was dat meer dan hij nu heeft genomen? In dat geval heeft hij de rest gegarandeerd verstopt voor een volgende keer. Maar de spuit heb ik in elk geval voorgoed vernietigd. Hoe hij het spul volgende keer naar binnen zou moeten krijgen, weet ik niet. Kun je het roken? Snuiven? Eten? Bestaat er dan gevaar voor een overdosis?

De onzekerheid vreet aan me. Durf ik hem nog wel een keer alleen te laten?

25 december

We hebben gisteren heel gezellig kerstavond gevierd, vooral omdat Jakob ervan overtuigd was dat we weer blikvoer zouden eten. Deze keer niet. Wat hij niet wist, is dat ik in de aarden kelder al sinds september een kerstham in de pekel had staan, bereid volgens het recept van Marianne, die het weer van haar grootmoeder had. Voordat mama stierf, hadden we die altijd bij het ontbijt op eerste kerstdag, maar zoals we nu leven, leek het me beter om hem bij het diner op kerstavond op te dienen en dan vandaag liever het restje op te eten. Toen ik dat vertelde, zag ik dat het hem ontroerde.

Ik had al voordat we de stad verlieten een kerstcadeautje voor hem gemaakt en dat tot gisteravond verborgen gehouden. Het is een album met foto's van Jakob, mama en mij vanaf zijn geboorte totdat hij een jaar of vijftien was. Het is een zee van foto's, ook een paar van die reis naar Denemarken toen Jakob negen was, toen er zoveel kwallen op het strand lagen. Alles bij elkaar hebben we gisteren zeker drie uur zitten mijmeren.

Ik heb trouwens van de gelegenheid gebruikgemaakt om

Jakob te vragen naar mijn oude dagboeken. Nu vertelde hij dat hij het niet zeker meer weet, maar dat ze in een doos met boeken kunnen hebben gezeten die hij jaren geleden aan een antiquariaat had verkocht. Het was een heel grote kartonnen doos vol boeken, en hij had er vijfhonderd kronen voor gekregen. Vijfhonderd kronen! Ik heb zo'n vermoeden welke boeken hij mee heeft gejat, en het was een belachelijke prijs (als je tenminste niet van mening bent dat bijvoorbeeld de eerste druk van de 'Decamerone' in het Noors waardeloos is). Aan de andere kant betekent het eigenlijk niets meer; ik weet nu wat belangrijk is. Maar het was een droom om de dagboeken terug te krijgen, en Jakob en ik zijn het erover eens dat we zullen proberen het antiquariaat terug te vinden als we in de stad terugkomen. Misschien, heel misschien bestaat het nog.

Jakob ging meteen naar bed nadat hij me zijn kerstcadeau had gegeven. Het was een grote, ronde steen, die hij had beschilderd met kleuren die hij had gemaakt van bladeren, wortels en stenen. Ik begrijp niet hoe hij dat stiekem heeft kunnen doen, maar hij heeft een paar keer alleen aan het stenen huis gewerkt, dus misschien heeft hij zijn 'werkplaats' daar. Het was trouwens een fantastische tekening van een vervallen huis op een verlaten eiland, omgeven door blauwe lucht, zon en meeuwen. Een beetje kinderlijk, nee, naïef is misschien een beter woord, maar hij heeft een penseel dat getuigt van enig talent.

Er is echter een wolkje aan de lucht, om maar bij Jakobs tekening te blijven, en dat is dat hij nog steeds koorts heeft. Ik weet niet goed wat ik daarmee aan moet. Het begon ermee dat hij een grote bult kreeg rondom de injectiewond na zijn bijna-overdosis (wat hij nog steeds ontkent), en ik vermoed dat dat komt doordat hij de spuit uit het vuilnis heeft gehaald. Hij heeft de naald niet uitgekookt voordat hij die gebruikte, wat hij natuurlijk wel had moeten doen, zeker als je bedenkt wat voor smerigheid er de afgelopen maanden in die zakken is ontstaan.

Ik heb een paar eenvoudige EHBO-spullen meegenomen hierheen, maar geen penicilline. Ik maak de wond twee keer per dag schoon en ik doe er een zalfje op, maar de bult wordt niet kleiner, en 's avonds loopt zijn temperatuur op tot tegen de 39 graden. Als het niet gauw beter gaat, moet ik door de zure appel heen bijten en met hem naar de dokter gaan. Wat er dan gebeurt, is een vraag waarover ik geen zin heb om te speculeren.

Maar als we het zelf kunnen redden, durf ik de toekomst wat optimistischer tegemoet te zien.

16

Oslo, donderdag 6 augustus 2009

In de stoel waarin hij zelf een paar dagen eerder had gezeten, zag Halvor een gezicht dat hij ondanks het mondkapje maar al te goed herkende. De ogen van de man keken omlaag, naar iets wat hij op schoot had. Door de weerschijn in de ruit wist hij het niet zeker, maar het leek alsof Ole Kirkebakken rechtop in bed zat. Plotseling zag Halvor een arm die hevig gesticuleerde, op een manier die beangstigend veel leek op de manier waarop zijn eigen zoon Ole zijn woorden benadrukte wanneer hij met Halvor over voetbal discussieerde.

De man op de stoel keek op van wat hem zo boeide en richtte zijn blik op de patiënt tegenover hem. Het tweetal leek druk in gesprek. Halvor schudde de eerste schok van zich af en merkte dat het schouwspel hem irriteerde, wat natuurlijk niet had gemogen. Hij liet zich van de richel zakken en haalde zijn mobieltje uit zijn zak. Hij vond het geen prettig vooruitzicht Andersen te moeten vragen de ME af te blazen.

★

Dalsrudjordets flat zag er haast onbewoond uit. De best gemeubileerde kamer was de woonkamer, waar hij een hometrainer aantrof, een fitnessbank, een klein stereorack tegen de muur en twee zwak afgetekende lijntjes op een donker gebeitste eettafel. Daarnaast lag een doorzichtig plastic zakje en een van papier gemaakte huls.

Hans Petter bleef even staan en zag er tegenop Gundersen te bellen om nóg een flat te laten doorzoeken. Terwijl hij nog stond te aarzelen zag hij een bekend nummer van de Nationale Recherche op het display oplichten.

Over de slechte mobiele lijn klonk de stem van de technicus metalig en brokkelig, maar de boodschap kwam toch door.

'Het is moeilijk – om niet te zeggen onmogelijk – om schoner spul te vinden.'

Hans Petter begreep uiteindelijk dat de man het had over de inhoud van het zakje dat Annelene Busch eerder die dag in de Teatergate van Dalsrudjordet had gekregen.

'Oké. Dankjewel.'

'Nog een paar dingen, trouwens. We hebben een paar redelijke vingerafdrukken gevonden op het plastic zakje en zijn die aan het identificeren. Bovendien hebben we een stukje van iets wat huid zou kunnen zijn gevonden op de sluiting van het zakje. Dat stukje ligt nu voor analyse bij het Forensisch.'

'En de rest van de heroïne?'

'Heel gewone straatkwaliteit.'

Hans Petter bedankte hem nogmaals en hing op. Het huidschilfertje zou wel van Dalsrudjordet zelf zijn of van Annelene Busch, toen ze het zakje aannam. Maar als dat niet zo was, zouden ze de mensen achter Dalsrudjordet op het spoor komen…

Chef plaats delict Gundersen nam pas bij het zesde belsignaal op, een duidelijk teken dat hij overwerkt was.

'Eh… er moet nog een flat worden doorzocht, en het heeft haast,' zei Hans Petter.

De pauze die volgde, was de langste die hij ooit van een Bergenaar had gehoord.

★

'Ik denk dat wij samen maar eens een stuk of drie koppen koffie moeten drinken,' zei Halvor toen de man op wie hij wachtte eindelijk de kamer uitkwam.

'Wat doe jij hier in vredesnaam?' Zijn verbazing leek oprecht.

'Ik denk dat ik meer reden heb om dat aan jou te vragen. Volgens mijn tripteller bevind jij je ongeveer 960 kilometer buiten je eigen district,' zei Halvor.

Geen van beiden zei verder nog iets totdat Halvor zijn vriend op een stoel in de dichtstbijzijnde kantine had gezet en was teruggekomen met twee broodjes. Als Halvor ergens aan gewend was, was het de catering van overheidsinstellingen. 'Gewend was aan' betekende niet hetzelfde als 'hield van'; integendeel, het betekende in de meeste gevallen 'duur' en 'slecht'. Maar, zoals gezegd: hij was eraan gewend op het politiebureau. Daarom reageerde hij er nauwelijks op dat de ziekenhuiskoffie smaakte als bittere thee en dat de kaas op het broodje eruitzag alsof hij al uren geleden zijn allerlaatste druppeltje vocht had uitgezweet.

Voor Kåre Olsen daarentegen waren zelfgebakken brood, kaas van de dichtstbijzijnde boerderij en vis zo uit de zee dagelijkse kost. Hij kon zijn wantrouwen niet verbergen toen hij zag wat Halvor voor hem had meegenomen.

'Moeten jullie hier echt van leven?'

Halvor knikte.

'Dan begrijp ik wel waarom jullie elke zomer naar Vega vluchten.'

'We hebben hier ook restaurants met twee Michelinsterren.'

'Kunnen jullie je dan veroorloven daarheen te gaan?'

'Nee. Maar ik ken de namen.'

Ze grijnsden allebei. Niet vreselijk grappig, maar het was een begin. Ze moesten allebei over een ongebruikelijke reisrichting en een dom telefoongesprek heen stappen.

'Zullen we beginnen?' vroeg Halvor. Toen zijn vriend knikte, voegde hij eraan toe: 'Jij eerst.'

En Kåre vertelde. Dat hij op Kavlingen een dagboek onder de dakrand had gevonden, dat hij dat in één nacht had uitgelezen en dat hij, uitgaande van het adres, in het bevolkingsregister naar namen was gaan spitten.

'Maar hoe ben je er in vredesnaam achter gekomen dat hij in het Ullevål lag?'

'Dat was simpel. Toen ik naar het pension ging waar hij woont, was zijn kamer verzegeld. Bij Narcotica wilden ze niks zeggen, dus belde ik de rechtbank en sprak met de rechter. Hij liet zich in een bijzin ontvallen dat de verdachte in het Ullevål lag...'

'Zomaar, zonder meer?'

'Ja, maar hij had me wel eerst teruggebeld om te checken of ik echt districtscommissaris in Vega was. Dus ik belde het Ullevålziekenhuis, stelde me voor en vroeg wanneer ik hem kon bezoeken.'

Klein, naïef Noorwegen. Halvor was geschokt.

'Godzijdank dat jíj jacht op hem maakte, en niet iemand met minder edele motieven.'

'Hoe bedoel je?'

'Laat maar zitten.' Halvor wuifde de vraag weg. 'Maar waarom noem je hem Jakob? Hij heet toch Ole Kirkebakken?'

'Tja. Oorspronkelijk heet hij Ole Jakob Kirkebakken. Alleen zijn vader noemde hem Jakob. Toen hij Kavlingen verliet, besloot hij de naam Jakob uit het bevolkingsregister te laten schrappen. Ik weet niet waarom, misschien om zijn vader uit zijn geheugen te wissen. Ik heb er nog niet met hem over gesproken. Hij wilde even pauzeren, zei hij, maar hij wil graag dat ik morgen terugkom.'

Het was even stil, terwijl ze allebei het laatste beetje van de zogenaamde koffie naar binnen slurpten. Kåre huiverend, Halvor schouderophalend.

'Dus nou heb je je moordenaar?' vroeg Halvor.

De districtscommissaris aarzelde. 'Dat weet ik eerlijk gezegd niet. Daar ben ik nog niet erg op ingegaan. Voorlopig hebben we alleen maar gesproken over het dagboek en hun verblijf op Kavlingen. Ik was van plan de dingen van nu af aan volgens het boekje te doen, dus als wij hier klaar zijn, ga ik naar de Nationale Recherche.'

'Ik heb zo'n gevoel dat ze niet dolenthousiast zullen zijn dat je zo lang hebt gewacht.'

Kåre lachte. 'Dat kan me niet schelen. Ze zullen heel lang en heel erg hun best moeten doen als ze een districtscommissaris in Vega uit zijn functie willen ontheffen.'

Halvor glimlachte ook. 'Zeker als hij een zaak heeft opgelost waar ze zelf al een paar jaar mee hebben geworsteld.' Hij keek zijn vriend aan. 'Over niks zeggen gesproken...'

Kåre werd serieus. De inspecteur meende een zwak-roze gloed in het verweerde gezicht van zijn vriend te zien en kon niet nalaten het mes nog een keertje rond te draaien: '... je had ook een heel wat gezelliger plek kunnen krijgen om te logeren dan zo'n onpersoonlijke woontoren aan Holbergs Plass.'

'Tja, jaja.' Kåre staarde zwijgend naar het tafelblad en Halvor wist precies wat er in zijn hoofd omging. Dat verrekte telefoongesprek...

'Ik heb trouwens een sixpack Nils Oscar Good Lager. Die hebben ze tegenwoordig bij de Ultra in Bryn. Het heeft ook voordelen om in de stad te wonen...' Halvor grijnsde schuins en haastte zich eraan toe te voegen: '... maar heel, heel weinig, natuurlijk...'

De lach die volgde had voor hen allebei een diepere betekenis. Toen zei Kåre: 'Ik weet niet hoe lang het bij de Nationale duurt, dus is het goed als ik pas morgen bij jullie incheck?'

17

Oslo, donderdag 6 augustus 2009

Het gebeurde niet vaak dat Halvor twijfelde of hij wel de juiste strategie had gekozen. Het bezoek aan Enger zou beslissend zijn voor de vraag of ze de man konden pakken of niet. Als ze blunderden, zou de zaak tegen de miljonair waarschijnlijk voorgoed in de ijskast worden gezet.

Die verantwoordelijkheid drukte zo zwaar op hem dat hij onderweg iets deed wat hij anders nooit deed: hij oefende zijn aanpak met Bastian. Doorgaans werden de verhoren die hij samen met de anderen van zijn team afnam gestuurd door intuïtie en goede kennis van elkaars sterke en zwakke punten, en ze maakten maar zelden fouten. Maar deze keer was het anders.

Er stond zoveel op het spel dat hij op het punt stond iets te doen wat hij nog nooit had gedaan: ingaan tegen alle regels voor het verzamelen van bewijzen en daar bovendien anderen van zijn team bij betrekken. Wat hij van plan was, was waarschijnlijk een reden voor ontslag, en het veronderstelde daarom ook dat hij voor honderd procent op Bastian kon vertrouwen, en dat deed hij.

Hun tegenspeler was niet de eerste de beste. Yngve Enger was een rijke, machtige opinievormingsmachine met goede contacten tot op hoog regeringsniveau. Als Bastian en Halvor werden ontmaskerd, vooral als het nergens toe leidde, konden ze erop rekenen dat de politie in alle media te kijk zou worden gezet en dat het ministerie van Justitie eraan te pas zou komen.

Aan de andere kant was de kans om op heterdaad te worden betrapt vrij klein en als alles lukte, zouden ze het materiaal dat deze operatie opleverde, nooit hoeven te gebruiken. Daarnaast zouden ze ten volle kunnen profiteren van wat de actie opleverde. Bovendien was hun motief uiterst respectabel, zo niet legaal: waarschijnlijk waren er al tien, twaalf mensen gestorven door klinisch zuivere heroïne en het ging er nu om meer moorden te voorkomen.

Op weg naar boven uit de parkeergarage op Aker Brygge hadden de mannen een onheilspellend gevoel, maar toen ze uit de lift op de derde verdieping stapten, waren ze allebei volledig geconcentreerd op hun taak.

Het futuristische, kille landschap en het uitzicht op de fjord gaven duidelijk aan: wie hier zetelt, is uitermate succesvol. Ook op de dertigjarige dame achter de glazen tafel in de receptie was niets aan te merken. Haar glimlach was welwillend, maar niet té welwillend. Hij leek elk moment naar behoefte afwijzend, belangstellend of uitnodigend te kunnen worden. Het mantelpakje dat de dame een paar jaar geleden aangehad zou hebben, had plaatsgemaakt voor een zeer fraaie spijkerbroek en een laag uitgesneden, wit bloesje met ruches aan de voorkant.

Halvor was verkeerd gekleed en Bastian had de verkeerde huidskleur. De glimlach van de dame was bijna helemaal vervlogen toen Halvor zijn politielegitimatie tevoorschijn haalde. Meteen waren de glimlach en de warmte terug, en de dame stond op.

'Ik zal u voorgaan naar de antichambre,' zei ze zacht.

Tien jaar geleden had Halvor zich in deze welgestelde omgeving ongemakkelijk gevoeld, maar dat was nu niet meer zo. Daarvoor had hij te veel geleerd over de manier waarop grote vermogens soms waren ontstaan. Zijn behoefte om wat te stoken in de zelfvoldaanheid was zo sterk dat hij die niet kon weerstaan: 'Dit is een wat ouderwetse ruimte, hè?'

Halvor merkte tevreden een minuscule tempoverandering in haar tred op. Ze draaide zich niet om, maar vroeg: 'Hoe bedoelt u?'

'Nou ja, is dat ontzettende minimalisme niet een beetje uit? Horen er niet hier en daar wat kleine ditjes en datjes en wat kleuraccenten?'

Ze deed iets wat typerend was voor dertigers: ze gooide haar hoofd in haar nek. De temperatuur van haar stem was ook behoorlijk gedaald toen ze antwoordde: 'Misschien.'

Ze kwamen bij een andere glazen tafel, vlak bij een dubbele deur. Daarachter zat een iets oudere kopie van de dame die hen hierheen had gebracht.

De jongste zei: 'Deze heren hebben een afspraak met Yngve.'

Toen draaide ze zich op haar hielen om en verdween.

Haar erfgenaam vroeg hun plaats te nemen in een bank naast de dubbele deur en zei vrolijk: 'Hij is over vijf minuten klaar. Koffie?'

Allebei maakten ze van de gelegenheid gebruik om het open kantoorlandschap links van hen te bekijken, waar de stemmen van de journalisten en de andere bladenmakers samenvloeiden tot een gelijkmatige, aanhoudende geluidsbrij. Er verstreek bijna een kwartier voordat een laag zoemgeluid op de tafel van de dame aangaf dat Enger klaar was. Ze stond op en gebaarde dat ze mee moesten komen naar de dubbele deur.

Halvor staarde een kantoor in ter grootte van het oppervlak van zijn twee-onder-een-kapwoning in Manglerud. Aan de andere kant, bij de glazen wand waardoor het leek alsof het kantoor ergens in de Oslofjord ophield, zat een man achter een middelgroot bureau.

Halvor had Yngve Enger op tv gezien. Zonder tv-schmink zag je zijn leeftijd beter. Groeven in zijn gezicht en rimpeltjes van zijn mondhoeken naar beneden verraadden dat de man van nature niet helemaal zo blij en vrolijk was als hij op het scherm over het algemeen overkwam. Maar zijn haargrens was nog niet opgeschoven en zijn bril vergrootte zijn blauwe ogen en gaf hem een bijna intellectueel uiterlijk. Met bovendien nog flinke sommen geld op zijn bankrekening kon Halvor zich wel voorstellen dat Enger nog altijd een zekere aantrekkingskracht had op jonge vrouwen. Iets waar hij volgens de geruchten in ruime mate van profiteerde.

De hoofdredacteur keek nauwelijks op toen de beide rechercheurs door de kamer naar hem toe liepen. Rechts stond een grote berkenhouten vergadertafel. Voor het bureau stonden twee iele houten stoeltjes. Niet direct van de goedkoopste soort, maar ze gaven toch duidelijk aan dat Enger niet van zijn gasten verwachtte dat ze er voor de gezelligheid waren.

Toen ze bij het bureau kwamen, stond hij op met op zijn gezicht de glimlach die Halvor zo vaak in de tv-studio's had gezien. De man gaf bovendien blijk van een goede opvoeding door zich met zijn volledige naam voor te stellen terwijl ze elkaar een hand gaven, maar zonder dat het ijdel leek.

'Wat een verrassend verzoek,' opende hij. 'Ik ben vreselijk nieuwsgierig wat u precies wilt.'

'Dank u wel dat u ons op zo korte termijn kon ontvangen,' zei

Halvor voordat hij ging zitten en de mp3-speler omhooghield die hij zoals gewoonlijk tegen kwitantie van het bureau had meegekregen, iets waarvan hij schoon genoeg had; hij wilde er een keer een voor zichzelf kopen.

'Mij best,' zei Enger.

Toen bracht Halvor zijn eerste bom tot ontploffing: 'Een van uw personeelsleden is gearresteerd op verdenking van moord.'

Enger liet hem niet los met zijn ogen terwijl hij weer in zijn draaibare leren fauteuil ging zitten. 'En wat heeft dat met mij te maken?' vroeg hij.

Misschien was hij altijd zo? Ging hij recht op zijn doel af: wat iets kon betekenen voor hemzelf. Halvor bedacht dat het een natuurlijker reactie zou zijn geweest als hij zijn afschuw had uitgesproken en had gevraagd om wie het ging. Maar af en toe was een niet-gestelde vraag net zo interessant als een wel-gestelde.

'Dat weten we niet. Maar we willen zo veel mogelijk over die man weten. We hopen dat u ons daarbij kunt helpen en ons eventueel kunt doorverwijzen naar anderen die meer weten.'

'Om wie en wat gaat het?'

'Kent Willy Nilsen.'

Misschien was de wens de vader van de gedachte, maar Halvor meende dat hij iets van een schok zag. Even was het heel stil. Halvor hoorde de hersens van de man tegenover hem kraken. Waarschijnlijk vroeg hij zich af of het normaal was dat hij als hoogste baas een zo ondergeschikt personeelslid van een dochterbedrijf kende.

Vanuit zijn ooghoeken zag Halvor dat Bastian een arm uitstak om een uitpuilende envelop achter een stapel documenten op Engers bureau te leggen. In de ene hoek was vaag iets zwarts waar te nemen. De timing was perfect, omdat Enger met zijn gedachten heel ergens anders was. Als de hele opzet net zo goed werkte als toen ze hem op Halvors kantoor hadden geoefend...

'Nee, ik geloof niet dat die naam me iets zegt,' zei Enger uiteindelijk. 'Ik kan de man natuurlijk wel een keer hebben ontmoet zonder dat ik het me herinner... Waar werkt hij?'

'Hij is chauffeur bij MediaGevinst.'

Enger lachte een beetje. 'Een chauffeur... Dacht u nou echt dat ik een chauffeur ken van een bedrijf waar ik niet eens elke dag mee werk?'

De man begon net zo onsympathiek te worden als Halvor vermoedde dat hij achter zijn masker van 'charmante nationale opinieleider' was, dus hij zei: 'Ach, hij draagt toch ook een steentje bij aan uw miljoenen?'

De inspecteur keek Enger net zo lang recht in de ogen tot hij er zeker van was dat de dubbele bodem tot hem was doorgedrongen. Dat leek de welwillendheid van de gastheer niet te bevorderen, maar zijn nieuwsgierigheid won het blijkbaar toch.

'En wat… waar wordt die man van verdacht?'

Precies op dat moment zoemde er een mobiele telefoon en Bastian pakte zijn apparaat uit het tasje aan zijn riem. De beide anderen zwegen terwijl hij naar het bericht keek. Toen stond de agent op en zei: 'Ik moet helaas afscheid nemen. Haastklus, lijkt het.'

Zonder Enger nog een keer een hand te geven, verliet hij de kamer. Halvor keek naar Enger, die geen millimeter van zijn plaats was gekomen.

'Ik kan niet in details treden, zoals u natuurlijk begrijpt. Voorlopig zijn we nog maar in het stadium waarin we zo veel mogelijk informatie over de verdachte verzamelen.'

'U weet best dat ik een van mijn journalisten kan laten bellen om erachter te komen waar het om gaat,' zei Enger.

'Dan moet u dat maar doen,' antwoordde Halvor. 'Vraag maar naar commissaris Fridtjof Andersen. Hij onderhoudt het contact met de pers.'

Enger staarde hem kwaad aan. Zijn wraak kwam na een paar seconden bedenktijd: 'Tja, als dat alles was wat u wilde weten, kunt u maar beter uw collega achternagaan. Als het gaat om mensen die deze man kennen, is het vast slimmer om het te proberen waar hij werkt: bij MediaGevinst,' zei hij zuur.

Halvor stond niet op. In plaats daarvan liet hij zijn tweede bom ontploffen: 'Kent u een zekere Irene Wiltze?'

Nu was het geen verbeelding meer; hij zag duidelijk dat de vraag Enger van zijn stuk bracht. Ditmaal nam hij heel veel bedenktijd.

'En wat zou dat ermee te maken hebben?' vroeg de hoofdredacteur ten slotte.

'Geeft u eerst antwoord op mijn vraag, dan beantwoord ik daarna die van u.'

Enger keek hem gelaten aan: 'Ja, ik ken haar. Tevreden?'

'Niet helemaal. Mag ik vragen hoe u haar kent?'

'We hebben korte tijd een relatie gehad. Lang geleden.'

'Hoe lang geleden?'

'Tja… Een jaartje of zo. Maar nu wordt het toch tijd dat u mijn vraag beantwoordt.'

'Irene Wiltze is verdwenen. We zoeken haar al sinds gisteravond, maar zonder succes.'

'Word ik ergens van verdacht?'

'Nee,' antwoordde Halvor. Toen voegde hij eraan toe: 'Irene Wiltze is het laatst gezien in de auto van voornoemde Kent Willy Nilsen. Dus als u en Nilsen elkaar niet kennen, dan hebt u toch in elk geval een gezamenlijke bekende. Kunt u zich dankzij deze informatie misschien iets meer over uw relatie tot Nilsen herinneren?'

Enger klonk geïrriteerd en nerveus. 'Nee, ik kan me nog steeds niet herinneren dat ik een Nilsen ken.'

'Wist u dat Irene Wiltze heroïne gebruikt?'

'Nee.' Hij pauzeerde even. 'Daar schrik ik van. Ze deed het in elk geval nooit toen wij samen waren. Misschien is ze ermee begonnen nadat ik het had uitgemaakt?'

Dat was een onbehoorlijke en misplaatste opmerking, en Halvor zag dat Enger dat zelf ook besefte. Was de man de controle aan het kwijtraken? Halvor liet het echter zonder commentaar passeren.

'Wanneer hebt u Irene Wiltze voor het laatst gezien?'

Het antwoord leek ingestudeerd. 'Dat zal ook ongeveer een jaar geleden zijn, denk ik.'

'We hebben informatie waaruit blijkt dat Irene Wiltze maandagavond nog bij u thuis was, verkleed als schoolmeisje. Wilt u die informatie tegenspreken?'

Engers blik verstarde en hij keek niet meer naar Halvor. In plaats daarvan staarde hij naar zijn bureau, alsof het antwoord zich daar ergens bevond. 'Ik… ik denk dat we nu genoeg met elkaar hebben besproken. Ik geef geen antwoord meer voordat ik met mijn advocaat heb overlegd.'

'U wordt voorlopig nergens van verdacht,' verduidelijkte Halvor.

Yngve Enger keek hem alleen maar aan. Toen kwam er langzaam: 'Ik heb wat onderzoek gedaan voordat u kwam, maar jullie bij de politie zijn waarschijnlijk niet gewend zo onder een vergrootglas te worden gelegd. Uw zus was aan de drugs, hè? Ze is zelfs overleden aan een overdosis heroïne, als ik het goed heb begrepen. Gaat het dáárom? Uw persoonlijke vendetta tegen iemand die rijk is en van wie u denkt dat hij iets met heroïne te maken heeft?'

De aanval kwam als een volkomen verrassing. Halvor bewaarde met moeite zijn kalmte en schoof wat naar voren op zijn stoel, zich ervan bewust dat hij tot nu toe heel weinig over heroïne had gezegd. Engers tirade was dus eerder onthullend dan verhullend.

Maar voordat hij kon antwoorden, stond Enger op en zei: 'Moet ik het ontgelden omdat u een zus had die zo zwak en zo dom was dat ze doodging aan de heroïne?'

Halvor begreep dat de man hem wilde provoceren, maar de waarschuwingsaders in zijn slapen bonsden toch onheilspellend. Om aan iets anders te kunnen denken, pakte hij de mp3-recorder, sprak in dat het verhoor afgelopen was en stak hem in zijn zak. Hij deed zijn best zijn oren te sluiten, maar dat werd moeilijker toen de man om de tafel heen liep en royaal binnen zijn persoonlijke zone ging staan. Daar zei hij: 'Misschien is zij een van de hoeren die ik heb gehad, Heming, wat denkt u? Was zij misschien ook graag een schoolmeisje? O, er gaat niets boven heerlijk jong lamsvlees, hè?'

Toen kwam Halvor Heming voor de eerste keer in zijn leven in het zwarte gat terecht, het gat dat hij zijn hele leven met veel moeite had weten te vermijden.

★

Bastian had geen zin om op de lift te wachten en liep de trappen af naar de begane grond om zich aan zijn 'haastklus' te wijden. Met de timer een sms'je van zijn pc naar zichzelf sturen, was uitstekend gelukt.

Op het plein betaalde hij voor het parkeren en toen ging hij weer andere trappen af naar niveau H. Hij wist niet hoeveel tijd hij had, maar deed zijn best te voorkomen dat hij zonder bereik zou raken. Eenmaal uit de parkeergarage stopte hij rechts een paar meter voor het verkeerslicht en maakte hij verbinding. Hij legde voor de zekerheid zijn legitimatiekaart op het dashboard om te voorkomen dat parkeerwachters of andere nieuwsgierige voorbijgangers vragen zouden stellen. Toen pakte hij zijn mobiele telefoon en constateerde dat hij volledig bereik had.

Afluisterapparatuur van het bureau meenemen was uitgesloten geweest. Geen jurist in de wijde omtrek zou daar toestemming voor hebben gegeven op basis van de flinterdunne bewijzen die ze tegen Enger hadden. De oplossing was dus geweest om gebruik te maken van de oude mobiele telefoon die Halvor nog in de la had liggen en die nog altijd op de automatische beantwoorder kon worden gezet als er iemand belde. Gekoppeld aan een prepaidkaart en een handsfree-uitrusting ving de microfoon geluiden tot op een paar meter afstand op. En dat lag nu allemaal in een witte envelop op Engers bureau.

Er volgde zoals verwacht geen belsignaal in Bastians oor toen hij het mobiele nummer intoetste. Wel hoorde hij onmiddellijk de stem van de mediamagnaat binnenkomen.

'Ha, ha, nou...'

★

'... heb ik je, Heming. Er is geen mens op het politiebureau die een zaak tegen mij durft te beginnen als ik net een pak slaag heb gehad van de recherche-inspecteur.'

Enger grijnsde voldaan terwijl hij over zijn kin wreef. Een kin die duidelijk de sporen droeg van wat er zojuist was gebeurd, zag Halvor. Zelf kon hij zich niet herinneren dat hij de man een klap had gegeven, maar met zijn linkerhand voelde hij dat de huid op de knokkels van zijn rechterhand een beetje loszat. En het deed zeer.

Enger pakte de telefoon en vroeg: 'Wat is het nummer van het politiebureau ook alweer? Of misschien moet ik meteen de dienst bellen die politiezaken onderzoekt, dan krijgen we een zo objectief mogelijk onderzoek van dit geweldsincident.'

Toen voegde hij eraan toe: 'Ik win altijd.'

Na een paar seconden in het zwarte gat was Halvor in een moeras terechtgekomen waarvan hij niet wist hoe hij eruit moest komen. Als Enger de telefoon nu pakte, was de kans groot dat ze verder onderzoek naar hem wel konden vergeten. De juristen zouden zich verliezen in aanklachten en tegenaanklachten, en hijzelf zou meer te maken krijgen met het bureau Interne Veiligheid dan met de dagelijkse praktijk van de afdeling Geweldsdelicten. Hoogstwaarschijnlijk zou hij op non-actief worden gesteld. Wilde hij voorkomen dat Enger ontsnapte, dan moest hij iets doen. Nu.

Enger boog zich voorover om het nummer in te toetsen.

'Eén ding wilt u misschien nog weten, Enger.'

'O? En wat dan wel? Bent u van plan me nu te smeken om geen aangifte tegen u te doen? Een goed woordje te doen voor uw vrouw en drie kinderen?'

Voorlopig was hij nog helemaal niets van plan. Maar hij was blij dat de man geen alarm had geslagen bij zijn secretaresse. Tot nu toe waren er geen getuigen. Nog steeds was het het ene woord tegen het andere.

'Nee, dat was ik niet van plan.' Nog een beetje meer tijd...

Enger wilde het nummer gaan intoetsen.

Toen kwam het. Halvor schraapte zijn keel. Enger keek afwachtend op, met zijn vinger een paar centimeter boven de toetsen.

'U weet misschien dat getuigenverhoren de neiging hebben uit te lekken naar de pers? Dat willen we bij de politie natuurlijk niet, maar... tja, het gebeurt.'

'Nou, en?'

'Ik bedoel: we hebben al een getuige die een vrouw verkleed als elfjarig meisje laat op de avond uw huis heeft zien binnengaan.'

'Nou, en? Ze is toch waarachtig zoveel-en-twintig? Dan maakt het toch niet uit hoe oud ze lijken, verdomme?' Enger richtte zijn aandacht weer op de telefoon.

'Puur juridisch niet, meneer Enger. Maar hoe de pers zo'n getuigenverhoor weergeeft – als het dus uitlekt – is zelfs voor u toch vrij lastig te controleren, niet?' Halvor meende een glimp van onzekerheid in de ogen van Enger te zien, maar dat duurde maar een fractie van een seconde. 'Bovendien moeten we de dame zelf juist daarover natuurlijk een paar vragen gaan stellen als we haar vinden. Ongetwijfeld hebben veel mensen belangstelling voor wat ze daarop te zeggen heeft.'

Halvor zag dat Enger al krantenkoppen aan zijn geestesoog voorbij zag komen als MEDIATYCOON DOL OP KINDEREN en HIJ WILDE ME VERKLEED ALS KIND.

Halvor wachtte even en vervolgde toen: 'Misschien vergis ik me, maar ik denk dat uw positie als nationaal opinieleider door zo'n verhaal kan worden geschaad. Het is zelfs mogelijk dat uw seksuele voorkeuren sommige van uw vele vrouwelijke lezers niet zullen bevallen.'

Enger legde de telefoon weer neer en staarde Halvor aan. 'En hoe gaat u voorkomen dat het uitlekt?' vroeg hij ten slotte.

'Die dan leeft, die dan zorgt,' zei Halvor. Toen draaide hij zich om en liep langzaam en ogenschijnlijk vol zelfvertrouwen naar de enorme dubbele deur om Engers kantoor te verlaten. Hij verwachtte dat Enger elk moment achter hem 'Help, ik word aangevallen!' zou gaan schreeuwen. Pas toen hij voorbij de deur de secretaresse toeknikte terwijl het binnen nog steeds stil was, durfde Halvor voorzichtig te herademen.

★

Op weg naar buiten vroeg Halvor zich af wat Bastian via hun uiterst ongebruikelijke afluisterapparatuur had meegekregen. Toen hij bij de hoofdingang rechtsaf ging, zag hij de auto vijftig meter verderop staan. Exact daar waar ze hadden afgesproken.

Toen hij instapte, begreep Halvor dat zijn ondergeschikte het wist. Bastian had een wat afwachtende uitdrukking op zijn gezicht, maar ook een vage grijns om zijn ene mondhoek. Die grijns zei: 'Ik weet dat je iets verkeerd hebt gedaan, maar hij verdiende het goddomme.' Wat die kennis – én de uiterst onwettige afluisteroperatie waar ze mee bezig waren – voor hun onderlinge relatie zou betekenen, stond nog te bezien. Als het in de praktijk al iets zou betekenen. Halvor voelde met zijn hele wezen dat hij zijn beroepskeuze heel binnenkort moest heroverwegen, nu hij vandaag een aantal ethische grenzen had overschreden. Als ze deze zaak eerst maar tot op de bodem hadden uitgezocht…

Maar Bastian zei niets. Daarvoor was hij te zeer bezig met luisteren naar wat er uit de luidspreker van de mobiele telefoon op het dashboard kwam.

★

'Kom eens hier met die volgevreten reet van je,' was het eerste wat ze de charmante Enger hoorden zeggen, waarschijnlijk in een tele-

foon. Twee tellen later hoorden ze een deur dichtslaan en een onmiskenbaar vrouwelijk 'Ja?'

'Ik heb op alle lijnen die ik ken geprobeerd Gloppen te pakken te
krijgen, maar hij neemt niet op. Zorg dat je hem vindt en dat hij
me op mijn mobiel belt. Onmiddellijk!'

Opnieuw hoorden ze een deur klappen en toen een zacht plofje.
Bastian kon nog net 'Gloppen van MediaGevinst' fluisteren toen
Engers stem weer naar binnen schalde.

'Wat hebben jullie godverdomme met haar gedaan? Nou zit ik tot
over mijn oren in de shit. Ze weten dat ik haar maandag nog heb
gezien.'

Het was een paar tellen stil. Toen kwam Enger weer terug, iets
inschikkelijker: 'Gegarandeerd weg? Jaja, dat is waarschijnlijk beter
dan het alternatief, nu de zaken er zo voor staan.'

Weer een korte pauze en toen: 'Ja, ik begrijp het, maar nu moeten
ze het doen zoals ík het wil. Ze hebben de chauffeur trouwens ook.'
Enger voegde er nog aan toe: 'Dat wilden ze niet zeggen' en toen
nog: 'Goed', waarna ze het geluid hoorden van een telefoon die
werd opgelegd.

Op hetzelfde moment werd er weer gebeld.

'Ben je daar, verdomme? Telefoontjes van mij moet je aannemen,
ook al zit je te schijten op de plee!'

Er volgde weer een korte pauze, waarna Enger zei: 'Zorg dat de
boeken weg zijn. Breng alles naar het magazijn. Nu meteen!'

Na een paar seconden hoorden ze de zware dubbele deur weer
opengaan en klonk er in de verte: 'Ben lunchen!' Ze bleven zitten
en keken in de achteruitkijkspiegels. Niet lang daarna kwam Enger
naar buiten en zagen ze hem over het plein lopen naar het deel van
Aker Brygge waar de restaurants zijn.

Bastian en Halvor keken elkaar aan. Ze hoefden niets tegen elkaar te zeggen om te begrijpen dat het tijd was om van plaats te
wisselen.

Toen Bastian uitstapte om terug te gaan, zei Halvor: 'Die "volgevreten reet" daarboven is natuurlijk zo zenuwachtig dat je waarschijnlijk niet zomaar naar binnen kunt wandelen om een envelop
van Engers bureau mee te nemen.'

'Dat komt wel goed,' zei Bastian beminnelijk. 'Er staat "Bastian
Eide" op de envelop, en "Teleservice" als afzender. Bij alles wat er

over onze financiële toestand wordt geschreven, komt het heel normaal over dat wij zulke oude mobiele telefoons moeten laten repareren.'

'Slim bedacht, Bastian.' De informatie maakte hem een fractie rustiger toen hij koers zette naar MediaGevinst. Maar dat was voordat hij ging nadenken over de woorden die Enger had gebruikt over een vrouw die wel Irene Wiltze moest zijn. 'Gegarandeerd weg' klonk helaas niet als een tijdelijke situatie.

18

Oslo, donderdag 6 augustus 2009

Toen Kristine die ochtend wakker werd, voelde ze zich lichamelijk een stuk beter. Ze had niet meer het idee dat er bij de minste beweging iets in haar begon te bloeden en ze was op eigen kracht naar de wc geweest.

Het had ook geholpen dat het hoofd van de recherche van Asker/Bærum de vorige avond binnen was gekomen met een sleutelkaart die ze maar al te goed kende. Ze werd bijna misselijk toen ze de grote rode M weer zag. De misselijkheid was minder geworden toen ze begreep dat het hoogstwaarschijnlijk betekende dat een van haar overvallers in voorlopige hechtenis zat.

Toen ze bij het doktersbezoek om tien uur melding maakte van haar lichamelijke vooruitgang, kreeg ze de reactie waarop ze had gehoopt: 'Dat ziet er veelbelovend uit. Misschien kunt u vandaag al naar huis, als u wilt. U zult er ook geen blijvend letsel aan overhouden, met uitzondering misschien van...' De dokter vond het blijkbaar moeilijk om door te gaan: '... dat waar we het al over hebben gehad.'

Hij bekeek Kristines gezicht onderzoekend, maar kon de chaos daarachter niet zien: ze was te goed gewend om haar reacties te verbergen. Ze was blij dat de dokter het 'waar we het al over hebben gehad' niet nader had omschreven, zodat ze het zelf ook niet onder woorden hoefde te brengen.

★

Toen hij de Arbinsgate in draaide, kwam hem een Audi Q7 tegemoet. Halvor ving maar een glimp op van een man in pak achter het stuur, maar zijn intuïtie gaf hem in om om te keren en de Løkkevei in te slaan. Een telefoontje naar de centrale bevestigde wat hij al dacht: de auto stond op naam van MediaGevinst. En een auto van de zaak in die categorie kon toch alleen van de directeur zijn.

De SUV reed door de wijk achter het paleis naar de Middelthunsgate en over de Kirkevei, en draaide toen naar de Colosseumbioscoop en verder naar de Fridtjof Nansensvei. Daar hield hij stil voor een gebouw aan de rechterkant. Halvor stopte bij een parkeermeter op vijftig meter afstand. Vandaar had hij goed zicht op wat er voor hem gebeurde.

Gloppen stapte uit en deed de kofferbak open. Even later hield hij een grote, bruine kartonnen doos in zijn handen. In de kofferbak was vaag nog een doos te onderscheiden. Toen liep de man naar een bedrijf waar een bordje hing met CITY SELF-STORAGE.

Dat gaf Halvor de tijd om nog twintig meter door te rijden en zijn mobiele telefoon te pakken. Hij kon een stuk of twintig goede foto's maken toen Gloppen doos nummer twee kwam halen. Toen hij weer terugkwam, was hij blijkbaar klaar, want hij stapte weer in en reed weg. Halvor bleef staan. Na een paar minuten liep hij het opslagbedrijf in. Hij belde Hans Petter: 'Nog nieuws?'

'Alleen dat de TR sporen van cocaïne en heroïne heeft gevonden op de achterbank van Kent Willy Nilsen.'

'Mooi. Dan kan hij er niet meer onderuit. Wil jij Cecilie om een huiszoekingsbevel vragen voor een magazijn aan de Sørkedalsvei dat directeur Gloppen van MediaGevinst huurt?'

'Op basis waarvan?'

Dat was lastig, want hij kon Hans Petter niets vertellen over het onwettig afluisteren, en de officier van justitie ook niet. Toen realiseerde hij zich dat Hans Petter hem zelf het antwoord had gegeven. 'De drugs die op zijn achterbank zijn aangetroffen, bevinden zich daar misschien.'

'Is dat zo?'

'Het is toch niet onlogisch om te denken dat de chauffeur van de koerierauto een nauwe relatie heeft met het bedrijfsmagazijn,' zei Halvor.

'Klinkt een beetje dun,' zei Hans Petter.

'Probeer het maar,' zei Halvor. 'Als het niet lukt, ga je weer praten met Kent Willy Nilsen en ga je na of hij iets zegt wat hem aan dit adres kan koppelen.'

'Oké. Ik meld me weer.'

Halvor had ook heel veel zin om uit te laten zoeken wie Yngve Enger had gebeld om zich te beklagen over de verdwijning van Irene Wiltze. Maar hij wist dat hij niet te ver moest gaan bij de officier; dat was nu eenmaal het nadeel van ongeoorloofd afluisteren.

★

Terug op het politiebureau nam hij even de tijd om voor zichzelf te recapituleren waar de teamvergadering over moest gaan. Toen ze in de gebruikelijke volgorde binnenkwamen – eerst Bastian en Merete, Hans Petter een paar minuten later – dacht hij het overzicht wel te hebben. Maar hij was nog niet zover dat hij iets wilde zeggen over het afluisteren van Enger. Het vermoeden bekroop hem dat wat Bastian en hij hadden gedaan misschien meer problemen had veroorzaakt dan opgelost.

'Laten we eens opsommen wat we weten, dan stellen we ondertussen vragen: we weten zeker dat één verslaafde – de vriend van Lone Slevatn – is vermoord met een dosis 100% zuivere heroïne en we vermoeden dat er nog heel wat meer moorden zijn gepleegd. Hoeveel zullen we waarschijnlijk nooit te weten komen, onder andere omdat het technisch heel moeilijk te bewijzen is…'

'En dat is het geniale van deze moordmethode,' zei Bastian.

Halvor knikte. 'De doses worden gespoten door de slachtoffers zelf. De lijkschouwers kunnen alleen een ongewoon hoge concentratie heroïne in het lichaam vinden. Dus moeten we vertrouwen op de waarnemingen van een paar getuigen die we hebben en zorgen voor bekentenissen. Dat is meestal niet het gemakkelijkste in dit milieu. Tot dusverre hebben we alleen Annelene Busch, die zuivere heroïne van speeddealer Niels Rune Dalsrudjordet doorgaf aan bepaalde mensen. Alles wijst erop dat ze ook voor de rechtbank zal praten, maar ze komt helaas niet als een erg geloofwaardige getuige over. En wie zit er eigenlijk achter Dalsrudjordet, uit wie we tot nu toe nog geen zinnig woord hebben kunnen krijgen?'

'Alsof dat enig verschil zou maken,' merkte Bastian op, maar hij werd genegeerd.

'Persoonlijk ga ik ervan uit dat de koerier van MediaGevinst, Kent Willy Nilsen, er een van is.'

'Waarom dat?' vroeg Merete.

'Omdat hij betrokken was bij de moord op Lone Slevatn. Alles wijst erop dat zij is vermoord omdat ze niet stierf aan een overdosis, zoals de bedoeling was. Nilsen was een van degenen die het werk moesten afmaken. Hij is zelf niet verslaafd en heeft een behoorlijke baan als dekmantel. Als hij deel uitmaakt van de hiërarchie, staat hij gegarandeerd boven Dalsrudjordet.'

'Heb jij een theorie waarom Irene Wiltze is verdwenen?' vroeg Halvor aan Hans Petter.

'Ik ben bang dat ze dood is. Vermoord. Er zijn veel mensen die hebben gezien dat ze met mij meeging nadat we bij Oslo Centraal met elkaar hadden gepraat. Als deze bende dat heeft ontdekt, is een leven hun natuurlijk geen cent waard, dat weten we. Ik kan niet geloven dat ze uit zichzelf is verdwenen.'

'Waarom niet?'

'Omdat ze een dochter van vier heeft. Bovendien is ze... gewoon niet het type.'

Halvor deed alsof die laatste opmerking hem ontging, maar hij zag wel dat Bastian een grijns om zijn mondhoeken had. Zelf was hij niet erg geneigd om te lachen, vooral omdat hij dacht aan de uitdrukking 'gegarandeerd weg', die Yngve Enger had gebruikt en waarover hij Hans Petter niet kon vertellen.

'Oké. Wat de moord op Lone Slevatn betreft, weten we voorlopig niet met wie Kent Willy Nilsen samenwerkte. We mogen wel aannemen dat het zijn taak was om bij het trappenhuis de wacht te houden. Maar wie heeft het mes in haar gestoken? Hebben we iets gevonden wat erop duidt dat zijn gabbers er iets mee te maken hadden?'

Merete schraapte haar keel en zei: 'Ik heb niet veel te vertellen. Maar Rudi Johansen en Billy Krefting hebben de afgelopen jaren allebei een heel laag inkomen gehad. Toch wonen ze heel mooi in Grünerløkka.'

'Vraag SO ze te schaduwen zodra ze daar middelen voor kunnen vrijmaken,' zei Halvor.

Merete keek sceptisch op. 'Zeker weten? Dat is een dure grap op zo'n smalle basis.'

'Ik weet het zeker. We kunnen ons niet veroorloven het niet te doen. Kent Willy Nilsen heeft met iemand samengewerkt en we hebben voorlopig geen andere namen. Als Johansen en Krefting ermee te maken hebben, mag je erop rekenen dat ze hun sporen gaan toedekken zodra ze er lucht van krijgen dat hun maat vastzit. En in dat geval wil ik dat we ze op de hielen zitten.'

Hij keek hen een voor een aan en zei: 'Ik doe morgenochtend een nieuwe poging bij onze tbc-patiënt. Misschien heeft hij gezien wie Nilsen bij de moord op Lone Slevatn hebben geholpen. Ik heb er nu goede hoop op dat hij gaat praten.'

Hij gaf een korte schets van wat er eerder die dag in het Ullevål-ziekenhuis was gebeurd en vertelde dat Kåre Olsen Ole Kirkebak-ken aan het praten had gekregen.

'Dus die kerel heeft zijn vader vermoord,' concludeerde Hans Petter.

'Dat weten we niet. Maar dat is wel de hoofdtheorie van Kåre. Hoe het ook zij, hij en ik gaan er morgenochtend heen, als de Nationale Recherche tenminste geen spaak in het wiel steekt.'

Hij stond op ten teken dat de vergadering was afgelopen. Op hetzelfde moment piepte zijn telefoon. Hij las het bericht, schraapte zijn keel en zei luid: 'Eén ding voordat jullie gaan: Kent Willy Nilsen heeft vier weken voorlopige hechtenis gekregen. De rechtbank is het ermee eens dat hij een waarschijnlijke dader is in de zaak van de bedreigingen en de aanval op Kristine.'

Hans Petter rechtte zijn rug, Merete glimlachte breeduit en Bastian stak zijn duim op.

'Maar er is één kleine domper op de vreugde: Asker/Bærum heeft tijdens het verhoor geen redelijk woord uit de man gekregen.'

'Daar geven ze ons de schuld van,' zei Hans Petter. 'Wij zullen er wel voor hebben gezorgd dat hij zo gesloten is als een oester. Maar ik heb een uur geleden toch iets zinnigs uit hem gekregen.'

Halvor draaide zich om. 'En dat was?'

'Cecilie was niet erg welwillend wat betreft het huiszoekingsbevel voor dat magazijn, dus ik heb weer een praatje met hem gemaakt, zoals je voorstelde. Hij zegt geen woord over de zaken waarvan hij wordt verdacht, maar vragen over zijn werk gaan best. Hij bevestigde zonder meer dat hij een paar keer in het magazijn bij het Colosseum was geweest – om "kantoorspullen te halen", zoals hij zei.'

'Heroïne valt waarschijnlijk niet onder het begrip "kantoorspullen", zei Bastian.

'Denk ik ook niet,' zei Halvor. 'Maar boekhouding is waarschijnlijk niet Nilsens sterkste kant, dus het zal wel niet in hem opkomen dat zulke "kantoorspullen" voor ons minstens even nuttig kunnen zijn als heroïne. Wat zegt Cecilie nu, Hans Petter?'

Bij wijze van antwoord haalde de jonge rechercheur een A4'tje tevoorschijn en legde dat voor Halvor op tafel. Die herkende meteen de handtekening van rechter Haldorsen.

'Mooi. Dat doen Bastian en jij. Praat gerust even met Bror van Economische Delicten, dan geeft hij jullie iemand mee om de boeken eventueel door te nemen.'

Halvor bleef even zitten nadat de anderen waren weggegaan. Met de vragen over Yngve Enger bleef hij voorlopig zelf zitten. Want wat was de relatie tussen Enger, Irene Wiltze en Kent Willy Nilsen – behalve dat de een zijn vriendin was geweest en de ander een werknemer was? Wie had Enger gebeld om zich erover te beklagen dat Wiltze was verdwenen?

Halvor probeerde het met een denkexperiment: als Enger Irene Wiltze vroeger via Nilsen van heroïne had voorzien, zou het natuurlijk fataal zijn als ze dat aan de politie vertelde. Zou Nilsen Enger beschermen door Irene Wiltze om te brengen? Hing het op die manier samen?

Er hing heel veel van af naar wie Enger had gebeld nadat Halvor zijn kantoor had verlaten. Nilsen kon het niet zijn, want die zat bij de politie in hechtenis. Dus moest er een persoon X bij alles betrokken zijn, die Nilsen opdracht had gegeven zich te ontdoen van Irene Wiltze en met wie Enger een directe lijn had. Die X moest de spin zijn, degene die de praktische leiding over het heroïnesyndicaat had en die ervoor zorgde dat de juiste mensen werden vermoord.

Dus wie was X?

★

Het was nog droog toen Halvor het politiebureau verliet en naar zijn auto ging. Maar aan de horizon waren de wolken zo dreigend dat de meldcentrale over een paar uur waarschijnlijk de handen vol zou hebben aan blikseminslagen.

Het weer paste goed bij zijn stemming. Al sinds zijn bezoek aan Enger had hij gemerkt dat zijn zelfanalyseapparaat aansloeg zodra het de kans kreeg. Dat was nu kennelijk het geval, want hij wist niet goed wat hij moest doen. Het was vijf over halfvier en hij kon – en moest – waarschijnlijk naar huis, naar Birgitte en de kinderen.

Aan de andere kant had niemand thuis iets aan een kniesoor van een vader, dus hij kon net zo goed proberen zijn gepieker af te ronden voordat hij naar huis ging. Waar moest hij beginnen? Met het feit dat hij net een van zijn beroepsidealen had verloochend en iemand ongeoorloofd had afgeluisterd bijvoorbeeld? Dat hij geen voorbeeld meer kon zijn voor de anderen in het team, zoals hij hoorde te zijn? Dat hij een toonbeeld van politiegeweld was geworden?

Zonder een duidelijk plan waar hij heen wilde, sloeg hij vanaf de parkeerplaats rechts af. Wat het afluisteren betreft, had hij weliswaar niets anders gedaan dan wat de meeste mensen bij de dienst al vonden dat de politie moest mogen doen. Maar het was zonder toestemming van de rechter-commissaris gebeurd, en daarmee per definitie onwettig. En als iémand de wet zou moeten handhaven…

Dus waarom had hij zichzelf hier toestemming voor gegeven? Op grond van de groeiende verdenking dat Engers onmetelijke rijkdom was gefundeerd op heroïne, dezelfde drug die ooit zijn zus om het leven had gebracht? Of was het de combinatie daarvan en de aanval op Kristine, waarvan hij diep vanbinnen wist dat die op de een of andere manier verband hield met Enger?

Ze waren in zekere zin al gestraft. Als het afluisteren volgens de wet was gebeurd, hadden ze Yngve Enger uren geleden al kunnen oppakken en niet de omweg hoeven maken van de huiszoeking in het magazijn bij de Colosseum-bioscoop. Bovendien hadden ze dan geweten wie hij belde om zijn nood te klagen over de verdwijning van Irene Wiltze. Het ironische was dat met wat ze nu wisten, ze gegarandeerd toestemming hadden gekregen om Enger af te luisteren, maar die informatie konden ze daar dus juist niet voor gebruiken.

In zijn geest zag hij opeens het beeld van Enger terwijl die van de vloer opstond. Vandaag was Halvor voor het eerst in het zwarte gat gevallen, het gat waarvan hij al bang was dat hij erin zou vallen sinds hij twaalf was. Hij had het voor het eerst ontdekt in de tijd dat zijn vader hem voor het slapengaan voorlas uit de verzamelde werken van Kim Il Sung. Op een dag had hij er opeens genoeg van. Maar zelfs toen was hij niet in het gat gevallen; hij had alleen maar gemerkt dat het er was. Die avond had hij geschreeuwd; geschreeuwd tot hij van uitputting in slaap viel, en de volgende morgen was het gat uit het zicht verdwenen. Maar niet uit zijn geest. Sindsdien had hij altijd een heimelijke angst gehad dat hij erin zou vallen. Want wat lag daar op de bodem? Gekte, moord, een TIA, een beroerte, mishandeling van vrouw of kinderen?

Het begon altijd op dezelfde manier: met de grote ader in zijn linkerslaap die hard begon te bonzen. Als het te lang duurde voordat dat minder werd, voelde hij het zwarte gat dichterbij komen. Vandaag was dat dus gebeurd. Hij was gevallen. Het had geresulteerd in een paar seconden geheugenverlies, maar in zekere zin was de ervaring ook een opluchting. Hij was geen moordenaar geworden en hij voelde zich nog altijd min of meer normaal.

Of hij na zoiets echter nog geschikt was als politieman, was een heel andere vraag. Er moest verschil zijn tussen degenen die de wet braken en degenen die hem handhaafden. Veel mensen gaven een of ander 'zwart gat' de schuld als ze bij hem in de verhoorruimte zaten. Vandaag had hij zichzelf aan de andere kant van de tafel zien zitten. Was hij dan nog wel geschikt als wetshandhaver?

Terwijl hij begreep dat hij bij de kern van de vraag was, drong het opeens tot hem door waar hij was. In de Griffenfeldtsgate. Hij was net de Uelandsgate gepasseerd. Toevallig? Vast niet. De file voor hem leek hem niet erg aantrekkelijk, dus hij besloot een achterafweggetje te nemen. Hij sorteerde rechts voor en ging de Kierschowsgate in.

Vijftig meter van de afdeling waar hij moest zijn, vond hij een lege parkeerplaats. Op twee meter van de ingang kreeg hij de eerste regendruppel in zijn nek, slechts enkele seconden voor de eerste donderslag. Maar toen was hij al binnen en zag hij de eerste in het wit geklede patiënten met looprekken en op krukken rondschuifelen.

In de kamer sierde niet meer Kristines donkerblonde haardos het hoofdkussen, maar het grijze, dunne haar van een oudere man. Halvor excuseerde zich, draaide zich om en sprak de eerste de beste verpleegkundige die hij zag aan.

'Kristine Holm? Nee, die is eerder vandaag uit het ziekenhuis ontslagen.'

★

Bij wijze van uitzondering liep het gesprek tussen Bastian en Hans Petter een beetje moeizaam terwijl ze naast elkaar zaten, op weg naar een magazijn in Majorstuen. Ook al waren ze uiterlijk elkaars complete tegenpool, Hans Petter had veel gevoel voor het sarcasme van zijn collega. Dat merkte Bastian, en hij was doorgaans blij als hij dat kwijt kon voor een dankbaar publiek.

Maar nu niet. Niet nu Hans Petter had gevraagd hoe ze dat magazijn hadden ontdekt. Eerst had Bastian gedaan alsof hij aan iets zat te denken wat van groot belang was voor het onderzoek en niet gestoord mocht worden. Toen de man in de bestuurdersstoel het niet opgaf en zijn vraag opnieuw stelde, had hij echter de halve minuut bedenktijd gehad die hij nodig had.

'Halvor ging achter de baas van MediaGevinst aan.'

'Aha,' zei Hans Petter.

En daar was het opgehouden. De vragen en het gesprek. Bastian had weer gedaan alsof hij aan iets belangrijks dacht, terwijl Hans Petter misschien iets driftiger reed dan anders. Zo stonden de zaken ervoor toen ze bij de CITY SELF-STORAGE parkeerden en naar binnen gingen.

De man achter de balie gaf er duidelijk blijk van dat het de eerste keer in zijn leven was dat hij twee politiemannen met een huiszoekingsbevel zag. Met wijd opengesperde ogen en zonder iets te zeggen griste hij een sleutelkaart uit een la en ging hun voor naar box nummer 12.

Die was bijna leeg. Een bureau van een of andere lichte houtsoort, twee kantoorstoelen en twee dozen waren alles wat er stond. Bastian maakte routineus de laden open en zag dat ze zo leeg waren als hij had verwacht. Ze onderzochten snel een van de twee stoelen, zonder dat iets erop duidde dat ze waren gebruikt om heroïne te verstoppen.

'We moeten voor de zekerheid maar een hond laten komen,' zei Hans Petter. Bastian knikte.

Toen pakten ze zonder iets te zeggen allebei een doos en droegen die naar de gang. Ze verzegelden de deur met tape en hingen er een plakkaat op, sloten hem af en namen de dozen mee naar de receptie. Daar gaf Hans Petter de vertegenwoordiger van CITY SELF-STORAGE een kwitantie waarop stond wat ze hadden weggehaald.

Pas toen ze weer op straat stonden, werd er weer iets gezegd.

'Hoe kwam Halvor erop om de baas van MediaGevinst te volgen?' vroeg Hans Petter.

★

Toen Halvor zijn auto in de Hammerstadsgate parkeerde, zag hij dat het bloed nog steeds niet helemaal van het asfalt was gewassen. Hopelijk zou de aanhoudende hevige regen voor de rest zorgen. Hij hoopte dat Kristine de rode vlek niet had gezien. Als ze al naar huis was gegaan; ze kon evengoed bij haar moeder zijn.

Maar zodra hij op de deurbel drukte, wist hij dat ze thuis was. Hij had geen idee hoe dat kwam; het was gewoon zo. Daarom ging hij niet weg toen er na twintig seconden nog steeds geen geluid uit de deurtelefoon kwam. Dus hij drukte nog een keer op de bel. Het duurde weer even; toen hoorde hij plotseling een schrapend geluid uit de luidspreker aan de muur.

'Ja?'

'Ik ben het, Halvor.'

Hij wist niet of de lange wachttijd betekende dat ze geen bezoek wilde hebben, maar op dat moment hoorde hij de zoemer. In de binnentuin verbaasde het hem hoe overwoekerd die was – dit was per slot van rekening het chique Majorstuen – maar hij liep gauw door om niet nat te worden van de regen. De Vereniging van Eigenaren maakte er zeker ruzie om wie de kosten moest dragen. Hoe mooier de gevel...

Haar deur stond op een kier. 'In de kamer,' hoorde hij toen hij de deur achter zich dichtdeed. Hij schudde zijn haar zo goed mogelijk recht en trok zijn schoenen uit. Het soppende geluid dat toen volgde, gaf aan dat zijn sokken natte plekken op de versleten vloer achterlieten.

Halvor was maar één keer eerder bij Kristine geweest, om in te drinken voor een feestje ter gelegenheid van de kerst, vier jaar geleden. Het linoleum op de vloer was duidelijk nog hetzelfde; er zaten een paar gaatjes in en de randen waren hier en daar rafelig. Kristine moest een van de laatste Osloërs zijn bij wie geen enkel stukje houten vloer zichtbaar was.

Hij liep langs de jarenzeventigkeuken met schuifdeuren, formicatafel en houten keukenstoelen. Het viel hem op dat het hele appartement eigenlijk bijzonder spartaans gemeubileerd was. Maar schoon was het wel. Als Halvor het had moeten omschrijven, had hij gezegd dat het de indruk maakte van een tijdelijk huis, ook al woonde ze hier al jaren. En erg minimalistisch was Kristine niet, in elk geval niet op het werk. Het kantoor dat ze met Bastian deelde was uitgerust met foto's en planten, en dat was háár werk, niet dat van haar collega.

Hij zag dat ze de bos bloemen uit het ziekenhuis had meegenomen: hij sierde de drie oude flessenkratten die samen dienstdeden als salontafel. Daarachter lag Kristine op een donkerblauwe stoffen bank, onder een grijs-witte wollen plaid die ze tot vlak onder haar kin had opgetrokken.

Halvor wilde het niet zo pijnlijk laten worden als de vorige keer, dus hij boog zich resoluut voorover en omhelsde haar stevig. Nu stond hij zichzelf ook toe adem te halen terwijl hij dat deed; het kon geen kwaad. Ze rook naar ziekenhuis.

'Heb je pijn?'

'Het is alleen een beetje gevoelig. Ik moet geen abrupte bewegingen maken.'

Ze zag er helemaal niet goed uit. Haar huid was bleker dan de vorige keer en ze had donkere kringen om haar ogen.

'Kan ik iets voor je halen? Een glas water?'

'Nee, dank je. Het is goed zo.' Ze probeerde te glimlachen. Het leek meer op een grimas.

'Komt het weer helemaal in orde met je? Geen blijvend letsel?'

'Ja, hoor.'

Hij merkte dat hij de vraag verkeerd had gesteld. Haar 'ja' kon twee totaal verschillende dingen betekenen. In plaats van het nog eens te vragen, wachtte hij af. Hier zat iets achter. Hij kende deze situatie van talloze verhoren.

Er verstreken een paar minuten; toen begon Kristine over haar hele lichaam te schokken. Ze trilde plotseling als een espenblad.

En dan nog wel tegenover hem, terwijl hij van plan was geweest om zijn eigen hart te luchten.

'Hè toch…'

Nu huilde ze en hij liep om de kratten heen en ging op het kleine, lege plekje bij haar heupen zitten. Hij strekte zijn hand uit en streelde haar over haar schouder.

'Je kunt geen kinderen krijgen; is dat het?'

Hij kreeg geen antwoord, maar het huilen ging over in snikken, en hij streelde haar over haar rug. En wachtte af. Even had hij het gevoel dat hij in een middeleeuws melodrama was terechtgekomen, maar hij had meteen een slecht geweten. Even later werd ze rustiger. Ten slotte probeerde ze te praten. Bij de derde poging begreep hij wat ze zei.

'Ik ben 37, Halvor. Ik hoor mijn eierstokken al jaren rammelen. Misschien is het maar goed ook dat ze in mootjes gehakt zijn, dan hoef ik daar niet meer aan te denken.'

'Is er geen schijn van kans meer, bedoel je?'

'Zo'n kleintje nog.' Ze gaf met duim en wijsvinger aan hoe microscopisch de kans was. 'Misschien. Als ik kunstmatig bevrucht word.'

Wat moest hij zeggen? Hij, die 'kinderen' gezegd zou hebben als ze hem hadden gevraagd wat het allermooiste was wat hij tot nu toe in zijn leven had meegemaakt.

'Kinderen zijn niet het belangrijkste in het leven…'

'Spaar je de moeite, Halvor! Wie liep er dag in dag uit te vertellen over Ole die dit had gedaan of Hanne die dat had gedaan…?'

O god, was hij zo vervelend?

'Je wilde voor de zekerheid zelfs nog een derde kind!'

Halvor reageerde niet. Hij wist niet wat hij moest zeggen.

'Sorry,' zei ze toen. 'Het was niet de bedoeling het op jou af te reageren. Het komt door mijn moeder; die was gisteren in het ziekenhuis helemaal buiten zichzelf. Ze vindt dat je niet kunt leven zonder kinderen. Dat zei ze wel niet rechtstreeks tegen mij, zo slecht is ze niet, maar ze praatte op de gang zo hard tegen de dokter dat het onmogelijk was om haar niet te horen.'

Hij probeerde het nog eens. 'Ik weet niet hoe mijn leven was geweest als ik geen kinderen had gehad, Kristine.' Ze onderbrak hem nu in elk geval niet. 'Maar het gebeurt niet zelden dat ik jaloers ben op mensen die geen kinderen hebben; af en toe denk ik hoe makkelijk het zou zijn geweest zonder...' Ze had die sceptische uitdrukking terug. '... niet dat ik dat meen, maar... nou... ik probeer misschien te zeggen dat het leven veel kanten heeft, en ook veel fijne kanten.'

'Ja, ja.'

'En bovendien zijn er natuurlijk alternatieven, maar daar heb je vast zelf al over nagedacht.'

Ze reageerde niet meteen. Maar de greep om zijn hand werd harder en ze keek hem strak aan.

'Dan moet je het zeggen.'

'Het zeggen?'

'Als je wilt helpen bij de kunstmatige bevruchting.'

O god... Dat meende ze toch niet! Ondanks zichzelf moest hij lachen.

'Nou ja, genoeg daarover,' vervolgde ze. 'Waarom ben je gekomen, Halvor?'

'Nou... ik wilde even zien hoe het ermee was.'

Nu was het haar beurt om te wachten. Hij zat met zijn hand op haar schouder en zijn ogen ergens op de muur gevestigd, terwijl haar ogen de zijne onderzoekend aankeken. Wat jammer nou toch dat ze qua verhoortechniek tot dezelfde school behoorden.

★

'Godverdomme, echt waar? Heeft hij dat echt gedaan?' vroeg Hans Petter. Zijn stemvolume was ongewoon hoog.

Bastian had het opgegeven. Hij hoopte maar dat hun sterke onderlinge loyaliteit het binnen de groep zou houden. De volgende complicatie was het aan Merete te vertellen. Bastian besefte dat haar erbuiten houden een grotere bedreiging van hun saamhorigheid was dan haar vertellen wat er was gebeurd.

Hij keek naar Hans Petter. Het gezicht van de grote blonde man drukte een mengeling van geschoktheid en respect uit.

'Wat een vreselijk goed idee, maar ik had nooit gedacht dat Halvor – uitgerekend Halvor...' Hij stopte. Bastian begreep hoe zijn collega zich voelde. Zijn baas was net van zijn voetstuk gevallen en menselijk geworden.

'We moeten het aan Merete vertellen,' zei Hans Petter gedecideerd.

Bastian knikte en het werd stil. Hij hoopte dat het bij Merete net zo makkelijk zou gaan, maar daar was hij niet zeker van. Toen ze bijna bij het politiebureau waren, vervolgde Hans Petter: 'Het zal een waanzinnig goed gevoel geven om Yngve Enger te pakken.'

'Nou en of.'

Bastian had niet durven vertellen wat Enger in het afgeluisterde telefoongesprek over Irene Wiltze had gezegd. De man naast hem was al voldoende geschokt.

★

Halvor gaf het op. En vertelde. Het duurde even voordat hij alles eruit had gegooid. Toen hij klaar was, zei Kristine een tijdje niets. Maar toen kwam de eerste glimlach, toen de lach en toen schudde ze weer over haar hele lichaam. Halvor begon zich zorgen te maken over haar geestelijke gezondheid en over wat de gevolgen van al dat geschud zouden zijn voor haar verwondingen.

'Wat is er?'

'Alleen…' Ze bleef lachen. Maar eindelijk beheerste ze zich en ze zei met een babystemmetje: 'Alleen dat het arme, kleine Halvorretje een mens blijkt te zijn.'

Hij merkte dat hij kwaad werd. 'Het is helemaal niet grappig.'

Plotseling werd ze ernstig. 'Nee, Halvor? Had je echt gedacht door het leven te komen zonder ook maar één enkele serieuze fout?'

'Ik heb wel vaker fouten gemaakt…'

'Nee, dat heb je niet, Halvor, in elk geval niet voor zover je mij hebt verteld. De fouten waar jij aan denkt, zijn futiliteiten. Voor zover ik weet, heb je nooit echt grote blunders begaan. Wat er nog het meest op leek, was die geschiedenis aan het Østensjøvann. Maar kom, het enige wat je toen in feite deed was een tegenstribbelend klootzakje overeind helpen. Het was toch niet te geloven dat Interne Veiligheid daar een kwestie van maakte.'

Moest ze die drie jaar oude geschiedenis er nou weer bij halen? Die waardoor hij het vertrouwen in haar was kwijtgeraakt omdat ze de ouders van die jongen op uiterst onethische wijze had overgehaald hun aanklacht tegen Halvor te laten vallen?

Ze begreep zoals gewoonlijk wat hij dacht. 'Met wat je bij Enger hebt gedaan, zitten we in zekere zin weer in hetzelfde schuitje, Halvor.' Plotseling gaf ze hem een por in zijn ribben. 'Schuif eens op.' Hij stond op en liep om de tafel heen. Met een zachte kreun boog ze zich over de bank naar beneden. Hij zag haar arm graven naar iets onder in een van de kratten. Toen kwam hij weer boven, ditmaal met iets wat op een foto leek tussen de vingers.

'Hier.'

Hij pakte het aan en keek recht in de scherpe, blauwe ogen van zijn vrouw. Aan weerskanten stonden Ole en Hanne, die paardenbloemen in haar haar staken. Hij had zich al jaren afgevraagd waar die foto was gebleven, of de schoonmaakster hem soms in een aanval van overdreven afstofwoede op de een of andere rare manier van zijn bureaublad had geveegd. Het was nooit in hem opgekomen dat iemand hem bewust had meegenomen – en Kristine al helemaal niet.

'Jij?!'

'Ja.'

Hij bleef alleen maar zwijgend staan, dus ze ging door: 'Ik weet eigenlijk niet waarom ik hem heb meegenomen. Afgunst, jaloezie, verlangen naar een eigen gezin? Ik weet het niet. Het spijt me.'

Hij knikte. Om de een of andere reden was zijn neerslachtigheid als sneeuw voor de zon verdwenen. Hij liep weer om de tafel heen en omhelsde haar opnieuw. Lang.

'Ik moet weer aan het werk. Zorgt er iemand voor je?'

'Ja, hoor. Mijn moeder is onderweg. En bovendien heeft Merete gezegd dat ze vanavond even langs zou komen. Als ze vrij kreeg van je, zei ze.'

'Dat krijgt ze zeker,' zei Halvor. Hij stond op en liep naar de deur. In de deuropening draaide hij zich om om nog even te zwaaien. Kristine had iets van de gloed in haar ogen terug.

'Wil je me een plezier doen, Halvor...'

Hij knikte.

'... en Yngve Enger heel, heel lang opsluiten?'

★

Het was na zes uur toen Bastian over de mappen heen naar de man keek die koortsachtig in stapels papier zat te bladeren. Hij kwam van de afdeling Economische Delicten, droeg de klinkende naam

Olaussen en had een uitdrukking in zijn ogen waarvan Bastian dacht dat die alleen voorkwam bij mannen die klaarkomen.

'Zoiets heb ik nog nooit gezien,' riep de nieuweling enthousiast uit toen hij zijn eerste post 'contante bijdrage' had ontdekt zonder dat er ook maar enig belegstuk voor te vinden was. 'Als ze dit echt op kantoor hadden, moet hun intelligentieniveau...' – het leek of hij een paar seconden nodig had om woorden te vinden die sterk genoeg waren – '... omgekeerd evenredig zijn geweest aan de sommen geld waarmee ze hier werkten.'

Voor de eerste keer sinds hij was gekomen, leunde hij achterover op zijn stoel. Hij had een brede glimlach om zijn mond.

'Of ze waren er zeker van dat ze niet gepakt zouden worden,' zei Hans Petter.

'Dat is denkbaar,' zei Olaussen. 'Maar dat weten ze nooit zeker. Hun boeken kunnen toch elk moment worden gecontroleerd, net als die van alle andere bedrijven.'

Bastian haalde zijn schouders op. 'Oneerlijkheid loont toch,' zei hij half vragend.

'Misschien.' Olaussen zei aarzelend: 'Maar zoiets komt in dit land toch niet zoveel voor?'

Daarmee raakte Olaussen aan de twee dingen die Bastian het meest verafschuwde in zijn landgenoten: dat ze zo naïef waren om te denken dat Noorwegen verschoond was van corruptie, wat flink bezijden de waarheid was, en dat ze er automatisch van uitgingen dat hij met zijn donkere huid ruime ervaring met 'zoiets' had, hoe genaturaliseerd hij als adoptiekind ook was. Aan de andere kant wist Bastian dat er binnen een paar maanden bij Economische Delicten nog wel een paar illusies van Olaussen zouden sneuvelen. Het had weinig zin in te grijpen in de natuurlijke loop der dingen.

'Toch,' zei Bastian, 'denk ik dat we de belastingdienst morgenochtend niet meteen een seintje moeten geven om de boeken van MediaGevinst en Reality te controleren. Wil jij Bror Hanssen vragen of hij een paar man beschikbaar wil stellen, Olaussen?'

Het bewustzijn dat hij pas drie weken bij de afdeling Economische Delicten werkte, leek zich voort te planten naar het gezicht van Olaussen, en hij slikte. Voor de zekerheid keek hij nog een keer naar de 'contante bijdrage', toen vermande hij zich en bracht dun en klein uit: 'Ja, hoor.'

19

Oslo, vrijdag 7 augustus 2009

Het was een bijna slapeloze nacht geweest. Het beetje slaap dat hij had gehad, was voornamelijk gevuld met dromen over Irene Wiltze. Zoals steeds waren haar verleidelijk deinende heupen hem het eerst voor de geest gekomen. Maar deze keer was er iets mis met haar bovenarm. Er stond een spuit in. Die stond er nog steeds toen hij haar even later haar huilende dochter zag uitzwaaien bij het hek in de Tuengenallé. Toen hij wakker werd, was hij verbaasd hoe week hij aan het worden was.

Om zes uur had hij het opgegeven en was hij gaan douchen. Toen hij de badkamer uitkwam, was hij er vast van overtuigd dat hij meer moest doen. Er was een intern opsporingsverzoek naar de politie in het hele land uitgegaan, en het team Vermiste Personen was al met de zaak bezig. Maar hij kon zo niet blijven rondlopen, zonder een vinger voor haar uit te steken – of ze nu dood was of leefde. Als hij nu begon, zou het nog ruim anderhalf uur duren voordat het ochtendoverleg begon.

Dus waar moest hij beginnen? Bij Kent Willy Nilsen. De man had haar dus in de auto gehad. Stel dat ze naar de auto was teruggegaan vlak nadat hij er zelf voorbij was gereden. Wat was er toen gebeurd? Was het de bedoeling dat ze vermoord werd? In dat geval was het moeilijk je voor te stellen dat Nilsen de tijd had gehad om het zelf te doen. Had hij haar dan ergens anders heen gebracht?

Stel dat hij dat had gedaan. Zou dat dan naar een van zijn vrienden zijn geweest, bijvoorbeeld Billy Krefting of Rudi Johansen? Of misschien zelfs naar Yngve Enger? Nee, dat laatste waarschijnlijk niet. Hij kon zich moeilijk voorstellen dat iemand die zo bekend was als Enger het risico zou nemen betrokken te zijn bij een liquidatie. Waren er nog anderen? Niet dat hij wist.

Hij moest zich dus concentreren op Krefting en Johansen. Die werden nu in de gaten gehouden, maar dat was misschien nog niet zo op het moment van Irenes verdwijning. Het probleem was dat ze helemaal niets concreets tegen hen hadden, behalve dure flats en lage inkomens.

★

Merete had een tijdje moeite gedaan om Billy Krefting te volgen. Hij was er vroeg bij geweest: al om halfzeven was hij vertrokken uit zijn flat aan de Thorvald Meyersgate, en daarna was het snel gegaan. Op een Harley 'Fat Boy' was de man geroutineerd tussen vroege medeweggebruikers door en voorbij verkeerslichten gemanoeuvreerd. Zij wachtte nog steeds op groen in de Sandakergate toen ze zijn rug al over de top van de afrit Storosenter zag verdwijnen. Als ze erop uit was geweest, had ze hem al voor drie of vier verkeersovertredingen kunnen pakken, maar nu was ze er vooral op gefocust dat hij niet helemaal uit haar zicht zou verdwijnen.

Op het viaduct over Ring 3 stopte ze, zonder zich iets aan te trekken van het getoeter achter haar. Ze kon zijn motor rechts niet zien tot aan het Sinsen-kruispunt en links niet tot aan het Ullevålstadion. Dus moest ze erop gokken dat hij rechtdoor was gereden richting Kjelsås. Ze maakte tempo op de Grefsenvei. Toen ze de tramhalte Disen voorbij was en de licht hellende bocht in draaide, zag ze hem en zijn motor weer. Hij stond stil op het trottoir, en zat te praten met…

… Rudi Johansen. Laatstgenoemde leek tegen zijn gewoonte in te voet te zijn gekomen. Ze kon niet zien wat ze deden, alleen dat ze heel ernstig keken.

Terwijl ze voorbijreed, piepte het twee keer op haar dashboard. Ze sloeg een zijweg in, reed achteruit terug, liet de wagen langzaam weer naar beneden rollen naar Disen en opende intussen het sms'je. Het was van Hans Petter.

Nog nieuws over Krefting en Johansen? stond er. Ze reikte naar het apparaat om te antwoorden.

★

Ze hebben elkaar net ontmoet in Disen.

Zo vroeg? Wat betekende dat? Hans Petter keek op de klok. Die gaf 06.40 aan. Hij had dus nog een uur en twintig minuten voor het ochtendoverleg. Krefting en Johansen waren dus allebei weg uit hun flat. Zou hij...?

De onrust in zijn lijf gaf hem het antwoord. Hij trok zijn schoenen en zijn overjas aan en vroeg de adressen op bij de centrale. Kreftings flat lag het dichtstbij: maar een paar honderd meter bij hem vandaan zelfs. Hij liep op een draf naar zijn auto, stapte in en accelereerde ongewoon snel de Dælenenggate in. Toen hij er was, stelde hij vast dat hij nog steeds een uur en zeven minuten had vóór de vergadering. Hij vond een parkeerplaats in de Thorvald Meyersgate, stapte uit en liep naar het huizenblok waar Krefting woonde.

Voor de entree bleef hij even staan. Hij merkte dat hij zenuwachtig was. Hij had nog nooit zoiets gedaan. De basiskennis van de politieacademie zat er nog steeds in: je moest een 'redelijk vermoeden' hebben... Maar Halvor had een paar dagen geleden zelf toch ook een paar wetsartikelen overtreden?

De deur ging open. Er kwam een jonge vrouw naar buiten. Was dat...? Nee, dat was ze niet. Ze leek er alleen op. Vlak voordat de deur weer dichtviel, greep hij hem beet en toen was hij binnen.

Hij had meteen het gevoel dat hij moest opschieten en rende de trappen op. De eerste en tweede verdieping vlogen voorbij en toen was hij er opeens. Er waren twee deuren op deze verdieping, één zonder naambordje, de andere met. Op het bordje stond IVERSEN. Daar dus niet.

Op de naamloze deur zat maar één slot. Zou hij aanbellen? Ja. Na de krachtige galm gebeurde er niets. Nog steeds geen geluid binnen. Kon hij het slot kraken?

Het was het ouderwetse type TrioVing. Dat kon hij wel vergeten. Hij moest de deur dus intrappen. Dan zou het niet makkelijk zijn zijn sporen uit te wissen, om nog maar te zwijgen van de andere bewoners, die het lawaai zouden horen en misschien wel de politie zouden bellen... Een excuus? Ja, had hij binnen niet iemand horen roepen? Ook een politieman mocht toch weleens een gewaarwording hebben?

Hij deed tien stappen naar achteren. Toen nam hij een aanloop en stak op het goede moment zijn voet omhoog. Een hevig splintergeluid vertelde hem dat het gelukt was. Het slot was bijna opengebroken, maar hij had nog een trap nodig.

Toen was het gebeurd. Hij ging een klein, donker gangetje in. Hij keek eerst in een slaapkamer aan de rechterkant. Niets. Ook niet in de badkamer. Iets verderop waren de keuken en de kamer. Ook niets. Hij krabde zich op het hoofd. Had hij zijn carrière voor niets op het spel gezet?

Hij liep de keuken in, ging op een van de stoelen bij het tafeltje zitten en constateerde dat Billy Krefting niet de beste afwasser van de wereld was. Bestek en borden van dagen stonden slordig over het aanrecht verspreid.

Toen zag hij een deurtje naast het aanrecht, tegen de buitenmuur aan. Zoiets had hij eerder gezien. Veel oude appartementen hadden een extra kamertje naast de keuken, voor de dienstmeisjes van vroeger. Een keukenalkoof heette dat, meende hij zich te herinneren.

Hij stond op, liep er voorzichtig heen en legde zijn hand op de klink. Toen duwde hij de deur zachtjes open.

★

Billy Krefting en Rudi Johansen hadden een kwartier samen staan praten. Merete had de wachttijd gebruikt om haar collega bij SO, Petter Svendsen, te bellen.

'Heb jij Johansen onder controle?'

'Jazeker. Ik sta honderd meter van hem en Billy Krefting vandaan. Ze lijken iets belangrijks te bespreken te hebben.'

'Heb jij trouwens iemand bij je?'

'Ha, ha. Ik rij al sinds zes uur alleen.'

'Oké. We houden contact.'

Toen ze oplegde, piepte er weer een sms'je binnen. Hans Petter weer. Wat had die zo vroeg nou toch te zeuren?

Dat begreep ze toen ze de inhoud zag. Ze belde Svendsen weer.

'Ze worden toch opgepakt, op verdenking van moord. Misschien hebben ze iets in de gaten, dus ik neem niet het risico op een patrouille te wachten. Waar sta je?'

'In de Grefsenvei, onder hen.'

'Ben je in burger?'

'Ja.'

'Mooi. Dan doen we het zo.' Merete mocht Svendsen al. Dat gevoel werd nog sterker toen hij maar twintig seconden nodig had om te begrijpen waar ze heen wilde.

Even later liep ze precies snel genoeg over het trottoir aan de linkerkant van de Grefsenvei. Ze zag Billy Krefting en Rudi Johansen al aan de rand van haar gezichtsveld, maar was er meer mee bezig te zien of Svendsen aan de andere kant van de straat in tegengestelde richting liep. Dat deed hij. Tot zover alles in orde.

Toen ze dichterbij kwam, zag ze dat Billy opkeek en haar even bekeek. Hij zag haar kennelijk niet als bedreiging en praatte verder met Rudi Johansen. Pas toen ze van richting veranderde en recht op hen af liep, trok ze weer hun aandacht. Het gesprek stokte en ze kreeg een ijzige blik van Billy.

'Neem me niet kwalijk,' zei ze onzeker. 'Weten jullie de weg naar de Lofthusbane?' Vanuit haar ooghoeken zag ze Svendsen de straat oversteken terwijl hij ongemerkt de handboeien in zijn handpalmen klaarlegde.

Johansen en Krefting waren volledig geconcentreerd op Merete, maar alleen Billy Krefting zei iets. Hij ging er blijkbaar van uit dat zijn lengte, zijn Harley-uiterlijk en zijn ijsblauwe ogen haar wel zouden afschrikken. Hij verroerde geen spier in zijn gezicht toen hij een hoofdbeweging maakte en antwoordde: 'Wegwezen!'

Toen waren er twee dingen te horen: het klikken van de handboei die zich om de ene pols van Rudi Johansen sloot en de stem van Merete, die zei: 'Politie. Willen jullie zo vriendelijk zijn met ons mee te gaan?' en ze pakte haar eigen handboeien.

Dat was het zwakke punt van het plan, en het was te laat. Svendsen had Johansen in zijn macht, maar Krefting had zich al op zijn hielen omgedraaid en rende het groene recreatiegebied in.

'Roep versterking op,' riep Merete naar Svendsen terwijl ze de achtervolging inzette.

★

Het eerste wat hij zag, waren twee voeten die elk aan een kant van een smal bed waren vastgemaakt. Hij duwde de deur verder naar binnen en zag twee onderbenen. Die waren helemaal blauw en het kostte hem moeite zijn blik verder naar boven te laten glijden. Daarom concentreerde hij zich volledig op het lokaliseren van haar arm. Hij zag dat die was vastgebonden aan een van de poten van het bed aan de kant van de muur. Toen hij de kamer in liep, was zijn brein zo op de arm geconcentreerd dat hij nauwelijks merkte dat hij tegen een commode op botste. Toen hij bij haar was, legde hij zijn duim voorzichtig op haar hoofdslagader. Er was geen leven te voelen.

Het telefoontje duurde maar een halve minuut. Terwijl hij op de ziekenwagen wachtte, nam hij de vrijheid haar kwetsuren nader te bestuderen. Haar onderbenen waren inderdaad blauw, maar nu zag hij dat ze niet aan één stuk gekleurd waren. Het leken eerder grote blauwe plekken. Was ze geslagen? Gemarteld? Hij voelde woede in zich opkomen, maar dwong zich na te denken over wat hij zag. Haar bovenbenen leken tamelijk onbeschadigd, maar onder haar heupen was het laken op verschillende plaatsen donker van het bloed. Ze was helemaal naakt en hij vroeg zich af waar het bloed vandaan kwam. Uit haar…? Hij durfde niet tussen haar benen te kijken.

Haar bovenlichaam zag er redelijk uit, maar hij meende een brandplek van een sigaret op een van haar borsten te zien. Toen hij ten slotte naar haar gezicht keek, was hij verrast dat hij daar maar één blauwe plek zag. Maar die liep wel van de haargrens aan de linkerkant tot aan haar oor. Waar hadden ze haar in vredesnaam mee geslagen? Het moest iets groots zijn geweest.

Meteen voelde hij zich misselijk. Hij had ergere dingen gezien, maar nooit bij iemand die hij zo graag mocht.

Kon hij iets anders vinden wat belangrijk was? Zijn ogen gingen door de kamer. Op het krukje naast het bed lag een spuit. Die was bepaald niet leeg, maar leek eerder klaar voor gebruik. Waarom dat, als ze toch al dood was?

Hij boog zich voorover om beter te kijken, en meende dat hij in zijn ooghoeken iets zag. Had ze een vinger bewogen? Opnieuw legde hij zijn duim op haar hoofdslagader, maar hij kon nog steeds niets voelen. Hij boog zich over naar haar mond. Voelde hij daar niet een klein zuchtje?

Toen brak hij met alle regels voor een plaats delict. Hij rende de keuken in, pakte het grootste glas dat hij kon vinden en vulde het met water. Toen liep hij terug en gooide het leeg over haar gezicht.

★

Merete zag Billy voor zich uit schuin oversteken naar de tennisbaan, kennelijk omdat dat de kortste weg was naar waar hij zo gauw had bedacht dat hij heen wilde. De deur in het hoge hek stond wijd open en ze begreep dat hij over de baan naar de andere kant wilde.

Ze liep op hem in. Dat 'Billy' een Harley-buikje had ontwikkeld, was duidelijk in haar voordeel. Toen hij bij de tennisbaan kwam, was ze nog maar dertig meter achter hem. Hij draaide zich om, constateerde hetzelfde en veranderde kennelijk van strategie. Hij stopte en ging voor het hek staan.

'Kom maar op,' zei hij grijnzend. Het effect werd natuurlijk gereduceerd door zijn slechte conditie. Dat merkte hij, en hij voegde eraan toe: 'Ik weet hoe ik hoeren moet behandelen.'

Het dreigement had waarschijnlijk 99 van de honderd vrouwen ertoe gebracht te stoppen en er nog eens goed over na te denken. Hij raakte duidelijk in de war toen Merete dat niet deed, maar gewoon doorging. Ze stopte pas toen ze royaal binnen zijn *comfort zone* was.

'Wil je je omdraaien, zodat ik je de handboeien om kan doen?'

Toen de uithaal kwam, was Merete erop voorbereid. In één beweging greep ze zijn onderarm, draaide die op zijn rug en klikte de handboei om zijn pols. Maar voordat ze zijn andere arm te pakken had, had Billy zich weer omgedraaid, en hij probeerde het met een uppercut.

Hij miste haar met zeker tien centimeter, maar nu had Merete er genoeg van. Ze gooide al haar kracht in de stoot in zijn maag en liet die volgen door een knie tegen zijn kin. Hij knikte over het hek en bleef als een zak hangen.

Toen sleepte ze hem naar de paal van het hek en maakte daar de andere kant van de handboei aan vast.

'Ik had je misschien eerst moeten vertellen dat er maar vier mannen op het politiebureau zijn die van me kunnen winnen bij het armpje drukken,' zei ze. Zijn enige reactie was een kleine, zwakke kreun.

Toen slenterde ze terug naar Svendsen en Johansen. De mond van haar collega stond open van verbazing.

'Heb je de gevangenentransportauto opgeroepen?' vroeg Merete.

Svendsen deed verbouwereerd zijn mond dicht en opende hem toen voorzichtig weer: 'Allemachtig... eh... ja.'

Rudi Johansen hield zijn ogen strak gericht op de vrouwelijke brigadier. Blijkbaar benauwd voor wat ze verder nog kon verzinnen, schoof hij in dekking achter de brede rug van Svendsen.

★

Er kwam schot in de zaak. Bastian had net gebeld om te vertellen dat Economische Delicten en hij absoluut reden hadden om MediaGevinst en Reality aan te pakken, en dat dat spoedig zou gebeuren. Daarom kwam hij niet naar het ochtendoverleg. Halvor voelde ervoor om het hele overleg af te gelasten; het was beter om later vandaag bij elkaar te komen, als ze iets meer wisten. Hij vroeg Bastian dat door te geven aan de beide anderen.

Toen draaide hij het nummer van districtscommissaris Kåre Olsen.

'Hoe ging het bij de Nationale Recherche?'

'Ze waren niet blij, maar het ziet ernaar uit dat ze me het wel ooit zullen vergeven. Ik krijg vanmiddag een van hun tactische rechercheurs mee.'

'Waar ben je?'

'Onderweg naar Kirkebakken. Ik wilde wat van de stad zien, nu ik hier toch ben, dus ik ben lopend. Nu kom ik langs... even kijken... het heet hier St. Olavsplass.'

'Kom je vanaf het Holbergsplass?'

'Ja.'

Halvor grinnikte. 'Dan ga je een tikkeltje de verkeerde kant op, Kåre. Blijf waar je bent, dan pik ik je over vijf minuten op en dan ga ik met je mee.'

'Prima.'

Het schoot hem te binnen dat iemand moest weten van het komende mediacircus in verband met de controle op de boeken van Enger; waarschijnlijk moest het bericht helemaal naar de top van de politie – hoe eerder hoe liever. Hij zocht in zijn contacten naar Andersen.

Toen de ziekenwagen kwam, had hij haar net zover dat ze haar hoofd een beetje draaide. De mensen van de ambulance hadden de dosis Naloxone al klaar voordat ze binnenkwamen. Al een minuut nadat die was toegediend, begon Irene weer kleur in haar gezicht te krijgen.

Hans Petter riep het plaatsdelictteam op terwijl het ambulancepersoneel Irene op de brancard legde. Ze was nog steeds versuft, maar ongetwijfeld al een stuk beter. Hij deed de spuit die op het krukje lag in een zakje, verzegelde dat en plakte er een geeltje op waarin hij het plaatsdelictteam vroeg de inhoud met voorrang te onderzoeken.

Toen liep hij naar de ziekenwagen. De chauffeur stond op hem te wachten.

'Omdat het niet duidelijk is welk letsel ze heeft, brengen we haar naar de Eerste Hulp,' zei hij.

'Ik ga mee,' zei Hans Petter, en hij stapte via de achterdeuren in.

Hij ging op een bankje diep in de auto zitten. Om de een of andere reden voelde het heel natuurlijk om haar hand te pakken.

20

Halvor zat juist de beschermingsuitrusting weer aan te trekken toen Bastian belde om te zeggen dat de controle van de boekhouding over een halfuur zou beginnen. Er klonk een vreemde ondertoon in Bastians stem toen hij Halvor voorstelde Hans Petter even te bellen.

Tegen zijn gewoonte in liet de blonde brigadier het signaal vijf keer overgaan voordat hij opnam.

'Nog nieuws, Hans Petter?'

'Ja, dat mag je wel zeggen. Ik ben onderweg naar het Ullevål-ziekenhuis met Irene Wiltze.'

'Godalle...!' Halvor zweeg. Toen ging hij rustiger door. 'Betekent dat dat ze nog leeft?'

'Ja. Als we geluk hebben, is ze binnenkort ook te verhoren.'

Hans Petter vertelde wat hij vanmorgen had gedaan. Halvor voelde een intense tevredenheid door zijn lijf gaan, van zijn tenen omhoog. In de eerste plaats omdat ze een leven hadden gered, in de tweede plaats omdat hij het gevoel had dat Irene Wiltze een belangrijke bijdrage kon leveren. 'We zijn – dat wil zeggen: jij bent – er duidelijk in geslaagd een moord te verhinderen, Hans Petter. Daar mag je trots op zijn.'

Hans Petter was nooit goed geweest in het aannemen van complimenten. Daarom werd het doodstil aan de andere kant van de lijn, en Halvor vervolgde: 'Irene kan dankzij haar connectie met Yngve Enger heel wat interessante waarnemingen hebben gedaan.'

'Beslist.'

'Denk je dat ze wil praten?'

'Ik weet het niet. Maar na wat ze nu heeft doorgemaakt zal haar motivatie wel maximaal zijn.'

'Ja, dat zou je wel denken. Bel me naderhand. Hoe is het met Merete?'

'Zij en een collega hebben Rudi Johansen en Billy Krefting aangehouden. Ze zitten al in een cel. Bastian is samen met Economische Delicten de controle van de boekhouding van Reality en MediaGevinst aan het voorbereiden.'

'Dat laatste weet ik. Dat wordt een gigantisch mediacircus.'

'Gegarandeerd.'

Toen ze ophingen, was Halvor zich pijnlijk bewust van de ene vraag die hij Hans Petter niet had gesteld. Op welke grond was de jonge brigadier het appartement van Krefting eigenlijk binnengegaan? Halvor wist heel goed waarom hij die vraag niet had gesteld.

★

Halvor liet Kåre eerst de ziekenkamer binnengaan. Daar lag Ole Jakob Kirkebakken. Hij glimlachte zijn hele zwarte tandenrij bloot voor de districtscommissaris uit Vega. Zijn glimlach verflauwde aanmerkelijk toen hij Halvor in het oog kreeg.

'Lekker geslapen?' vroeg Kåre.

Na een halve minuut werd de stilte drukkend. Halvor vreesde al dat de man weer in het zwijgen van hun vorige ontmoeting was vervallen. Maar uiteindelijk kwam er toch: 'Waarom heb je hem meegenomen?'

'Hij onderzoekt de ergste misdaden die er ooit in Noorwegen tegen verslaafden zijn begaan. Jij kunt misschien helpen om de verantwoordelijken achter slot en grendel te krijgen.'

Ole Jakob Kirkebakken ging achterover liggen en staarde naar het plafond. En toen naar de muur links van hem.

'Ik hield van Lone,' zei hij met afgewend gezicht.

Halvors hart sprong op terwijl hij wachtte op het vervolg. Dat kwam niet. In plaats daarvan keek Kirkebakken Kåre aan: 'Maar ik wil dit eerst afgerond hebben. Misschien praat ik een andere keer over Lone.'

Kåre liet zich in de bezoekersstoel naast het bed vallen. Andere stoelen waren er niet in de kamer.

'Je kunt levens redden als je nu praat,' zei Halvor.

Voor het eerst zei Kirkebakken iets rechtstreeks tegen hem: 'Ik denk dat ik wel wil praten, maar ik moet er even over nadenken. Laten we dit eerst afmaken.' Hij knikte weer naar Kåre.

'Oké. Bel me als je zover bent.' Halvor legde een visitekaartje op het nachtkastje. 'Ik kom in elk geval maandagochtend. Maar ik wil best eerder komen, desnoods midden in de nacht. Ik heb er genoeg van lijken op te rapen.'

★

Hans Petter herkende het kleine meisje meteen. Ze stond in de deuropening en zwaaide de kamer in met dezelfde beweging als waarmee ze haar moeder een paar dagen eerder had uitgezwaaid in de Tuengenallé. Zelfs en profil kon hij zien dat ze een beetje verlegen lachte. Eerst ging hij langzamer lopen, toen aarzelde hij en ten slotte stopte hij op een paar meter afstand.

Het meisje stopte niet met zwaaien. Pas toen hij achter zich een vrouwenstem hoorde roepen 'Kom nou, Lise Marie!', gebeurde er iets. Het meisje hield onmiddellijk op met zwaaien, liep de kamer in en verdween. Een paar tellen later was ze weer buiten, stopte en zwaaide opnieuw; toen begon ze de gang door te huppelen en te springen, naar hem toe. Ze wierp hem een korte, schuchtere blik toe. De blijdschap tintelde door haar hele lichaam, tot in haar ogen.

Hij had haar niet lichtvaardig verboden meer dan vijf minuten bij haar moeder te zijn na de hel van de afgelopen dagen, maar op dit moment was zijn werk voor zijn gevoel nog belangrijker. Hij liep door. Toen hij de deur om kwam, zag hij haar meteen. Irene Wiltze lag met haar gezicht afgewend, naar het raam, waar een enorme eik zijn best leek te doen om met zijn takken het ziekenhuisgebouw te bereiken. Als ze was opgestaan en het raam had opengedaan, had ze waarschijnlijk bij de eerste uitbottende noten kunnen komen.

Hij vond dat ze er verrassend gezond uitzag, zoals ze daar lag. Van het blauw uit het appartement van Krefting was niets meer over; nu was haar huid zomers bruin en gezond. Als die grote blauwe plek aan de linkerkant van haar gezicht er niet was geweest...

Hoewel hij het antwoord kende, vroeg hij: 'Je dochter?'

Ze draaide zich om en keek hem aan. Weer viel Hans Petter het contrast op tussen haar bruine ogen en haar lichtblonde haar. Misschien blondeerde ze het? Maar hij zag geen spoor van iets donkerders bij de haarwortels.

'Ja.' Ze glimlachte zwakjes. 'Waard om voor te leven.'

Hans Petter bleef even staan zonder iets te zeggen. Toen schraapte hij zijn keel en veranderde van onderwerp: 'Je mag toch wel zeggen dat dit een snel herstel is.'

Nu bekeek ze hem nauwkeurig, alsof het voor het eerst was dat ze hem echt zag. Hij meende een kwetsbaarheid in haar gezicht waar te nemen die misschien een beetje haar rijkeluisarrogantie van hun vorige ontmoetingen moest compenseren.

'Dankjewel,' zei ze.

Hij begreep dat ze niet op zijn compliment doelde. Hij merkte dat zijn gezicht warm werd. Hij probeerde het met een knikje en voegde eraan toe: 'Graag gedaan.'

Hij zag dat ze weer probeerde te glimlachen, maar dat het niet goed lukte. 'Ja, ik hoop het.'

Er was zoveel wat hij haar wilde vragen. Of ze van plan was een ontwenningskuur te gaan doen. Hoe dat zat met haar dochter. Of haar moeder ervan had geweten. Over haar studie. Over... Maar hij zette het van zich af. Daarom was hij hier niet. Hij haalde de envelop die hij onder zijn arm had tevoorschijn en strooide de inhoud voorzichtig op het dekbed. De foto's kwamen op hun kop terecht. Hij zette de mp3-speler op het nachtkastje.

'Ben je er klaar voor?'

Ze knikte.

'Helemaal.'

'Eerst wil ik graag zeggen dat je kidnapper, of hoe we hem ook moeten noemen, nu goed opgeborgen zit in een cel op het politiebureau. Dat geldt ook voor twee mannen met wie hij heel nauw samenwerkte. Nou ja, voor wat het waard is.' Hij schraapte zijn keel.

'Het is heel veel waard.'

'Ik begin met wat voor ons het belangrijkste is om onmiddellijk opgehelderd te krijgen. Als je het aankunt, wil ik graag terugkomen op wat je de afgelopen twee dagen hebt doorgemaakt. Vind je dat goed?' Ze knikte, en Hans Petter pakte de eerste foto.

'Wanneer heb je hem voor het laatst gezien?'

'Maandagavond. Ik ben naar hem toegegaan nadat jij bij me was geweest.'

Hans Petter boog voorover naar de microfoon. 'De getuige heeft Yngve Enger geïdentificeerd als de man die ze maandagavond heeft ontmoet.' Toen draaide hij zich weer naar Irene Wiltze toe. 'Vroeg hij of je wilde komen?'

'Nee. Ik belde hém. Ik moest mijn vertrek even uitstellen toen jij kwam.'

'Waarom belde je Enger?'

'Ik… ik moest naar hem toe.' Ze aarzelde, en hij wachtte. 'Ik was bijna door mijn…'

'Geld heen?'

'Nee.'

'Door je heroïne heen?'

'Ja.'

'Krijg je die van Enger?'

'Ja.' Ze aarzelde weer. 'Dat wil zeggen… eigenlijk niet. Ik krijg heroïne van de mensen die me naar hem toe rijden en weer terug.'

'Wie zijn dat?'

'Ik ken hun namen niet. Maar ik weet zeker dat ik hun gezichten herken.'

'Mooi. Daar kom ik op terug. Maar je hebt dus nooit heroïne van Yngve Enger zelf gekregen?'

'Nee.'

'Hebben Enger en jij een relatie?'

'Niet echt. Wel gehad.' Ze staarde naar het lege bed naast haar. 'Ik heb het vorig jaar uitgemaakt. Je kunt wel zeggen dat hij een soort… klant was geworden of zo.' Ze bloosde.

'Ben je een prostituee?'

'Niet voor anderen, als je dat bedoelt.'

'Heeft Enger het ooit met je over heroïne gehad?'

'Nee. Hij heeft het woord nooit genoemd, en ik ook niet. Het verband was er gewoon impliciet. Ik ging naar hem toe, deed wat hij wilde en dan kreeg ik een zakje van de man die me naar huis bracht. Het voelde zuiverder op die manier. Voor mij ook.'

Die rotzak had er natuurlijk voor gezorgd dat hijzelf nooit met het spul in contact kwam.

'Heb je ooit andere drugs van hem gekregen?'

'Nee, maar toen we samen waren, zwom je op zijn feestjes in de cocaïne. Ik hoefde nooit ergens voor te betalen.'

'Maar je kreeg ook geen cocaïne van hem?'

'Nee.' Toen ze zag hoe hij keek, voegde ze eraan toe: 'Dat is echt zo. Het is raar, nu ik erover nadenk, maar ik kreeg het alleen van anderen, van zijn vrienden.'

'Gebruikte hij zelf?'

'Ik had wel de indruk... Het leek zo. Maar... het spijt me, maar ik kan me niet herinneren dat ik hem ooit een lijntje heb zien snuiven. Nu ik erover nadenk begrijp ik ook wel dat dat bewust zo ging...' Ze pauzeerde even. '... of hij gebruikte echt niks. Misschien werd hij gewoon uit zichzelf zo.'

Stoned van zichzelf, dacht Hans Petter. Het zou hem niets verbazen.

'Bij die autoritten... hoeveel kreeg je dan?'

'Ik weet het niet precies. Ik heb nooit een hoeveelheid gekocht.'

Hans Petter dacht na. Met kleine vragen over hoeveelheid en gebruik konden ze wel tot later wachten. Blijf je richten op Enger, hield hij zichzelf voor.

'Hoe vaak kwam je bij Enger?'

'Twee of drie keer per maand, denk ik.'

'Kreeg je maandagavond ook betaald in heroïne?'

'Nee. De twee in de auto zeiden dat ze niks hadden, maar dat ze contact met me zouden opnemen. Woensdag had ik nog steeds niks gehoord, dus toen belde ik het nummer dat ik had gekregen. Hij zei dat hij meteen zou komen. Ik was op de universiteit, dus daar kwam hij heen.'

Hans Petter pakte een andere foto. 'Was dit de man die toen kwam?'

Ze keek hem verbaasd aan. 'Ja, maar zoals ik al zei: ik weet niet hoe hij heet.'

Hij draaide zich weer om naar de microfoon. 'De getuige heeft Kent Willy Nilsen geïdentificeerd als de man die haar woensdag midden op de dag van de universiteit naar het kruispunt Majorstuen reed.'

Hij draaide de foto van Rudi Johansen om. Ze herkende hem onmiddellijk als de man die altijd naast Nilsen zat in de auto die haar van Enger naar huis bracht.

'Kreeg je heroïne van hem?'

'Nee. Alleen van hem.' Ze wees weer op Kent Willy Nilsen.

'Werd het je overhandigd terwijl Johansen in de auto zat?'
'Jazeker.'

Hans Petter was opgelucht. Dat zou genoeg moeten zijn om ook Rudi Johansen in voorlopige hechtenis te houden.

'Kreeg je heroïne van Nilsen op die rit vanaf de universiteit?'

'Nee. Hij zei dat ik het zou krijgen bij een vriend van hem, dus daar gingen we heen. Dat wil zeggen, eerst hadden we met hem afgesproken in Majorstuen, maar toen we daar waren, kreeg Nilsen een telefoontje dat de afspraak was verplaatst naar Grünerløkka.'

Dat verklaarde in elk geval dat de auto op het Majorstuen-kruispunt was gestopt. 'Kreeg je uitleg?'

'Nee.'

Het werd tijd om met Halvor over Enger te praten. Hans Petter excuseerde zich, ging de gang op en pakte zijn mobieltje. De blijdschap in de stem van zijn baas was onmiskenbaar.

'Heel goed, Hans Petter. Het moet toch ook voor de rechtbank duidelijk zijn dat er verband bestaat tussen het bezoek aan Enger en het feit dat Irene Wiltze op de terugweg heroïne kreeg. Dit is voorlopig genoeg voor mij. Ik ga met de officier praten,' zei hij.

Hans Petter ging weer naar binnen. Het moeilijkste kwam nog.

'Waar reed Kent Willy Nilsen je heen?'

Voor het eerst leek het Irene moeilijk te vallen om antwoord te geven. Haar stem was niet veel meer dan fluisterend toen ze antwoordde: 'Naar een appartement in de Thorvald Meyersgate.'

Hans Petter draaide rustig de foto van Billy Krefting naar haar om. 'Naar hem toe?'

Ze sloot haar ogen. 'Ja.'

'Kun je iets zeggen over wat er toen gebeurde?'

Ze deed haar ogen niet open toen ze antwoordde: 'Hij kwam ons op straat tegemoet. Ik moest mee naar boven komen, naar zijn flat.'

'Ging Nilsen mee naar boven?'

'Nee. Hij reed gewoon door. Dus… dus ik ging mee naar boven. Ik weet nog dat ik me in de gang naar hem toe draaide en dat zijn arm naar me toe kwam, en daarna… weet ik pas weer dat ik aan dat bed vastgebonden was.' Haar ogen waren nog steeds dicht. Hans Petter betwijfelde of ze ze weer open zou doen voordat ze klaar waren met het onderwerp 'Billy Krefting'. Hoewel ze er waarschijnlijk nooit helemaal klaar mee zou zijn.

'Wat wilde hij van je?'

'Ik geloof dat hij opdracht had om me te vermoorden.'

'Waarom denk je dat?'

'Dat zei hij. Hij zei dat ik alleen maar nog leefde door zijn goedheid.' Het laatste woord spuugde ze uit.

'Kun je vertellen wat hij met je deed?'

Ze deed haar ogen weer open, nu bijna smekend. 'Kan dat niet wachten?'

'Dat kan. Maar het zou fijn zijn als je één enkele vraag daarover nu zou kunnen beantwoorden. Heeft hij je verkracht?'

Ze sloot haar ogen weer en draaide haar gezicht af. 'Ja. Vaak.'

'Dan moet ik het ziekenhuis opdracht geven een paar tests bij je te doen. Is dat goed?'

Ze knikte. Hans Petter voelde zich een klootzak.

'Had je hem ooit al eens gesproken?'

'Hij zat een keer met de andere twee in de auto van Enger naar huis. Hij zat naast me op de achterbank en hield zijn hand de hele weg op mijn bovenbeen.'

'Dan nu echt de laatste vraag: heb je Krefting, Nilsen of Johansen ooit weleens gezien? Heb je ze weleens samen met anderen gezien die je kent, bijvoorbeeld?'

Het antwoord verraste hem zo dat hij onmiddellijk aan een sms'je aan Halvor begon.

★

Het telefoontje van Hans Petter had Halvor even het gevoel gegeven dat hij anders alleen in april had, als het zo warm werd dat er bij hem in Manglerud wilde beken langs de stoepranden stroomden. Het zou een waar genoegen zijn om Yngve Enger op te pakken. Vooral omdat het vrijdag was. Ze zouden de man vast pas maandag voor voorlopige hechtenis kunnen voorgeleiden, dus zouden ze hem het hele weekend in de verhoorkamer hebben. Met eventuele beschuldigingen dat de politie hem om tactische redenen op een vrijdag aanhield, kon hij goed leven. Vooral omdat die er niet waren.

Maar voordat hij zo ver ging om een hoofdredacteur in zijn eigen redactielokalen te arresteren, wist hij dat hij een diepgaand gesprek moest hebben met commissaris Andersen en officier van justitie Cecilie Kraby. Toen hij hen had gebeld om hen op de hoogte te brengen, had hij onmiddellijk een arrestatiebevel gekregen én een afspraak met allebei over twintig minuten. Terwijl hij in het politiebureau de trappen op liep, zag hij dat hij er al over drie minuten moest zijn.

Het gebrom in zijn broekzak vertelde hem dat er nog iets loos was. Hij pakte zijn telefoon en zag dat het een sms'je van Hans Petter was. De inhoud daarvan beviel hem veel minder dan het bericht over Enger. Hij bleef even op de trap staan, terwijl hij zich afvroeg wat ze met deze laatste informatie van Irene Wiltze moesten doen. Toen liep hij bijna met tegenzin naar Andersens kantoor.

De commissaris was niet bepaald hartelijk: 'Ik meen me te herinneren dat jij een spoedvergadering had belegd. Dan is het niet best om vijf minuten te laat te komen.'

Halvor had een vermoeden waar die beschuldigende toon eigenlijk aan te wijten was. Andersen vond het bepaald geen prettig vooruitzicht dat hij de pers moest uitleggen waarom de grootste mediatycoon van Noorwegen het weekend in een cel op het politiebureau moest doorbrengen. Als de commissaris van plan was geweest om rechtstreeks van het bureau naar zijn zomerhuis in Larkollen te gaan, kon hij dat wel vergeten.

'Het spijt me, maar er was weer een nieuwe ontwikkeling in de zaak. Ik weet dat vrijdag niet het beste moment is, maar ik heb meer mensen nodig. We moeten nog iemand arresteren. En we hebben bovendien een paar man nodig voor de follow-up in het weekend.'

'Zou je bij het begin kunnen beginnen?' vroeg Cecilie, doorgaans een van de charmantste en leukste vrouwen die hij kende. Nu was ze bloedserieus, zoals altijd wanneer de zaken erom gingen spannen.

Halvor deed wat ze vroeg en eindigde met te vertellen bij welke arrestatie hij zelf aanwezig wilde zijn.

★

Halvor liep zachtjes de stenen trap af naar de onooglijke kelder in de Torggate. De patrouillewagen waarmee hij was gekomen, was van binnenuit niet te zien. De vrouw achter het bureau herkende hem en knikte.

'U weet de weg?'

'Ja, hoor.' Hij glimlachte beleefd. Toen concentreerde hij zich erop de gang in te wandelen. Het voelde vreselijk raar, maar wat Irene Wiltze Hans Petter had verteld, had ervoor gezorgd dat alle brokjes informatie waren samengevallen tot één zo niet fraai, dan toch in elk geval logisch beeld.

Terwijl hij de hoek om liep, botste hij tegen Vivian Thune op. Hij keerde zich naar haar toe.

'Sorry.' Hij stelde vast dat de directeur van De Spreekbuis van de Straat er niet minder fraai uitzag dan toen hij haar drie dagen eerder op Garvangs kantoor had ontmoet. Ook deze keer had ze een donker, nauwsluitend mantelpakje aan.

'Het geeft niet.' Ze glimlachte breeduit, en Halvor begreep waarom de sponsors in de rij stonden om met haar te mogen vergaderen. Ze vervolgde: 'Hoe gaat het met het onderzoek naar de moord op Lone Slevatn?'

Halvor glimlachte terug. 'De goede kant op.'

'Wat brengt u dan hierheen?'

'Ik moet weer even met Kenneth praten. Hij is een goede bron van informatie.'

'Dat is hij zeker. We zouden niet zonder hem kunnen.' Ze hield haar hoofd een beetje scheef. Ze was bepaald charmant. 'Misschien komt het door zijn lengte dat onze cliënten zich bij hem zo veilig voelen.'

Je moest eens weten, dacht Halvor. Hardop zei hij: 'Heeft hij veel rechtstreeks contact met hen?'

'Dat is het voornaamste wat hij doet. Ik ben vaak mee geweest naar zijn besprekingen, bijvoorbeeld als we een uitspraak moesten doen over een behandeling met Subutex. Kenneth en vijf verslaafden zitten dan op zijn vergaderkamer te babbelen alsof ze bij elkaar op de koffie zijn. Maar als ik het waag om iets te zeggen wordt het meestal stil. Dus ik heb me aangeleerd om stil te blijven zitten en Kenneth de show te laten leiden.'

'Dan moet hij toch vrij goed weten wat er hier in de stad op straat gebeurt?'

'Dat is ook zo. Ze vertellen hem echt alles; die indruk heb ik althans. Ik betwijfel of er iemand in het hele land is die het milieu beter kent dan hij.'

… en daarmee ook de markt, dacht Halvor. Hij deed zijn best een zucht in te houden. Het net leek zich, hoezeer het Halvor ook tegenstond, om Garvang te sluiten. Hij had zin om naar de salaris- en arbeidsvoorwaarden van de man te vragen, maar nam aan dat Vivian Thune dan vragen zou gaan stellen. En Bastian had toch al beloofd dat hij tussen de voorbereidingen voor de controle van Engers boekhouding door zou proberen of hij tijd had om naar Garvangs privéfinanciën te kijken.

Halvor wenste Thune een prettig weekend en liep door naar Garvangs kantoor. Voordat hij daar was, hoorde hij de warme, ruwe stem door de gang galmen. Hij stopte instinctief om mee te krijgen wat er werd gezegd: '… dat is geregeld. Ze hebben bericht gehad.'

Pauze.

'Ze beschouwen het als een vervelende zaak. De politie zal zich er waarschijnlijk niet meer druk over maken.'

Weer pauze, en toen: 'Doeg.'

Halvor hoorde dat de hoorn op de haak werd gelegd, deed nog twee stappen en klopte op de halfopen deur.

'Binnen!'

Zelfs terwijl hij in zijn op maat gemaakte kantoorstoel zat, was Kenneth Garvang bijna net zo groot als Halvor.

Hij glimlachte. 'Hallo, ben jij het? Heeft Carlos je een beetje geholpen?'

'Ja, hoor. Het kostte me maar een hamburger.' Waarom maakte hij een praatje? Daarom was hij hier niet.

'Ja, hij is niet zo kwaad; als hij maar iets te eten krijgt,' grijnsde Garvang.

Halvor schraapte zijn keel en zei: 'Ik wil vragen of je mee wilt gaan naar het bureau. We willen met je praten in verband met een zaak die we onderzoeken. Je hebt…' Halvor legde extra nadruk op de volgende woorden, '… op het ogenblik de status van getuige.'

Kenneth Garvang keek Halvor verbaasd aan. 'Nu meteen? Hoe bedoel je? Ik wil altijd meegaan naar het politiebureau als ik kan helpen. Zolang ik mijn zwijgplicht niet hoef te verbreken, natuurlijk.'

'Het is wel iets ernstiger dan het eventueel verbreken van je zwijgplicht', zei Halvor geduldig. 'Ga je mee?'

'Betekent dat dat ik geen keus heb?'

'Inderdaad.'

★

Er waren nog maar nauwelijks lege verhoorruimtes. In 4A zaten Merete en Asker/Bærum met een murwgeslagen, maar zich herstellende Billy Krefting, in 4B zat Hans Petter met Rudi Johansen en in 3C zaten Bastian en Bror Hanssen met Yngve Enger. De baas van MediaGevinst was opgebracht, maar was voorlopig in een lege cel gezet om te wachten. Zelf nam Halvor Kenneth Garvang mee naar een verhoorruimte die hij had mogen lenen op de zevende verdieping, in het hart van het geheime onderkomen van de veiligheidspolitie.

Hoewel zijn schouders onderweg naar het bureau duidelijk wat waren gaan hangen, moest Garvang zijn hoofd intrekken om de ruimte binnen te kunnen gaan. En nu zag hij er een beetje lachwekkend uit achter het dunne formicatafeltje, als een ouder aan een schoolbankje in groep 1.

'Gaat het?' vroeg Halvor, en hij wees naar de stoel.

'Ik ben het gewend.'

Halvor zette de mp3-speler aan en sprak de formaliteiten in. Toen kwam hij meteen ter zake.

'Ken je deze man?' Halvor hield een foto omhoog.

'Ja. Hij is de baas bij onze belangrijkste sponsor, Reality.'

'Heb je hem weleens ontmoet?'

'Ja.' Halvor wachtte en Garvang voegde eraan toe: 'Twee keer. Bij een vergadering over de sponsoring en een keer op een receptie bij hem thuis.'

'Receptie?'

'Ja, hij wilde vieren dat hij hoofdsponsor was geworden. Het huis zat vol contacten van hem, mensen van de pers en alle medewerkers van De Spreekbuis van de Straat.'

'Verder heb je hem nooit ontmoet?'

'Dat geloof ik niet. En hij is beroemd genoeg dat ik het me dan zou herinneren.'

'Heb je hem weleens aan de telefoon gehad?'

'Nee.'

Halvor legde nog drie foto's voor hem neer. 'Ken je deze mensen?'

Het was lang stil. Garvang zuchtte. 'Ja.'

'Wie van hen?'

'Alle drie.'

'In welk kader heb je hen ontmoet?'

'Hem,' – Garvang wees op de foto van Nilsen – 'heb ik ontmoet in het kader van de receptie bij Enger. Hij reed ons van De Spreekbuis van de Straat met een bus heen en weer. En ik heb hem ook een paar keer op ons kantoor gezien. Ik geloof dat hij bode is of zoiets.'

'Heb je hem verder nog weleens ontmoet?'

'Geloof ik niet.'

'Heb je met hem gepraat?'

'Niet meer dan "hallo" en "dag", voor zover ik me kan herinneren.'

'En de andere twee?'

'Eh...' Garvang aarzelde. Hij leek niet veel zin te hebben erover te praten. 'Aan de andere kant van Sankt Hanshaugen een keer.'

'In verband waarmee?'

'Het was eigenlijk... toeval. Ik was op weg naar huis van mijn werk – ik woon zo'n beetje tegenover de molen – en ik zag ze op het gras, samen met een van mijn cliënten.'

'Wanneer was dat?'

'Dat moet dit voorjaar zijn geweest. Eind mei of zo.'

'Waar zaten ze?'

'Als je aan de rechterkant van het park omhoog loopt, is er links een lichte helling met een paar hoge bomen. Onder een daarvan.'

'Heb je ze aangesproken?'

'Ja. Het zag ernaar uit dat mijn cliënt het niet erg naar zijn zin had, dus ik ging erheen en vroeg wat ze aan het doen waren.'

'En wat was het antwoord?'

'Dat het me niet aanging. Dat ik moest maken dat ik wegkwam.'

'En wat deed je toen?'

'Ik zei dat ik niet weg zou gaan zonder mijn cliënt.'

'En toen? Laat me de woorden er nou niet de hele tijd uit moeten trekken.'

'De cliënt bemoeide zich ermee. Hij zei dat hij hun geld schuldig was en dat ik weg moest gaan. Ik vroeg hoeveel geld en ze zeiden vijfduizend kronen. Toen nam ik hem mee en ging weg.'

'Zomaar? Was dat alles?'

'Ja.'

Halvor zweeg even, terwijl hij dacht aan de laatste, vitale informatie die Hans Petter hem had ge-sms't na het verhoor van Irene Wiltze. Hoe zou hij die inbrengen? Hij besloot dat het eenvoudigste hier waarschijnlijk ook het beste was: 'We hebben een getuige die honderd procent zeker weet dat je ze geld gaf. Heb je daar iets op te zeggen?'

Het werd stil. Hij hinkte duidelijk op twee gedachten. Ten slotte zei hij: 'Ik heb ze een eerste betaling gegeven. Weet je...' – hij zag er radeloos uit – '... die cliënt leek doodsbang en ze wilden hem niet laten gaan als ze niks kregen.'

'Hoeveel heb je ze gegeven?'

'Vijfhonderd kronen. In kleine briefjes.'

'Doe je zoiets wel vaker? Dat wordt toch niet vergoed door De Spreekbuis van de Straat?'

'Nee. Op beide vragen. Maar uit het gezicht van de cliënt maakte ik op dat ik hem niet met hen alleen moest laten.'

'Wie was die cliënt?'

Garvang keek hem recht in de ogen en schudde zijn hoofd. 'Kan ik niet zeggen. Zwijgplicht, zie je.'

'Je begrijpt dat je problemen kunt krijgen als je verhaal niet kan worden bevestigd?'

'Maakt niet uit,' zei Garvang, 'beloofd is beloofd.'

Halvor wist wat principes waren. Althans, tot gistermorgen had hij dat geweten. Hij veranderde van onderwerp.

'Je zei net dat je Yngve Enger nooit aan de telefoon had gehad. Hoe verklaar je dan dat jouw telefoonnummer op een lijst staat van zijn telefoongesprekken vanaf 11.37 uur gistermorgen?'

Garvang zag er verbaasd uit.

'Geen idee, echt niet. Ik heb in elk geval geen telefoontje van hem gehad.' Hij dacht na. 'Misschien heeft hij het verkeerde nummer gedraaid, en voordat ik opnam gemerkt dat het het verkeerde nummer was en weer opgelegd?'

'Waarom staat hier dan,' Halvor bladerde door zijn papieren, 'dat het gesprek drie minuten en elf seconden duurde?'

Garvang zweeg. Even leek het alsof een enorm, onzichtbaar slakkenhuis zich om zijn lichaam sloot. De stilte hield aan en Halvor zag geen reden om die te vullen.

Toen leek het alsof het slakkenhuis zich weer terugtrok, en er kwam weer leven in Garvangs gezicht. Maar er was een diepe rimpel tussen zijn wenkbrauwen gekomen.

'Ik begin het te begrijpen,' zei Garvang. 'Bel dat nummer maar eens.'

Halvor begreep niet wat er zich in het hoofd van de man aan de andere kant van de tafel afspeelde. Maar de intensiteit in zijn stem bracht hem ertoe de hoorn van de telefoon op het bureau te pakken en het nummer dat op het papier stond in te toetsen. Er verstreken een paar seconden, toen was de verbinding er en hoorde hij de telefoon overgaan. Vijf keer. Toen werd de standaard-voicemail van Telenor Mobiel ingeschakeld met het verzoek om een bericht in te spreken.

Halvor hing op en keek Garvang aan. 'Geen gehoor.'

Garvang vertrok geen spier. Hij zei alleen: 'En toets nu dit nummer eens in.' Hij noemde een mobiel telefoonnummer. Halvor toetste alle getallen in en begon te begrijpen waar Garvang heen wilde. De seconden verstreken. Toen begon het plotseling te rinkelen in Garvangs jaszak. Halvor legde de hoorn weer neer en vroeg: 'Wie belde ik de eerste keer?'

21

'Dit moet het idiootste misverstand zijn dat ik ooit heb meege-maakt. Wie denken jullie wel dat ik ben? Zou ik me met iets crimi-neels bemoeien? De enige crimineel hier is jouw baas!' snoof Enger.

De enige fysieke verandering die Bastian bij de man had waarge-nomen, was dat zijn haar niet meer zo keurig gekamd was en dat zijn bril een tikkeltje scheef stond. Al sinds het begin van het ver-hoor stelde Enger zich op op een manier waarvoor 'arrogantie' niet alleen een dekkende, maar zelfs de enige juiste benaming was. Minstens even vermoeiend was de advocaat naast hem, die er ken-nelijk van overtuigd was dat de politie niet de geringste reden had om zijn cliënt waar dan ook van te verdenken. De advocaat was gewoonweg onuitstaanbaar: hij onderbrak om de andere vraag door erop te wijzen dat die 'onbetamelijk' of 'suggestief' was en adviseerde zijn cliënt geen antwoord te geven. Zo hoorden advo-caten helemaal niet op te treden als iemand een verklaring aflegde, maar ze hadden heel weinig machtsmiddelen om er iets aan te doen. Tot nu toe hadden ze niet één feitelijke inlichting uit Enger gekregen.

De zaak tegen Halvor was gemeld bij het bureau Interne Veilig-heid en om te benadrukken wie er eigenlijk in zijn stoel had moe-ten zitten, zat de multimiljonair de hele tijd over het piepkleine plekje op zijn linkerkaak te wrijven. Als hij zich dan toch had laten gaan, was het ergerlijk dat Halvor niet wat harder had geslagen, dacht Bastian.

'Als we nu even zouden kunnen afzien van de vermeende aanval tegen u...'

'Vermeend! Er kan toch geen twijfel over bestaan dat...'

Bastian verhief zijn stem flink: '... willen we u graag een paar vragen stellen over uw relatie met Irene Wiltze.'

'Wat wilt u daar in vredesnaam mee bereiken?' vroeg de advocaat.

De brigadier negeerde hem en zei rechtstreeks tegen Enger: 'We willen graag duidelijk hebben of u op de een of andere manier betaalde voor haar bezoeken aan u.'

Enger keek alsof hij het in Keulen hoorde donderen, en zijn advocaat vond blijkbaar – alweer – dat hij moest ingrijpen. 'Wilt u nou echt insinueren dat mijn cliënt gebruik heeft gemaakt van prostituees?'

Enger klopte hem op de schouder en zijn advocaat voegde eraan toe: 'Een ogenblik. Laat me even praten met mijn cliënt.' Toen stonden ze als op commando op en liepen naar de hoek van de verhoorruimte. Daar gingen ze met de rug naar hem toe staan en Bastian ving niet meer op dan wat zacht gemompel. Even later kwam de advocaat terug, ging demonstratief bij de verhoortafel staan en nam de zittende brigadier van top tot teen op.

'Wij hebben niets meer te zeggen. Mijn cliënt laat zich alleen nog verhoren door Interne Veiligheid of door een rechter.'

Enger had een zelfgenoegzame glimlach om zijn mond toen hij zich omdraaide. Bastian begreep heel goed wat Halvor ertoe had gebracht om de man een klap te geven, maar hij was niet van plan in dezelfde val te trappen. Dus toen Enger zijn gezicht vlak voor het zijne bracht en zachtjes fluisterde: 'Maandag ben ik weer een vrij man en dan zal ik jullie aanklagen zodat jullie binnen een week naar de minister van Justitie moeten kruipen om nog een beetje budget te krijgen,' trok Bastian alleen maar zijn schouders op.

'We zullen wel zien,' zei hij. 'We zullen wel zien.' Toen deed hij een beroep op alle wilskracht die hij had, en hij glimlachte.

★

Garvangs ogen leken donkerder te zijn geworden toen hij antwoordde: 'In het begin van de zomer had Vivian het eindelijk voor elkaar gekregen dat haar mobiele telefoon op onze naam werd overgezet, maar toen we de papieren kregen, was ze net voor drie weken op vakantie gegaan. Ik mailde haar en ze vroeg of ik niet voor haar kon tekenen. Dan hoefden we er verder niet meer aan te denken, zei ze. Dat ik bij Nummerinformatie met haar nummer onder De Spreekbuis van de Straat stond, leek me niet zo'n probleem.' Zijn geprononceerde, wild groeiende wenkbrauwen fronsten weer toen hij eraan toevoegde: 'Toen.'

'Waarom ben je zo kwaad?' vroeg Halvor. 'Enger is hoofdsponsor; hij kan toch heel normale redenen hebben gehad om haar te bellen?'

'Omdat ik alléén met haar in bespreking was toen ze dat telefoontje kreeg. Ze zei dat ze het helaas moest aannemen en toen ging ze haar eigen kantoor uit om dat te doen. Als Enger had gebeld over iets wat met de sponsoring te maken had, had ze toch niet weg hoeven te lopen? Bovendien was ze helemaal van slag toen ze na een paar minuten terugkwam. Ze zei dat het ziekenhuis had gebeld en gezegd dat haar moeder ernstig ziek was. En Enger kan toch onmogelijk haar moeder zijn,' riep Garvang haast, waarna hij er iets rustiger aan toevoegde: 'Toen ging ze gewoon weg.'

Garvangs geschokte verbetenheid was oprecht; daar was Halvor van overtuigd. Hij had een aantal controlevragen moeten stellen om de man helemaal buiten verdenking te stellen, maar zijn intuïtie zei hem dat dat niet nodig was. Dus hij stond op, pakte zijn papieren bij elkaar en wenkte Garvang.

'We laten je nog niet helemaal gaan, maar we onderbreken het verhoor. Het zou fijn zijn als je met me meegaat naar mijn kantoor. Waarschijnlijk zal ik je hulp nodig hebben.'

Garvang stond op, maar bleef in de lucht staan staren. Toen deed hij zijn mond weer open: 'Niemand heeft meer overzicht over de zware drugsscene in Oslo dan wij. We praten met iedereen, van kleine dealers die hun eigen verbruik financieren tot de zwaarst verslaafden. We praten met Verslavingszorg en met de politie. Feit is dat onze informatie voor iedereen de perfecte basis zou zijn om de heroïnemarkt over te nemen als je dat zou willen. Ik weiger eigenlijk te geloven dat Vivian aan zoiets mee zou werken, maar...' – zijn stem werd donkerder – 'heel veel van die informatie heeft ze via mij gekregen...'

'Ik heb niet gezegd dat iemand de markt over wil nemen,' zei

Halvor, terwijl het wantrouwen even terugkwam. 'Waarom denk je dat het daarom gaat?'

'Daar heb je met Carlos over gesproken,' zei Garvang, en hij glimlachte een beetje, voor het eerst sinds lange tijd. 'Hij vertelt me bijna alles, geloof ik. Hij was trouwens ook degene die ik daar op Sankt Hanshaugen uit de penarie heb geholpen...' Hij besefte dat hij zich had versproken en keek Halvor onzeker aan.

'Als het waar is wat je me vertelt, hoef ik daar niet met hem over te praten,' zei Halvor.

Garvangs glimlachje was terug toen hij Halvor weer aankeek. 'Carlos vertelt me trouwens elke keer weer hoe je zijn hamburgerbord over het witte pak van die idioot van een ober morste, in de Funksjonær. Ik denk dat je je daar een bron voor het leven hebt bezorgd.'

★

Halvor liep op een drafje door de gang op de derde verdieping. Garvang liep rustig en afgemeten naast hem, kennelijk diep in gedachten. Halvor dacht dat hij wel begreep wat er in hem omging. Hij nam alle gesprekken met en alle rapporten aan zijn directeur waarschijnlijk tot in detail door. Hoe onrechtvaardig dat ook was, hij zou het zichzelf verwijten. De vraag was alleen hoe lang.

Ze gingen Halvors kantoor in en Garvang ging op de bank zitten. Zelf nam de inspecteur plaats achter zijn bureau, pakte de hoorn en toetste een nummer in.

'De Spreekbuis van de Straat, wat kan ik voor u doen?'

'Ja, dag, met Halvor Heming. Kan ik Vivian Thune even spreken?'

'Hier niet. Ze is een uurtje geleden vertrokken en zei dat ze vroeg aan haar weekend begon. Als u haar mobiele nummer hebt, kunt u het daarop natuurlijk proberen.'

'Oké. Dank u wel.'

Halvor hing op en probeerde het mobiele nummer weer. Nog steeds geen gehoor. Hij trommelde met zijn vingers en schudde zijn hoofd naar Garvang. Toen toetste hij een intern nummer in. 'Ik moet een telefoon opsporen. Wil je dat regelen?'

Hij las het nummer voor en hing weer op. 'Ik zal een kop koffie voor je halen,' zei hij tegen de reus op de bank, en hij liep zijn kantoor uit. Bij de koffieautomaat stond Bastian.

'Kijk, daar hebben we de man van wie men zegt dat hij niemand minder dan Yngve Enger heeft neergeslagen. Zijn advocaat en hij zitten daarbinnen te janken omdat jij dat gisteren op zijn kantoor zou hebben gedaan, en Enger wijst dan op een microscopisch blauwrood plekje op zijn linkerkaak. Ik ben toch het grootste deel van de tijd bij dat gesprek geweest en ik heb natuurlijk geen flauw benul waar hij het over heeft.'

Halvor had nog een vage hoop gehad dat de zaak niet aan de orde zou komen als hij Enger door anderen liet verhoren. Terwijl die hoop vervloog, merkte hij dat zijn hoofdpijn stiekem terugkwam. Hij had die koffie nu zelf nodig. 'Kunnen jullie daar niet overheen stappen en praten over dingen die ons onderzoek aangaan?'

Bastian keek even alsof het vertrouwen in zijn chef nu helemaal in duigen viel. Hij ging zachter praten: 'Halvor, je snapt toch wel: ze zitten daar te janken dat ze alleen maar met Interne Veiligheid willen praten. Zolang ze geloven dat er ook maar een klein kansje is dat ze de aanklacht kunnen doorzetten dat jij hem hebt neergeslagen, zegt hij geen boe of bah. Je moet luid en duidelijk ontkennen, anders gaat die zaak de verkeerde kant op. En dat gun ik die man niet!'

Halvor wist dat Bastian gelijk had. Ook hij kon de gedachte niet verdragen dat Enger vrijuit zou gaan en dan in talkshows luidkeels zou vertellen hoe vreselijk hij door de politie was behandeld.

Dus hij zei tegen Bastian: 'Oké.'

Een laatste leugen en dan was het afgelopen. Voor altijd.

★

Officier van justitie Cecilie Kraby stond in de deuropening en wenkte hem haar kantoor in.

'Heb je de zaak nog onder controle?' vroeg ze toen hij was gaan zitten.

'Ik denk het wel,' zei Halvor.

'Heb ik goed begrepen dat je op het ogenblik vijf personen binnen hebt en dat je ze maandagmorgen allemaal voor dezelfde zaak wilt aanklagen?'

'Vier,' zei Halvor.

'Vier?'

'Ja, alles wijst erop dat Garvang er niets mee te maken heeft. Maar het kunnen er in de loop van het weekend best meer worden.'

Cecilie knikte. 'En voor zover ik weet, wil je Johansen en Krefting aanklagen voor dezelfde moord als Nilsen, die al vier weken voorlopige hechtenis heeft gekregen?'

Halvor knikte. 'Dat is in eerste instantie voldoende. We krijgen er bij alle drie heel zeker nog een hoop bij.'

'En Enger wil je hebben voor witwassen?'

'Ja, hem en de baas van MediaGevinst. Het geld is door het hele bedrijf heen gewassen, en de winst is doorgesluisd naar Reality.'

'En hoe hebben we de link tussen de drugsverkoop en MediaGevinst vastgesteld?'

'Wie de betalingen heeft gedaan weten we nog niet. Maar daar komen we in de loop van het weekend gegarandeerd achter.'

'En Enger?'

'Het enige bewijs dat we voorlopig tegen hem hebben, is dat getuige Irene Wiltze herhaaldelijk heroïne heeft gehad als betaling nadat ze hem thuis had bezocht. Weliswaar niet van Enger zelf, maar het komt toch zo dichtbij dat ook een rechter moeilijk kan volhouden dat hij er niet bij betrokken was. Als je de stukken hebt gezien, denk ik dat we het erover eens zijn dat we hem twee weken moeten kunnen vasthouden.'

'Maar kun je een rechtstreeks verband vaststellen tussen Enger en het drugssyndicaat?'

'Ik heb er alle vertrouwen in dat ik de topman daarvan gauw te pakken krijg, of liever gezegd: de topvrouw. Vivian Thune, de directeur van De Spreekbuis van de Straat.' Cecilie trok een wenkbrauw op. 'En wanneer zal dat zijn, denk je?'

'We zijn naar haar op zoek.'

Cecilie leunde achterover in haar stoel en zette haar vingertoppen tegen elkaar. 'Halvor, ik heb mijn gezin laten weten dat ik tot de zitting van de rechter-commissaris, maandag, op dit kantoor zal werken, eten en slapen. Ben je je ervan bewust dat ik als de bliksem een schriftelijk rapport over dit alles nodig heb?'

'Absoluut.' Hij glimlachte. 'Je kunt een heel korte mondelinge versie krijgen van hoe ik de verschillende rollen op dit moment zie.

Maar dat kan snel veranderen, dus dat zal voorlopig niet in het schriftelijke rapport komen te staan.'

'Kom maar op.'

'Ik denk dat Vivian Thune de spin in het web is en Yngve Enger de witwasser, met hulp van de directeur van MediaGevinst. Kent Willy Nilsen, Billy Krefting en Rudi Johansen zijn Thunes naaste handlangers; zij hebben – via anderen – de zuivere heroïne aan geselecteerde gebruikers doorgegeven. Verder hebben die drie hun eigen, veiliger spul gedistribueerd en zitten ze achter de moord op Lone Slevatn en de ontvoering van Irene Wiltze. Bovendien is er veel wat erop duidt dat ze ook de mannen achter de aanval op Kristine zijn, maar dat is niet onze zaak, zoals je weet.'

'Jezus...' Cecilie slaakte de diepste zucht die hij ooit van haar had gehoord. 'We hebben voor zo'n complexe zaak eigenlijk veel meer tijd nodig dan een weekend.'

Halvor glimlachte weer: 'Geef me vijf uur, dan heb je het schriftelijke rapport in handen.'

'Vier.'

Hij was bang geweest dat het er twee zouden worden. 'Goed.'

Cecilie concentreerde zich weer op de stukken op haar bureau en hij stond op en liep naar de deur.

'Heb je je mobieltje de laatste tijd nog bekeken, Halvor?' Hij draaide zich om en ze keek op.

'Nee, dat staat sinds het verhoor op de stille modus.'

'Kijk dan maar eens.'

Hij pakte het. Negentien onbeantwoorde oproepen.

Cecilie knikte. 'Je begrijpt natuurlijk dat de pers erachter is gekomen waar Yngve Enger is. En god mag weten of die jongens van Economische Delicten in staat zijn om in die zee van flitslicht zonder struikelen dozen uit Engers kantoor naar buiten te dragen.'

Hij zag dat ze onder haar blonde haardos kalm en onbezorgd probeerde over te komen. Maar dat was ze niet.

★

Garvang zat nog zwaar na te denken toen Halvor met de kop koffie terugkwam.

'Traag koffieapparaat,' merkte hij op.

'Er gebeurt van alles,' repliceerde Halvor. Hij ging achter zijn bureau zitten en toetste hetzelfde interne nummer in als net. Het antwoord verbaasde hem niet: de mobiel van Vivian Thune was gelokaliseerd in de buurt van een niet onbekend adres in de Torggate.

Als hij zich op het kantoor van De Spreekbuis van de Straat bevond en de vrouw zelf was daar niet, moest Halvor er rekening mee houden dat ze hem was gesmeerd. Hij besloot er niet aan te denken dat hij die ochtend nog op een meter afstand van haar had gestaan. Hij belde Cecilie en vroeg haar ervoor te zorgen dat er een opsporingsbevel naar alle vliegvelden en grensovergangen ging. Hij vond drie foto's van haar op Scanpix, alle drie genomen terwijl ze in gesprek was met een of andere straatverslaafde, en mailde ze naar de officier van justitie. Bovendien stuurde hij een patrouille naar Thunes huis.

Toen keek hij naar Garvang.

'Wil jij eens naar jullie receptie bellen en navragen of haar mobiel op kantoor ligt? Als dat zo is, zorg dan dat ze hem daar laten liggen.'

Het duurde een minuut. Garvang knikte. 'Hij ligt in de bovenste la van haar bureau. Op "stil".'

'Oké. Laten we denken,' zei Halvor. 'Waar kan ze zijn als ze niet op kantoor of thuis is? Heeft ze een man of kinderen?'

'Nee. Ze had liever een van de vrije vogels van Oslo, zoals ze het uitdrukte.' Hij zei het met onmiskenbare ironie. 'Nu begrijp ik pas hoezeer ze dat meende.'

'Vakantiehuis?'

'Ook niet. Ze hield meer van de stad, zei ze. Maar nu vraag ik me natuurlijk af wat ze eigenlijk deed als ze het weekend weg was.'

'Dus je weet niks waar ik iets aan heb?' Ze werden onderbroken door de telefoon. 'Wacht even.'

Het was de patrouille die al op Thunes adres in Frogner was gearriveerd. Het was er leeg en stil.

'Oké, blijf daar totdat er iemand van de recherche is. Als ze opduikt, arresteer je haar.' Hij legde op en keek weer naar Garvang. 'Waar waren we?'

'Er is misschien een plek...' Hij aarzelde. 'Ze heeft het een paar keer over Denemarken gehad en me foto's laten zien van een groot, geel gepleisterd huis. Maar veel meer weet ik er niet van, vrees ik.'

Ze hadden overal gezocht: bij haar thuis, bij vrienden en bij het beetje familie dat ze had. Haar moeder, die kerngezond en hele-maal niet ziek was, vertelde dat ze het graag wilde horen als ze haar dochter vonden, omdat ze haar al meer dan een jaar niet meer had gezien. Vivian Thune was weg, ogenschijnlijk van de aardbodem verdwenen.

Halvor had nog een uur tot de deadline van het rapport voor Cecilie Kraby. Hij was zo ver dat hij een paar trefwoorden had genoteerd voor een soort chronologische volgorde. Hij kon zich maar moeilijk concentreren. De vrees begon in hem te knagen dat ze misschien toch niet genoeg hadden om Yngve Enger in voorlo-pige hechtenis te nemen als ze Vivian Thune niet vonden, ruim voordat het weekend om was. Tot nu toe hadden ze een serie tele-foongesprekken op de meest merkwaardige tijdstippen tussen het tweetal ontdekt, maar Halvor begreep wel dat dat voorlopig kon worden afgedaan als onderdeel van een, zij het uitermate actieve, sponsoring. Het enige waaruit bleek dat de man er tot over zijn oren in zat, was een bewijs dat ze niet konden gebruiken: het ille-gaal afgeluisterde telefoontje van de vorige dag.

Het werd tijd om een knoop door te hakken. Hij raapte zijn no-tities bij elkaar en liep naar Hans Petter, die zijn verhoor van Rudi Johansen even had onderbroken. Die smeerlap was hun sterkste troef tot dusverre: hij had zich in de nesten gepraat over de meeste zaken waarmee ze hem hadden geconfronteerd. Hans Petter dacht dat het slechts een kwestie van tijd was voordat hij alles bekende, maar voorlopig had de man maar twee namen genoemd: die van zijn maten Kent Willy Nilsen en Arne 'Billy' Krefting. Halvor vreesde zeer dat ze van die kant ook niet op een doorbraak met betrekking tot Enger mochten rekenen.

'Hans Petter, kun jij hier binnen een uur een leesbaar rapport van maken?'

De brigadier keek eerst naar Halvors hanenpoten en toen op zijn horloge: 'Als ik in het eerste kwartier die geheime code van je kan kraken, zou het moeten kunnen. Bij meneer Johansen kan ik nog wel een keer terugkomen; per slot van rekening hebben we het hele weekend nog.'

'Mooi. Het moet voor vijf uur bij Cecilie zijn.'

Op weg terug naar zijn kantoor rinkelde de telefoon in zijn zak.

'Ik geloof dat ik beet heb,' hoorde hij aan de andere kant. Hij herkende de stem van Ørnulf uit de groep van de uitgebluste Rasmussen. Ørnulf was nooit te beroerd om over te werken.

'Vertel op.'

'Ik kreeg eindelijk iemand te pakken van Fonnafly op Fornebu. Het lijkt wel of ze juist vandaag half rijkeluis-Noorwegen naar zijn vakantiehuis moeten vliegen. Hoe dan ook, ze hebben om elf uur iemand naar Denemarken gevlogen die heel erg lijkt op Vivian Thune, ook al had ze die naam niet op haar legitimatie staan. Ik heb de piloot gesproken, die net terug was.'

'Heeft hij foto's van haar gezien?'

'Ja, ik heb ze gemaild. Hij weet het voor 99 procent zeker.'

'Geweldig. Geef me het nummer van die piloot maar.'

Nadat hij dat had opgeschreven, liep hij terug naar zijn kantoor, waar Kenneth Garvang nog steeds op de bank zat.

'We hebben de mogelijkheid die jij noemde nu nog bijna als enige over. Zou je het huis in Denemarken herkennen van de foto's die ze je heeft laten zien?'

'Misschien.'

'Dat moet genoeg zijn.'

Halvor belde het nummer dat hij van Ørnulf had gekregen, stelde zich voor en kwam meteen ter zake: 'Wilt u nog een keer naar dezelfde plek in Denemarken vliegen als waar u eerder vandaag bent geweest?'

'Ja, maar dan moet u hier binnen een halfuur zijn. Ik mag niet in het donker vliegen. Bovendien moet ik daar overnachten, dus eten en slapen komen er ook bij.'

'En dat kost?'

'Voor de vlucht alleen wordt dat 14.500 kronen inclusief btw.'

Halvor hoefde niet lang na te denken. Voor dat bedrag moest hij eigenlijk toestemming van Andersen hebben, maar hij was niet van plan die tussen alle telefoontjes van de pers door lastig te vallen.

'Waar zijn jullie heen gevlogen?'

'Naar een watervliegtuigbasis tussen Fredrikshavn en Skagen.'

'Oké. Maak het vliegtuig maar klaar. We zijn er over een halfuur.'

Halvor bestelde een patrouille en probeerde Garvang mee te trekken naar de lift. Dat voelde aan alsof hij een van de beelden in het Frognerpark probeerde te verplaatsen.

'Wacht even, waar gaan we heen?' vroeg Garvang.

'Naar Denemarken. Weet je zeker dat ze nooit een naam, een plaats of een adres heeft genoemd?'

'Niet dat ik me kan herinneren, in elk geval.'

Halvor merkte dat iets in zijn hersenen zich naar zijn bewustzijn probeerde te werken. Iets wat Garvang een tijdje geleden had gezegd, iets wat hem had doen denken aan Skagen. Wat was dat?

'Wat zei je ook weer over het huis waarvan ze je foto's liet zien?'

'Niks bijzonders. Dat het groot en geel gepleisterd was, geloof ik.'

Geel! Dat was het. Waarom deed geel hem aan Skagen denken? Halvor ging achter zijn computer zitten en googelde op 'Skagen' en 'geel'. Al het eerste document gaf hem het antwoord: 'Skagengeel'. Het was gewoon een begrip, iets wat typerend was voor het hele dorp aan de noordkust van Jutland! Hij maakte het document open en vond foto's van de hoofdstraat. Toen vroeg hij aan Garvang: 'Leek het huis hierop?'

'De kleur ziet er in elk geval net zo uit, en het is min of meer dezelfde stijl. De witte kozijnen komen me ook bekend voor. Waar zijn die foto's van?'

'Skagen. En de piloot heeft Thune naar een plaats tussen Skagen en Fredrikshavn gebracht. Het ziet ernaar uit dat we iets hebben.'

Garvang aarzelde niet meer.

22

Oslo/Skagen, vrijdag 7 augustus 2009

Al na een kwartier kreeg Merete de bevestiging van haar vermoeden dat de Deense politie minstens even effectief was als de Noorse: zo lang duurde het om vast te stellen dat er geen Noorse vrouw met de naam Vivian Thune was die onroerend goed bezat in Denemarken. Dat gold ook voor Ingrid Mentzen, de alias die ze bij Fonnafly had gebruikt.

Dus ofwel moest de vrouw nog een schuilnaam hebben ofwel ze huurde het huis. Maar dat laatste uitzoeken zou dagen duren, misschien wel weken. Net als in Noorwegen. Merete vertelde dus maar dat er een Noorse inspecteur onderweg was en dat hij zich waarschijnlijk de volgende ochtend vroeg bij de politie van Fredrikshavn zou melden.

★

De afstand van Oslo naar Skagen was weliswaar kleiner dan die van Oslo naar Bergen en ze koersten erheen met 220 kilometer per uur, maar toch duurde de reis twee uur. Door het lawaai van de motor was het onmogelijk om samen te praten. Geluid, licht en omgeving smolten samen tot een gestage stroom, die Halvor een uitgelezen kans bood om na te denken over wat hij de dag ervoor had gedaan en wat dat voor hem als politieman betekende. Het eerste punt was dat hij in die paar uur schoon genoeg had gekregen van halve leugens en hele regelvergrijpen, en dat van nu af aan alles volledig volgens het boekje zou gebeuren. Het tweede punt, de uitdaging die het onbeheersbare 'zwarte gat' vormde, vereiste heel wat meer denkwerk, en daar besteedde hij dan ook het grootste deel van de vlucht aan.

Maar toen de drijvers van het watervliegtuig de zee bij Skagen doorkliefden, voelde hij zich rustiger dan hij in jaren was geweest. Het idee dat hij nu in zijn hoofd had, was een stuk gezonder dan het plan dat was uitgemond in het afluisteren van Enger.

★

Halvor bedankte Merete in stilte dat ze niet alleen een auto had weten te regelen via het Avis-kantoor in Fredrikshavn, maar ook dat ze hen had overgehaald die naar de watervliegtuigbasis te rijden. Ze hadden een bestelwagen nodig om het grote lijf van Garvang kwijt te kunnen. Maar ook al stond de rugleuning flink naar achteren, toch raakte de man met zijn haar het dak en met zijn knieën het dashboard toen ze door de beboste omgeving van Rijksweg 40 naar Skagen reden.

Garvang zat heel stil, met zijn ogen dicht, maar hij was volkomen wakker. 'Het waren drie gepleisterde huizen, één grote en twee kleine, en ze zagen er alle drie heel nieuw uit,' zei hij langzaam. 'Ik meen me te herinneren dat ik een hoekje van een zwembad zag op het kleine stukje grond tussen de huizen.'

'Als het heel nieuw was, is het waarschijnlijk niet in het centrum,' zei Halvor.

Ze naderden Skagen; er kwamen steeds meer huizen. Halvor begreep waarom zijn uiterst onorthodoxe partner de moed in de schoenen zonk. Gele huizen waren voor Skagen kennelijk wat witte waren voor Risør: het enig zaligmakende als je door je buren geaccepteerd wilde worden.

'Skagengeel,' zei Garvang.

'Wat zag je om het huis heen?'

'Niet veel – alleen maar groen gras. Op de achtergrond stonden een paar hoge bomen.'

'Geen glimp van de zee?'

'Nee.'

'Laten we beginnen,' zei Halvor en hij sloeg links af de Højensvej in naar het zogeheten Gamle Skagen, 'Oud-Skagen', dat helemaal geen oud deel van het dorp was en waarvan eigenlijk niemand goed kon uitleggen hoe die bijnaam was ontstaan. De gemiddelde Deen noemde deze buurt 'Højen', 'de heuvel'.

Garvang zat met zijn neus in het stratenboek dat bij de auto hoorde. 'Linksaf op het volgende kruispunt, dan controleren we die buurt eerst.'

★

Ze hadden anderhalf uur doelloos over kleine villaweggetjes rondgereden en Gamle Skagen, Vesterbyen en Midtbyen afgewerkt. Nu moesten ze Nordbyen en Østerbyen nog doen. Denemarken was inderdaad, zoals het Deense volkslied zegt, een liefelijk land, maar nu werd Halvor bijna misselijk van de kleine, groene tuintjes, gepleisterde huisjes en heggetjes. Twee keer had Garvang hem gevraagd nog een keer extra langs een huis te rijden, maar beide keren was het loos alarm. Het was bijna halftien en tot Halvors frustratie begon het al donker te worden boven Noord-Jutland. Het enige voordeel daarvan was dat al het Skagengeel veranderde in een soort warm oranje.

'Wat doen we als we het huis vinden?' vroeg Garvang.

'Uitzoeken of ze er is en de Deense politie bellen. Ik ben niet bevoegd om hier iemand te arresteren.'

Toen gingen ze door. Halvor vond de stilte tussen hen prettig: licht en ongedwongen.

'Ik verwacht het meest van Nordbyen, dus laten we daar beginnen,' zei Halvor.

Ze hadden de Skarpæsvej gehad en waren net aan de Batterivej begonnen toen Garvang zijn hoofd stootte tegen het dak: 'Daar!' Hij tuurde tussen de bomen aan de rechterkant van de weg door en zag eruit alsof hij zijn eigen ogen niet geloofde. 'Daar moet het zijn.'

Halvor stopte en keek ook die kant op. Tussen de bomen door kon hij inderdaad een groepje gele huizen zien, maar hoe Garvang zo zeker kon zijn dat dit de goede plek was, ging zijn verstand te boven.

Garvang interpreteerde zijn sceptische gezichtsuitdrukking goed: 'Ik kan er niet precies de vinger op leggen wat het is, maar het komt me heel bekend voor.'

Halvor zette de auto zachtjes weer in beweging, zodat niemand zich zou afvragen waarom iemand op die plek stopte. Hij reed honderdvijftig meter door, langs een rij lage bomen die heel dicht langs de weg stonden, en draaide toen een halfverhard weggetje naar rechts in. Daar parkeerde hij ruim op het gras naast de weg.

Het was nu bijna helemaal donker, en daar was Halvor heel blij mee. Als het het goede huis was, was het ideaal gelegen. In de eerste plaats zou het in het donker makkelijk zijn om licht te zien branden en bewegingen binnen waar te nemen. In de tweede plaats zou het heel moeilijk zijn Garvang verborgen te houden in een gewone villabuurt, maar hier kon hij ongemerkt tussen de hoge beuken door glippen.

Halvor keek sceptisch naar het weliswaar verbleekte, maar toch nog witte T-shirt van de grote man toen ze uitstapten. Zelf had hij zijn gebruikelijke donkere spijkerbroek en een grijze trui met lange mouwen aan. Hij zou niet makkelijk te zien zijn.

'Als die zwarte plunjebaal die je de hele tijd al meesleept een jack is, is het vast slim als je dat nu aantrekt.'

Garvang knikte en boog zich naar de achterbank. Toen hij weer opstond en de buidel uitrolde, zag Halvor dat het geen jack was, maar een lichte zomerjas. Als Garvang niet in de buurt was, zou je het zomaar kunnen aanzien voor een niet-opgezette *lavvu*, een Samische nomadentent.

Zonder nog meer te zeggen liepen ze langs het hek aan de achterkant van de bomen naar de weg. Algauw waren ze bij de struiken en Halvor twijfelde er niet langer aan dat er binnen licht brandde. Maar het was niet sterk en voor het eerste raam zag hij dat de gordijnen dichtgetrokken waren. Ten slotte stonden er nog maar twee of drie bomen tussen hen en het grootste huis, maar van waar ze stonden konden ze niet in de tuin tussen de huizen kijken.

'Zeker?'

'Zo goed als,' fluisterde Garvang terug. 'Maar ik wil heel graag ook het zwembad zien.'

Halvor bestudeerde de huizen. Het leek alsof de open ruimte tussen de huizen het grootst was als ze linksom liepen. Het nadeel was dat ze dan over open terrein moesten lopen. Maar een klein, met gras bedekt heuveltje voor het huis zou mogelijk enige vorm van beschutting kunnen bieden. Hij schatte de hoek van achter de heuvel in en berekende dat ze, als ze daarachter wegkropen, waarschijnlijk alleen konden worden gezien vanuit de zolderramen van het hoofdhuis. Die waren donker en niets wees erop dat zich daar iemand bevond.

Halvor wees, Garvang knikte en de inspecteur liep naar de boom die het dichtst bij het heuveltje stond. Er was drie meter open terrein voordat ze daarachter waren. Dat risico moesten ze nemen; vanuit een verlichte kamer zou het donker buiten sowieso een vormeloze massa lijken.

Halvor ging op de grond liggen en kroop zo snel hij kon over het open terrein. De manoeuvre duurde maar een paar seconden. Hij ging languit liggen in het nog warme zand en constateerde dat hij alleen het bovenste deel van het dak van het hoofdhuis kon zien. Dus was hij niet meer te zien.

Hij voelde de grond licht beven en begreep dat Garvang achter hem aankwam. Maar terwijl hij zich omdraaide om de bevestiging daarvan te krijgen, lag de hele tuin opeens onaangenaam in de schijnwerpers. En Garvang was met dat hele lijf van hem nog op het open terrein.

23

'Het moet minstens een jaar geleden zijn dat ik je die foto's heb laten zien. Ik dacht dat je het je niet zou herinneren, maar daar heb ik me blijkbaar in vergist. Ik heb je nooit verteld dat het in Skagen stond.'

De vrouwenstem klonk helemaal niet prettig en zacht, zoals op het kantoor van De Spreekbuis van de Straat. Nu was hij scherp en schel. Maar Halvor herkende hem toch als die van Vivian Thune.

Garvang was gaan staan en stond met zijn voeten vlak bij Halvors hoofd. Laatstgenoemde kon helemaal niets zien van wat er voor hem gebeurde en als hij zijn hoofd maar een paar centimeter optilde, zou hij worden ontdekt. Garvang leek hetzelfde te denken, want hij deed aarzelend een paar stappen naar voren.

'Blijf staan! Ben je alleen?'

Garvang stopte en Halvor begreep dat ze waarschijnlijk iets in handen had wat haar de nodige autoriteit gaf tegenover de man die voor haar stond. Het kon geen mes zijn, want dat had hij haar zo kunnen afpakken. Dus was het waarschijnlijk een schietwapen. Dat verslechterde hun kansen.

'Ja.' Het antwoord van Garvang kwam prompt. Geloofwaardig.

Er viel een pauze. Halvor nam aan dat dat kwam omdat ze het terrein afzocht om te zien of het klopte wat hij zei. Hij wist dat ze elk moment een paar stappen naar voren kon doen en zijn hielen in het oog kon krijgen. De enige oplossing leek te zijn om geluidloos ergens dekking te zoeken, hoe eerder hoe liever. Maar om hem heen waren alleen zand, kleine steentjes en graspollen, en hij begreep dat dat onmogelijk was.

Hij staarde weer voor zich uit, naar de hakken van Garvang. En plotseling kreeg hij een idioot, dwaas idee dat gedoemd was te mislukken. Maar het was het enige wat hij had.

Hij ging zo verliggen dat hij in de lengterichting recht achter Garvang lag. Hij hoorde hen samen praten, maar op dit moment kon hij alleen zijn eigen bewegingen horen. Toen trok hij zijn benen langzaam onder zich totdat hij er zeker van was dat hij zo goed mogelijk werd gedekt. Ten slotte slaagde hij erin zijn voeten onder zich op de grond te krijgen en langzaam, heel langzaam stond hij in zijn volle lengte op; in zijn hand hield hij een steen ter grootte van een tennisbal geklemd. Op hetzelfde moment begon Garvang te lopen.

'Langzaam en rustig.'

Halvor bleef tien, twaalf centimeter achter Garvang toen die naar voren begon te lopen. Halvor had geen idee hoe goed hij door de jas werd gedekt, maar Vivian Thune had hem duidelijk nog niet ontdekt. Hij besefte ook wat het risico was als ze hem plotseling in het oog kreeg. In dat geval zou ze in haar verbouwereerdheid kunnen gaan schieten. Maar hij was vooral bang dat ze Garvang voor zich het huis in zou laten gaan, en dat lag voor de hand. Hoe hij zich achter zijn makker moest verstoppen als die opzij moest voor Thune en haar pistool, wist hij nog niet.

Maar Garvang wel. Toen Thune aankwam bij wat Halvor aannam dat de toegangsdeur was, leek het alsof haar stem opzij ging. Maar Garvang was kennelijk voorbereid. Hij draaide zich langzaam opzij, waardoor Halvor genoeg tijd had om mee te draaien. Toen tilde de reus voorzichtig zijn handen op en hield ze afwerend in de richting van Thune.

'Zo, dus nou ben je bang, grote man?' Halvor hoorde de hoon in haar stem, terwijl Garvang zijdelings naar de deur liep. Nu waren het nog maar een paar centimeter, dan zou hij binnen zijn. Maar in de kier tussen Garvangs rechterschouder en de muur, zou hij gegarandeerd zichtbaar worden. Tenzij…

Met een korte, snelle handbeweging gooide Halvor de steen achter zijn rug opzij. Hij landde met een klap ergens waar ze een paar seconden eerder hadden gelopen. Even keek Thune in de richting van het geluid. Dat was genoeg.

Hij was binnen. Buiten hoorde hij haar stem weer: 'Je zei dat je alleen was!'

'Dat ben ik ook. Het zal wel een dier of zo zijn geweest. Geen idee!'

Halvor nam aan dat ze het landschap om zich heen nu intensief bekeek en hij gebruikte de seconden die hij zo had gewonnen om zich te oriënteren. Hij stond in een lange, smalle gang. Recht vooruit leek de keuken te liggen, badend in het licht. Achter een open deur aan de linkerkant lag de zwak verlichte woonkamer, iets verder naar binnen rechts was een donkere ruimte. Halvor koos voor de laatste, sloop naar binnen en liet zich door het donker opslokken.

Het was op het nippertje; hij kon Garvangs zware stappen al in de gang horen. Halvor keek de kamer rond, op zoek naar iets wat hij kon gebruiken om Thune te neutraliseren als ze langs hem heen naar de keuken zou lopen. Hij stond blijkbaar in een soort eetkamer, met een lange tafel met witte designstoelen eromheen. De kamer was volkomen verstoken van potentiële slagwapens. De gedachte om een van de klassieke Skagen-reproducties aan de witte muren te gebruiken, verwierp hij al snel.

Hij kon hen weer samen horen praten. Even kwamen de stemmen dichterbij, toen verwijderden ze zich weer, en Halvor begreep dat ze de woonkamer in waren gegaan. Dat maakte het lastiger om haar te overrompelen, maar het bracht hem ook op een nieuw, schitterend idee. Dat bevatte een flinke portie ironie en kon hun een bewijs opleveren waar ze echt iets aan hadden.

Hij deed zijn schoenen uit en pakte zijn mobieltje. Dankzij de grote belangstelling van de pers stond de telefoon nog steeds in de stille modus, en de toetsen maakten geen geluid. Hij vond een nummer, toetste er +47 voor en belde.

Hij luisterde totdat hij had gehoord wat hij wilde horen, toen sloop hij op kousenvoeten de gang in en liep zo ver als hij durfde in de richting van de kamerdeur. De lichte stem van Thune bevond zich blijkbaar heel dichtbij, terwijl de stem van Garvang iets verder weg klonk, diep en brommend.

Dat kwam goed uit. Hij ging plat op de vloer liggen en keek voorzichtig naar binnen. Ze zaten allebei in een fauteuil met de zijkant naar de deuropening, en de stoel van Thune stond een beetje scheef, met de rugleuning het dichtst bij hem. Nu kon hij ook de bovenkant zien van het wapen waarmee ze Garvang bedreigde. Het zag eruit als een revolver.

Hij trok zich een stukje terug, haalde het mobieltje tevoorschijn en legde het op het Perzische tapijt aan de andere kant van de drempel. Toen schoof hij het zo ver naar binnen als hij maar kon. Als ze zich omdraaide of naar de deur liep, kon ze het zien, maar dan zou het hopelijk te laat zijn.

Hij trok zijn hoofd weer weg uit de deuropening. Van waar hij lag, kon hij alles horen wat ze zeiden.

'... vreselijk als ik denk aan al die informatie die ik je op verkeerde gronden heb gegeven. Cynischer dan jij kan een mens niet worden.'

'Weet je, Kenneth, ooit was ik ook een idealist. Op een rare manier mag ik je eigenlijk wel graag, omdat je bent zoals je bent; je doet me denken aan hoe ik zelf ooit was.'

Het was even stil. Toen kwam er: 'Waarom probeerde je me eigenlijk te vinden? Wil je me geld afpersen? Dat is niet helemaal jouw stijl, Kenneth.'

Halvor vloekte in stilte. Nu moest ze wel begrijpen dat Garvang niet alleen was gekomen en de woordenvloed zou stoppen. Maar Garvang had de vraag blijkbaar voorzien en volgde het aloude advies om zich zo goed mogelijk aan de waarheid te houden.

'Omdat ik vanmiddag verhoord ben. De politie heeft je de hele dag tevergeefs gezocht. Toen moest ik aan dit huis denken, en toen wilde ik je als eerste vinden. Ik hou niet van mensen die mijn cliënten vermoorden, en al helemaal niet mensen die ik vertrouw.'

Thune lachte zacht: 'Typisch jij, hè, Kenneth? Jij moet dingen altijd voor anderen regelen, hè, en liefst helemaal alleen. Maar dat is niet altijd even slim, hoor.' Toen werd ze weer ernstig. 'Hoe ben je hier zo snel gekomen?'

'Lijnvliegtuig naar Aalborg genomen, en daarna een huurauto.'

Ze leek tevreden over het antwoord. 'Waar waren we?'

'Dat jij ooit net zo was als ik. Het is dus geen onzin wat er in je cv staat over de Verslavingszorg?'

'Ik was daar; dat klopt. Bijna twee jaar zelfs. Maar iedereen met wie ik werkte, naar welk afkickcentrum ik ze ook stuurde, was alweer terug op straat voordat ik daar stopte. Op één na.'

'En dat was?'

'Dat doet er niet toe. Hij is uiteindelijk ook doodgegaan.'

'Doodgegaan?'

'Overdosis.' Het antwoord was kort en beslist. 'Je weet – of liever: je weet niet – dat de werkelijkheid je op een kwade dag in je gezicht komt slaan. Ik ben misschien cynisch, maar het is niet zonder reden dat mensen zeggen dat een cynicus een idealist is die de werkelijkheid is tegengekomen. Je vertelde me ooit wat het gemiddelde terugvalpercentage was in de Noorse rehabilitatieprogramma's voor heroïneverslaafden. Was het 93? Wat is de zin dan? Ze sterven vroeg of laat aan hun drugsgebruik, vrijwel allemaal.'

'92,' corrigeerde Garvang. '92 procent. De meeste mensen proberen het bovendien meerdere keren, en dan wordt de kans groter. Maar het methadonprogramma werkt met heel andere getallen, en dan sterven er veel minder. In het beste geval krijgen mensen die aan de methadon zijn zelfrespect en worden het productieve leden van de samenleving, die niet meer ten laste komen van het staatsbudget...' Hij pauzeerde even. 'Maar waarom zou ik daar met jou over discussiëren?'

Thune negeerde die laatste opmerking. 'Maar dat is maar een minderheid, Kenneth, dat weet je best.'

'Ja, maar het is toch een grote stap van het verliezen van je illusies naar je actief inzetten om de allerzwaksten in de samenleving te vermoorden.'

'Misschien wel,' antwoordde ze. 'Maar als je aanneemt dat verreweg de meesten toch aan hun verslaving doodgaan, wat is er dan verkeerd aan dat ik het doe?'

'Hoeveel mensen heb je eigenlijk gezorgd dat er stierven?'

'Je begrijpt, Kenneth: als ik daar antwoord op geef, zal ik jou ook moeten vermoorden. Dat wil je toch zeker niet?'

'Dat doe je toch; één leven meer of minder zal je vast niet uitmaken.' Er kwam geen reactie, dus hij hield aan: 'Hoeveel?'

'Ik heb het beeld niet zo heel duidelijk, maar het zouden er al met al zo'n twintig, dertig kunnen zijn. En niemand heeft enig idee dat het moord is.'

'Waarom loop je dan weg?'

'Omdat een paar van mijn handlangers zijn gepakt omdat ze iemand hebben doodgestoken. Ik vertrouw er niet helemaal op wat ze zullen zeggen, dus ik heb besloten me een poosje gedeisd te houden.' Ze zweeg.

'Die twintig, dertig moorden waar je het over had. Hoe deed je dat?'

'Simpel. Wist je dat je in Zürich op straat honderd procent zuivere heroïne kunt krijgen? Soms lekt er wat weg uit hun heroïneverstrekkingsprogramma. Het is niet bijzonder duur ook, zolang veel mensen het alternatief van gratis heroïne in een kliniek hebben. Het enige wat we hoefden te doen was het thuis omzetten in poedervorm en het uitdelen aan onze uitverkorenen. Het hele idee is geniaal, want niemand kan voor moord worden gepakt als de vermoorde zelf de heroïne in zijn aderen heeft gespoten.'

'Behalve dan dat ze niet wisten dat wat ze in hun spuit deden drie keer zo sterk was als wat ze normaal gebruikten,' zei Garvang somber. 'Maar ik begrijp niet hoe dat jullie moest helpen om de markt over te nemen.'

'Daar kwam De Spreekbuis van de Straat in beeld,' zei Thune voldaan. 'Dankzij mijn werk en dankzij jou kreeg ik uitstekend inzicht in de drugsscene. We wisten bijvoorbeeld van verreweg de meeste kleine dealers bij wie ze hoorden. Dus hoefden we alleen maar in hun keten in te breken en te zorgen dat ze onze drugs uitdeelden. Daarvoor hoefden we alleen maar een paar dreigementen en gebroken knieschijven uit te delen.'

'En waren het volkomen willekeurige verslaafden die de zuivere heroïne kregen?'

'Nee, ze waren niet volkomen willekeurig.' Ze lachte zacht. 'Het ging ons erom het vertrouwen in de dope van de Noord-Afrikanen te breken. Daarom kozen we junks uit van wie we wisten dat ze populair waren en dat veel mensen ze kenden. Dan ging het gerucht sneller. De dealers kregen te horen aan wie ze een bepaald zakje moesten geven.'

'Werkte dat?'

'Dat mag je wel zeggen.' Ze grinnikte. 'We hebben de afgelopen maand meer verdiend dan het hele halfjaar ervoor.'

'Jezus, Vivian! Je hebt zoveel talenten, je kunt iedereen overhalen om te investeren in welk project dan ook! Waarom wil je in godsnaam je geld verdienen met heroïne?'

'Daar, mijn beste Kenneth, komen we bij de hamvraag.' Halvor had de indruk dat ze glimlachte. 'Het is heel simpel: geld is macht, en hoe meer geld, hoe meer macht. Door heroïne te verkopen kun je heel snel heel veel geld verdienen.'

'En wat wil je met die macht?'

De stilte duurde nu langer. Halvor begon zich af te vragen of er grenzen waren aan de lengte van berichten die je op een voicemail kon opnemen. Vooral toen hij het antwoord van Vivian Thune hoorde.

'Yngve Enger kapotmaken.'

★

Bij afwezigheid van hun chef hadden Hans Petter, Bastian en Merete zich op diens kantoor geïnstalleerd. De gebruikelijke goede stemming was er echter niet.

'Oké, laten we de zaak samenvatten,' zei Bastian. 'We hebben nog niet met zekerheid vastgesteld wie Lone Slevatn met een mes heeft gestoken, maar dat gaat ons wel lukken. We krijgen sowieso minstens vier weken om dat in alle rust uit te zoeken, want Cecilie Kraby is ervan overtuigd dat ze genoeg aanwijzingen tegen Krefting en Johansen heeft voor de rechter-commissaris. En met de baas van MediaGevinst gaat het waarschijnlijk dezelfde kant op; hij heeft zoveel geld dat geen rechter in zijn uitleg trapt, wat hij ook verzint. Het grootste probleem is dat hij voorlopig weigert te zeggen hoe hij aan het geld is gekomen, maar hij is geen keiharde crimineel, dus ik ga ervan uit dat we hem over niet al te lange tijd breken.' Bastian pauzeerde even.

'En dan onze grote vis… Jammer genoeg hebben we niks anders tegen hem dan een serie telefoontjes aan Vivian Thune, de directeur van De Spreekbuis van de Straat. Ook al is er in de hele wereldgeschiedenis waarschijnlijk nooit zo'n nauw contact geweest tussen een sponsor en een sponsorobject, op zichzelf is dat geen aanwijzing. Het enige wat we hebben, is dat Irene Wiltze na elk bezoek aan hem heroïne kreeg van zijn koerier. Maar een direct verband tussen de heroïne en Enger hebben we voorlopig niet. Cecilie zegt dan ook heel duidelijk dat ze Enger niet voor de rechter-commissaris zal slepen met wat we tot nu toe hebben.'

Bastian keek de anderen aan. De seconden verstreken. Toen doorbrak Merete de stilte: 'Ik begrijp dit niet goed. Hoe kunnen jullie er in vredesnaam zo rotsvast van overtuigd zijn dat Enger er überhaupt bij betrokken is?'

Ze zag dat Bastian en Hans Petter elkaar even aankeken en was geïrriteerd dat 'de ouwe-jongens-krentenbroodclub' blijkbaar iets wist wat zij niet wist. Maar voordat ze er iets van kon zeggen, deed Bastian, met een snelle blik op Hans Petter, zijn mond open.

'Laat mij dat maar vertellen,' zei hij, en hij leunde over de tafel naar Merete toe.

★

Halvor tijgerde iets verder naar voren, bang om ook maar één woord te missen. Maar hij was ook bang dat Garvang nu zou verklappen hoeveel hij eigenlijk wist, dingen die hij alleen maar van de politie kon hebben gehoord. Hij – en zijn mobiel – moesten het verhaal zo veel mogelijk van Thune zelf horen.

De reus was echter niet alleen slim, maar kon ook goed toneelspelen. 'Yngve Enger? Onze sponsor?'

'Ik zal hem pletten als een luis.' Haar stem klonk nu verbitterd, vol haat.

'Waarom dat?'

'Omdat hij me het liefste wat ik ooit heb gehad heeft afgepakt.'

Het werd weer stil. Kenneth Garvang leek precies het recept te volgen dat Halvor zelf ook zou hebben gekozen. Want ten slotte ging Thune uit zichzelf door.

'Hij was maar acht maanden. Vier uur was ik weg! Vier uur naar de bioscoop met twee vriendinnen... Ik had twee dagen gekolfd om er zeker van te zijn dat het genoeg was. Toen ik thuiskwam, stond de ziekenwagen voor de deur. En Yngve? Die werd getroost door het ambulancepersoneel. De arme man die nog geen vier uur op een kind kon passen – en het was niet eens zijn eigen kind!'

Het werd stil in de kamer. Toen zei Garvang, met een stem die een paar tonen gezakt was: 'Niet zijn kind?'

'Nee, het was mijn zoon. Ik kende Yngve niet eens toen ik in verwachting raakte. Hij kwam pas geruime tijd na zijn geboorte bij me wonen.'

'En zijn eigenlijke vader?'

'Overdosis. Toen ik drie maanden zwanger was. Toen was hij twee

280

jaar clean geweest, maar hij kon de verantwoordelijkheid niet aan.'

'Was hij...'

'Ja, hij was mijn enige succesverhaal bij Verslavingszorg, ja!' Ze praatte weer harder; haar stem klonk schril toen ze vervolgde: 'Weet je hoe mijn kind stierf?'

Halvor begreep dat Garvang zijn hoofd schudde, want ze ging door: 'Hij viel van de commode. Recht naar beneden, met zijn hoofd eerst... Yngve stond met zijn rug naar hem toe met een of andere investeerder te praten toen het gebeurde. Dat was natuurlijk zo belangrijk dat het niet kon wachten!'

Halvor voelde de haat uit de kamer stromen. Hij vreesde dat er nu van alles kon gebeuren. Tegelijkertijd was hij kwaad op zichzelf. Waarom hadden ze Yngve Engers achtergrond niet beter gecheckt? Waarom wist hij de naam van zijn ex niet meer? Waarom hadden ze niet in de persarchieven gegraven om te kijken of Enger op de een of andere manier aan Vivian Thune kon worden gekoppeld?

Hij wist waarom. Omdat ze geen tijd hadden gehad. Omdat dat dingen waren waarvan ze dachten dat ze konden wachten.

'Maar hoe kan veel geld je helpen Enger kapot te maken?' vroeg Garvang.

'Ik weet meer van hem dan jij je kunt voorstellen, dingen die de politie maar al te graag zou willen weten, en de pers ook. Maar eerst ga ik hem ruïneren. Dat is mijn persoonlijke wraak.'

'En hoe wil je dat doen?'

'Ik heb twee dagen geleden een meerderheidsaandeel van 60 procent in Reality verworven. Yngve beschouwt Reality als zijn privébedrijf en hij heeft geen idee wie de touwtjes in feite in handen hebben. Tot nu toe hebben ze altijd met hem mee gestemd, dus hij denkt dat hij ze naar zijn hand kan zetten. Hij heeft geen idee dat hij er op de volgende aandeelhoudersvergadering uitvliegt. En dat is nog maar het begin.' Ze lachte een beetje. 'Hij denkt dat ik hem allang heb vergeven. Een paar weken geleden nog maar vroeg hij of ik nog steeds aan het kind dacht. Godverdomme!'

Ga door, dacht Halvor. Geef me iets wat ik tegen die gladde aal kan gebruiken!

'Wat heb je nog meer tegen hem?' vroeg Garvang. Halvor hoorde de veren van de stoel kreunen toen Garvang blijkbaar ging verzitten.

'Waag het niet!' Thunes stem klonk weer schel en haar gedachten waren meteen terug in de kamer. Haar toon beviel Halvor niet en hij bad in stilte dat Garvang zich gedeisd zou houden. Dat leek hij te doen, maar ze stond toch op. Snel schoof hij uit zicht. Het geluid van snelle stapjes maakte hem duidelijk dat ze onrustig ronddribbelde.

Halvor schoof nog verder naar achteren en krabbelde overeind. Terwijl hij de eetkamer weer in glipte, bleven de stappen staan, en hij hoorde dat haar stem nog een octaaf steeg.

'Wat is dat verdomme? Heb je ons gesprek opgenomen?'

Er volgde een seconde stilte. Toen kwam het schot.

★

Onbewust moest hij hebben aangenomen dat Vivian Thune nu over Kenneth Garvang heen gebogen stond en overwoog om nog een keer te schieten, en misschien nog een keer. Hij kon zich later in elk geval niet herinneren dat hij zich ervan bewust was, toen hij de gang in stormde, die in twee stappen nam en de woonkamer binnenvloog.

Recht tegen Thune aan. De directeur van De Spreekbuis van de Straat had zich omgedraaid en was blijkbaar onderweg naar de gang op het moment dat Halvor binnenkwam. Terwijl ze op de vloer in elkaar verstrikt lagen, viel er nog een schot. Halvor had het voordeel van zijn gewicht, en hij gebruikte zijn knieën om haar schouders uit alle macht tegen de grond te duwen. Met beide handen en terwijl hij de loop naar het plafond gericht hield, greep hij de revolver, en hij trok met al zijn kracht. Hij hoorde iets knakken, en opeens had hij een volbloed Smith & Wesson in handen.

De schrik sloeg hem om het hart toen hij zich naar Garvang omdraaide. Bloed en botsplinters bedekten een groot deel van zijn hoofd. Hij lag heel stil op de grond, met zijn bovenlichaam tegen de fauteuil waar hij net nog in had gezeten.

Wat was verdomme het alarmnummer in Denemarken?

24

Halvor lag nat van het zweet en de paniek in een kist zo groot dat hij de uiteinden ervan nauwelijks kon zien. Om de een of andere reden was er een zwak lichtschijnsel in de kist. Hij probeerde overeind te komen, maar stootte zijn hoofd tegen het deksel. Hij probeerde het uit alle macht met zijn handen open te duwen, maar ook daardoor kwam er geen beweging in. Terwijl hij begon te zoeken naar zwakke plekken in het deksel, hoorde hij aan de buitenkant geluiden.

'Hallo,' werd er gebromd. Plotseling ging het deksel open, en hij staarde recht in het gezicht van Kenneth Garvang. Het enige verschil was dat de man nu een dwerg was. Halvor staarde langs zijn eigen benen naar beneden en zag tot zijn afgrijzen dat ze steeds langer werden.

'Maar daar had ik toch moeten liggen,' zei de dwerg, en hij glimlachte: 'Dank je!' Toen hoorde Halvor achter Garvangs rug iemand lachen. Daar stond Yngve Enger, hand in hand met... Birgitte. Panisch probeerde Halvor zich uit de kist te vechten, maar de dwerg had reuzenkracht en duwde hem weer naar beneden.

'Nee, ik ruil niet weer van plaats,' was het laatste wat hij hoorde voordat het deksel dichtviel. En toen was er geen zwak lichtschijnsel meer in de kist; alleen dodelijke stilte...

Halvor ging met een schok rechtop in bed zitten en keek naar de geelgroene getallen op de wekkerradio. 05.27. Allemachtig! Hij had maar tweeënhalf uur geslapen, maar wist dat hij meer slaap wel kon vergeten.

In gedachten liep hij de gebeurtenissen van de nacht nog eens door. De Deense ambulancemensen waren er al na twaalf minuten. Ze schudden hun hoofd toen ze de man op de grond zagen en riepen een helikopter op. Gelukkig waren ze met z'n drieën, en samen met Halvor kregen ze de man op de brancard. De politie kwam tegelijk met de helikopter.

Ook zij schudden hun hoofd toen Halvor tamelijk onsamenhangend probeerde uit te leggen wat er was gebeurd. Later in de nacht, in de verhoorkamer van de politie van Fredrikshavn, kreeg hij ladingen verwijten over zich heen, totdat hij eindelijk duidelijk kon maken dat ze alleen maar op verkenning waren en dat het hun bedoeling was om voor een arrestatie contact op te nemen met de Deense politie. Uiteindelijk mocht hij naar het Scandic Stena Line Hotel bij de haven gaan, waar de Denen de Noren kennelijk graag verzamelden. Toen hij daar eindelijk in bed lag, lag hij nog een halfuur wakker omdat er allerlei brallende landgenoten naar huis kwamen na een vochtig nachtje in de stad.

Voordat hij het politiebureau verliet, had hij zich ervan vergewist dat Vivian Thune veilig was opgeborgen in een cel. Vanuit het hotel belde hij Cecilie Kraby wakker – die inderdaad op kantoor sliep – en hij vroeg haar een uitleveringsprocedure te starten. Ondanks zijn slaapdronken stem en het ongenoegen van de Deense politie, klonk ze oprecht blij dat hij Thune had gevonden.

'Zei ze iets over Enger?'

'Heel wat, maar voorlopig maar weinig wat we kunnen gebruiken, helaas. Maar als je iemand naar De Spreekbuis van de Straat stuurt om de mobiele telefoon uit de la op haar kantoor te halen, heb je alles wat je nodig hebt voor de zaak tegen haar. Ik hoop alleen dat de geluidskwaliteit goed genoeg is.'

'Hè? Wat bedoel je?'

Halvor vertelde en Cecilie lachte: 'Fantastisch! Geen rechter ter wereld kan een verklaring afwijzen die op haar eigen voicemail staat, ook al is die opgenomen zonder haar toestemming. Daar zullen de advocaten een zware dobber aan krijgen. Goed werk, Halvor!'

Ze lachte nog steeds toen Halvor haar welterusten wenste en ophing.

★

Halvor was volgens afspraak om halftien op het politiebureau. Hij bracht, samen met een Deense agent, meer dan een halfuur door bij Vivian Thune zonder dat er ook maar één woord over haar mooie lippen kwam. Ze trok zelfs geen wenkbrauw op toen hij zei dat ze haar hele verklaring op band hadden staan.

Waarschijnlijk troostte ze zich met de gedachte dat ze toch haar geplande wraak op Enger zou krijgen. Hopelijk zou ze zich anders opstellen wanneer het tot haar doordrong dat die wraak moeilijker uit te voeren zou zijn vanuit een cel in de gevangenis van Oslo. Hij hoopte dat het gauw zover zou zijn, omdat Thune tot nu toe niets had losgelaten wat ze konden gebruiken om Enger langer in voorlopige hechtenis te houden.

'De uitleveringsprocedure moet maar gewoon zijn beloop krijgen. Hou haar zorgvuldig achter slot en grendel,' zei hij toen hij wegging, nadat hij hun een kort overzicht van haar verdiensten had gegeven.

Na de vlucht met het watervliegtuig terug naar Fornebu en de taxi naar huis in Manglerud was hij volkomen uitgeput. Hij kon nog net de kinderen gedag zeggen, die in de tuin met Kåre aan het voetballen waren, en Birgitte, die in de zaterdagse pap stond te roeren. Toen viel hij bewusteloos in zijn eigen bed.

★

Hij werd wakker vlak na het tv-journaal. Hans lag al in bed, en Hanne en Ole hielden de woonkamer bezet om naar een film op Disney Channel te kijken. De volwassenen gingen aan de eettafel zitten met twee flessen Faustino VII. Die had Kåre gekocht en Halvor wist: als de man uit Vega zoiets kocht, dan was het feest. Ze wisten op het eilandje anders de ongelofelijkste smaken te brouwen van hun zelfgestookte brandewijn, en Halvor had de meeste wel geproefd.

'De prijs voor een nacht in dit hotel was zo aantrekkelijk,' had Kåre gegrinnikt toen hij met de dure flessen aankwam en ze wilden protesteren. Toen duurde het maar twee minuten of de man was verdiept in het verhaal over een vader en een zoon op Kavlingen in de gemeente Vega.

'Om te beginnen heb ik goed en slecht nieuws. Het slechte nieuws is dat het politiebureau en de gemeente Vega veel geld hebben gestoken in het onderzoeken van een moord die naar alle waarschijnlijkheid geen moord was. Het goede nieuws is dat we bijna geen kroon meer nodig hebben, niet voor het onderzoek en niet voor de rechtszaak.'

'Geen moord?' herhaalde Halvor. 'En het verdwenen moordwapen dan?'

Kåre stak zijn hand afwerend op. 'Wacht, daar kom ik zo op. Het verhaal is als volgt: de moeder van Ole Jakob Kirkebakken sterft aan kanker als de jongen twaalf jaar is, en zijn vader en hij blijven alleen achter. De problemen beginnen wanneer de vader zijn verdriet onder zijn werk bedelft en denkt dat hij zijn zoon geen betere start in het volwassen leven kan geven dan door het vermogen dat het gezin ooit had, terug te winnen. Zo werkt het natuurlijk niet. Die jongen zit in een levensfase waarin hij meer behoefte heeft aan een vader die er ís dan aan geld en materiële goederen. Zijn vader volgt zijn prestaties op school en op het sportveld wel, maar dat is niet genoeg. De jongen voelt dat zijn vader zich eigenlijk niet bekommert om hoe het met hem gaat, en langzaam maar zeker glijdt hij af naar een milieu waarin er wél naar hem wordt geluisterd, maar daar wordt ook geëxperimenteerd met drugs. Hij is pas vijftien als hij zijn eerste shot heroïne neemt, en hij raakt onmiddellijk verslaafd. Opvallend genoeg weet hij het maandenlang verborgen te houden, ook al steelt hij geld en spullen van zijn vader...'

'Het toont wel heel duidelijk aan dat zijn vader niet goed op hem lette. Heroïnegebruik is toch niet zo heel makkelijk verborgen te houden,' zei Birgitte bits. Halvor merkte dat de psycholoog in haar, die gewoonlijk door de bureaucratie van het ministerie van Gezondheid werd ingetoomd, begon te ontwaken.

'Precies,' zei Kåre, en hij knikte. 'Een paar dagen nadat zijn vader verklaart dat hij hem zal laten opnemen in het afkickcollectief Tyrili loopt de jongen weg. Hij gaat bij een veel oudere vriend wonen. Omdat Ole Jakob minderjarig is, wordt hij elke keer dat hij met de politie in aanraking is gekomen naar huis gebracht, dus zijn vader ziet hem tot zijn achttiende sporadisch. Dan is het afgelopen. Totdat hij hem min of meer ontvoert en meeneemt naar Kavlingen, ziet de vader zijn zoon maar twee keer. Beide keren op straat, en een van die keren in verband met een overdosis in het Slottspark.

Daarna hebben we twee bronnen: het dagboek van de vader, dat ik onder het dak van het oude huis op het eiland heb gevonden, en wat Ole Jakob zelf vertelt.'

'Hoe kon hij zijn zoon in vredesnaam ontvoeren?' vroeg Halvor.

'Ontvoeren is eigenlijk het verkeerde woord. Hij koopt een paar gram heroïne en zegt tegen zijn zoon dat hij vaste leveranties krijgt, maar dan moet hij wel met hem mee naar Helgeland om iets te zien wat belangrijk was voor zijn moeder. Ole Jakob haat zijn vader wel, maar de combinatie van gratis heroïne en de zinspeling op zijn moeder maakt dat hij toch meegaat. Zijn vader heeft de zaken grondig voorbereid: hij heeft een boot gekocht en eten voor een jaar, hij heeft een schuilplaats voor de boot gemaakt en hij heeft een bed met stroppen klaarstaan om te gebruiken terwijl zijn zoon afkickt. De zoon heeft geen schijn van kans om ervandoor te gaan; het dichtstbijzijnde eiland is vanaf Kavlingen amper te zien, en ook dat is onbewoond.'

'Dat lijkt me een recept voor een inferno,' zei Birgitte. 'Iemand die jou haat aan een dwangbehandeling onderwerpen – dat kan toch alleen maar meer haat voortbrengen.'

'En het is een perfect motief voor moord,' voegde Halvor eraan toe.

'Vast en zeker, en in het begin fantaseert Ole Jakob ook voortdurend over het vermoorden van zijn vader. Maar volgens hem verdwijnen die gevoelens langzaam maar zeker. Het duurt wel een tijdje voordat ze echt met elkaar gaan praten, maar intussen beginnen ze een stenen huis te bouwen aan de andere kant van het eiland. Ze hebben wel geen van beiden enig idee wat ze met dat huis moeten gaan doen...'

'... maar het belangrijkste was dat ze samen iets tot stand brachten,' maakte Birgitte de zin af. 'De symboliek kan bijna niet duidelijker.'

Kåre knikte. 'Hoe het ook zij, ze beginnen na verloop van tijd ook goed te praten en ontwikkelen een zeker begrip voor elkaar. Ruim twee maanden nadat ze naar het eiland zijn gekomen, ontdekt Ole Jakob de plek waar zijn vaders boot verstopt ligt, maar verbazend genoeg gaat hij er niet vandoor. Hij blijft daar liever, bij zijn vader.'

'Dat is inderdaad verbazend, daar ben ik het helemaal mee eens.

Zo'n afloop had ik niet verwacht,' zei Birgitte.

'Dan gebeurt er iets fataals: Ole Jakob vindt een dosis heroïne die zijn vader domweg vergeten is weg te gooien, zet die met een oude, smerige spuit en gaat na maanden onthouding bijna dood aan een overdosis. Zijn vader redt hem, maar ongelukkig genoeg raakt de prikwond geïnfecteerd. Het gaat steeds slechter met de zoon en tussen kerst en oud en nieuw beseft de vader dat hij hem mee moet nemen naar een dokter op Vega. Ole Jakob moet op zijn vader steunen als ze over de ijsplakken op de rotsen lopen, en dan gebeurt het.'

Kåre laste een pauze in, die hij gebruikte om een grote slok Faustino VII te nemen. 'Ze glijden allebei van de rand van een bijna vier meter hoge afgrond op de stenen waarop we ons skelet hebben gevonden. De vader weet zich vreemd genoeg zo te draaien dat hij onder zijn zoon terechtkomt en daardoor diens val breekt. Helaas klapt zijn vaders hoofd pal op een van de heel weinige messcherpe stenen op het eiland.'

'Dus hij sterft als een held,' zei Halvor.

Kåre knikte.

'Maar je zei toch dat het moordwapen niet te vinden was? Waar is die steen in vredesnaam gebleven?'

'Die heeft de zoon in zijn rugzak gestopt.'

'Waarom dat?'

'Waarschijnlijk gedeeltelijk ten gevolge van de enorme schok, gedeeltelijk ten gevolge van de hoge koorts en gedeeltelijk omdat hij iets wilde bewaren ter herinnering aan zijn vader. Hoe dan ook, hij heeft de rugzak en de steen nog, en die hebben we allebei gevonden. De steen is weliswaar nog niet onderzocht door het Forensisch, maar ik ben er tamelijk zeker van dat die zal passen in het gat in de schedel.'

'Het is bijna morbide om die steen zoveel jaar te bewaren,' zei Birgitte.

'Dat zal ik niet tegenspreken. Maar laat me het verhaal afmaken: de zoon weet dat hij ziek is, hij heeft koude rillingen en hoge koorts, maar is helder genoeg om te begrijpen dat hij niets kan doen met het lichaam van zijn vader. Hij gaat in de boot zitten en vaart de kant op waarin hij de binnenvarende vissersschepen heeft zien gaan. Als hij bijna bij Brønnøysund is, zakt hij in de boot in elkaar. Gelukkig wordt hij gevonden door de schipper van de Vega-veerboot, en na verloop van tijd naar het ziekenhuis in Sandnessjøen overgebracht. Daar ligt hij een week met intraveneuze antibiotica, en dan mag hij naar huis.'

'Maar hoe weet je dat het een ongeluk was en geen moord?'

'Helemaal zeker weten zullen we het nooit. Maar het dagboek stemt heel goed overeen met wat Ole Jakob zelf vertelt. Bovendien bevestigt het patiëntenjournaal van het ziekenhuis in welke conditie hij was toen hij binnenkwam, en je kunt je moeilijk voorstellen dat iemand in zo'n toestand in staat zou zijn iemand te vermoorden. Het is bijna ongelofelijk dat we daar op Kavlingen niet twee lijken hebben gevonden.'

'En toen?' vroeg Birgitte.

'Toen hij uit het ziekenhuis kwam, had hij maar één gedachte...'

'... naar Oslo gaan om zich vol te spuiten met drugs,' maakte Birgitte de zin af.

'Ja. Het is misschien niet zo raar dat hij het idee had dat hij het beste excuus van de wereld had om dat te doen. Nu was hij allebei zijn ouders kwijt en alleen overgebleven, zonder naaste familie.'

'En bovendien had hij net een traumatische ervaring achter de rug. Iedereen zou dan wel behoefte hebben aan een flinke verdoving.'

Kåre en Halvor zagen geen reden tegen die opmerking te protesteren. Halvor vroeg alleen: 'Beschouw je de zaak nu als afgehandeld?'

'Niet helemaal, maar ik vlieg al morgenmiddag terug. Ik was van plan om te proberen zijn grootste droom in vervulling te laten gaan, maar ik denk niet dat ik dat red.'

'En dat is?'

'Kijken of ik de dagboeken van zijn vader kan terugvinden van toen Ole Jakob klein was. Hij heeft ze tien tot twaalf jaar geleden aan een antiquariaat verkocht, samen met een stel andere boeken die hij van zijn vader had gestolen. Maar in de eerste plaats is een antiquariaat meestal 's zondags niet open en in de tweede plaats is het hoogst twijfelachtig of ze terug te vinden zijn.'

Halvor en Kåre keken elkaar aan en Halvor was er zeker van dat hun onderlinge verstandhouding was hersteld. 'Ik zal een poging doen. Met plezier.'

'Dat dacht ik wel. Het is een goeie jongen,' zei Kåre, en hij leegde de rest van zijn glas Faustino in één teug.

★

Kåre sliep bij Ole op de kamer, tot grote blijdschap van laatstgenoemde. Halvor merkte dat de districtscommissaris van Vega op het punt stond zijn eigen plaats als topidool van zijn zoon over te nemen. Dat vond hij in principe prima; de jongen was oud genoeg om te begrijpen dat er ook anderen waren dan zijn vader om zich mee te identificeren. En nu hij zich de afgelopen dagen zo onverantwoord had gedragen, was het ook maar beter dat Ole zich helemaal niet met hem identificeerde.

De anderen waren een halfuur eerder naar bed gegaan. Halvor lag weer in het echtelijke bed, maar kon toch niet tot rust komen. Hij zat rechtop, halverwege het bed, en bestudeerde in het zwakke schijnsel van het buitenlicht met een scheef oog het hoofd van zijn slapende vrouw. Ze had haar blonde, lange haar weer lang laten groeien na een minder geslaagde poging om het kort te laten knippen.

Toen begreep hij wat het was. Twee etmalen eerder had hij zijn hart uitgestort bij Kristine en haar dingen verteld die hij nooit tegen Birgitte had gezegd. Zondigen tegen zijn beroepsethiek was één ding – het was per slot van rekening niet onlogisch dat hij daar met een politiecollega over praatte. Het 'zwarte gat', dat hij allang voordat hij Birgitte ontmoette bij zich had, was iets heel anders. Als er íémand meer recht had dan anderen om te weten dat Halvor niet altijd betrouwbaar was, waren het toch wel zijn vrouw en zijn naaste familie.

Het was op z'n minst onverantwoord dat hij er thuis nooit iets over had gezegd. Maar wanneer hadden Birgitte en hij eigenlijk voor het laatst over iets anders gepraat dan over praktische dingen als het halen en brengen van kinderen, eten koken en opvoedingsmethodes? Was het een soort geestelijke ontrouw dat hij zijn hart had uitgestort bij Kristine?

Aan de andere kant was het misschien niet zo erg. Hij had niets onherstelbaars gedaan. Bovendien had hij besloten al komende maandag de consequenties te nemen van zijn recente ervaringen.

Birgitte lag nog steeds met haar gezicht afgewend, en hij kon niet nalaten de lijnen van haar gezicht te bewonderen, die zo zacht werden als ze sliep. Ze had nauwelijks een rimpeltje, zonder dat dat overigens iets uitmaakte. Als hij van iemands rimpels zou houden, dan wel van de hare.

'Halvor?'

Ze sliep dus toch niet. 'Ja.'

'Wil je me iets vertellen?'

Hij schraapte zijn keel. 'Misschien. Maar nu niet, denk ik.'

'Oké.'

Ze bleef met haar rug naar hem toe liggen. Dat was niet zo heel erg. Hij wist dat ze zich over twee dagen weer zou omdraaien.

25

Oslo, maandag 10 augustus 2009

Het antiquariaat lag daar waar de Akersgate overgaat in de Ulle-vålsvei. Een belletje rinkelde vrolijk toen de deur ouderwets – en tegen de brandweervoorschriften – naar binnen openging.

Net als in alle winkels op maandagochtend om tien uur was er niemand. Achter de toonbank zat een stevige oudere man met een grote, grijze baard en een omvangrijke buik. Links voor hem lag een hoge stapel boeken en rechts een iets lagere. Daartussen stond een laptop.

'Even dit afmaken,' bromde de man zonder op te kijken. Hij bleef vingertje voor vingertje doortypen. Ten slotte had hij blijkbaar alles ingevoerd wat nodig was en keek hij op om zijn klant in ogenschouw te nemen.

'Internet,' zei hij. 'Straks verkopen we de helft van onze boeken op die manier.'

Halvor hield zijn politiekaart omhoog en stelde zich voor.

'De detectives staan daar,' zei de man, en hij wees.

Halvor grijnsde terug. 'Nee, zo eenvoudig is het niet. Ik heb een flinke noot voor u om te kraken.'

'Daar houden we van. Kom maar op.'

'Een jaar of tien, twaalf geleden is hier een keer een afgeleefde jongeman geweest met drie dozen met boeken. De meeste waren oudere klassiekers en u – ik neem aan dat u de eigenaar bent – schijnt heel enthousiast te zijn geweest en alles te hebben gekocht. Doet dat al een belletje rinkelen?'

'U hebt het over iets wat al behoorlijk lang geleden is. Het antwoord is heel duidelijk: nee.'

'Boven in een van de dozen lag een dagboek, of waarschijnlijk zelfs meerdere. Helpt dat?'

'Het spijt me. Dat gebeurt ook om de haverklap. Vooral wanneer mensen vanuit een nalatenschap verkopen. Ik had de hele zaak hier kunnen behangen met de dagboeken die ik door de jaren heen heb gekregen. Om de een of andere reden vinden mensen het leuk hun eigen memoires tussen de klassiekers op hun boekenplank te zetten. Waarschijnlijk om dezelfde reden als waarom tachtig procent van de mensen "ja" antwoordt op de vraag of ze zichzelf iets beter vinden dan de gemiddelde bevolking.' Hij grijnsde weer. 'Maar ik heb een geweten, hoor. Dus als ik een telefoonnummer heb, bel ik altijd en vraag ik of ze het dagboek terug willen hebben of dat ik het weg moet gooien.'

Halvor knikte. 'In dit geval zou het weleens zo kunnen zijn dat u geen telefoonnummer hebt gehad. Wat hebt u dan gedaan, denkt u?'

De man dacht na. 'De privégedachten van mensen verkopen zonder hun toestemming kan ik niet voor mijn geweten verantwoorden.' Hij dacht nog even door. 'Aan de andere kant zijn de dagboeken me toch vrijwillig overhandigd.' Het leek alsof hij een besluit nam. 'Is dit belangrijk?'

'Heel belangrijk voor degene die het aangaat.'

'In dat geval,' zei de man, 'heb ik in de kelder een misschien ietwat onethische verzameling aangelegd. Misschien ligt daar, eerlijk gezegd, ook een enkel boek dat ik ben vergeten weg te gooien. Het was mijn bedoeling ze ooit te lezen om te zien of er misschien een goudmijn aan schrijftalent of de memoires van een beroemdheid tussen zaten. Misschien vindt u daar wat u zoekt.'

Hij stond moeizaam op, wenkte Halvor en draaide zich om naar wat kennelijk een kelderdeur was, achter de toonbank. 'Kom maar mee.'

Halvor volgde hem de lange, steile betonnen trap af en een lange gang door. De dikkerd stopte voor een zware stalen deur met een hangslot op de grendel. Er rammelde een stevige sleutelbos en de deur zwaaide open. Hij stak een arm om de hoek, deed het licht aan, en een gele gloed gleed over meter na meter boekenplank en een ontelbaar aantal dozen met boeken. Vanuit een hoek was een laag gebrom van een vochtvreter te horen.

'Nog niet helemaal klaar met het catalogiseren, zie ik.'

'Niet helemaal... En ik kom ook nooit klaar...'

De man ging hem voor naar een drie à vier meter brede plank helemaal achter in de hoek. Die stond vol boeken, maar van een andere aard dan de andere. Hier stond van alles, van dunne, papieren schriftjes tot in leer ingebonden prachtexemplaren met 'Dagboek' in gouden letters op de rug.

'Zijn dat allemaal dagboeken?' vroeg Halvor.

'Ja. Drieëntwintig jaar lang, vanaf het begin dat ik ze kreeg. En niets is gecatalogiseerd...' Halvor kreeg een medelijdende blik toegeworpen. 'Zoek maar. Ik moet weer naar mijn winkel.'

De inspecteur begon vol vertrouwen met boeken die kennelijk een serie vormden. Volgens Kåre verwees het dagboek van Kavlingen naar meerdere exemplaren, dus het was logisch te beginnen met ruggen die er hetzelfde uitzagen. Hij troostte zich met de gedachte dat hij in elk geval niet op het politiebureau hoefde te zitten wachten op de beslissing van de rechter-commissaris. Het hele weekend was verstreken zonder dat ze ook maar een verkeersboete hadden gevonden om Enger op vast te pinnen, en Cecilie had er uiteindelijk met tegenzin in toegestemd dat ze een poging zouden doen om de man gevangen te laten houden op basis van het weinige dat ze hadden. Maar niemand – ook niet de rechercheurs bij Geweldsdelicten – had er veel vertrouwen in dat dat zou lukken.

Het was kortom een dag waarop iedereen met angst en beven uitkeek naar het mediacircus dat zou losbarsten wanneer de rechter-commissaris Enger zou laten gaan. Op dit moment was het een kleine troost dat Vivian Thune en alle kleine visjes mooi in het net waren gezwommen. Het celmonster van de viltstift op het pakje zuivere heroïne dat Niels Rune Dalsrudjordet aan Annelene Busch had gegeven, had bijvoorbeeld een volledige DNA-match opgeleverd met Billy Krefting. Toen had Billy, net als zijn twee kompanen, besloten zijn eigen rol toe te geven. Maar geen van hen wilde ook maar met één woord bevestigen dat Enger een rol had gespeeld in het drama.

Op dit moment werkte Halvor nog maar met één onbekende, en dat was Ole Jakob Kirkebakken. Maar wat die had gezien of gehoord tijdens de moord op Lone Slevatn had niet veel met Yngve Enger te maken. Hij kon alleen maar hopen dat ze de moord nog sterker aan het al aan de kaak gestelde drietal konden koppelen.

Dus kon hij net zo goed naar dagboeken zoeken. Als hij die vond, had hij in elk geval een goed uitgangspunt om Kirkebakken aan het praten te krijgen.

Hij pakte het honderdste boek of daaromtrent – een heel dik ingebonden ding – en constateerde dat hij pas klaar was met de series op drie van de twaalf planken. Net als veel andere dagboeken was ook dit boek niet voorzien van een naam. Daardoor moest hij weer in de tekst zoeken of er personen of omstandigheden waren die hij kende.

Zo vond hij omstreeks halftwaalf – op een tijdstip waarop hij volgens het gerammel van zijn maag allang in de politiekantine aan zijn tweede ei bezig had moeten zijn – op pagina 3 de naam 'Marianne'. Een korte blik op het briefje met trefwoorden van Kåre bevestigde dat dat de naam van Jakobs moeder was. Hij bladerde het dagboek stilletjes door en toen hij maar een paar bladzijden verder het adres 'Volvatsterrasse' vond, begon hij nauwkeuriger te lezen. Al na een paar regels bleek heel duidelijk de bezorgdheid van de schrijver voor de verergerende borstkanker van zijn vrouw. En vlak daarna: hoe moeilijk het was om hun zoon Jakob te vertellen over de mogelijke consequenties van de ziekte.

Hij vond nog twee boeken met dezelfde rug en ontdekte dat hij een ononderbroken serie van 1987 tot 1993 had. De laatste bladzij eindigde ermee dat Jakobs vader worstelde met de vraag op welke dag Marianne moest worden begraven.

Halvor was klaar voor een nieuw bezoek aan het Ullevål-ziekenhuis.

★

Vreemd genoeg leek het verblijf binnen Ole Jakob Kirkebakken goed te hebben gedaan. Het zei iets over het harde leven van een verslaafde dat een week in een ziekenhuis hem meer kleur leek te geven dan een jaar op straat. Bovendien was hij geknipt en gladgeschoren. Totdat hij zijn mond opendeed en zijn rotte tanden liet zien, kon hij voor een toevallige toeschouwer bijna doorgaan voor een gewone jongeman.

'U weer?' Hij klonk niet vijandig, eerder berustend, en misschien teleurgesteld dat er niet heel iemand anders bij hem kwam.

Halvor zag geen reden om te wachten. Hij liep naar het bed en legde drie zwarte boeken in A4-formaat op het dekbed. Nog steeds zei hij niets.

'Is dat wat ik denk dat het is?' Even straalde het enthousiasme uit de ogen van de jongen; toen doofde het licht weer. Alsof hij eraan gewend was teleurgesteld te worden en niet durfde te geloven dat dat deze keer niet zou gebeuren.

'Wat ik heb gevonden. Ononderbroken van 1987 totdat je moeder stierf.'

Het vocht in Kirkebakkens ogen was niet mis te verstaan en dat was meer dan voldoende beloning voor anderhalf uur zoeken in een stoffige boekenkast.

'Toen hield hij op met schrijven. Toen mama stierf. Mag ik ze hebben?'

'Natuurlijk. Jij bent nu de rechtmatige eigenaar.'

'*No strings attached?*'

'No strings attached. Of je nou met me wilt praten of niet, ze zijn van jou.' Hij liet een paar tellen verstrijken om dat te laten bezinken. 'Maar ik heb een verzoek...'

Weer die vleug van berusting in zijn ogen. 'Ja?'

'... en dat is dat ik hoop dat je, áls je me wilt vertellen wat je bij Lone Slevatn hebt meegemaakt, dat nu doet. We hebben op z'n zachtst gezegd heel weinig tijd.'

'En als ik het niet doe?'

'Dan ga ik nu weg en laat ik die drie boeken bij je achter. Maar we zullen het later opnieuw proberen. Dan komt er wel iemand anders dan ik, iemand die misschien meer succes heeft.'

Even bleven ze elkaar aankijken. Toen zei Jakob: 'Kåre zegt veel goeds over je.'

'Dat is fijn om te horen. Er is ook veel moois te zeggen over Kåre.'

Nieuwe pauze. Toen schraapte Jakob zijn keel. 'Ja, die dag ging ik om een uur of twaalf naar Lone.' Hij knikte toen Halvor zijn arm uitstrekte en op de REC-knop van de mp3-speler drukte. 'Ik had behoefte aan een praatje, en Lone was altijd fijn om mee te praten. Maar ze was niet thuis, dus ik ging gewoon in het trappenhuis zitten wachten.'

'Hoe lang kende je Lone al?'

'Een paar jaar. Iedereen mocht Lone. Ze was er net zo slecht aan toe als wij, maar altijd fijn om mee te praten. Bedonderde volgens mij nooit iemand en probeerde altijd tussenbeide te komen als er ruzie was. Ik heb ook heel wat troostpillen van haar gehad, want ze had een aardige dokter. Ja, het was bijna alsof ik haar zoon was. Ze bekommerde zich altijd om me als ze me zag, vroeg hoe het ging en of ik langs wilde komen en zo.'

'Kwam je vaak bij haar?'

'Een paar keer per week, denk ik. Ik nam graag een shot als ik daar was, dan voelde ik me veilig. Die vrijer van haar was ook niks mis mee. Ze deelden altijd wat ze hadden en ik heb nooit gezien dat ze rot deden tegen elkaar.'

'En wat gebeurde er toen?'

'Nou ja, ze kwam uiteindelijk. Vroeg me mee naar binnen en vertelde wat er met Terje was gebeurd. Ze huilde vreselijk en deze keer troostte ik háár. Ze had vreselijke behoefte aan een shot, maar ze zei dat ze het spul dat ze had gekregen niet vertrouwde. Ik had toevallig een heel kwart van eerder die dag en ik vond dat ik wel iets terug mocht doen voor al die keren dat ze me had geholpen. Dus ik gaf haar de helft en zei dat zij maar eerst moest nemen. Maar ze weigerde; het moest gaan zoals altijd. Dus ik ging op hun slaapkamer liggen, vond een ader en viel in slaap.'

'En toen?' drong Halvor aan in de pauze die ontstond.

'Toen ik wakker werd, hoorde ik mensen praten. Twee man, niet Lone. Ik was een beetje high, dus ik bleef maar liggen. Toen zei een van hen: "Dood als een pier." Ik wist niet zeker of het binnen of buiten mijn hoofd werd gezegd, maar ik werd bang, dus ik stond zo stil mogelijk op en liep naar de deur. Door een kier zag ik een van hen staan. Hij had een groot...' Hij aarzelde. '... bloederig mes in zijn hand.'

'Hoe zag hij eruit?'

'Ik kon zijn gezicht niet zien, want hij had een donkere capuchontrui aan, zwart geloof ik. En een blauwe spijkerbroek. Maar ik zag hem alleen van opzij, dus meer kan ik niet zeggen.'

'Lengte? Gewicht?'

'Vrij lang. Ik zag hem tegen de muur van de gang en kan het vast beter aangeven als ik daar weer ben. Dikke buik.'

Dat klonk als Billy Krefting. 'En toen?'

'Ik werd doodsbang dat ze me zouden ontdekken, natuurlijk. Lone had een grote kledingkast in de slaapkamer, dus... dus daar ben ik in gaan staan.'

Hij lag een paar tellen naar het plafond te staren. 'Toen werd het helemaal stil. Ik wachtte een tijdje en ging er vervolgens uit. Maar voordat ik de slaapkamer uit was, hoorde ik opeens weer geluid in het trappenhuis, dus ik liep terug naar de kast. Toen vond ik ergens in een hoek dat duivelsmasker.'

'En toen?'

'Toen hoorde ik weer stemmen in de flat. Ik was doodsbenauwd dat ze terug waren gekomen om iets te zoeken, want dan zouden ze gegarandeerd in de kast kijken. Toen bedacht ik dat mijn enige kans was dat masker op te zetten, zodat ze niet zouden zien hoe ik eruitzag, en proberen langs ze heen te rennen voordat ze er erg in hadden.' Hij zweeg en draaide zijn hoofd naar de andere kant van het bed. 'De rest weet je.'

Halvor knikte nadenkend. Het klopte zo te horen wel, maar hij had gehoopt op een beter getuigenverslag. 'Zou je de stemmen herkennen die je hoorde?'

'Ik denk het wel. In elk geval weet ik tamelijk zeker dat ik ze kan onderscheiden als ik ze samen met andere stemmen hoor.'

Halvor begreep dat ze, samen met hun eigen bekentenissen, hoogstwaarschijnlijk voldoende hadden tegenover het trio in de cel onder in het politiebureau. Toen voelde hij het trillen in zijn zak, en hij pakte zijn mobiel. De boodschap was even deprimerend als verwacht: 'Geen hechtenis voor Enger, met opschortende werking.'

Dat laatste betekende dat er beroep was aangetekend. Daarmee hadden ze nog een paar uur, totdat het verzoek tot voorlopige hechtenis de volgende dag door de rechtbank zou worden behandeld. Hij besloot een laatste wanhopige poging te doen bij Ole Jakob Kirkebakken.

'Ken je een zekere Yngve Enger?'

26

Oslo, maandag 10 augustus 2009

Ole Jakob Kirkebakken keek Halvor verbaasd aan. 'Ja, natuurlijk ken ik die. Hij was een van de mensen met wie mijn vader in zijn succesvolste jaren werkte. Hij kwam vaak bij ons thuis en hij had altijd chocola voor mij bij zich. Ik noemde hem "oom Yngve".'

Het begon te kriebelen in Halvors maag. Hij concentreerde zich zo goed mogelijk om geen valse hoop te krijgen.

'Weet je nog wanneer dat was?'

'Ik weet het niet zeker. Ik was in die tijd nog maar een klein manneke. Maar mijn vader raakte al zijn miljoenen kwijt toen ik negen was, geloof ik. Dus het moet vlak daarvóór geweest zijn.'

'Hoe komt het dat je je hem nog zo goed herinnert, terwijl je nog zo klein was?'

'Ik heb hem toch in de kranten gezien! Hij stond een paar jaar geleden ook nog op de voorpagina van *VG* en werd daar gepresenteerd als "de comeback-koning". Dat is denk ik de laatste krant die ik heb gekocht.'

'Herinner je je nog meer over hem?'

Hij dacht na. 'Ik kan niks bedenken. Behalve dan dat hij ineens wegbleef. Hij kwam niet meer op bezoek. Waarom ben je trouwens zo geïnteresseerd in Enger?'

'Waarschijnlijk is hij op de een of andere manier betrokken bij deze zaak. Hoe weten we nog niet goed,' zei Halvor voorzichtig. Hij had het sterke vermoeden dat de chocoladeoom populair was bij Ole Jakob Kirkebakken, en probeerde zijn eigen antipathie niet te laten blijken.

De jongeman ging opeens enthousiast rechtop in bed zitten en grijnsde al zijn rotte tandstompjes bloot. 'Misschien staat er iets over hem in de dagboeken. Die zijn toch uit die periode!'

'Goed idee,' zei Halvor. Hij pakte de drie boeken die nog op het dekbed lagen en overhandigde Kirkebakken het eerste. 'Zullen we meteen gaan kijken?'

★

Al na drie minuten slaakte de man onder het dekbed de eerste kreet. 'Hier staat iets over hem! Hoe hij en mijn vader 700.000 kronen verdienden door aandelen Vital te verkopen. Kennelijk hadden ze een gezamenlijk bedrijf dat "24 karaat" heette. 1 december 1987.'

'Zeg het maar als je nog meer tegenkomt.'

En zo ging het door. Met geregelde uitroepen en actuele informatie over de aan- en verkoop van aandelen door Kirkebakken. Zelf las Halvor bladzij na bladzij over veranderingen in het ziektebeeld van Marianne, hoe het met Jakob op school ging en hoe de weekendtrips naar het vakantiehuis in het Hemsedal waren ingeruild voor dagtochtjes en campinghuisjes. Het deel dat Halvor las, was geschreven toen het geld al op was, en het vakantiehuis in het Hemsedal was kennelijk in de ondergang meegezogen.

Maar geen woord over Enger.

Hij legde deel II weg en pakte het derde en laatste deel. De groeiende hoop was bijna gedoofd. Hij was vrijwel klaar met 1991, en heel 1992 stond in het teken van de strijd tegen de borstkanker. Hoewel hij een bepaalde naam zocht, ontkwam hij er niet aan dat hij gefascineerd raakte door de enorme liefde van Jakobs vader voor zijn vrouw. Hij volgde haar dag en nacht, waakte over haar toen ze pijn had en zorgde in zijn eentje voor Jakob als ze behoefte had aan rust. Bovendien was hij regelmatig in het ziekenhuis om met de artsen te praten en onderzocht hij of het mogelijk was haar in het buitenland te laten behandelen.

Slechts één keer zei hij iets tegen de man in het bed: 'Ik denk niet dat je teleurgesteld zult zijn in je vader als je dit hebt gelezen.'

Er was nog een halfjaar van het dagboek te gaan toen hij Kerstmis 1992 naderde. En toen zag hij de naam.

★

6 december

Het ziet ernaar uit dat de chemokuur geen enkel effect heeft gehad, behalve dat de bijwerkingen nu in alle hevigheid zijn begonnen. Ze heeft de hele nacht liggen spugen en het is een wonder dat Jakob er niet wakker van wordt. Ik durf er niet aan te denken hoe het met ons gezinnetje zou gaan als hij ook elke nacht slapeloos zou rondlopen.

Ik heb een paar uur in mijn kantoor gezeten, in elk geval lang genoeg om geld voor de kerstcadeautjes te verdienen. Voor het eerst zie ik op tegen kerstavond. Ik weet dat het de laatste met Marianne wordt, al zal ik haar nooit vertellen dat ik het vrijwel heb opgegeven. Het is een verschrikkelijk gevoel, maar de laatste tijd denk ik weleens dat het misschien maar beter was geweest als ze was verongelukt, dan waren deze langzame marteling en deze extreme afwisseling van hoop en wanhoop ons bespaard gebleven.

Het grijpt ons vreselijk aan. Tegenover Jakob doe ik elke dag alsof ik hoopvol en vrolijk ben, maar ik denk dat ook hij een floers in mijn ogen ziet. In elk geval is hij zwijgzamer en geslotener dan ik hem ooit heb gezien. Hij neemt bijna nooit vriendjes mee naar huis, en dat begrijp ik heel goed. Het is vast niet erg aantrekkelijk: twee uitgeputte ouders en een huis vol braaklucht.

Bovendien kreeg ik nog maar een paar uur geleden bezoek waardoor ik behoorlijk van streek ben geraakt. Marianne sliep eindelijk, maar door het kijkgat in de deur zag ik een enorm boeket bloemen. De schok was groot toen ik opendeed en achter al die bloemen Yngve zag staan. Hoe lang is het nu geleden dat ik hem voor het laatst heb gezien? Drie jaar?

Ik wist hem ervan te weerhouden met de bloemen naar boven, naar Marianne te lopen; we zetten ze in een vaas en hij schreef een kaartje dat ik beloofde haar te geven. Toen gingen we naar mijn kantoor.

Hij vroeg hoe het ging, maar ik had voortdurend het

naargeestige gevoel dat dit niet alleen maar een ziekenbezoek was. De afgelopen jaren waren er allerlei gelegenheden geweest om langs te komen met bloemen, maar we zagen geen glimp van hem. Niet dat dat ook maar enigszins verrassend was. Zoals ik Yngve ken, is hij nooit geïnteresseerd geweest in iets waaraan hij geen geld kon verdienen. Fijn in goede tijden, dus, maar ook alleen dan. Het duurde dan ook niet lang of hij bracht te berde waar hij eigenlijk voor kwam.

'En hoe gaat het financieel met jullie? Je kunt in de huidige omstandigheden toch onmogelijk erg veel hebben gewerkt?'

Ik ontkende natuurlijk niet dat het moeilijk was, en Yngve vervolgde: 'Ze zijn in een ziekenhuis in Californië begonnen met een nieuw soort bestralingen, trouwens, met veel minder bijwerkingen. Tot nu toe met geweldige resultaten.'

Ik wist waar hij op doelde. Hij overdreef misschien een beetje, maar het was inderdaad een methode waarover ik had gelezen en waarop ik een tijdje een groeiende hoop had gevestigd. Totdat ik met de artsen in het Rikshospital had gesproken.

'Voor die behandeling is geen steun te krijgen,' zei ik.

'Ze hebben voorlopig te weinig om op te bogen. Bovendien kost een behandeling meer dan een miljoen kronen, en dat waarschijnlijk meerdere keren. Dat gaat het budget dat ik bij elkaar kan schrapen mijlenver te boven, zelfs als we het huis zouden verkopen.'

Ik zag zijn pupillen groter worden. Ik denk dat hij toen meteen al dacht dat ik toehapte.

'Er is een manier om het bij elkaar te krijgen,' zei hij. 'Zonder het huis te verkopen.'

Ik kan niet ontkennen dat ik nieuwsgierig werd en een klein vonkje in de buurt van mijn hart voelde. Maar het enige wat ik zei was: 'O ja?'

'Ik ben bezig me te herstellen, maar ik heb wat startkapitaal nodig.' Hij stak zijn handen afwerend op. 'Ik weet dat je daar niet aan kunt bijdragen, dus dit gaat over iets heel anders.' Hij laste een kunstmatige pauze in, een van zijn specialiteiten. 'Dit gaat over een klusje in

Amsterdam, waarbij we de winst kunnen delen. Fiftyfifty,' voegde hij eraan toe.

De vonk stond op het punt weer te doven. 'Waar gaat het om?'

'Het enige wat je moet doen, is een koffertje ophalen en mee naar Noorwegen nemen. Het is niet gevaarlijk. Niemand ziet er zakelijker uit dan jij.' Hij interpreteerde mijn schrik alsof ik inderdaad over zijn aanbod nadacht. 'Ja, als jij het niet doet, doe ik het zelf. Dit is alleen maar een aanbod aan jou in een moeilijke situatie.'

Ik had toen al een eind aan het gesprek moeten maken, maar ik wilde meer horen. Nu pas dringt het tot me door dat het gevaarlijk kan zijn als ik te veel weet. 'Wat is het voor iets?' vroeg ik.

'Het is maar het beste als je dat niet weet,' zei hij. 'Maar het is in elk geval geen heroïne. Het punt is dat ik de rest doe, als het in Noorwegen is. Als het gaat zoals ik denk, kunnen we allebei bijna anderhalf miljoen incasseren.'

Voor zover ik met mijn geringe kennis op dit terrein weet, is er maar één ding dat in zo korte tijd zoveel kan opleveren: drugs. Dus als het geen heroïne was, wat was het dan? Cocaïne? Zelfs ik had meegekregen dat de cocaïne sinds het eind van de jaren tachtig Noorwegen binnenstroomde. Die markt was misschien wel de enige die zich daarna had weten te handhaven.

Maar nu was het genoeg: 'Geen sprake van,' zei ik. 'Hoezeer ik ook hoop dat Marianne gezond wordt, het risico is veel te groot. Stel je voor wat er met Jakob zou gebeuren als zijn vader wordt gepakt voor drugssmokkel, een paar maanden voordat zijn moeder aan kanker overlijdt.'

Hij protesteerde niet toen ik 'drugssmokkel' zei, maar zijn ogen weken geen duimbreed. 'Denk erover na,' zei hij. 'Je kunt een leven redden – en niet het minste.'

'Vergeet het maar, nu onmiddellijk,' zei ik. 'Ik doe het niet.'

Nu werden zijn ogen zwart en dreigend: 'Maar je houdt je mond,' zei hij. 'Sommigen in dit milieu zijn tamelijk gewelddadig. Bovendien is het alleen jouw woord tegen het mijne.'

'Ik hou mijn mond,' zei ik, en ik meende het.
Alsof ik de politie kon gebruiken, midden in het belangrijkste
gevecht van mijn leven.

★

Halvor schraapte zijn keel. 'Ik heb hier iets gevonden wat van groot belang is voor de zaak,' zei hij. 'Ik moet ze helaas meenemen.'

'Neem je me in de maling?' Kirkebakken keek geschrokken op; zijn ogen werden donkerder.

'Het spijt me. Maar ik beloof dat ik je zo snel als maar enigszins mogelijk kopieën zal bezorgen.'

Hij stond op en pakte de boeken. Hij had het nummer van Kraby al ingetoetst voordat hij bij de deur was.

★

'Neem je me in de maling?' Cecilie Kraby klonk als een echo van Ole Jakob Kirkebakken, maar ook alsof ze zich op een plaats tussen hemel en hel bevond en op het uiteindelijke vonnis wachtte.

'Nee.'

'Allemachtig… Dan denk ik dat we de rechtbank toch mee krijgen met de voorlopige hechtenis.'

'We hebben toch nog steeds geen bewijs?'

'Nee, maar nu begint de hoeveelheid aanwijzingen zo groot te worden dat ik niet inzie hoe de rechtbank kan ontkennen dat er gerede verdenking bestaat. Bovendien zullen ze beseffen dat het tijd kost om zo ver terug te gaan in zijn financiën.'

Haar stem ging een tikkeltje omhoog: 'Ik zou Engers tronie wel willen zien als hij dit hoort.'

★

Hij zette de auto weg en liep naar de personeelsingang. Op hetzelfde moment draaide er een gevangenentransportwagen naar zijn plaats en stopte. Dat deed Halvor ook. Geïnteresseerd bleef hij staan kijken naar de politieman die uit de wagen sprong en het achterportier opendeed. Daar kwam een man uit die zijn beste jaren net achter zich had, met grijs haar, een bril en een vrolijke glans in zijn ogen, ondanks de handboeien die zijn armen op zijn rug dwongen. Toen de man zich omdraaide en Halvor in het oog kreeg, ging de vrolijke glans over in een brede glimlach.

'Ha, daar bent u! Ik begrijp wel waarom u zich gedeisd hebt gehouden! Mijn advocaat heeft morgenavond al een afspraak met *Het Nieuws op Eén*. En ik heb verschrikkelijk veel te vertellen!'

Yngve Enger was zo ontzettend vrolijk dat Halvor zich even afvroeg of hij de kluts kwijt was. Hij had blijkbaar nog niet vernomen dat het bureau Interne Veiligheid na het horen van Halvor die ochtend had besloten dat er onvoldoende reden was om de beschuldiging van geweld verder te onderzoeken. Nou ja, hij zou er gauw genoeg achter komen.

Maar Halvor kon zich niet beheersen en zei: 'Ik denk dat uw advocaat die afspraak maar beter kan afzeggen.'

'Haha, jullie hebben geen zier,' zei Enger, maar zijn glimlach leek een millimetertje smaller.

De inspecteur deed een vergeefse poging een brede glimlach in te houden. 'Hm, we hebben nog een paar dingen opgegraven; ik denk dat de rechtbank daar wel in geïnteresseerd is.'

Wat hij zei kon op zichzelf niet erg dreigend overkomen op Enger. Maar de glimlach die met zijn woorden gepaard ging, was zo echt dat de montere uitdrukking op het gezicht van de multimiljonair op slag verdwenen was.

'Wat dan, bijvoorbeeld?'

Halvor gaf geen antwoord; hij liet alleen zijn glimlach nog even inzinken. Toen draaide hij zich op zijn hakken om.

'Blijf hier! Ik heb er recht op dat te weten, verdomme!'

De handboeien achter Halvor rammelden. Eigenlijk een heel prettig geluid, dacht hij, en hij liep richting personeelsingang.

★

Ondanks alle telefoontjes van de pers had Andersen tien minuten voor hem vrij weten te maken.

'Ik heb het goede nieuws van Cecilie gehoord en doorgegeven aan de hoofdcommissaris,' zei hij. 'Het is nog een beetje vroeg om je te feliciteren, maar ik zie niet meer op tegen morgen, en hij ook niet.' Hij benadrukte zijn woorden door zich achterover uit te rekken in zijn stoel en zijn handen achter zijn hoofd te leggen. 'Zo. Waarom wilde je dit gesprek? Cecilie houdt me goed op de hoogte, hoor. Ben je op mijn functie uit of zo?'

Het was voor het eerst dat Andersen er indirect naar verwees dat hij al over een paar maanden met pensioen zou gaan. Even kreeg Halvor koudwatervrees. De commissaris zag het en vervolgde: 'Je krijgt mijn warmste aanbevelingen, Halvor. Wij hebben wel onze meningsverschillen gehad, maar jij bent verdomme de beste rechercheur die we hier hebben. Het zou zonde zijn je op die manier kwijt te raken, natuurlijk, maar deze kans verdien je.'

Dat was bepaald een vergissing, dacht Halvor. De beste rechercheur van het team was net uit het Ullevål-ziekenhuis thuisgekomen. Maar zij kwam natuurlijk niet in aanmerking als opvolger van Andersen, omdat ze geen rechtenstudie had gedaan en geen ervaring had als leidinggevend rechercheur. Aan de andere kant zou ze die gauw krijgen als Halvor commissaris werd.

Inspecteur Heming legde de grote envelop op zijn schoot en haalde er langzaam een vel papier uit. Hij reikte het Andersen over het bureau heen aan.

'Dat gaat linea recta naar de hoofdcommissaris.' Andersen glimlachte.

'Lees het eerst maar,' zei Halvor.

Terwijl Andersen zijn leesbril pakte, flitsten er beelden door Halvors hoofd. Hij zag zichzelf de opnameapparatuur voor zijn mobiele telefoon klaarmaken, zag Bastians gezicht toen zijn baas terugkwam van het verhoor op Engers kantoor en hoorde Birgittes korte 'oké' zaterdagavond in bed. Terwijl zijn drie kinderen op zijn innerlijke filmdoek verschenen en het gezicht van zijn oudste zoon langzaam overging in dat van Ole Jakob Kirkebakken hoorde hij een vreemd geluid vanaf de andere kant van het bureau.

Hij keek op en voelde meteen een steek van schrik. Andersens gezicht had een kleur rood aangenomen die hij nog nooit eerder had gezien en twee van zijn vingers bevonden zich aan de binnenkant van zijn overhemdsboord in een vertwijfelde poging om die wijder te maken. Het leek alsof hij iets probeerde te zeggen, maar om de een of andere reden kwam er alleen maar onverstaanbaar gegrom uit.

27

Het was alsof een grote golf alles wat slecht en moeilijk was had overspoeld en toen die zich had teruggetrokken, bleef er een plat, schoon en rustig landschap over.

De rechtszaak tegen Kent Willy Nilsen, Arne alias 'Billy' Krefting en Rudi Johansen was al vastgesteld. De aanklacht luidde 'moord, poging tot moord, verkoop van heroïne aan en medeplichtigheid aan moord op een aantal Oslose drugsgebruikers'. Hoeveel verslaafden bereid zouden zijn het trio met een getuigenverklaring te belasten was nog niet zeker, maar het zou hoe dan ook erg lang duren voordat het drietal weer in vrijheid van het daglicht kon genieten. Annelene Busch, die technisch gezien de een-na-laatste hand had gehad in ten minste een van de dodelijke doses heroïne had alles bekend en mocht rekenen op behoorlijke strafvermindering. Het was ook de vraag of ze überhaupt wist wat ze doorgaf, dus misschien zou ze alleen worden beschuldigd van dood door schuld.

En ten slotte had ook de politie van Asker/Bærum een opening gekregen in de kwestie-Kristine. Op basis van de verklaring van Kent Willy Nilsen, die niet van nog een moordpoging wilde worden beschuldigd, werden Krefting en Johansen hier uiteindelijk voor aangeklaagd. Nilsen had in geuren en kleuren verteld hoe hij had geweigerd mee te doen aan de moord op 'die politieteef' de dag nadat ze haar tot aan het bos hadden achtervolgd. Het motief van de beide anderen was dat ze bang waren dat de politie de dreigementen aan het adres van een collega hoog zou opnemen en een politiejacht zou veroorzaken die hun heroïneoperatie zou ruïneren. Daarom was het beter haar zo snel mogelijk te vermoorden, zodat ze hen bij een confrontatie of een stemtest in elk geval niet zou kunnen aanwijzen.

Wat Irene Wiltze betrof was na verloop van tijd ook duidelijk geworden dat ze uit de weg geruimd moest worden omdat ze met de politie had gesproken en waarschijnlijk ook omdat ze zo dicht bij Enger stond. Hans Petter was er maar op het nippertje bij geweest: de spuit die gebruiksklaar naast haar lag in Billy Kreftings flat, bevatte honderd procent zuivere heroïne.

Het net begon zich ook behoorlijk samen te trekken rondom Yngve Enger in zijn rol als de grote witwasser van het heroïnesyndicaat. Er was in die zaak nog altijd veel te doen, want niemand had een belastende verklaring tegen hem afgelegd of hem in rechtstreeks contact met de drug gezien. Wel bleek het veel gemakkelijker te zijn dan verwacht om hem vast te pinnen op cocaïnehandel in het chique West-Oslo in het midden van de jaren negentig. Via zijn oude bedrijf hadden ze zelfs drie getuigen gevonden die bereid waren om te zweren dat ze rechtstreeks van Enger cocaïne hadden gekocht. Bij veel mensen was de angst voor de rijke man flink afgenomen nadat hij bijna vijf weken onder voortdurende media-aandacht in voorlopige hechtenis had gezeten. Ze hadden goede hoop dat er zich meer getuigen zouden melden. Bovendien kwamen ook de stembanden van de directeur van MediaGevinst los, en het duurde niet lang of hij nam de naam 'Enger' in de mond.

Halvors bezorgdheid over Kristine was ook afgenomen, nu ze er aanmerkelijk beter aan toe was. Ze was de afgelopen weken twee keer komen lunchen en toen was de stemming ten top gestegen. De laatste keer kwam ze bovendien rechtstreeks uit het fitnesscentrum van de politie. Het zou niet lang meer duren voordat ze terugkwam.

Halvor kon niet anders dan tevreden zijn terwijl hij bij caférestaurant Vognmand Nilsen op zijn lunchgast zat te wachten. Weliswaar moest hij zelf betalen, zeker nu hij niet meer tot de favorieten van Andersen behoorde, maar hij keek toch uit naar de ontmoeting. Als hij het bij de commissaris had geprobeerd, had hij niet op een bijdrage van meer dan vijftig procent hoeven rekenen, bedacht hij glimlachend.

De collega's van zijn team waren bijna net zo geschokt geweest als Andersen. Het positiefste ervan was dat het de nasleep van de ongeoorloofde geluidsopname overstemde. Zelfs de punctuele Merete scheen hem zijn misstap te hebben vergeven. En nog altijd wist niemand buiten hun team het.

Het reepje zon dat door het raam van Vognmand Nilsen viel, verdween plotseling en het geluid van zware stappen kwam dichterbij. Toen twee voeten zijn gezichtsveld binnenkwamen, hief hij langzaam zijn hoofd en hij had het gevoel dat hij daar een eeuwigheid mee door moest gaan. Helemaal bovenaan, bijna bij het plafond, zat het hoofd van Kenneth Garvang. Dat bekeek hem met een brede glimlach, en Halvor moest een brok uit zijn keel wegslikken.

'*Brothers in arms*,' zei de zojuist gearriveerde, en hij stak zijn hand uit.

Halvor nam hem aan en maakte een uitnodigend gebaar naar de stoel. 'Pilsje?'

'Zeker weten.'

De ober had alleen maar oog voor de tafel waaraan de reus zat, en Halvor kreeg onmiddellijk respons toen hij twee vingers opstak.

'Hoe lang ben je al uit het ziekenhuis?'

'Ruim een week, maar ik moet nog terug voor een paar laserbehandelingen.'

Halvor zag de contouren van twee flinke, V-vormige lijnen onder de enorme pleister die het grootste deel van Garvangs linkerwang besloeg. 'Vanwege de littekens?'

Garvang knikte. 'Het is heel ironisch, maar ik heb het in feite aan mijn ziekte te danken dat ik nog leef. Gigantisme en acromegalie leiden tot verdikking van allerlei botten, onder andere van het kaakbeen. De kogel kon er gewoon niet doorheen. Hij ketste af en verdween in de muur achter me.' Hij kuchte. 'Is Vivian in het verhoor al gaan praten?'

'Nee, ze is zo gesloten als een oester. Maar dat maakt niet veel uit; het zou het alleen makkelijker hebben gemaakt om Enger te pakken. Ze heeft haar rol zo glashelder ingesproken op haar eigen voicemail dat geen advocaat ter wereld haar kan redden.'

Even keek hij uit het smerige raam van het restaurant. Was dat niet... Hans Petter? Jawel, daar liep de brigadier nét iets te dicht naast de belangrijkste getuige die ze hadden. Halvor zuchtte toen Irene Wiltze haar blonde haar achterover gooide en lachte. Hij moest het er de volgende dag met Hans Petter over hebben. Met zulke dingen moest die jongen wachten tot na de rechtszaak. Dat zijn baas de regels een keer had overtreden, betekende niet dat een ander dat ook zomaar mocht doen. Je kunt van andermans fouten leren, dacht hij.

Garvangs stem trok hem terug naar de goede kant van de ruit. 'Fijn om te horen. Ik heb trouwens ook nog een kleine bijdrage, maar dat weet je waarschijnlijk al?'

'Jazeker, ik heb je verklaring tegenover Merete gelezen.'

Garvang glimlachte weer. 'Ze vertelde ook nog iets anders.'

'Dat zal wel.'

'Dat je de eerste teamleider in de geschiedenis van Geweldsdelicten bent die halftime gaat werken.'

Nou ja, of hij historisch werd, stond nog te bezien. Het verzoek lag momenteel op het bureau van de hoofdcommissaris, en hij wist dat Personeelszaken er al weken mee bezig was, er de Wet Arbeidsomstandigheden op had losgelaten en probeerde overeenkomstige zaken te vinden die een precedent hadden geschapen. Als ze al iets hadden gevonden, had niemand hem dat verteld.

Halvor schraapte zijn keel. 'Het leven gaat te snel. Ik heb geen zin om vijftig te worden en te ontdekken dat ik mijn kinderen niet ken. Soms kom je in je leven op een splitsing waarop je een keuze moet maken. Alles tot de kern reduceren en bekijken wat er overblijft. Heb jij trouwens kinderen?'

'Strikt genomen niet,' antwoordde Garvang. 'Maar ik heb het gevoel dat ik elke dag met een heleboel kinderen werk.'

★

Ole Jakob Kirkebakken klikte de laatste Sobril uit de een-na-laatste strip en verzwolg hem met de inhoud van het flesje water dat hij net bij de trolley had gekocht. Toen liep hij terug naar de slaapcoupé en maakte de deur open met zijn sleutelkaart.

Hij had de coupé voor zichzelf. Er bleek meer dan genoeg geld te zijn toen hij eindelijk overzicht had gekregen over wat er nog over was na de verkoop van het huis van zijn vader: 5,8 miljoen kronen. Zo goedkoop als hij van plan was de komende maanden te leven, kon een driepersoonscoupé voor hem alleen er sowieso wel vanaf.

Bovendien was hij niet eenzaam. Ook al was het dekbed naast hem zo plat als een pannenkoek, hij had toch het gevoel dat zijn vader daar lag.

De strip pillen die hij had meegekregen van het Ullevål, ging nog een etmaal mee. Dan zou hij in Vega zijn, misschien zelfs al op Kavlingen. Deze keer wilde hij in het stenen huis wonen. Kåre was weken bezig geweest met de bouw van een dak dat de winterstormen kon doorstaan.

Zou hij het drie maanden volhouden in zijn eentje? Hij wist het niet. Hij wist alleen zeker dat hij het wilde proberen.

Zijn tas stond open en hij pakte het boek dat bovenop lag. Hij groef nog wat door en viste er nog een uit. Toen ging hij op de rand van het bed zitten, deed het leeslampje naast zich aan en zette zijn kussen tegen de muur. Hij liet zich langzaam achterover zakken en deed het boek open waar aan de buitenkant '2001' op stond.

Hij had het voor deze gelegenheid bewaard vanaf het moment dat hij de boeken in handen had gekregen. Het wat vergeelde losse velletje papier was er keurig in vastgelijmd, maar alleen met de linkerkant, zodat je de voor- en achterkant kon lezen. Alleen de kleur verried dat het ouder was dan de andere pagina's.

Toen begon hij te lezen. Na een paar minuten legde hij het ene dagboek weg en pakte het andere. Hij opende het precies op de plaats waar hij wist dat er een vel uitgescheurd was, en ging door met lezen:

dubbel en dwars verdienden. Ze stormde tussen de kwallen door op minstens een halve meter afstand en was in een paar tellen in het water. Ik keek vertwijfeld om me heen naar een mogelijke vlucht-route, maar die was er niet meer. Ik kon het niet op een zwemmen zetten met Jakob om mijn nek; onze enige kans was om om Mari-anne heen te gaan en eerder aan land te komen dan zij.

Dat was natuurlijk onmogelijk. Ze sneed ons simpelweg de pas af en stortte zich met ware doodsverachting op Jakob en mij, zodat we onder water werden geduwd.

Toen we hoestend en proestend weer boven kwamen, stond ze met haar handen in haar zij en lachte haar klaterendste lach. Jakob wor-stelde zich uit mijn omklemming en kon verbazend genoeg staan. Hij zette zich schrap, duwde zo hard hij kon tegen zijn moeder en zag jubelend dat hij haar aan het wankelen kreeg. Even keken we elkaar aan en we begrepen elkaar, we begrepen elkaar zo goed. Precies op het goede moment gaf ik haar een duwtje tegen haar schouder, en ze viel met een plons in het water.

Toen ze weer opstond, lachten we alle drie. Ze pakte ons allebei bij de hand en trok Jakob en mij mee naar het door de zon droog geworden zand.

'Hoe moet ik nou langs de kwallen komen, nu ik niet meer boos op jullie ben?' vroeg ze licht vertwijfeld.

'Maak je maar geen zorgen, mama, daar zorgen papa en ik wel voor,' verklaarde de kleine wildebras zelfverzekerd, en hij ging al helemaal op in zijn rol als heldhaftige Hercules. 'Als jij haar armen vasthoudt, papa, dan pak ik haar bij haar benen.'

En zo droegen we haar samen naar de andere kant.